人民共和國文化與文學叢書

二 編

李 怡 主編

第 13 冊

1980 年代以來漢語新詩的聲音研究

翟月琴 著

花木蘭文化出版社

國家圖書館出版品預行編目資料

1980 年代以來漢語新詩的聲音研究／翟月琴 著 -- 初版 -- 新北
市：花木蘭文化出版社，2015〔民 104〕
序 4+ 目 4+306 面；19×26 公分
（人民共和國文化與文學叢書 二編：第 13 冊）
ISBN 978-986-404-225-8（精裝）
1. 新詩 2. 詩評
820.8   104011328

ISBN- 978-986-404-225-8

9 789864 042258

人民共和國文化與文學叢書
二 編 第十三冊   ISBN：978-986-404-225-8

1980 年代以來漢語新詩的聲音研究

作　　者　翟月琴
主　　編　李 怡
企　　劃　北京師範大學民國歷史文化與文學研究中心
　　　　　四川大學現代中國文化與文學研究中心
總 編 輯　杜潔祥
副總編輯　楊嘉樂
編　　輯　許郁翎
印　　刷　普羅文化出版廣告事業
出　　版　花木蘭文化出版社
社　　長　高小娟
聯絡地址　235 新北市中和區中安街七二號十三樓
　　　　　電話：02-2923-1455／傳真：02-2923-1452
網　　址　http://www.huamulan.tw 信箱 hml 810518@gmail.com
初　　版　2015 年 9 月
全書字數　254335 字
定　　價　二編 16 冊（精裝）台幣 28,000 元

1980 年代以來漢語新詩的聲音研究

翟月琴　著

作者簡介

翟月琴（1985～），女，山西臨汾人。目前是上海戲劇學院戲文係博士後，研究方向爲中國現當代詩歌，戲劇（戲曲）創作理論。2009 年獲南京師範大學碩士學位，2014 年獲華東師範大學文學博士學位，2012～2013 年係加州大學戴維斯分校（UC Davis）東亞系訪問學者。曾出版文集《間隙的空靈》，參編《世界文學名著賞析》、《21 世紀報告文學大系》，任《當代先鋒詩 30 年（1979～2009）譜系與典藏》特邀編輯。於臺灣《清華學報》、《臺灣詩學學刊》、香港《今天》、中國大陸《當代作家評論》、《揚子江評論》、《中國現代文學研究叢刊》、《晉陽學刊》、《文藝評論》、《江漢大學學報》、《新文學評論》、《星星詩刊》（理論版）等期刊發表詩論、詩評、訪談、翻譯達 30 餘篇。

提　　要

　　1980 年代以來漢語新詩的聲音問題一直是詩學的熱議話題。聲音最初指的是詩歌的音樂屬性，但由於音樂本身並不是詩歌，而音樂性也不能囊括當下漢語新詩的美學特徵。因此，採用聲音一詞更具有效性。此外，音與聲存在著差異，指向同一個問題的不同層面。音在詩歌中主要指的是與音樂相關的規律，以書面的語言文字爲主，聲偏重於通過音樂伴奏形式或者其他口頭方式產生的綜合效果。

　　就目前的研究成果而言，1982 年任半塘先生的《唐聲詩》出版，標誌著漢語詩歌研究中的聲音問題，從碎片化的研究方式中掙脫出來。由於在詩學觀念上的巨大包容性，《唐聲詩》對漢語新詩研究也產生了積極影響。但在漢語新詩研究領域，這種系統而深入的研究仍屬開啓階段。另外，五四時期新詩運動蓬勃開展之後，古體詩的音組織（字數、對仗、押韻和平仄）逐漸解體，人們創作新詩時也不再依賴於古典詩歌對音律的嚴格規定性；而詩與樂分離後，聲也呈現出更自由的表現方式。第三，面對 1980 年代以來漢語詩壇生態的多元混雜，重提聲音問題的重要性，對詩歌文本而言，無疑最爲關鍵。由於政治意識形態等多重因素的介入，漢語新詩在相當長的歷史階段，聲音問題的探討缺乏突破。與之相比，1980 年代以來的漢語新詩創作，對詩歌語言聲音的強化，推進了詩歌探索的步伐。但從研究角度考慮，人們對這一階段的關注是遠遠落後於詩歌創作。

　　本文以 1980 年代以來的漢語新詩爲研究對象，從多維度對漢語新詩的聲音問題展開研究。本研究共分五章：第一章爲 1980 年代以來漢語新詩的聲音問題。主要概述 1980 年代以來漢語新詩創作實踐的轉型和相關理論探索。第二、三、四、五章從聲音的表現形式、聲音的主題類型、聲音的意象顯現、聲音的傳播方式四個角度展示 1980 年代以來漢語新詩的聲音特點。其中第二章爲聲音的表現形式，以迴環、跨行、長短句和標點符號爲四種典型的聲音表現形式，討論這一時期漢語新詩形式所蘊藉的情感經驗和心理狀態特徵。第三章爲聲音的主題類型，主要分析滲透在主題中的聲音構成類型，即反傳統主題的抗聲，女性主題的音域和互文性主題的借音。第四章是聲音的意象顯現，呈現「太陽」意象中同聲求求的句式、「鳥」及其衍生意象中的升騰語調，「大海」意象中變奏的曲式、「城」及其標誌性意象中破碎無序的辭章。第五章是聲音的傳播方式，主要分析 1980 年代以來頗具影響的誦詩、唱詩等傳播活動，區分出誦本與誦讀、歌詞與詩兩組概念，嘗試探討以音樂伴奏或者口頭發聲的聲詩途徑。結語總結 1980 年代以來漢語新詩的聲音特點，並提出本文爲漢語新詩聲音研究提供的參照路徑。

　　本書立足於 1980 年代以來漢語新詩的文本細讀，綜合文學史、文化史和語言學等研究，在展現 1980 年代以來漢語新詩中聲音的豐富性同時，也嘗試爲漢語新詩的聲音研究開拓新的研究路徑。

世界知識、地方知識
與人民共和國文學研究

李　怡

　　無論我們如何估價近 30 年來的中國文學研究成果，都不得不承認這樣一個事實，即當代中國文學研究的發展演變與我們整個知識系統的轉化演進有著密切的聯繫，這種聯繫不僅勾畫了迄今為止我們文學研究的學術走向，而且也將為未來的學術前行提供新的思路。

　　回顧近 30 年來的中國文學研究的知識背景，我們注意到存在一個由「世界知識」與「地方知識」前後流動又交互作用過程。考察分析「知識」系統的這些變動，特別是我們對「知識系統」的認識和依賴方式，將能折射出我們學術發展過程中的值得注意的重要問題，促使我們作出新的自我反省。

一

　　在對人民共和國文學的研究之中，「世界」的知識框架是在新時期的改革開放中搭建起來的。「世界」被假定為一個合理的知識系統的表徵，而「我們」中國固有的闡釋方式是充滿謬誤的，不合理的。新時期當代中國文學的研究是以對「世界」知識的不斷充實和完善為自己的基本依託的，這樣的一個學術過程，在總體上可以說是「走向世界」的過程。「走向世界」代表的是剛剛結束十年內亂的中國急欲融入世界，追趕西方「先進」潮流的渴望。在中國現當代文學研究界乃至中國學術界「走向世界」呼籲的背後，是整個中國社會對衝出自我封閉、邁進當代世界文明的訴求。在全中國「走向世界」的合奏聲中，走向「世界文學」成了新時期中國現代文學研究的「第一推動力」。

在那時，當代中國文學研究是努力以中國之外「世界」的理論視野與方法爲基礎的。以國外引進的自然科學的研究方法——「三論」（系統論、信息論、控制論）爲起點，經過 1984 年的反思、1985 年的「方法論年」，西方文學理論與批評得到了到最廣泛的介紹和運用，最終從根本上引導了當代中國文學批評的主潮。

人民共和國文學的研究也是以中國之外的「世界」文學的情形爲參照對象的，比較文學成爲理所當然的最主要的研究方式，比較文學的領域彙集了當代中國文學研究實力強大的學者，中國學術界在此貢獻出了自己最重要的成果。新時期中國學人重提「比較文學」首先是在外國文學研究界，然而卻是在一大批中國現代文學研究者介入，或者說是在中國現代文學研究界將它作爲一種「方法」加以引入之後，才得到長足的發展。正如王富仁先生所說：「我們稱之爲『新時期』的文學研究，熱熱鬧鬧地搞了 10 多年，各種新理論、新觀念、新方法都『紅』過一陣子。『熱』過一陣子，但『年終結帳』，細細一核算，我認爲在這十幾年中紮根紮得最深，基礎奠定得最牢固，發展得最堅實，取得的成就最大的，還是最初『紅』過一陣而後來已被多數人習焉不察的比較文學。」〔註 1〕

這些文學研究設立了以「世界」文學現有發展狀態爲自己未來目標的潛在意向，並由此建立著文學批評的價值取向。曾小逸主編《走向世界文學》一書不僅囊括了當時新近湧現、後來成爲本學科主力的大多數學者，集中展示了那個時期的主力學者面對「走向世界」這一時代主題的精彩發言，而且還以整整 4 萬 5 千餘字的「導論」充分提煉和發揮了「走向世界文學」的歷史與現實根據，更年輕一代的學人對於馬克思、歌德「世界文學」著名預言的接受，對於「走向世界」這一訴求的認同都與曾小逸的這篇「導論」大有關係。一時間，僅僅局限於中國本身討論問題已經變成了保守封閉的象徵，而只有跨出中國，融入「世界」、追逐「世界」前進的步伐，我們才可能有新的未來。

進入 1990 年來之後，我們重新質疑了這樣將「中國」自絕於「世界」之外的思想方式，更質疑了以「西方」爲「世界」，並且迷信「世界」永遠「進化」的觀念。然而，無論我們後來的質疑具有多少的合理性，都不得不承認，

〔註 1〕 王富仁：《關於中國的比較文學》，見王富仁《說說我自己》125 頁，福建人民出版社 2000 年。

一個或許充滿認知謬誤的「世界」概念與知識，恰恰最大限度地打破了我們思維閉鎖，讓我們在一個全新的架構中來理解我們的生存環境與生命遭遇。這就如同 100 多年前，中國近代知識分子重啓「世界」的概念，第一次獲得新的「世界」的知識那樣。「世界」一詞，本源自佛經。《楞嚴經》云：「世爲遷流，界爲方位。」也就是說，「世」爲時間，「界」爲空間，在中國文化的漫長歲月裏，除了參禪論道，「世界」一詞並沒有成爲中國知識分子描述他們現實感受的普遍用語。不過，在近代日本，「世界」卻已經成爲了知識分子描述其地理空間感受的新語句，當時中國的知識分子在談及其日本見聞的時候，也就便將「世界」引入文中，例如王韜的《扶桑遊記》，黃遵憲的《日本國志》，20 世紀初，留日中國知識分子掀起了日書中譯的高潮，其中，地理學方面的著作占了相當的數量，「大部分地理學譯著的原本也是來自日本」。〔註2〕隨著中國留學生陸續譯出的《世界地理》、《世界地理誌》等著作的廣泛傳播，「世界」也才成爲了整個中國知識界的基本語彙。世界，這是一個沒有中心的空間概念。

　　「世界」一詞回傳中國、成爲近現代中國基本語彙的過程，也是中國知識分子認知現實的基本框架——地理空間觀念發生巨大改變的過程：我們所生存的這個世界並非如我們想像的那樣以中國爲中心。是的，在 100 年前，正是中國中心的破滅，才誕生了一個更完整的「世界」空間的概念，才有了引進「非中國」的「世界」知識的必要，儘管「中國」與「世界」在概念與知識上被作了如此不盡合理「分裂」，但「分裂」的結果卻是對盲目的自大的終結，是對我們認識能力的極大的擴展。這，大概不能被我們輕易否定。

二

　　1990 年代以後人們憂慮的在於：這些以西方化的「世界」知識爲基礎的思想方式會在多大的程度上壓抑和遮蔽了我們的「民族」文化與「本土」特色？我們是否就會在不斷的「世界化」追逐中淪落爲西方「文化殖民」的對象？

　　其實，100 餘年前，「世界」知識進入中國知識界的過程已經告訴我們了一個重要事實：所謂外來的（西方的）「世界」知識的豐富過程同時伴隨著自我意識的發展壯大過程，而就是在這樣的時候，本土的、地方的知識恰恰也

〔註 2〕鄭振環：《晚清西方地理學在中國》244 頁，上海古籍出版社 2000 年版。

獲得了生長的可能。

100 餘年前的留日中國學生在獲得「世界」知識的同時，也升起了強烈「鄉土關懷」。本土經驗的挖掘、「地方知識」的建構與「世界」知識的引入一樣的令人矚目。他們紛紛創辦了反映其新思想的雜誌，絕大多數均以各自的家鄉命名，《湖北學生界》、《直說》、《浙江潮》、《江蘇》、《洞庭波》、《鵑聲》、《豫報》、《雲南》、《晉乘》、《關隴》、《江西》、《四川》、《滇話》、《河南》……這些本土的所在，似乎更能承載他們各自思想的運動。在這些以「地方性」命名的思想表達中，在這些收錄了各種地域時政報告與故土憂思的雜誌上，已經沒有了傳統士人的纏綿鄉愁，倒是充滿了重審鄉土空間的冷峻、重估鄉土價值的理性以及突破既有空間束縛的激情，當留日中國知識分子紛紛選擇這些地域性的名目作為自己的文字空間之時，我們所看到的分明是一次次的精神的「還鄉」。他們在精神上重返自己原初的生存世界，以新的目光審視它，以新的理性剖析它，又以新的熱情激活它。

出於對普遍主義與本質主義的批判立場，美國著名的文化人類學家克利福德・格爾茲教授（Clifford Geertz）提出了「地方性知識」這一概念，在他的《地方性知識》一書中有過深刻的表述。「所謂的地方性知識，不是指任何特定的、具有地方特徵的知識，而是一種新型的知識觀念。而且地方性或者說局域性也不僅是在特定的地域意義上說的，它還涉及到在知識的生成與辯護中所形成的特定的情境，包括由特定的歷史條件所形成的文化與亞文化群體的價值觀，由特定的利益關係所決定的立場、視域等。」它要求「我們對知識的考察與其關注普遍的準則，不如著眼於如何形成知識的具體的情境條件。」〔註3〕作為後現代主義時代的思想家，克利福德・格爾茲強調的是那種有別於統一性、客觀性和真理的絕對性的知識創造與知識批判。雖然我們沒有必要用這樣的論述來比附百年前中國知識分子的「地方意識」的萌發，但是，在對西方現代化的物質主義保持批判性立場中討論中國「問題」，這卻是像魯迅這樣知識分子的基本選擇，當近現代中國知識分子提出諸多的地方「問題」之時，他們當然不是僅僅為了展示自己的地方「獨特性」，而是表達自己所領悟和思考著的一種由特定區域與「特定的歷史條件」所決定的價值追求。而任何一個不帶偏見地閱讀了中國現代文學作品的人都可以發現，這些價值追求既不是西方文化的簡單翻版，也不是地方歷史的簡單堆積，它們屬於一

〔註3〕 盛曉明：《地方性知識的構造》，《哲學研究》2000 年 12 期。

種建構中的「新型的知識觀念」。

所以我認為，近代中國知識分子這種依託地方生存感受與鄉土時政經驗的思想表達分明不能被我們簡單視作是「外來」知識的移植和模仿，更不屬於所謂「文化殖民」的內容。

同樣，在新時期的當代中國文學批評中，在重點展示西方文學批評方法的「方法熱」之同時，也出現了「文化尋根」，雖然後來的我們對這樣的「尋根」還有諸多的不滿；1990 年代以降，文學與區域文化的關係更成為了文學研究的重要走向。竭力倡導「走向世界」的現代學人同樣沒有忽視中國文學研究的地方資源問題，在「後現代主義」質疑「現代性」、後殖民主義批判理論質疑西方文化霸權的中國影響之前，他們就理所當然地發掘著「地方性」的獨特價值，1989 年的中國現代文學研究會蘇州年會就以「中國現代作家與吳越文化」議題之一，在學者看來：「20 世紀中國新文學是在西方近代文學的啟迪下興起的。但就具體作家而言，往往同時也接受著包括區域文化在內的中國傳統文化的影響——有時是潛移默化的濡染，有時則是相當自覺的追求。」〔註 4〕為 20 在中國當代批評家的眼中，引入「地方性」視野既是一種「豐富」，也是一種「尊嚴」，正如學者樊星所概括的那樣：「在談論『中國文化』、『中國民族性』、『中國文學的民族特色』這些話題時，我們便不會再迷失在空論的雲霧中——因為絢麗多彩的地域文化給了我們無比豐富的啟迪。」「當現代化大潮正在沖刷著傳統文化的記憶時，文學卻捍衛著記憶的尊嚴。」〔註 5〕在這裏，「地方性」背景已經成為中國學者自覺反思「現代化大潮」的參照。

三

重要的在於，「世界知識」與「地方知識」完全可以擺脫「二元對立」的狀態，而呈現出彼此激發、相互支撐的關係，中國文學從晚清到人民共和國的演化就說明了這一點。

在「世界知識」與「地方知識」相互支持的關係構架中，起關鍵性作用的是中國知識分子的自我意識的成長。對於文學批評而言，自我意識的飽滿

〔註 4〕嚴家炎：《二十世紀中國文學與區域文化叢書·總序》，《二十世紀中國文學與區域文化叢書》，湖南教育出版社 1995 年版。
〔註 5〕樊星：《當代文學與地域文化》21 頁，華中師範大學出版社 1997 年版。

和發展是我們發現和提煉全新的藝術感受的基礎，只有善於發現和提煉新的藝術感受的文學批評才能推動人類精神的總體成長，才能促進人生價值新的挖掘和發揚。在我們辨別種種「知識」的姓「西」姓「中」或者「外來」與「本土」之前，更重要是考察這些中國知識分子是否將獨立人格、自由意志與人的主體性作為了自覺的追求，換句話說，在「知識」上將「世界」與「本土」暫時「割裂」並不要緊，引進某些「外來」的偏激「觀念」也不要緊，重要的在於在這樣的一個過程當中，作為知識創造者的我們是否獲得了自我精神的豐富與成長，或者說自我精神的成長是否成為了一種更自覺的追求，如果這一切得以完成，那麼未來的新的「知識」的創造便是盡可期待的，從「世界知識」的引入到「地方知識」的重新創造，也自然屬於題中之義，而且這樣的「地方知識」理所當然也就不是封閉的而是開放的。

從「世界知識」的看似偏頗的輸入到「地方知識」的開放式生長，這樣的過程原本沒有矛盾，因為知識主體的自我意識被開發了，自我創造的活性被激發了。

在晚清以來中國的思想演變中，浸潤於日本「世界知識」的魯迅提出的是「入於自識，趣於我執，剛愎主己」，即返回到人的自我意識。〔註6〕

在1980年代，不無偏頗的「方法熱」催生了文學「主體性」的命題：「我們強調主體性，就是強調人的能動性，強調人的意志、能力、創造性，強調人的力量，強調主體結構在歷史運動中的地位和價值。」〔註7〕雖然那場討論尚不及深入展開。

過於重視「知識」本身的辨別和分析，極大地忽略了「知識」流變背後人的精神形態的更重要的改變，這樣我們常常陷入中/外、東/西、西方/本土的無休止的糾纏爭論當中，恰恰包括中國文學批評家在內的現代知識分子的精神創造過程並沒有得到更仔細更具有耐性的觀察和有說服力量的闡釋，其精神創造的成果沒有得到足夠的總結，其所遭遇的困難和問題也沒有得到深入細緻的分析。

在這個意義上，我們也可以認為，現當代中國文學研究與「世界知識」、「地方知識」的關係又屬於一種獨特的「依託──超越」的關係，也就是說，

〔註6〕魯迅：《文化偏至論》，《魯迅全集》1卷50頁，人民文學出版社1981年版。
〔註7〕劉再復：《論文學的主體性》，《文學主體性論爭集》3頁，紅旗出版社1986年版。

我們的一切精神創造活動都不能不是以「知識」為背景的，是新知識的輸入激活了我們創造的可能，但文學作為一種更複雜更細微的精神現象，特別是它充滿變幻的生長「過程」，卻又不是理性的穩定的「知識」系統所能夠完全解釋的，對於文學創作與文學研究的考察描述，既要能夠「知識考古」，又要善於「感性超越」，既要有「知識學」的理性，又要有「生命體驗」激情，作為文學的學術研究，則更需要有對這些不規則、不穩定、充滿偏頗的「感性」與「激情」的理解力與闡釋力。

人類不僅是邏輯的知性的存在物，也是信仰的存在物，是充滿感性衝動與生命體驗的複雜存在。

自晚清、民國到人民共和國，中國文學現象的發生發展，不僅是與新「知識」的輸入與傳播有關，更與「知識」的流轉，與中國知識分子對「知識」的「理解」有關。我們今天考察這樣一段歷史，不僅僅需要清理這些客觀的知識本身，更要分析和追蹤這些「知識」的演化過程，挖掘作為「主體」的中國知識分子對這些「知識」的特殊感受、領悟與修改，換句話說，我們今天更需要的不是對影響中國文學這些的「中外知識」的知識論式的理解，而是釐清種種的「知識」與現代中國人特殊生存的複雜關係，以及中國知識分子作為創造主體的種種心態、體驗與審美活動，所謂的「知識」也不單是客觀不變的，它本身也必須重新加以複述，加以「考古」的觀察。這就是我們著力強調「民國歷史文化」、「人民共和國文化」之於文學獨特意義的緣由。

所有這些歷史與文學的相互對話，當然都不斷提醒我們特別注意中國知識分子的自由感受、自我生成著精神世界，正如康德對文藝活動中自由「精神」意義的描述那樣：「精神(靈魂)在審美的意義裏就是那心意付予對象以生存的原理。而這原理所憑藉來使心靈生動的，即它為此目的所運用的素材，把心意諸和合目的地推入躍動之中，這就是推入那樣一種自由活動，這活動由自身持續著並加強著心意諸力」〔註8〕

〔註8〕康德：《判斷力批判》上卷第159～160頁，宗白華譯，商務印書館1964年版。

序：聲音美學與當代詩歌實踐

楊 揚

聲音與詩歌之間的關係，構成了中國詩歌的核心問題。自古到今，論述不斷。《尚書·舜典》中有「詩言志，歌永言，聲依永，律和聲。」聲音作為詩歌藝術的一個問題，進入到了詩學領域。而《禮記·樂記》中也有「聲詩」的概念，將那些歌詩歸入聲詩範疇，以與那些不歌的文字作對照。中國傳統詩歌，強調詩、樂、舞同源，在音律層面，對詩歌中的聲音，給以極為系統而細密的探討。五四之後，古典詩被白話詩所替代，創作實踐中，人們強調詩體的自由解放，但在理論上，主張帶著鐐銬跳舞的現代格律論，還是佔據強勢地位。從聞一多時代，一直延續到今天。比較有代表性的研究，有朱光潛先生的《詩論》。他在論著中，對中國傳統詩歌的節奏、聲韻以及聲律問題，給予理論上的解釋，希望現代詩論對此能有所吸取和參考。

當代詩歌對於聲音問題的關注，或許是「朦朧詩」之後，在詩歌美學上開闢的一個新維度。一般而言，「朦朧詩」的美學探討，是與詩歌意象的確立，密切相連。我們會記得「紀念碑」、「廣場」、「黑眼睛」、「雙桅船」之類奇特的意象，以及附加在這些意象上意義複雜的內涵。理論上對於意象問題的探討，也是風生水起，一浪高過一浪。至於「朦朧詩」中的聲音問題，似乎很少有人給予特別的關照。像舒婷詩歌中，那迴環往復的吟唱，常常被一些人誤以為是一種抒情手段，而不是聲音問題。只有在「朦朧詩」之後，在理論上人們才覺得需要有一些新的審美維度的開拓，於是，聲音問題浮出水面。

翟月琴博士專注於當代詩歌研究已經有很多年了。她從一些當代詩歌的評論入手，闡發詩歌的義理。與當代小說研究相比，當代詩歌評論顯然要冷

僻得多。但翟月琴對當代漢詩懷有濃厚的興趣。她頻頻參與各種詩會，花費了很多時間和精力採訪詩人，甚至遠渡重洋，到北美與一些漢詩研究者和詩人們交流，成果發表在《今天》、《當代作家評論》、《中國現代文學研究叢刊》上。這樣的經歷和多年的研究積累，使得她對當下詩歌創作及研究，有相當程度的瞭解，也形成了她自己對當代漢詩現狀以及問題的思考。她的研究有個性、有特點。譬如對當代詩歌的斷代問題，她是將「朦朧詩」歸入「文革」階段，而將 1980 年代的新詩創作，命名爲「朦朧詩之後」。這與通常我們所見到的當代文學史斷代法，有點區別。她的理由是，像北島、舒婷等「朦朧詩」代表人物的成名之作，是在 1980 年代之前完成的，而新起的一批詩人以及新的詩歌美學探討，是從 1980 年代起步的。還有，對聲音的界定和命名，有她自己的理解。她認爲當代詩歌將聲音作爲一個美學突破口，顯示了與崇高、政治話語等詩歌美學的分離，是「後朦朧詩」以來，漢詩寫作以及理論探索孜孜以求的美學精神，體現了與世俗生活對話的情懷。還有關於當代詩歌聲音類型的分類問題，她也有非常個性化的意見。很有可能，一些詩歌評論家和研究者對她的充滿個性的研究，持不同意見，但面對她這樣充滿朝氣的研究，你不得不說，這是有意義的理論探索，至少在一些年輕的博士群體中，很少有人像她那樣專注於新詩研究。

　　現在，翟月琴的研究專著要出版了，我由衷地爲她高興，也希望她接下來正在寫作的論著，更精彩，更完美。

　　是爲序。

楊　揚
2015 年元月於上海

序

奚　密

　　我們樂見近年來的現代漢詩研究，不論在華文學術界還是國際漢學界，都呈現出日益多元的議題和日益開闊的視野。諸如詩作爲現代文化生產的一個形式，詩和視覺藝術之間的參照，現代和古典的交集等研究，都能另闢蹊徑，推陳出新。更難能可貴的是，新世代學者通常對文學理論和方法具有高度的自覺，得以有效地結合文本細讀和多重相關脈絡，從文學史的演變到政治、思想、社會等結構性因素的相互糾結。

　　翟月琴博士的專書正是新世代現代漢詩研究的豐碩成果之一。她首先提出一九八〇年代以來中國詩壇掀起風起雲湧的「聲音實驗」，賦予一個古老而且看似簡單的概念以多層次的結構性意義，闡釋「聲音」如何有機性地和意象、主題、形式、心理思維等共同建構一首詩。不僅於此，本書跨越當代中國三十餘年，有系統地彰顯了現代漢詩發展的一條重要軌跡，其審視的詩作範圍廣博，掌握的歷史脈絡豐富，緩緩道來，在在表現出高度的學養和創意。

　　2012～2013 年翟月琴博士在美國戴維斯加州大學擔任訪問學者。我們之間的交流從那一年開始，迄今未曾中斷。對她求知的認眞，治學的嚴謹，工作的勤奮，爲人的謙和，我都深有體會。現在她的第一本專書出版，眞是可喜可賀。

　　置身於今天強勢的媒體文化、視覺文化、網路文化、消費文化，從事現代漢詩的研究似乎顯得有點不合時宜。但是，多年來我在課堂內外和學生互動，在演講和詩歌節時和觀眾互動，更透過文論和譯詩和讀者互動。我一直感到「吾道不孤」。詩重要，不僅因爲它在塑造語言的同時也影響了我們的思

維，影響我們看世界的方法；更因為詩在發揮想像力的同時也擴大了我們的想像力，擴大我們「感同身受」的能力。想像力是藝術的根本，這點顯而易見；其實它也是道德法律、社會規範的源頭——換言之，人類對自身想要活在什麼樣的世界的想像：不論是仁義禮智，還是民主自由平等。

謹以此與翟月琴博士、同儕、讀者共勉之。

奚　密
於加州戴維斯

目

次

緒　論

　　漢語詩歌的聲音研究，一直是詩學研究所關注的，但系統的研究，肇端於上世紀 80 年代。1982 年，任半塘先生的《唐聲詩》〔註1〕出版，標誌著聲音研究從碎片化的研究方式中脫離出來。儘管這一研究是圍繞唐詩的聲音問題展開，但因其詩學觀念上具有廣泛的包容性，因此，它的提出，爲凝固而僵化的漢語新詩研究，灌注了新鮮血液。

　　在漢語新詩研究領域，新世紀以來，伴隨著西渡的《詩歌中的聲音問題》（2000）、楊曉靄的《宋代聲詩研究》（2005）、唐文吉的《聲音與中國詩歌》（2005）、林少陽的《未竟的白話文——圍繞著「音」展開的漢語新詩史》（2006）、劉方喜的《聲情說》（2008）、沈亞丹的《聲音的秩序——漢語詩律作爲國人宇宙意識的形式化呈現》（2011）以及梅家玲的《有聲的文學史——「聲音」與中國文學的現代性追求》（2011）等相關著作和文章相繼問世，聲音問題再度引人關注。2004 年，上苑藝術館邀請西川、張桃洲和西渡等詩人、評論家，以「關於詩歌的聲音」爲題，展開對話。其中，參加對話的詩人和評論家又提出要在詩學層面上區分誦讀和語言文字兩種聲音，並論及停頓、分行、語音、語調、語氣等因素。2011 年 11 月，克羅地亞作協、首都師範大學中國詩歌研究中心、《讀詩》詩歌季刊聯合舉辦「2011 年中克詩人互訪交流項目」，其主題爲「詩歌的聲音」。來自克羅地亞、馬其頓等中歐地區的中青年詩人與活躍在當下中國詩壇的西川、王家新、樹才等 20 餘位詩人、詩評家，圍繞這一話題，展開了深入討論。

〔註1〕任半塘：《唐聲詩》上、下編，上海：上海古籍出版社，1982 年版。

　　上述羅列的一系列研究成果和詩人、評論家的對話活動，從一個側面展示出聲音問題作爲一個重要的詩學因子，正活躍於當代詩壇，並且不斷地延伸、拓展。事實上，聲音問題作爲一種詩學關注的話題，伴隨著每一次新的詩歌形式的出現，其爭論與探討，幾乎貫穿於漢語詩歌的發展歷史。正如一些古典詩歌研究者所強調的：「在詩歌遺產中，隨著時代的進展，產生著多種多樣的形式；而這多種多樣的形式，關鍵就是聲韻組織。」〔註2〕因此，從歷史的縱向深度挖掘這一詩學命題的內涵，已經成爲詩學研究中不可規避的重要環節。

第一節　研究對象

　　詩歌與聲音的關係可以說是形影相隨，自古有之，但理論上對這一問題的認識卻是經歷了一個坎坷曲折的過程。什麼是詩歌中的聲音，不僅中外有別，就是中國漢詩內部，也經歷著傳統與現代的認識分野。所以，無法抽象籠統地回答什麼是詩歌中的聲音。

一、詩歌中的聲音界定

　　詩歌中的聲音是一種動態化的詩學研究，至今尙無定論。聲音一詞在《漢語大詞典》中被解釋爲「古指音樂，詩歌」〔註3〕。詩歌中的聲音，究竟指什麼？據安德魯‧本尼特和尼古拉‧羅伊爾在《關鍵詞：文學、批評與理論導論》中提到文學中的三種聲音，第一是「對聲音的賦形和描寫」〔註4〕，第二是「聲音在文學中的極端表現是與音樂有關」〔註5〕，第三是詩歌內部的「多語體性」〔註6〕。事實上，無論是聲音的賦形還是多語體性，在通常情況下，聲音都被理解爲「與音樂有關」的聲音，即音樂性。本文以聲音替代音樂或

〔註2〕 龍楡生：《中國韻文史》，北京：商務印書館，2010 年版，第 233 頁。
〔註3〕 羅竹風：《漢語大詞典》第 8 卷，上海：漢語大詞典出版社，1991 年版，第 689 頁。
〔註4〕 〔英〕安德魯‧本尼特、尼古拉‧羅伊爾：《關鍵詞：文學、批評與理論導論》，汪正龍、李永新譯，桂林：廣西師範大學出版社，2007 年版，第 68 頁。
〔註5〕 〔英〕安德魯‧本尼特、尼古拉‧羅伊爾：《關鍵詞：文學、批評與理論導論》，汪正龍、李永新譯，桂林：廣西師範大學出版社，2007 年版，第 68 頁。
〔註6〕 〔英〕安德魯‧本尼特、尼古拉‧羅伊爾：《關鍵詞：文學、批評與理論導論》，汪正龍、李永新譯，桂林：廣西師範大學出版社，2007 年版，第 73 頁。

者音樂性的表述，原因就在於音樂本身並不是詩歌，「詩是一種音樂，也是一種語言。音樂只有純形式的節奏，沒有語言的節奏，詩則兼而有之，這個分別最重要」〔註7〕。而採用聲音一詞，則避免了音樂在詩歌中的局限性，充分融合了二者的共性，正如黑格爾所說：「音樂和詩有最密切的聯繫，因爲它們都用同一種感性材料，即聲音」〔註8〕。

　　聲與音之間存在著差異，指向同一個問題的兩個層面。《辭源》中「聲」既指「聲音，聲響。古以聲之清濁高下，分爲宮、商、角、徵、羽五音，加變宮變徵爲七，字音則分平上去入四聲」，又指「音樂」〔註9〕。東漢許愼在《說文解字》有云：「聲，音也。從耳殸聲。殸，籒文磬。」〔註10〕而「音，聲也。生於心，有節於外，謂之音。宮商角徵羽，聲；絲竹金石匏土革木，音也。從言含一。凡音之屬皆從音。」〔註11〕聲與音的差別主要指向音樂的八音（樂器）和五聲（樂律）。八音有規律的排列組合謂音，單獨使用是爲聲，如漢朝鄭玄在《禮記・樂記》曰：「宮商角徵羽雜比曰音，單出曰聲。」〔註12〕而「聲成文謂之音」〔註13〕，「凡音之起，由人心生也。人心之動，物使之然也。感於物而動，故形於聲。聲相應，故生變。變成方，謂之音。比音而樂之，及干戚，羽旄，謂之樂」〔註14〕。這其中，區分出音、聲和樂三者，音即文和方，也就是規則、秩序。音源自於聲，又以樂呈現出來，因此，「聲爲初，音爲中，樂爲末也」〔註15〕，聲生發於心，而音是其表現形式，樂配合舞蹈等，與音和聲合合而爲一。

　　就音的層面而言，指的是語言文字的組織。在古典詩歌中主要指的是與

〔註7〕　朱光潛：《詩論》，上海：上海古籍出版社，2005年版，第97頁。

〔註8〕　〔德〕黑格爾：《美學》第三卷，朱光潛譯，北京：商務印書館，1979年版，第340頁。

〔註9〕　《辭源》（修訂版）第三冊，北京：商務印書館，1985年版，第2534頁。

〔註10〕　〔漢〕許愼：《說文解字》，北京：中華書局，1963年版，第259頁。

〔註11〕　〔漢〕許愼：《說文解字》，北京：中華書局，1963年版，第58頁。

〔註12〕　〔漢〕鄭玄注，〔唐〕孔穎達疏：《禮記正義》，《十三經注疏》，北京：北京大學出版社，1999年版，第1074頁。

〔註13〕　〔漢〕鄭玄注，〔唐〕孔穎達疏：《禮記正義》，《十三經注疏》，北京：北京大學出版社，1999年版，第1077頁。

〔註14〕　〔漢〕鄭玄注，〔唐〕孔穎達疏：《禮記正義》，《十三經注疏》，北京：北京大學出版社，1999年版，第1074頁。

〔註15〕　〔漢〕鄭玄注，〔唐〕孔穎達疏：《禮記正義》，《十三經注疏》，北京：北京大學出版社，1999年版，第1075頁。

音樂節奏相關的規律，以書面的語言文字爲主要表現形式。在古典詩歌的音體系中，主要囊括了字數、押韻、平仄和對仗四個方面。儘管古體詩的音組織，自新詩運動以來，開始土崩瓦解，新詩人作詩，不再依賴於古典詩歌嚴密的規定性。但不可否認的是，上述四個層面（字數、押韻、平仄和對仗），依然存在於相當多的新詩中，只是一些詩作中，它們是隱性地呈現音的特質。儘管音樂性一詞已經遠遠不能囊括漢語新詩的美學追求，但詩歌崇尚和諧的聲音，「音樂的原始要素是和諧的聲音，它的本質是節奏」〔註16〕，同時，還重視聲音與意義的結合，「詩是聲音和意義的合作，是兩者之間的妥協」〔註17〕。就漢語詩歌的基本美學特徵而言，語音韻律，辭章結構，語義組合和語調變化是考察音的重要依據。質言之，音所表現的是語言文字層面的聲音，既包括語音表達（音韻、聲調）、辭章結構（停頓、跨行）、語法特點（構詞、句式）、語調生成（語氣、口氣）等形式的合體，也包括辭在辭面（字面義）、辭裏（深層義）和題旨三個層面所產生的語義聲音。〔註18〕構成音組織的這些要素，並不是外在的語言規律，也不是簡單的音樂形式，在傳統意義上，強調的是語言、情感、氣韻和諧熨帖的混合體。

　　聲的層面，一般偏重於以音樂伴奏形式出現或者通過其他口頭方式造成的音樂節奏效果。與徒詩（信口而謠，並不入樂的詩）相對的詩歌，可稱爲聲詩。楊曉靄在《宋代聲詩研究》中界定了聲詩的內涵，她認爲，聲詩有廣義和狹義的雙重內涵。從廣義上講聲詩指「『有聲之詩』，即古所謂『樂章』」；而狹義上的聲詩則指向「『詩而聲之』，即按采詩入唱方式配樂的歌辭」

〔註16〕〔奧〕愛德華·漢斯立克：《論音樂的美：音樂美學的修改芻議》，楊業治譯，北京：人民音樂出版社，1980 年版，第 49 頁。

〔註17〕〔美〕雷納·威萊克：《西方四大批評家》，林驤華譯，上海：復旦大學出版社，1983 年版，第 53 頁。

〔註18〕關於韻律與意義的分析，黃玫在《韻律與意義：20 世紀俄羅斯詩學理論研究》（北京：人民出版社，2005 年版）中區分了語義結構的三個層次，其中包括辭面（字面義）、辭裏（深層義）和題旨。由於聲音與意義之間的關係不可分割，所以也會產生與之相關的語義聲音。漢語語言生成的和諧規律難以窮盡，有些要素已經得到普遍的認可，比如押韻、停頓、分行等，但就目前的研究現狀而言，仍有相當大的開拓空間。這種開拓性，可以在語言學研究中找到依據，比如吳爲善在《漢語韻律句法結構探索》（北京：學林出版社，2006年）中，強調了音節的組合所產生的韻律，對於偏正結構、動賓結構和主謂結構的語音重心和結構層次所產生的韻律都做了詳盡的分析。另外，西方研究中國古典詩歌的學者，也相當重視語法結構與韻律、情感的關係，較有代表性的包括高友工、蔡宗齊對漢語句式的分析等。

〔註 19〕。筆者採用廣義的聲詩概念，第一，音樂的伴奏形式。聲詩一詞，最早見於《禮記・樂記》，「樂師辨乎聲、詩，故北面而弦」〔註 20〕。其中，聲詩所代表的是樂歌，即詩歌伴奏樂器而生的音樂感。又提到：「詩，言其志也；歌，詠其聲也；舞，動其容也。──三者本於心，然後樂器從之。」〔註 21〕詩、樂、舞三者是合而爲一的，在此基礎上，謂之聲。第二，通過其他口頭方式所產生的音樂節奏。也就是說，歌、詠、唱等之外，也不應排除誦、吟、念、讀等口頭的發聲可能。

　　當然，一方面音可以獨立存在，另一方面聲詩又以音爲基礎，可通過音樂伴奏或者其他口頭方式提升或者改變音的效果。所以，二者之間的互動關係也相當重要，錢谷融先生曾在《論節奏》中提到，「歷來中國文人非常重視朗誦與高吟，就是想從聲音之間，去求得文章的氣貌與神味的」〔註 22〕。語言文字的聲音可以透視出詩歌的氣韻，「就個體言，氣遍佈於體內各部，深入於每一個細胞，浸透於每一條纖維。自其靜而內蘊者言之則爲性分，則爲質素；自其動而外發者言之，即爲脈搏，即爲節奏」〔註 23〕。聲音能夠使人感受到詩人的生命氣息，正如《文心雕龍》中所述：「故言語者，文章神明樞機，吐納律呂，唇吻而已」〔註 24〕。也就是說，「當在一和諧的語音結構中煥發出自身潛在的聲音和諧構型功能時，一個個文字也會散發出與人相關聯的生命氣息而生『氣』勃勃──這就是詩歌和諧的語音結構之所謂『聲氣』，也就是清桐城派『因聲求氣』論的精義所在」〔註 25〕。

〔註 19〕楊曉靄：《宋代聲詩研究》，北京：中華書局，2008 年版，第 6 頁。

〔註 20〕〔漢〕鄭玄注，〔唐〕孔穎達疏：《禮記正義》，《十三經注疏》，北京：北京大學出版社，1999 年版，第 1118 頁。

〔註 21〕〔漢〕鄭玄注，〔唐〕孔穎達疏：《禮記正義》，《十三經注疏》，北京：北京大學出版社，1999 年版，第 1112 頁。筆者按：中國古典詩歌與聲之間的關係，經歷了三個階段，即《詩經》時代，以樂入詩的雅樂階段；樂府時代，采詩入樂的清樂階段；唐宋詩詞時代，依聲填詞的燕樂階段，此後，元明清的戲曲，則吸納融合了雅樂、清樂以及燕樂的特點，形成詩、樂、舞在視覺、聽覺和表演藝術上的融合。

〔註 22〕錢谷融：《論節奏》，《錢谷融論文學》，上海：華東師範大學出版社，2008 年版，第 30～31 頁。

〔註 23〕錢谷融：《論節奏》，《錢谷融論文學》，上海：華東師範大學出版社，2008 年版，第 25 頁。

〔註 24〕〔南朝梁〕劉勰著，王運熙、周峰譯注：《文心雕龍》，上海：上海古籍出版社，2010 年版，第 160 頁。

〔註 25〕劉方喜：《聲情說：詩學思想之中國表述》，北京：知識產權出版社，2008 年

二、1980 年代以來的漢語新詩

1980 年代以來的漢語新詩〔註26〕，在一般讀者的理解中，常常會聯想到艾青、邵燕祥、公劉等歸來派詩人的創作和北島、江河、芒克、舒婷、顧城等創作的朦朧詩。其實，他們的詩作與本文所討論的聲音美學趨向有很大的差異。在本專題的研究中，主要討論以下幾類詩歌。

首先，本文以大陸的漢語新詩為研究對象。如果真要著眼於 1980 年代出現的詩歌創作，那麼，那些新興的詩人應該最先進入研究視野。1983 年 7 月，成都幾所高校的詩歌愛好者共同編印了《第三代人》，將他們這一批詩歌寫作者命名為「第三代」詩人〔註27〕。集中於 1981 年至 1989 年開始創作的

版，第 115 頁。

〔註26〕 筆者論述的 1980 年代以來的漢語新詩，不是以詩歌思潮的出現或者公開發表的時間為分類標準，而主要探討這一時期被創作出的文本，這區別於洪子誠的《中國當代新詩史》對 1980 年代以來詩歌的歸類。關於朦朧詩的下限問題，至今仍無定論。1968 年，詩人食指憑藉《這是四點零八分的北京》、《相信未來》等詩篇，成為一代人的精神啓蒙導師。20 世紀 60 年代末，一批北京知青下放到河北省白洋淀插隊（岳重、芒克等），作為「文革」的親歷者，他們創作了大量的地下詩歌抒發一代人的彷徨、迷茫與希望。與此同時，仍然留在北京城裏（北島等）和在其他地區插隊的北京知青（食指等）作為外圍力量，與白洋淀知青在精神上交流溝通，互相傳看詩作。這三支匯合的激流，後被作家牛漢稱為「白洋淀詩人群落」。「白洋淀詩人群落」是朦朧詩的「前史」。1978 年，在地下刊物《今天》雜誌的創辦過程中，刊載了北島、芒克、舒婷、顧城等創作於「文革」或者當時的一些作品。自 1979 年開始，國內重要的詩歌刊物《詩刊》，也陸續公開刊登了北島的《回答》、《迷途》和《習慣》，舒婷的《祖國呵，我親愛的祖國》，顧城的《歌樂山組詩》，楊煉的《織與播》等詩歌。1980 年《詩刊》第 8 期，刊出章明的《令人氣悶的「朦朧」》，朦朧詩由此得名。據不完全統計，1980 年至 1988 年間，關於朦朧詩的討論文章多達 460 餘篇。可見，這一詩學熱潮，在 1980 年代引發了一場廣泛而持久的討論。筆者認為，朦朧詩創作的黃金階段是在「文革」及「文革」剛結束時期，1980 年代朦朧詩作為一種思潮開始崛起，但真正意義上的朦朧詩創作實踐已經開始淡出，一方面，出現了受到朦朧詩影響且渴望超越朦朧詩的「第三代」詩人，他們從 1980 年代初就已經開始創作；另一方面，朦朧詩雖已淡出文壇，但朦朧詩人（「今天派」詩人）仍在堅持創作。就漢語新詩的聲音問題而言，關於朦朧詩與本文的研究對象之間的差異，將在第一章的第一節展開討論。

〔註27〕 1985 年，四川省青年詩人協會在其編輯的《現代詩內部交流資料》中，重提了「第三代」這一概念。此處，「第一代」詩人指的是五四新文化運動後包括郭沫若、李金髮、戴望舒、艾青等在內的老一輩詩人；「第二代」詩人指的是新時期湧現的朦朧詩人，包括黃翔、食指、根子、北島、芒克、江河、顧城、

「第三代」詩人，包括于堅、韓東、翟永明、李亞偉、楊黎、周倫祐、萬夏、海子、柏樺、張棗、陳東東、宋琳、臧棣、王寅，等等，他們在這期間創作出重要的詩歌作品。1985 年以後，藝術群體和運動的大量湧現，是這一時期社會文化形式的典型特徵。〔註28〕1986 年 10 月 21 日，由徐敬亞、孟浪等發起，《詩歌報》聯合《深圳青年報》推出「『中國詩壇 1986』現代詩群體大展」第一、二輯，10 月 24 日，《深圳青年報》又刊發了第三輯，共計 13 萬字，65 個詩歌流派、200 餘位詩人的作品與宣言，此次從地下走向地上的大規模詩歌運動，標誌著朦朧詩人的退場，而大量的現代主義詩歌，赫然登上了詩歌舞臺。這其中包括「非非主義」、「他們文學社」、「海上詩群」、「莽漢主義」、「整體主義」、「新傳統主義」、「撒嬌派」、「大學生詩派」等；地域上廣涉四川、黑龍江、上海、北京、貴州、湖南等；詩歌文本出現了「新大陸」、「新自然主義」、「西川體」、「現代詩歌」、「城市主義」等新的表現方式，〔註29〕可以說，自 1986 年之後，詩壇湧現出的詩歌文本不計其數。其中，20 世紀 90 年代後，仍然繼續創作的「第三代」詩人以及新出現的詩人，構成這一階段詩壇的主力軍，比如王家新、王小妮、西川、翟永明、陳東東、張棗、柏樺、臧棣、孫文波、蕭開愚等，提供了具有代表性的詩歌作品。此外，1999 年以後的選本、網絡媒體和民間刊物的興起，更是展出了不可勝數的詩歌文本。自 1999 年楊克主編《1998 中國新詩年鑒》和程光煒主編《歲月的遺照》後，新世紀又出現了大量的詩歌選本，比如《大詩歌》、《中國詩歌精選》、《中國詩歌年選》等，編者採用年選或者精選的方式推出詩歌文本。同時紙質媒體方面還出現了《詩歌與人》（1999）、《自行車》（2001 年復刊）、《新漢詩》（2003）、《南京評論》（2003）、《陌生》（2007）等民間刊物，而各大詩歌網站也風起雲湧，如「界限」（1999）、「靈石島」（1999）、「詩生活」（2000）、「詩江湖」（2000）等，2001 年以後，包括「橡皮」、「揚子鰐」、「女子詩歌報」等網絡平臺也開設專欄展出詩歌作品。

其次是一些重要的流散詩人作品，所謂流散詩人，主要指流散於中國大陸之外的朦朧詩人。20 世紀 80 年代中期以後，昔日的一大批朦朧詩人先後踏

舒婷、多多、楊煉等；「第三代」詩人指的則是 20 世紀 80 年代中期登上文壇的先鋒詩人，他們的作品也被稱爲「新生代」、「後朦朧」或者「實驗詩」。

〔註28〕洪子誠：《學習對詩說話》，北京：北京大學出版社，2010 年版，第 274 頁。

〔註29〕關於 1986 年以來的現代主義詩歌大展，可參看徐敬亞、孟浪等編：《中國現代主義詩群大觀 1986～1988》，上海：同濟大學出版社，1988 年版。

上了異國他鄉的土地。1985 年以後，嚴力〔註 30〕留學美國期間，創作了《精緻的腐化》、《詩歌口香糖》等代表作；顧城〔註 31〕在新西蘭激流島定居期間創作了包括《鬼進城》、《城》等代表作；自 1987 年，北島〔註 32〕漂泊海外期間創作了《寫作》、《重建星空》、《午夜歌手》等代表作；楊煉〔註 33〕1988 年出國後，創作出版了《大海停止之處》、《敘事詩》等詩歌集；在 1989 後，多多〔註 34〕旅居荷蘭期間創作了《沒有》、《依舊是》等代表作。流散詩人的創作迄今依然存在，尤其是國內一些重要的文學出版社，如人民文學出版社等，還在不斷推出他們的詩集。

第三，其他類型的漢語新詩，比如歌詞、超文本詩歌（鏈式結構的新媒體詩歌創作）等。1980 年代以來，掀起了流行音樂、搖滾樂熱潮。北京第二外國語學院成立了內地第一支演繹西方老搖滾的樂隊「萬李馬王」，中國搖滾音樂初露端倪。1981～1984 年間，先後出現了包括「阿里斯樂隊」（1981）、「蝗蟲及樂隊」（1982）、「大陸樂隊」（1982）、「七合板樂隊」（1984）等。崔健的搖滾樂《新長征路上的搖滾》、《不是我不明白》、《從頭再來》、《假行僧》、《花房姑娘》、《讓我睡個好覺》、《不再掩飾》、《出走》、《一無所有》等完成於 1986～1987 年間。1988 年 4 月，曹鈞、高旗、劉效松成立「呼吸」樂隊；5 月，女子搖滾樂隊組建「眼鏡蛇」；7 月，「1989」樂隊成立。1990 年代，出現了魔岩三傑（竇唯、張楚、何勇）、唐朝、黑豹、零點、超載、Beyond、鮑家街 43 號等樂隊歌手。1995 年，張佺與小索成立了「野孩子樂隊」，創作了大量的民謠歌曲。2001 年，在三里屯原創音樂基地「河」酒吧裏「新民謠」

〔註 30〕嚴力 1985 年留學美國，目前在上海和美國兩地居住。

〔註 31〕顧城於 1987 年 5 月 29 日赴德參加明斯特「國際詩歌節」，其後半年間於歐洲講學及參加學術活動，到訪瑞典、法國、英國、奧地利、丹麥、荷蘭、芬蘭等國家，12 月應邀去新西蘭的奧克蘭大學亞語系講中國現代文學，隨後他攜妻子在新西蘭定居。1992 年獲德國 DAAD 創作年金，1993 年獲得伯爾創作年金，在德國寫作不久便拒絕了創作年金，3 月回國探親，之後返回新西蘭。1993 年 10 月 8 日詩人顧城在新西蘭的激流島用斧頭砍死妻子謝燁，隨後自殺身亡。

〔註 32〕北島自 1987 年出國，1988 年底回國住了四個月，之後在 1989 年至 1995 年六年間，搬了 7 國 15 次家，曾居住在美國加利福尼亞州，目前已經搬至香港與家人團聚。

〔註 33〕楊煉 1988 年出國，與妻子友友輾轉於十幾個國家之間，過著拮据的生活，現在居住在英國倫敦和北京。

〔註 34〕多多在 1989 年離開祖國，旅居荷蘭，2005 年再度返回中國大陸，如今在海南大學教授文學課程。

誕生，湧現出不少民謠歌手，包括小河、萬曉利、王娟，周雲蓬等。2007 年，迷笛音樂節推出新民謠歌手李志、小娟等。隨後，新民謠的陣營開始壯大起來，張佺、張瑋瑋、周雲蓬、小河、萬曉利、尹吾、馬條、張淺潛、吳虹飛、李志、小娟、白水、侃侃等歌手的唱作，都頗具代表性。除了這些歌詞之外，2007 年大陸詩人毛翰創作了超文本《寂靜如斯》，但這種新媒體的創作方式並沒有在大陸地區切實獲得發展。而關於圖象詩、超文本和流行歌詞，臺灣地區都已經獲得了較為可觀的創作成就，因此將這部分內容也納入本文的研究對象中，其中包括蘇紹連、李順興、蘇默默、路寒袖、夏宇、陳克華等詩人的超文本和歌詞創作。

　　1980 年代以來的漢語新詩延續著五四以來新詩的傳統和探索步伐，但因為缺乏一個類似於古典詩歌穩定的聲音系統的規範和約束，所以，漢語新詩的聲音問題儘管引人注目，但在研究和歸類上，卻是言人人殊，眾聲喧嘩。

第二節　研究綜述

　　詩歌中的聲音問題所涉及的內容相當廣泛，其中包括節奏、韻律、音韻、音樂性、格律、方言、朗誦、歌謠、唱詩等〔註35〕。對於 1980 年代以來的漢語新詩中的聲音問題，我們可以從理論研究與詩歌創作研究兩個層面來進行梳理。

一、1980 年代以來漢語新詩聲音的理論研究

　　就理論研究的層面而言，關於 1980 年代以來漢語新詩的聲音問題的探討，主要圍繞以下兩個方面展開：

　　第一，整合聲與音的關係。黃丹納在《新聲詩初探》(《文學評論》，2004 年第 3 期) 中提出「新聲詩」概念，他認為聲樂與文本是新聲詩的兩個層面，「就『新聲詩』而言，其『聲』的要素包括兩個層面：一是聲樂層面，二是文本層面。二者相對獨立又相得益彰，共同把『聲』在詩歌中的藝術功能發揮到了極致」〔註36〕。但隨著白話文學運動的展開，「其詩句的結構和聲韻型態，不僅打破了古代『文言』相應的聲韻格律，而且『新聲詩』與『新徒詩』也出現了較大的差別。『新聲詩』基本上保持了『韻文』的傳統；而『新徒

〔註35〕與漢語新詩聲音問題相關的研究內容，本文將在第一章第二節中展開。
〔註36〕黃丹納：《新聲詩初探》，《文學評論》，2004 年第 3 期，第 115 頁。

詩』中大量作品則散文化了」〔註 37〕。唐文吉在《聲音與中國詩歌》（《文藝理論與批評》，2005 年第 4 期）中認為，格律不能從根本上闡釋聲音問題，而選擇從詞語的內聽角度，提倡聲詩合一。他提到，中國詩歌從歌邁向語詞，經歷由外聽走向內聽的發展過程，故而認為應該回到歌中去發現聲音，從歌詞中去尋找新詩的未來。林少陽的《未竟的白話文——圍繞著「音」展開的漢語新詩史》（《新詩評論》，2006 年第 2 輯）中，探討了音、形、義之間的詞源學關係，挖掘民族主義的歷史脈絡。其中，區分出書面體的嬗變和聲音媒介的差異性，從 20 世紀三四十年代圍繞音展開的歌謠收集運動和與 20 世紀五十年代新民歌對聲的實踐兩個角度，簡要概說了白話文運動至 20 世紀 80 年代之前漢語詩歌的演變史，進而追問新詩的出路。由此能夠看出，一方面音與聲通向了兩種詩歌音樂性的方向，另一方面也不影響二者之間的互動和交融。

　　第二，回到漢語新詩的研究脈絡中。劉方喜從美學關係出發，對聲情理論進行構建。劉方喜的《聲情說：詩學思想之中國表述》（北京：知識產權出版社，2008 年版）和《「漢語文化共享體」與中國新詩論爭》（濟南：山東教育出版社，2009 年版）兩部著作，都試圖從聲與情在詩歌的互動關係中，構建 20 世紀詩歌的發展脈絡。劉方喜的《聲情說》強調漢語詩學的獨特性，他認為「聲情」重視聲音的「內在的功能本質」，他試圖超越三種模式，即「形式主義與片面強調情感表現的心理主義之間的二元對立」、「語言工具論及語言研究『意義－形式』二分法」、和「『主體－客體二分的單向作用模式』」，從而建構「有限性－超越性」、「體－用」和「天－人」的詩學體系。〔註 38〕在「聲情說」的基礎上，劉方喜在《「漢語文化共享體」與中國新詩論爭》中，將新詩的論爭作為切入點，集中於聲音的探討，從而進一步呈現「聲情說」的重要性。他將 1985 年中國現代詩出現的兩大陣營，即以「整體主義」、「新傳統主義」為代表的漢詩傾向和以「非非」、「他們」為代表的後現代主義傾向，將關於本土化問題的分歧作為整個 1980 年代詩歌聲音論爭的癥結，分析了語言形式的現代化與民族化，口語與書面語之間的矛盾分歧，從而呼籲重建「漢語文化共享體」，提倡重視形象、意義、思想、意象與漢語韻律的關係。

〔註37〕黃丹納：《新聲詩初探》，《文學評論》，2004 年第 3 期，第 111 頁。
〔註38〕劉方喜：《聲情說：詩學思想之中國表述》，北京：知識產權出版社，2008 年版，第 5～6 頁。

江克平（John A.Crespi）的《革命的聲音：現代中國的聽覺想像》（*Voices in Revolution Poetry and Auditory Imagination in Modern China*, University of Hawai'i Press, 2009）中，追溯了 20 世紀朗誦詩歌的源頭，從民族、政治與美學等多角度分析了不同歷史時期漢語的朗誦歷史。並認為，自 1980 年代以來的後毛澤東時代起，逐漸分離出區別於「運動」的朗誦「活動」，這種趨勢打破了官方意識形態的控制，而走向了與市場化相呼應的集舞臺表演和歌唱藝術為一體的新型詩歌朗誦活動。在近幾年海外漢語詩學的研究過程中，可以說，江克平（John A.Crespi）從漢語新詩的歷史語境出發，頗具建構性地填補了漢語新詩中口頭聲音研究的空缺。此外，梅家玲在《有聲的文學史——「聲音」與中國文學的現代性追求》（《漢學研究》，2011 年第 29 卷第 2 期）中，也試圖從現代性的框架中，從「讀詩會」的「音聲實驗」以及「朗誦詩」的發展，詮釋漢語新詩中聲音的歷史變遷。黃丹納在《論新聲詩的現代性》（《中州學刊》，2011 年第 3 期）中，將新聲詩與中國工業文明的發展相結合，突出「新聲詩」與中國傳統農業文明的根本差異就在於現代性。趙黎明在《「聲詩」傳統與現代解釋學的「聲解」理論建構》（《浙江大學學報》，2013 年第 6 期）中提出，口語白話詩和音樂性流失造成了漢語新詩與傳統詩歌的斷裂，需從「以聲觀志」、「因聲尋義」、「同調同感」、「緣聲入神」和「新詩的戲劇化」〔註39〕幾個維度尋找聲音。

以上從理論研究層面對 1980 年代以來漢語新詩中聲音問題的考察，一方面跳離出古典詩歌的聲音局限性，為漢語新詩開啟了新的研究空間；另一方面，對於漢語新詩中聲與音的互動，聲與情的互動等，都提出了新的見解和研究方法。但同時，也容易陷入到詩學論爭或者民族國家的歷史框架中，而沒有立足於漢語新詩創作特色，更無法真正意義上為聲音的理論體系和動態研究找到出路。

二、1980 年代以來漢語新詩創作的聲音研究

早在 1989 年，胡興在《聲音的發現：論一種新的詩歌傾向》中就指出「第三代」詩人區別於朦朧詩的「無調性」〔註40〕創作特徵。直到 2008 年，

〔註39〕趙黎明：《「聲詩」傳統與現代解釋學的「聲解」理論建構》，《浙江大學學報》（人文社會科學版），2013 年第 6 期，第 1 頁。

〔註40〕胡興：《聲音的發現——論一種新的詩歌傾向》，《山花》，1989 年第 5 期，第 70 頁。

張桃洲在《論西渡與中國當代詩歌的聲音問題》中特別指出,「20 世紀前半葉新詩在聲音方面的興趣,大多偏於語言的聲響、音韻的一面,而較少深究集結在聲音內部的豐富含義。進入當代特別是 20 世紀 80 年代以後,聲音的複雜性引起了程度不一的關注,聲音成為辨別詩人的另一『性徵』」〔註41〕。可見,1980 年代以來漢語新詩創作的聲音問題,已成為當下詩學研究的重要論題。

就目前的研究成果而言,研究者主要集中於個人化的聲音特徵,其中包括對翟永明、西渡、歐陽江河、鐘鳴、陳東東、張棗、伊沙等詩人的文本細讀。研究者在文本細讀的過程中,以詩人所使用的分行、停頓、構詞、口氣、句式長度、韻律、節奏等為依託,從詩歌構成的體系中探尋每一位詩人的個體聲音特質,「每一個詩人的成功必依賴於此種『個體聲音』的特異」〔註42〕。這其中,包括西渡的《詩歌中的聲音問題》(《淮北煤炭師範學院學報》(哲學社會科學版),2000 年第 1 期),敬文東的《抒情的盆地》(長沙:湖南文藝出版社,2006 年版),周瓚的《翟永明詩歌的聲音與述說方式》(《透過詩歌寫作的潛望鏡》,北京:社會科學文獻出版社,2007 年版),張桃州的《論西渡與中國當代詩歌的聲音問題》(《藝術廣角》,2008 年第 2 期),荷蘭萊頓大學柯雷(Maghiel van Crevel)的《對抗的詩?──伊沙詩歌中的聲音與意義》(*Rejective Poetry 抬 Sound and Sense in Yi Sha*)〔註43〕。翟月琴的《輪迴與上升:陳東東詩歌中的聲音抒情傳統》(《江漢大學學報》(人文科學版),2012 年第 3 期),翟月琴的《疾馳的哀鳴:論張棗詩歌中的聲音與抒情表達》(《南京理工大學學報》,2012 年第 4 期),趙飛的《剔清那不潔的千層音──論詩歌語言的聲音配置》(《長沙理工大學學報》,2014 年第 1 期),柯雷(Maghiel van Crevel)在 2008 年出版的著作《精神、混亂與金錢時代的中國詩歌》(*Chinese Poetry in Times of Mind, Mayhem and Money*, Leiden. Boston: Brill, 2008)中涉及到了歌手、詩人顏峻的朗誦和音樂表演形式,等等。

從這些研究中能夠看出,1980 年代以來漢語新詩的影響因素是多元而複

〔註41〕 張桃洲:《論西渡與中國當代詩歌的聲音問題》,《藝術廣角》,2008 年第 2 期,第 48 頁。

〔註42〕 周瓚:《透過詩歌寫作的潛望鏡》,北京:社會科學文獻出版社,2007 年版,第 213 頁。

〔註43〕 Maghiel van Crevel, Tian Yuan Tan and Michel Hockx: *Text, Performance, and Gender in Chinese Literature and Music*, Leiden. Boston: Brill, 2009, p389-412.

雜的，同時又重視個人化的聲音特質。但這些研究更多聚焦於個案，而缺乏
一種整體性的觀照。

第三節　研究意義

　　本書的研究意義，一方面，在於以 1980 年代以來的漢語新詩爲研究對象，
考察、梳理聲音在這一階段的體現；另一方面，又以 1980 年代以來漢語新詩
的創作和理論實踐爲基礎，討論漢語新詩的聲音問題。

　　首先，打破詩學論爭或者民族國家的現代性研究模式，而是立足於詩歌
文本，通過探討 1980 年代以來漢語新詩文本中的聲音，將傳統與現代勾連起
來。20 世紀的漢語新詩，是在現代化進程中從白話詩的嘗試階段逐漸開始成
長起來的。漢語新詩的現代，既指向本土化的傳統連續性，又面向當下社會
生活的實際形態。探討漢語新詩的聲音，一個重要的研究途徑就是將聲音與
整個新詩現代化進程的語境結合起來，在二者的相互關係中判斷聲音是否存
在，又是以何種方式存在。在這個過程中，回到詩歌文本，無疑是連接二者
關係的重要樞紐。

　　其次，西方學者關於詩歌的聲音研究相對成熟，其中包括聲音表現形式
的研究〔註 44〕、聲音與意義的研究〔註 45〕、口頭聲音研究〔註 46〕以及個案研
究〔註 47〕等諸多方面，但國內系統的研究還略顯匱乏。筆者跳脫齣目前國內

〔註 44〕 關於西方現代詩的聲音表現形式的研究，涉及到韻律、音步、輕重音等，較
　　　　有代表性的是 Gross, Harvey & Medwell Robert, *Sound and Form in Modern
　　　　Poetry*, Ann Arbor: The University of Michigan Press, 1996.
〔註 45〕 聲音與意義關係的研究，在西方論著中也成果頗豐。比如 Alan B Galt: *Sound
　　　　and Sense in the poetry of Theodor Storm*, Bern: H.Lang, 1973。其中，Alan B Galt
　　　　對德語詩人狄奧多・施狄姆（Theodor Storm）的 320 首詩歌的音節進行量化
　　　　統計，歸類分析它們對於主題表達的意義，從而將以前從個別詩歌考察聲音
　　　　與主題關係擴展到總體範疇。
〔註 46〕 主要圍繞口頭聲音與書面語言文字的差異，詩歌的音樂製作等內容展開，較
　　　　有代表性的著作包括 Ong.Walter J, Orality and Literacy: *The Technologizing of
　　　　Word*, New York: Routledge, 1988; Charles Bernstein: *Close Listening*, New York:
　　　　Oxford University, 1998.
〔註 47〕 在西方學者中，通過語言文字特點理解詩人的聲音，已相當普遍。較有代表
　　　　性的是西默斯・希尼，他在《不倦的蹄音：西爾維婭・普拉斯》中結合普拉
　　　　斯的不幸與混亂的生活，提到「普拉斯的舌頭卻爲格律、節奏、詞彙、諧音和
　　　　跨行連續的規則所管轄」，從這些聲音表現形式的綜合體中，發現詩人「所具
　　　　有的自由和強迫性都是獨特的」，並指出，「詩人需要超越自我以達到一種超於

學界傾向於個案研究的局限，從聲音的表現形式，聲音的主題類型、聲音的意象顯現以及聲音的傳播方式等多維度切入，在思考 1980 年代以來漢語新詩中聲音的特徵時，也提供了更為多元化的研究路徑。

再次，巴赫金說過：「對於詩歌來說，音和意義整個地結合」〔註 48〕，但研究 1980 年代以來漢語新詩中的聲音，經常會陷入兩種誤區：一種是將聲音從意義中割裂出來，進行語言學上的解析；另一種則是過分地強調附加於聲音之上的意義，而忽略了聲音的獨立價值。聲音從來就不是一個孤立的存在，而是與意義密切相關。但目前聲音與意義的研究尚屬空缺，韋勒克、沃倫早在《文學理論》中就特別指出：「『聲音與意義』這樣的總的語言學的問題，還有在文學作品中它的應用於結構之類的問題。特別是後一個問題，我們研究得還很不夠」〔註 49〕。直到新世紀，劉方喜仍然提到：「對有關圍繞聲韻問題的分析基本上還只處在『形式』層，還沒有提升到形式的『功能』層，即聲韻形式在詩歌的意義表達中究竟起到什麼樣的作用——這樣的問題還沒有進入他們的理論視野。」〔註 50〕因此，本文試圖打破聲音與意義的二元對立關係，從二者的結合體中著手研究。

最後，1980 年代以來漢語新詩內部的發展狀況極為複雜。筆者一方面通過細讀這一階段較有代表性的漢語新詩，在展現聲音的豐富多樣性時，也為漢語新詩的文本提供一種全新的閱讀視角；另一方面則針對 1980 年代以來漢語新詩中聲音的突破和尷尬處境，將漢語新詩的聲音推向動態化、系統化的研究過程。1980 年代以來漢語新詩的聲音只能落實和呈現在具體的詩歌文本中，然而，在這一特定的歷史階段中，詩歌文本又數不勝數，本文並不能一一解析。但首先筆者前期的研究成果中已經重點討論了包括顧城、楊煉、多多、海子、西川、翟永明、張棗、臧棣、陳東東、藍藍等重要作家作品，同

自傳的聲音」，也就是說需要找到個人的音調，「在詩性言說的層面上，聲音和意義像波浪一樣從語言中湧出，在那如今比個人所能期望的更為強勁和深邃的形式之上，傳達出個人的語音」。（可參看〔愛爾蘭〕西默斯·希尼：《希尼詩文集》，吳德安等譯，北京：作家出版社，2001 年版，第 400、396 頁）

〔註 48〕〔俄〕巴赫金：《文藝學中的形式主義方法》，《周邊集》，李輝凡、張捷等譯，石家莊：河北教育出版社，1998 年版，第 241 頁。

〔註 49〕〔美〕雷·韋勒克，奧·沃倫：《文學理論》，劉象愚、邢培明等譯，北京：生活·讀書·新知三聯書店，1984 年版，第 172 頁。

〔註 50〕劉方喜：《「漢語文化共享體」與中國新詩論爭》，濟南：山東教育出版社，2009 年版，第 324 頁。

時也嘗試打撈部分被埋沒的詩歌作品，並盡量觀照當下最新的詩歌創作動態。但對 1980 年代以來漢語新詩做一總體性的概說和評介，並不是本文的動機所在，筆者希求至少在有限的視野範圍內，對具有代表性的詩歌文本進行解讀，通過舉一反三而由此及彼。

第四節　論文框架

　　本書是以 1980 年代以來爲時間段，考察這一階段的漢語新詩中的聲音問題。如上文所云，之所以選擇 1980 年代以來這個時間段作爲研究的起點，一方面是因爲從詩歌文本創作的豐富多樣性，到詩歌中聲音的系統性探索，這一階段都是一個完整而合理的研究階段；另一方面則因爲就目前的研究成果而言，此時期對這一課題的研究仍相對薄弱。因此，本書將研究對象集中於 1980 年代以來的漢語新詩，試圖從多角度呈現出這一階段漢語新詩的聲音特質。筆者打算從以下幾個方面展開論述：

　　第一章、1980 年代以來漢語新詩的聲音問題。1980 年代以來漢語新詩創作和批評的重要美學轉向就是重新發現聲音。這不僅體現在創作實踐方面，還體現在相關的理論探索方面。在創作實踐上實現了三個方面的轉型，即從集體的聲音過渡到個人化的聲音、從意象中心到聲音中心和聲詩從「運動」轉向「活動」；在相關的理論探索方面，主要圍繞兩個方面展開，即返歸到漢語新詩的節奏、韻律和返回到歌與口頭聲音。本章考察 1980 年代以來漢語新詩的創作實踐轉型和相關的理論探索，展現這一階段的總體特點。

　　第二章、聲音的表現形式。聲音的表現形式，指的是一首詩外在的形式，也可以理解爲聲音的固有因素，體現的是「聲音的特殊的個性」，通常可以稱爲「音樂性」或者「諧音」〔註 51〕。由於漢語新詩不再受限於古典詩的聲音形式，郭沫若提出「內在的韻律」〔註 52〕觀念，他認爲「詩之精神在其內在

〔註 51〕　〔美〕雷·韋勒克，奧·沃倫：《文學理論》，劉象愚、邢培明等譯，北京：生活·讀書·新知三聯書店，1984 年版，第 167 頁。聲音的固有因素和聲音的關係因素相對，後者指的是「音高、音的延續、重音以及復現的頻率等，這一切關係因素都有量的區別。音高可高可低、音的延續可長可短、重音可輕可重、復現的頻率可大可小」。比較而言，前者相對穩定，後者則變化多端。

〔註 52〕　關於「內在的韻律」觀念，至今仍是詩學研究的熱點。張桃洲在《內在旋律：20 世紀自由體新詩格律的實質》（《文學評論》，2013 年第 3 期）中認爲，自由詩從胡適的「自然的音節」、郭沫若的「內在的韻律」、艾青的「健美的糅

的韻律（Intrinsic Rhythm），內在的韻律（或曰無形律）並不是什麼平上去入，高下抑揚，強弱長短，宮商徵羽；也並不是什麼雙聲疊韻，什麼押在句中的韻文！這些都是外在的韻律或有形律（Extraneous Rhythm）。內在的韻律便是『情緒的消長』。」〔註53〕將「內在律」歸因於「情緒的消長」，固然在詩人情感與詩歌的語言文字之間建立了關聯。但問題在於，這種「內在律」的解釋擱置於新舊之爭的歷史語境中，忽略了聲音的表現形式，而陷入內在與外在的二元對立思維模式中。潘頌德認為，「一味強調『內在韻律』，無視詩歌聲律的作用，過分地強調詩歌形式的絕端自由，導致喪失詩的形式要素，其結果導致取消詩的惡果」〔註54〕。儘管韻律並不是一首詩的必要條件，但沒有一首詩能夠脫離形式而存在。同時，聲音的表現形式也不再是傳統意義上的平仄、押韻、對仗和字數，而是尋找新的聲音表現形式。1980 年代以來的漢語新詩創作包含著豐富多元的聲音表現形式，但卻缺乏對這一階段聲音表現形式的歸類，然而如沈從文所云，「新詩有個問題，從初期起即討論到它，久久不能解決，是韻與詞藻與形式之有無存在價值。大多數意思都以為新詩可以拋掉這一切（他們希望各有天才能在語言裏把握得住自然音樂的節奏），應當是精選語言的安排。實則『語言的精選與安排』，便證明新詩在詞藻形式上的不可偏廢」〔註55〕。基於此，回顧 1980 年代以來重要的作家作品，到底呈現出哪些突出的聲音表現形式，已經是當下漢語新詩研究不可規避的重要內容。本章通過探討 1980 年代以來漢語新詩中重要詩人對迴環、跨行、長短句、標點符號等的實踐，觀照 1980 年代以來漢語新詩的聲音表現形式所彰顯的情感和心理特徵。

　　第三章、聲音的主題類型。提及聲音與主題的研究，俄羅斯學者加斯帕羅夫曾在專著《俄國詩史概述・格律、節奏、韻腳、詩節》（1984）中，採用統計學方法，分析了俄國六個歷史階段運用的格律、節奏、押韻和詩節等形

　　和」、穆旦的「新的抒情」再到昌耀的「大音希聲」，遵循的是一條內在旋律的路徑。李章斌在《韻律如何由「內」而「外」？——談「內在韻律」理論的限度與出路問題》（《文學評論》，2013 年第 6 期）中，提到韻律是「生於內而形於外」的，自由詩的韻律結構也值得挖掘。

〔註53〕郭沫若：《論詩三劄》，楊匡漢、劉福春：《中國現代詩論》上編，廣州：花城出版社，1985 年版，第 51 頁。

〔註54〕潘頌德：《中國現代新詩理論批評史》，上海：學林出版社，2002 年版，第 41 頁。

〔註55〕沈從文：《抽象與抒情》，上海：復旦大學出版社，2004 年版，第 88 頁。

式，探討了每一個時期佔據主導地位的韻律形式及其與之相關的主題。〔註56〕研究詩歌主題與聲音之間的關係，對於理解詩人的創作相當有效，比如「波波夫和麥克休把『喉頭爆破音』與策蘭母親的死聯繫了起來」〔註57〕。也就是說，「策蘭所經歷的一切，都會作用於他的詩學：荷爾德林的瘋癲、卡夫卡的喉結核、『戈爾事件』所帶來的傷害，存在之不可言說和世界之『不可讀』等等，都會深深作用於他的詩的發音」〔註58〕。就 1980 年代以來漢語新詩的創作而言，聲音與主題的構成關係表現得相當突出。本章通過分析滲透在主題中的聲音構成類型，根據聲音在 1980 年代以來所凸現出來的三個構成要素，即反傳統的抗聲、女性詩歌的音域和互文性的借音，展開論述在主題中顯現出的聲音特徵。

　　第四章、聲音的意象顯現。據韋勒克、沃倫在《文學理論》中所言，「聲音的象徵與聲音的隱喻在每一種語言裏都有自己的慣例與模式」〔註59〕，同樣，漢字本身是音、形、義的結合體，「跟文字所代表的詞在意義上有聯繫的字符是意符，在語音上有聯繫的音符，在語音和意義上都沒有聯繫的是記號。拼音文字只使用音符，漢字則三類符號都使用」〔註60〕。漢語詩歌遵循漢字的基本性質，將聽覺的音付之於文字，呈現出空間、線性的視覺形式謂之形，而「『義』指的是單字靜態、相對固定的觀念、意義。但既然處於『音』、『形』與閱讀意識的動態的關係中，『義』在詩的符號組合中被讀者意識生產爲動態的一首詩的情感、意義」〔註61〕，這裡一方面強調義作爲相對穩定的觀念而

〔註56〕此研究的相關介紹可參看黃玫：《韻律與意義：20 世紀俄羅斯詩學理論研究》，北京：人民出版社，2005 年版，第 99 頁。

〔註57〕王家新：《「喉頭爆破音」——對策蘭的翻譯》，《在你的晚臉前》，北京：商務印書館，2013 年版，第 20 頁。

〔註58〕王家新：《「喉頭爆破音」——對策蘭的翻譯》，《在你的晚臉前》，北京：商務印書館，2013 年版，第 21 頁。

〔註59〕〔美〕雷·韋勒克，奧·沃倫：《文學理論》，劉象愚、邢培明等譯，北京：生活·讀書·新知三聯書店，1984 年版，第 171 頁。關於聲音的象徵和隱喻在不同語言中的體現，法國學者格拉蒙對法國詩歌的表現力曾做過細緻而獨到的研究，「他把法語的所有輔音與母音加以分類，探討了它們在不同詩人的作品中表達的效果」。這種研究方式，韋勒克、沃倫在《文學理論》中給予了高度評價：「格拉蒙的研究雖然不免帶有主觀性，但是在某一特定的語言體系中仍有某種文字的『觀相術』（physiognomy）之類的方法存在，這就是比象聲法遠爲流行的聲音象徵」。

〔註60〕裘錫圭：《文字學概要》，北京：商務印書館，1988 年版，第 11 頁。

〔註61〕林少陽：《未竟的白話文——圍繞著「音」展開的漢語新詩史》，《新詩評論》，

存在，另一方面則指向符號組合所產生的情感效果。日本學者松浦友久在《中國詩歌原理》中提到，「『韻律』與『意象』相融合的『語言表現本身的音樂性』，亦可稱作詩歌的『語言音樂性』」〔註 62〕。聲音與意象的關係，如波德萊爾所云：「形式，運動，數，顏色，芳香，在精神上如同在自然上，都是有意味的，相互的，交流的，應和的」〔註 63〕。這種「應和」或者「通感」的詩學理念，波德萊爾、瓦雷里、蘭波，魏爾倫等法國象徵主義詩人將其發揮到極致，李金髮、戴望舒、梁宗岱等中國象徵主義詩人也多有借鑒。正是由於意象與聲音之間有著緊密的關係，本章通過呈現 1980 年代以來漢語新詩「太陽」意象中同聲相求的句式、「鳥」及其衍生意象中升騰的語調、「大海」中變奏的音樂形式、「城「及其標誌性意象中破碎無序的辭章，分析意象中顯現出的聲音特徵。

第五章、聲音的傳播方式。這裡聲音的傳播方式，主要指的是漢語新詩的音樂伴奏形式或者其他口頭聲音形式。張賽周曾在《新詩處於非改革不可的地步》提到，「中國舊的詩歌文學中，從《楚辭》到唐詩、宋詞、元曲以及千千萬萬的民歌，它們都保持著詩歌最初的也是基本的特徵自己的音韻的特色，唯獨『五四』運動以來的某些新詩把這種特色丟掉了，實行了口頭文學（即便於歌唱、吟誦）和文字文學（即僅僅爲了閱讀）的分裂」〔註 64〕。這種分裂，一方面使得詩歌不再依賴於樂曲和口頭形式，而在語言文字方面具有獨立的聲音特點；另一方面，也刺激了音樂伴奏和口頭形式的發展，爲漢語新詩的傳播提供了新的可能。本章主要分析 1980 年代以來頗具影響力的誦詩、唱詩兩種聲音傳播方式，在釐清誦詩和唱詩概念的同時，突出誦與唱對漢語新詩產生的影響，區分出誦本與誦讀、歌詞與詩兩組概念，從而開拓通過音樂伴奏或者口頭髮聲的聲詩途徑。

最後，結語：重申詩歌中聲音的重要性，在爲 1980 年代以來漢語新詩的聲音提供豐富資源的同時，也將本課題的研究推向開放性、多樣性和動態

2006 年第 2 輯，第 4 頁。

〔註 62〕 〔日〕松浦友久：《中國詩歌原理》，孫昌武等譯，瀋陽：遼寧教育出版社，1990 年版，第 268 頁。

〔註 63〕 〔法〕波德萊爾：《對幾位同代人的思考》，《波德萊爾美學論文選》，郭宏安譯，北京：人民文學出版社出版，1987 年版，第 97 頁。

〔註 64〕 張賽周：《新詩處於非改革不可的地步》，《新詩歌的發展問題》第一集，北京：作家出版社，1959 年版，第 280 頁。

化。總之，本文從文本出發，主要採用文本細讀的方法，並綜合文學史、藝術史、語言學等多種考量，呈現漢語新詩中聲音的蓬勃生命力，並爲整個漢語新詩的創作和理論研究提供聲音資源。

第一章　1980 年代以來漢語新詩的聲音問題

　　詩既用語言，就不能不保留語言的特性，就不能離開意義而去專講聲音。

——朱光潛：《詩論》

　　在音樂與詩歌之間有一個本質的區別。在音樂中，同步是永恒的：組合旋律、賦格曲、和聲。詩歌是語言構成的：含義構成的聲音。

——奧克塔維奧・帕斯：《批評的激情》

　　1980 年代以來，漢語新詩創作和批評的重要美學轉向，就是對聲音的重新發現。在創作實踐方面，主要表現為從集體的聲音過渡到個人化的聲音、從意象中心到聲音中心的實驗和聲詩從「運動」走向「活動」。在理論探索方面，主要圍繞詩與樂的關係展開，就此問題，可以參照的資源包括返歸漢語新詩的節奏、韻律和返回到歌與口頭聲音兩個方面。本章主要探討 1980 年代以來漢語新詩創作實踐的轉型與相關理論探索。

第一節　創作實踐轉型

　　1980 年代以來的漢語新詩，不可避免地繼承了朦朧詩所樹立的傳統。但同時，1980 年代以來的詩人們又雄心勃勃，不甘於墨守成規，渴望開闢新的

天地，這樣，已變身爲詩壇主流的朦朧詩美學風格便自然而然成爲他們反思、反抗甚至是超越的對象。這在極大程度上引領了新的美學風向，並推進了 1980 年代以來漢語新詩創作實踐的聲音轉型。

一、從集體的聲音過渡到個人化的聲音

就本文所討論的 1980 年代以來漢語新詩而言，與其最具親緣關係的就是朦朧詩。雖然朦朧詩走出 20 世紀五六十年代政治抒情詩的藩籬，抒情主體從大我轉向了小我。但朦朧詩大多誕生於壓抑、苦悶的政治環境中，體現出經歷過十年浩劫的詩人們對自我命運的焦灼和懷疑，在特定的歷史時期很快又上昇爲一種集體化的全民族危機感，折射出一個時代集體性的精神烙印。在這樣的歷史環境中，無論是北島《回答》的懷疑句式「告訴你吧——世界／我不相信！」〔註 1〕，多多《密周》的暴戾語調「面對著打著旗子經過的隊伍／我們是寫在一起的示威標語」〔註 2〕，還是舒婷《祖國呵，我親愛的祖國》的讚美歌調「我是貧困，／我是悲哀。／我是你祖祖輩輩／痛苦的希望呵」〔註 3〕，儘管他們聲嘶力竭地呼喚著自我，卻很難掙脫政治意識形態這一主旋律的束縛。這些作品以集體認可的語言渲染情感，形成一種主流的語言表達形式，最爲突出的就是慣用主謂語句式「我是……」、「我們是……」，同時，感歎詞「啊」、「呵」和排比句式，更是頻繁出現。總之，從整體的創作特點來看，朦朧詩依託於集體認同的語言，在語音、語調、辭章結構和語法等方面，立足於「從一個英雄的聲音開始」〔註 4〕，呈現出一個時代共有的集體化聲音特徵。

創作於 1980 年代以來的漢語詩歌，在創作環境上顯得相對寬鬆、自由。在 1980 年代初期，走出文化廢墟的詩人們，將個人命運與政治意識形態的關係轉移爲個人存在與他們對文化傳統的反思。其中，文化尋根詩逐漸走出政治意識形態的羈絆，在自我的情感表達上顯得相對約束，如王光明所述：「1980 年是一個起點，首先是從對感情的沉溺過渡到情感的自我約束，然後

〔註 1〕　北島：《回答》，《北島詩歌集》，海口：南海出版公司，2003 年版，第 7 頁。
〔註 2〕　多多：《密周》，《多多詩選》，廣州：花城出版社，2005 年版，第 8 頁。
〔註 3〕　舒婷：《祖國呵，我親愛的祖國》，《舒婷的詩》北京：人民文學出版社，1994
　　　　年版，第 41 頁。
〔註 4〕　柏樺：《左邊：毛澤東時代的抒情詩人》，南京：江蘇文藝出版社，2009 年版，
　　　　第 51 頁。

是從當代生存環境的審度過渡到整個文化生態的反思。」〔註 5〕但文化尋根詩的史詩性創作，仍然帶有集體性的聲音特點，因爲詩人們跳脫出政治意識形態，但又陷入對傳統文化的反思，渴望通過詩歌回到歷史文化的根脈，在詩歌作品與歷史文化的互動關係中，重新建立在「文革」時代被搗毀的文化價值體系。在此基礎上，文化尋根詩追求的是宏闊的詩歌結構，以長詩、組詩爲主要表現形式，江河的《太陽和他的反光》，楊煉的《諾日朗》，宋渠、宋煒的《大佛》，廖亦武《樂土》和《大盆地》，歐陽江河的《懸棺》等，成爲文化尋根詩的重要代表作品。其中，廖亦武的組詩《樂土》高歌著「太陽啊，你高唱。曲調豁開遠海的肚子／崛起的新地像紫色的肉瘤，密佈血脈／那些未來之根／／水夫們向天空伸出八十一隻手臂／他們的血裏滲透著太陽的毒素，最莊嚴的深淵／在他們心裏／他們因此被賦予主宰自然的權力」〔註 6〕，江河的組詩《太陽和他的反光》深沉地講述著「他發覺太陽很軟，軟得發疼／可以摸一下了，他老了／手指抖得和陽光一樣／可以離開了，隨意把手杖扔向天邊／有人在春天的草上拾到一根柴禾／擡起頭來，漫山遍野滾動著桃子」〔註 7〕，上述詩作通過組詩的方式或者追求悠長、綿密的句式，或者推崇高亢而深遠的音調，往往帶給人開闊、亙古、雄渾或者具有爆發力的情感體驗。

如果我們把視線游離開，也關注一下在大陸詩壇漸漸淡出的朦朧詩人們，就不難發現，朦朧詩時代所呈現的集體化聲音的確已一去不復返。1985年以後，朦朧詩人紛紛轉型，詩人嚴力、顧城、北島、多多、楊煉等相繼離開故土，退出朦朧詩的大潮，「作爲詩人，北島們至今仍在作著詩的深入和轉化的努力，繼續著詩的實驗性抒寫，即他們自己也已經紛紛走出了『朦朧』詩時代」〔註 8〕。昔日的朦朧詩人們與政治意識形態的關係相對疏離，他們遠離激昂而悲壯的情感基調，懷揣著出走和返鄉的心緒尋找新的創作空間。多多《依舊是》中「走在詞間，麥田間，走在／減價的皮鞋間，走到詞／望到

〔註 5〕 王光明：《現代漢詩的百年演變》，石家莊：河北人民出版社，2003 年版，第 540 頁。

〔註 6〕 廖亦武：《歌謠》，溪萍編：《第三代詩人探索詩選》，北京：中國文聯出版公司，1988 年版，第 184 頁。

〔註 7〕 江河：《追日》，《太陽和他的反光》，北京：人民文學出版社，1987 年版，第 9 頁。

〔註 8〕 李振聲：《季節輪換：「第三代」詩敘論》，上海：復旦大學出版社，2008 年版，第 2 頁。

家鄉的時刻，而依舊是」〔註9〕，迴環往復的音韻環繞著詩人回鄉的願景。北島《寫作》中「鑽石雨／正在無情地剖開／這玻璃的世界 ∥打開水閘，打開／刺在男人手臂上的／女人的嘴巴 ∥打開那本書／詞已磨損，廢墟／有著帝國的完整」〔註10〕，知性的短句流露出詩人對語言，尤其是母語的思考。楊煉《大海停止之處》中，「返回一個界限　像無限／返回一座懸崖　四周風暴的頭顱／你的管風琴注定在你死後／繼續演奏　肉裏深藏的腐爛的音樂」〔註11〕，以交響樂奏響出漂泊的心理。這些詩作都逐漸走出政治反叛的主旋律，並脫離集體化的聲音表達方式，而是從語言層面帶給讀者多元而全新的聲音體驗。

　　1990 年代以來的漢語詩歌，在整體上走出政治詩和文化詩的創作思潮，呈現出擺脫集體化的創作特徵，而更強調個體的感受力和想像力，「突出了個人獨立的聲音、語感、風格和個人間的話語差異。它是對新詩、尤其是『十七年』以後的意識形態寫作和 80 年代包括政治詩、文化詩、哲學詩在內的集體性寫作做定向反撥的結果」〔註12〕。周瓚提出「個人的聲音」，她認為，『個人的聲音』是詩歌獨特的聲音顯現，可以說，每一個詩人的成功必依賴於此種『個體聲音』的特異」〔註13〕。這其中，最為醒目的詩歌創作思潮當屬女性詩歌，她們秉承 1980 年代建立起的女性意識，開拓出一種別樣的創作風景。早在 1980 年代就大放異彩的女性詩人翟永明、陸憶敏、王小妮、唐亞平、張眞、伊蕾、趙瓊、虹影、藍藍、路也等，背離男性話語權力中心，注重女性獨特的情感經驗，在私人化的心理空間中呈現出多樣化的語音、語調、辭章

〔註9〕　多多：《依舊是》，《多多詩選》，廣州：花城出版社，2005 年版，第 202 頁。

〔註10〕　北島：《寫作》，《北島詩歌集》，海口：南海出版公司，2003 年版，第 120頁。

〔註11〕　楊煉：《大海停止之處》，《大海停止之處：楊煉作品 1982～1997 詩歌卷》，上海：上海文藝出版社，1998 年版，第 511 頁。

〔註12〕　羅振亞：《「個人化寫作」：通往『此在』的詩學》，《中國文學研究》，2004 年第 1 期，第 23 頁。1990 年代以來，「個人化寫作」這一詩學命題，備受學界關注。筆者在這裡借用羅振亞的界定，從總體的創作傾向來看，指的是走出政治詩、文化詩、哲思詩的集體性寫作而注重個人獨特感受力和想像力的漢語新詩。當然，這種時間上的劃定並不是絕對的，每位詩人的情況又各有不同，筆者只是將這一階段擱置於當代漢語新詩脈絡中，觀照其整體上的詩學轉向。

〔註13〕　周瓚：《透過詩歌寫作的潛望鏡》，北京：社會科學文獻出版社，2007 年版，第 213 頁。

結構和語法。翟永明的《靜安莊》「分娩的聲音突然提高」〔註14〕，伊蕾的《獨身女人的臥室》「我是這浴室名副其實的顧客／顧影自憐──／四肢很長，身材窈窕」〔註15〕等，嘶喊出女性愛欲書寫時尖銳、刺耳的語音特質。新世紀以來，王小妮的《影子和破壞力》「正急促地踩踏另一個自己／一步步挺進，一步步消滅」〔註16〕，鄭曉瓊的《碇子》「在細小的針孔停佇，閃爍著明亮的疼痛」〔註17〕等作品，都體現出女性詩歌邁向公共性書寫的傾向，強調詩人對社會現實的獨特理解，詩歌的跨行、停頓、標點符號顯露出女性所發出的震顫的力量。

　　從上述列舉中能夠看出，漢語詩人逐漸走出意識形態的牢籠，並由朦朧詩的政治反叛詩，文化尋根詩的長詩、組詩過渡到個人化的聲音，跳脫出集體的聲音特點，而更注重個人化的聲音。在他們看來，「在一首詩中，聲音往往是一個決定性的因素，它或者使一首詩連結成一個不可分割的整體，或者使一首詩全盤渙散。事實上，聲音問題也牽涉詩人的個性。獨特的聲音既是一個詩人的個性的內核」〔註18〕。當然，個人與集體的聲音是相對的，同時，藝術也是不斷地突破固有的社會秩序和傳統規範而尋求個性的過程。在這個過程中，1980 年代以來，湧現出大量具有代表性的詩人，比如顧城、海子、西川、于堅、臧棣、陳東東、張棗、柏樺、藍藍等，他們採用更爲自由、多樣化的語音、語調、辭章結構和語法，充分挖掘個人的情感特徵。〔註19〕正如楊克所說，「詩歌聲音拒絕合唱；它是獨立的、自由的，帶有個人的聲音特質」〔註20〕，詩人不再追求集體化的聲音，而是牢牢地抓住停頓、跨行、標

〔註14〕翟永明：《靜安莊》，萬夏、瀟瀟主編：《後朦朧詩全集》，成都：四川教育出版社，1993 年版，第 305 頁。

〔註15〕伊蕾：《獨身女人的臥室》，《獨身女人的臥室》，長春：時代文藝出版社，1996年版，第 562 頁。

〔註16〕王小妮：《影子與破壞力》，宗仁發選編：《2010 中國最佳詩歌》，瀋陽：遼寧人民出版社，2011 年版，第 45 頁。

〔註17〕鄭小瓊：《碇子》，《散落在機臺上的詩》，北京：中國社會出版社，2009 年版，第 66 頁。

〔註18〕西渡：《詩歌中的聲音問題》，《淮北煤炭師範學院學報》（哲學社會科學版），2000 年第 1 期，第 4 頁。

〔註19〕關於這點，筆者在顧城、楊煉、于堅、陳東東、張棗、藍藍等個案研究中都有詳盡的論述，這裡不再贅述。

〔註20〕楊克：《詩歌的聲音》，楊克：《廣西當代作家叢書·楊克卷》，桂林：灕江出版社，2004 年版，第 35 頁。

點、韻腳、語詞，傳達出屬於個人的聲音特質。

二、從意象中心到聲音中心的實驗

朦朧詩從「地下」走向「地上」，其內容晦澀難懂、意象怪誕，同時又充斥著大量的隱喻、通感、幻覺和藝術變形，這就為當時的文壇提出了一項新的課題。朦朧詩以意象為中心的美學原則，注重藝術的幻覺、變形、錯覺，使得「詩加速了它的意象化過程，意象這一久被棄置的情感與理性的集合體，被廣泛地應用於新詩潮創作。因準確的意象使人的內心情感和情緒找到它的適當的對應物，意象的詩很快便取代了傳統的狀物抒情的方式」〔註 21〕。通常情況下，朦朧詩被視為當代漢語詩歌創作的一個重要轉型，可以說，它提供了一種美學範式，就是將「『意象』被突出到『支配』地位」〔註 22〕。20 世紀 80 年代中期以後，朦朧詩開始慢慢退潮。由於朦朧詩將漢語新詩推向了一種意象化創作的極端，「而所謂『第三代』詩正是從『反意象化』開始，向它前面那座高聳的豐碑挑戰的。它走向了另一個極端，發現了又一片新大陸——聲音」〔註 23〕。

在 1980 年代詩壇嶄露鋒芒的「第三代」詩歌，通過對抗朦朧詩和文化尋根詩的方式，以「反意象化」的姿態登上詩壇。在朦朧詩的影響下，「非非」、「莽漢」、「他們」等詩歌群體紛紛提出「pass」和「打到」北島的口號，試圖擺脫朦朧詩的「影響的焦慮」，而重新為漢語新詩樹立新的美學原則。這些詩人從意象中心轉向聲音中心，他們相當重視語感，認為語言就是生命形式，故而高度崇尚語言形式的狂歡，如周倫祐的詩歌《第三代詩人》所云，「一群斯文的暴徒 / 在詞語的專政之下 / 孤立得太久 / 終於在這一年揭竿而起 / 佔據不利的位置，往溫柔敦厚的詩人臉上 / 撒一泡尿 / 使分行排列的中國 / 陷入持久的混亂 / 這便是第三代詩人 / 自吹自擂的一代 / 把自己宣佈為一次革命 / 自下而上的暴動 / 在詞語的界限之內 / 破碎舊世界 / 捏造出許多稀有的名詞和動詞」〔註 24〕。在「第三代」詩歌作品中，韓東的《你見過大海》以

〔註 21〕 謝冕：《斷裂與傾斜：蛻變期的投影——論新詩潮》，姚家華編：《朦朧詩論爭集》，北京：學苑出版社，1989 年版，第 421 頁。

〔註 22〕 胡興：《聲音的發現——論一種新的詩歌傾向》，《山花》，1989 年第 5 期，第 70 頁。

〔註 23〕 胡興：《聲音的發現——論一種新的詩歌傾向》，《山花》，1989 年第 5 期，第 70 頁。

〔註 24〕 周倫祐：《第三代詩人》，《周倫祐詩選》，廣州：花城出版社，2006 年版，第

最簡單的主謂結構組織詩行，「你見過大海／你也想像過大海／你不情願／讓海水給淹死／就是這樣／人人都這樣」〔註25〕；楊黎的《冷風景》注重擬聲的語音效果，「雪雖然飄了一個晚上／但還是薄薄一層／這條街是不容易積雪的／天還未亮／就有人開始掃地／那聲音很響／沙、沙、沙／接著有一兩家打開門／燈光射了出來」〔註26〕；周倫祐的《想像大鳥》採用句法轉換結構詩行，「大鳥有時是鳥，有時是魚／有時是莊周似的蝴蝶和處子／有時什麼也不是／只知道大鳥以火焰爲食／所以很美，很燦爛／其實所謂的火焰也是想像的／大鳥無翅，根本沒有鳥的影子」〔註27〕。這些詩篇都走出意象爲主導的朦朧詩時代，而希求返歸日常生活語言，在顛覆傳統詩歌表現方式的同時，恢復對語音、語調、辭章結構和語法的知覺，凸顯出語言文字的聲音魅力。與之相應的是，詩人柏樺、黃燦然、小海、何小竹、樹才、朱文、葉輝等，秉承和延續了1980年代樹立起的日常生活美學風尚，比如柏樺的《在清朝》、黃燦然的《白誠》等作品，詩行排列平穩有序，語音、語調相對低沉、緩慢，在整體上形成了樸素、淺近、直白的聲音特徵。

同時，1980年代以來，有一部分詩歌也注重外在的韻律、節奏和旋律感，將漢語語言呈現出更具創造性的音樂形式。其中，多多的《依舊是》、《沒有》和陳東東的《詩篇》、《詩章》等，都體現出詩人高度的音樂自覺，他們純熟地運用音樂形式，實現了複沓迴環的音樂美感。此外，甚至也有詩人借助音樂的演奏方式，將聲音的表現形式外化爲音樂旋律，歐陽江河的《一夜蕭邦》，頓數由多字頓逐漸減少，彈奏出蕭邦柔情的鋼琴曲調，「可以把肖邦彈奏得好像美歐在彈。／輕點再輕點／不要讓手指觸到空氣和淚水。／眞正震撼我們靈魂的狂風暴雨／可以是／最弱的，最溫柔的」〔註28〕；呂德安借用重章疊句，彈唱出《吉他曲》，「那是很久以前／你不能說出／具體的時間和地點／那是很久以前／／那是很久以前／你不能說出風和信約／是從哪裏開始／你不

　　31頁。
〔註25〕韓東：《你見過大海》，梁曉明、南野等主編：《中國先鋒詩歌檔案》，杭州：浙江文藝出版社，2004年版，第131頁。
〔註26〕楊黎：《冷風景》，萬夏，瀟瀟主編：《後朦朧詩全集》，成都：四川教育出版社，1993年版，第405頁。
〔註27〕周倫祐：《想像大鳥》，《周倫祐詩選》，廣州：花城出版社，2006年版，第3頁。
〔註28〕歐陽江河：《一夜蕭邦》，《誰去誰留》，長沙：湖南文藝出版社，1997年版，第35頁。

能確定它」〔註 29〕。這些作品充分挖掘詩與樂的關係，調動古典和西方的音樂形式，彰顯出這一時代詩人對語言的音樂自覺。

另外，1980 年代以來漢語新詩還開掘出混雜語體、非線性結構等〔註 30〕，通過與時代的共鳴實現聲音的實驗。詩人西川的《個人好惡》、柏樺的《水繪仙侶——1642～1651：冒辟疆與董小宛》等作品集，都跳離出傳統的抒情語調，既著力於敘事性寫作，又通過混雜語體提升文本容量，為漢語新詩開拓出新的領地。王家新的《帕斯捷爾納克》、孫文波的《獻給布勒東》、安琪的《像杜拉斯一樣生活》、潘維的《梅花酒》、侯馬的《身份證》、陳先發的《前世》等，借用古典或者西方文學作品的聲音構成要素，在表現詩人對待本土與歐化資源的態度時，也實現了聲音與情感、主題的契合。由於網絡媒體的興盛，非線性的網絡詩歌和超文本都將漢語的聲音實驗推向了極致，伊沙的《結結巴巴》、左後衛的《前妻》、蘇紹連的《釋放》、李順興的《文字獄》等，顛覆了傳統的詩歌寫作模式，重新組織語音、語調、辭章結構和語法，堪稱是非線性結構的典範，這些作品凸顯出聲音的表現力，同時也拓展了漢語新詩語言形式上的容量，構成 1980 年代以來漢語新詩中一道獨特的聲音風景。

三、聲詩從「運動」走向「活動」

作為一種獨特的詩歌類型，1980 年代的聲詩不只在文本層面充分保留原有的音樂性，甚至從「運動」走向「活動」〔註 31〕的聲詩常常會擺脫詩歌文本節奏、韻律的限制，通過現場表演或者多元化的媒體技術，充分展示文本

〔註 29〕 呂德安：《吉他曲》，萬夏，瀟瀟主編：《後朦朧詩全集》，成都：四川教育出版社，1993 年版，第 254 頁。

〔註 30〕 關於這點，詳見第三章。

〔註 31〕 據〔美〕江克平（John A. Crespi）在《從「運動」到「活動」：詩朗誦在後社會主義中國的價值》（吳弘毅譯，北京大學中國詩歌研究所、首都師範大學中國詩歌研究中心：《新詩研究的問題與方法研討會論文集》會議論文，2007 年版，第 51 頁。）中詮釋：「『運動』中『運』意味著這動作是系統的、方向性的、有目的的：從手錶和機器內部的機械運動，到有組織的體育競賽中的肢體運動，有目的的人流和物流，充滿權謀的對群眾的操縱，扯遠一點，甚至還有無法逃避的『運數』的作用。相反，『活』這個含義古老的象形文字，在左邊帶著代表『水』的語義的偏旁，意味著生命和自然的自發地、無導向的、可以無限變化通融的行為。『活』網絡般地擴展它的內涵，以囊括自由的和不可預知的、可移動和可更改的、無導向的和從容不迫的意義，例如：活動的牙齒、活動房屋，乃至用活動室的多種用途來自得其樂。」

的聲音潛力，再現一種富有創造性的聲音表現形式。根據江克平（John A.Crespi）的論述，以「運動」展開的口頭聲音（民歌〔註32〕、朗誦〔註33〕）與政治意識形態緊密相關，通常是自上而下的傳達後，落實到群眾中去，有計劃、有組織的開展。相反，「活動」是「正式或非正式預定的，集體尋求消遣、娛樂、社交、發展關係網絡、非正式的教育、宣傳，或者以上都有。它們脫離日常生活和工作的運行軌道，構架出一個特定的時間、空間和交流的圈子」〔註34〕。

　　如上所述，1980 年代以來，伴隨著經濟的發展以及西方文化藝術、流行音樂的影響，聲詩不僅停留在文本層面，還作為一種活動迅速活躍起來，無論從活動場地還是表現方式上，都為漢語新詩提供了全新的傳播方式。眾所周知，這一階段聲詩已經從廣場走向更開闊的文化空間，主要集中在一些休閒場所，比如酒吧、飯店、咖啡廳、書店、圖書館、博物館、文化館等，詩人通過聲詩活動交流信息和聚會娛樂。可以說，1980 年代以來，詩人不定期地組織朗誦活動，已經成為漢語新詩口頭聲音傳播的一大特色。事實上，早在 20 世紀 80 年代中期，活躍於四川盆地的「莽漢」、「非非」、「整體主義」、「大學生詩派」等詩歌群體中的詩人周倫祐、楊黎、萬夏等就在成都創辦了「四川青年詩人協會」，他們以酒店或者茶館為活動場地朗誦個人作品。這種由詩人、音樂家等自發組織的朗誦會、音樂會等，通常在場地和設備的選用

〔註32〕 1942 年，毛澤東《在延安文藝座談會上的講話》更是促發和推廣了民歌的創作和搜集工作。在延安整風運動中，田間的《戎冠秀》、李季的《王貴與李香香》、阮章競的《漳河水》，都掀起了敘事民歌創作的熱潮。直到 1958 年，「新民歌運動」席卷而來，1958 年周揚在《紅旗》雜誌的第 1 期上發表《新民歌開拓了詩歌的新道路》，同年 4 月 14 日，人民日報上又以社論的形式刊出《大規模地收集全國民歌》，湧現出包括王老九、黃聲孝等在內的民間詩人。

〔註33〕 1932 年，在上海成立的中國詩歌會，有組織、有目的地開始舉行一些朗誦活動。隨後，為配合抗戰宣傳，激發民眾的抗日熱情，1938 年左右，在重慶、武漢等地掀起朗誦詩運動，高蘭、徐遲和光未然等都在這次運動中發揮了重要的作用。在根據地文學中出現了街頭詩、快板詩和槍桿詩，推動了詩歌的大眾化傾向，在新民歌運動之後，直到 1976 年，天安門詩歌運動又再次以群眾自發的形式通過朗誦參與到政治運動中。

〔註34〕 〔美〕江克平（John A. Crespi）：《從「運動」到「活動」：詩朗誦在後社會主義中國的價值》，吳弘毅譯，北京大學中國詩歌研究所、首都師範大學中國詩歌研究中心：《新詩研究的問題與方法研討會論文集》（會議論文），2007 年版，第 52 頁。

上都極爲簡陋，也沒有數量可觀的聽眾，但詩人在聲詩活動中交流新作、傳達情緒，爲這一階段漢語新詩的傳播提供了重要的途徑。

與之相對應的是，聲詩集音樂、舞臺、影視等爲一體，朝著專業化和多樣化的方向發展。這一階段新媒體技術、流行歌曲、搖滾樂和民謠歌曲的蓬勃發展，爲詩歌的傳播提供了有利的條件。詩人或者音樂人調用音頻、視頻、影視等媒體技術，極大限度地挖掘詩歌文本的潛力，將詩歌與戲劇、音樂等相結合，實現了漢語新詩的傳播功能，這其中，最爲典型的就是于堅的《○檔案》被製作成戲劇，黑大春創辦了「黑大春歌詩小組」，等等。同時，聲詩的活動化取向，也影響了詩人的詩歌創作，詩人們不再寫作或者朗誦「使每一個人掉淚」的詩篇，正如王寅在《朗誦》中所述：「我不是一個可以把詩篇朗誦得／使每一個人掉淚的人／但我能夠用我的話／感動我周圍的藍色牆壁／我走在舞臺的時候，聽眾是／黑色的鳥，翅膀就墊在／打開了的紅皮筆記本和手帕上／這我每天早晨都看見了／謝謝大家／謝謝大家冬天仍然愛一個詩人」〔註 35〕，一方面，他們在創作上趨向於更爲自然的語音、語調、辭章結構和語法，另一方面，他們也通過個人化的朗誦方式充分挖掘文本的表現力。就這點而言，無論是于堅的方言朗誦、西川激躍的朗誦風格，等等，都呈現出這一階段聲詩走向活動化的特點。另外，聲詩還利用詩歌文本，通過歌詞與詩的轉化，借助音樂充分挖掘出聲詩的表現力，其中包括周雲蓬改編海子的《九月》、小娟改編顧城的詩《海的圖案》、《小村莊》等，這些詩歌經過再創作之後，聲音表現出更爲豐富的特點。

總之，1980 年代以來活躍在詩壇上的漢語新詩，弱化載道和言志的詩教觀念，逐漸開拓出一條自覺的聲音美學之路。從集體的聲音過渡到個人化的聲音，從意象中心轉向聲音中心的實驗，聲詩從「運動」轉向「活動」，不僅造成了漢語新詩格局的裂變與分化，也開拓出更爲多樣化的聲音特點。

第二節　相關的理論探索

儘管就創作方面而言，1980 年代以來漢語新詩的聲音問題已是熱議話題，但相關的理論探討才剛剛起步。與漢語新詩聲音問題相關聯的論題包括節奏、韻律、音韻、音樂性、格律、方言、朗誦、歌謠、唱詩等，這些

〔註35〕王寅：《朗誦》，《王寅詩選》，廣州：花城出版社，2005 年版，第 124 頁。

分支的研究從新詩誕生初期，就有詩人、評論家著手，並與新詩創作實踐相呼應。本文對 1980 年代以來漢語新詩聲音問題的研究，正是建立在這些前人的理論探討之上，換句話說，無論是與漢語新詩韻律、節奏有關的討論，還是當代詩歌界對詩與歌、口頭聲音問題的討論，都構成了一種理論資源。

一、返歸漢語新詩的節奏、韻律

詩歌的聲音講求語言文字的和諧規律，而韻律、節奏是基礎。新詩運動以來，古典詩歌中平仄、押韻、對仗和字數這些顯而易見的韻律、節奏感遭到了破壞。可以說，漢語新詩經歷了「一全面的美學革命，企圖推翻原有的詩歌成規，包括形式、音律、題材、以及最根本的——語言」〔註 36〕。正因為此，如何區分新詩與散文，新詩是否還需要形式以及新詩的前途問題等，成為整個 20 世紀漢語新詩研究的癥結。

在胡適看來，「新詩大多數的趨勢，依我們看來，是朝著一個公共方向走去的。那個方向便是『自然的音節』」〔註 37〕。他所提到的「自然的音節」主要指語氣的自然和用字的自然和諧，「詩的音節全靠兩個重要分子：一是語氣的自然節奏，二是每句內部所用字的自然和諧。至於句末的韻腳，句中的平仄，都是不重要的事。語氣自然。用字和諧，就是句末無韻也不要緊」〔註 38〕。也就是說，不必講究古典詩歌的平仄、押韻、對仗、字數，而應該遵循「自然的音節」。不過，這種「自然的音節」是否還有外在的語言規律可循？漢語詩人試圖通過漢語自身的美學特徵，為詩的合法性探尋著形式依據。其中，頓和韻這兩個構成要素成為詩學爭論的焦點。

〔註 36〕〔美〕奚密：《中國式的後現代——現代漢詩的文化政治》，《中國研究》，1998年 9 月第 37 期，第 1 頁。

〔註 37〕胡適：《談新詩》，趙家璧主編：《中國新文學大系・建設理論集》（1917～1927），上海：上海良友圖書印刷公司，1935 年版，第 304 頁。在《〈嘗試集〉再版自序》中，胡適更明確了「自然的音節」這一概念：「所以朱君的話可以換過來說：『詩的音節必須順著詩意的自然曲折，自然輕重，自然高下。』再換一句話說：『凡能充分表現詩意的自然曲折，自然輕重，自然高下的，便是詩的最好的音節。』古人叫做『天籟』的，譯成白話，便是『自然音節』。」（胡適：《〈嘗試集〉再版自序》，《胡適全集》第 1 卷，合肥：安徽教育出版社，2003 年版，第 202 頁。）

〔註 38〕胡適：《談新詩》，趙家璧主編：《中國新文學大系・建設理論集》（1917～1927），上海：上海良友圖書印刷公司，1935 年版，第 303 頁。

自新詩運動以來，格律派詩人強調頓〔註39〕產生的節奏，認為「『格律詩』與『自由詩』之間從最基本的節奏運動狀態來看它們是共同的，所不同的是自由詩運用的方法不同，（自由詩還允許有比較自由的選擇一些附加成分。）因此『自由詩』與『格律詩』具有共同的節奏基礎，也因此具有相類似的詩歌音樂效果，寫得好的『自由詩』應該是有節奏感的，並非是散文的割裂」〔註40〕。1959 年，《文學評論》刊出了一組關於頓的討論文章，其中一部分學者認為格律詩擺脫了整齊的頓數，而是更趨於變化。針對新詩的語言形式變化，朱光潛撰文《談新詩的格律》指出，「從歷史發展看，中國詩歌的發展向來是由短趨長，由整齊趨變化，我想這個總的趨勢是不會到新詩就停止的」〔註41〕。同樣，羅念生在《詩的節奏》中也認為，頓數的變化可窺見詩句的緩急速度，「少字頓節奏遲緩（如果有節奏的話），多字頓節奏急促」〔註42〕。此外，也有一部分學者認為，頓並不遵循嚴格的字數規定，而是與時長發生關聯，演繹出詩歌的節奏，如孫大雨所認為的，格律並非算數上簡單的字數加法，所謂的齊整的節奏不應該以字數為依據，而是由代表時間藝術的語音組合而成的秩序、規律，「音組乃是音節底有秩序的進行；至於音節，那就是我們所習以為常但不大自覺的、基本上被意義和文法關係所形成的、時長相同或相似的語音組合單位」〔註43〕。關於此，何其芳提出，「我所說的頓是指古代的一句詩和現代的一行詩中的那種音節上的基本單位。每頓所佔的時間相等」〔註44〕。可見，漢語新詩注重的是「自然的音節」，頓並不意味著字數的整齊，主要強調時間的復現。

〔註39〕格律詩借鑒了西洋詩歌的形式創造，西洋詩歌體制在漢語新詩中的外形投射，多是對十四行詩當中音步、抑揚格的借用。頓是格律詩人提煉出的一種重要的聲音形式，朱光潛、卞之琳、何其芳稱之為頓，孫大雨稱之為音步，唐鉞、梁宗岱稱之為節拍，聞一多稱之為音尺，陳勻水稱之為逗，饒孟侃稱之為拍子，主張在音節、字數上調整新詩的聲音節奏感。

〔註40〕鄧仁：《頓和它的活動——詩歌狹義節奏論》，《社會科學輯刊》，1979 年第 2 期，第 183 頁。

〔註41〕朱光潛：《談新詩格律》，《新詩歌的發展問題》第四集，北京：作家出版社，1961 年版，第 39 頁。

〔註42〕羅念生：《詩的節奏》，《新詩歌的發展問題》第四集，北京：作家出版社，1961 年版，第 49 頁。

〔註43〕孫大雨：《詩歌底格律》（續），《復旦學報》（人文科學版），1957 年第 2 期，第 10 頁。

〔註44〕何其芳：《關於寫詩和讀詩》，北京：作家出版社，1956 年版，第 58 頁。

　　除了頓之外，韻同樣是提升韻律、節奏的一個重要因素，如朱光潛所說，「韻的最大功用在把渙散的聲音團聚起來，成為一種完整的曲調」〔註 45〕。傳統文學可分為有韻的詩和無韻的文，「凡稱之為詩，都要有韻，有韻方能傳達情感。現在白話詩不用韻，即使也有美感，只應歸入散文，不必算詩」〔註 46〕。在章太炎看來，詩歌有具體的存在形式，韻是詩歌的決定性因素，沒有韻，便不是真正意義上的詩歌。早在 1921 年《覺悟》雜誌就先後刊載了劉大白與胡懷琛的討論文章，其中包括大白的《雙聲疊韻和句裏用韻問題的往事重提》，胡懷琛的《討論詩學答覆劉大白先生》，大白的《答覆胡懷琛先生——「雙聲疊韻」和「句中用韻」問題》，胡懷琛的《答覆劉大白先生》以及大白的《再答胡懷琛先生》，等等。這些研究突出了漢語新詩「雙聲疊韻」和「句中用韻」兩個重要問題，開拓了漢語新詩中韻的豐富性。韻的和諧是漢語新詩追求韻律的一個目標，在漢語新詩的發展脈絡中，押韻集中體現在歌謠、民歌和朗誦詩中，通過押韻的形式使得詩篇易讀易誦，便於記憶。

　　從傳統的研究方式而言，頓和韻常常被指認為漢語新詩韻律、節奏的兩個基本控制因素，「漢語的詩沿著和法語差不多的道路發展。音節是比法語音節更完整、更響亮的單位；音量和音勢太不固定，不足以成為韻律系統的基礎。所以音節組——每一個節奏單位的音節的數目——和押韻是漢語韻律裏兩個控制因素」〔註 47〕。頓和韻作為傳統的詩學研究，幾乎貫穿於 20 世紀漢語新詩的發展史中。除了對頓和韻的研究之外，語音（音高、音強、音長和音質）、聲調（調值和調類）、語調（語氣和口氣）等方面，也是聲音的基本表現形式，但由於其不固定性，目前的研究較多停留在理論探索階段。

　　如上述列舉，這些討論為漢語新詩的聲音問題提供了非常有價值的參考因素，但諸種討論都集中於聲音的個別要素，並沒有落實在一個具有普遍議題的基礎上。因此，1980 年代以來，漢語詩人和批評界也繼續摸索著漢語新詩的節奏、韻律。詩人陳東東認為語言的節奏和詩歌的音樂相當重要，「把握語言的節奏和聽到詩歌的音樂，靠呼吸和耳朵。這牽涉到寫作中的一系列調整，語氣、語調和語速，押韻、藏韻和拆韻，旋律、複沓和頓挫，折行、換

〔註 45〕朱光潛：《詩論》，上海：上海古籍出版社，2005 年版，第 148 頁。
〔註 46〕章太炎著，曹聚仁整理：《國學概論》，上海：上海古籍出版社，1997 年版，第 15 頁。
〔註 47〕〔美〕愛德華‧薩丕爾：《語言論——言語研究導論》，陸卓元譯，北京：商務印書館，1985 年版，第 205 頁。

行和空行……標點符號也大起作用。寫詩的樂趣和困難，常常都在於此。由於現代漢詩沒有一種或數種格律模式，所以它更要求詩人在語言節奏和詩歌音樂方面的靈敏天分，以使『每一首新詩』都必須去成為『又一種新詩』」〔註48〕。周瓚認為聲音與詩歌的構成體系相關，包括「語詞、停頓、節奏、口氣、韻律和句式長度，乃至篇幅構成等等方面合成的聲音（音質、音量、旋律）效果」〔註49〕。詩人楊煉通過空間形式的直覺來實現音樂性，「長期的摸索讓我懂得：對空間形式的直覺，來自詩人對音樂形式的想像力。一部交響樂、一首民歌樸素的旋律，暗示著與內涵間巧妙的必然。我希望，這些呈現出我生命複雜的組詩，本質如一個字般剔透而自足」〔註50〕。西川認為聲音體現「在段與段之間的安排上，在長句子和短句子的應用上，在抒情調劑與生硬思想的對峙上，在空間上，在過渡上，在語言的音樂性上」〔註51〕。諸如此類，其中涉及到押韻、停頓、長短句、跨行、標點符號、句式、語詞、語氣、韻律、旋律等多種聲音要素，綜合體現出 1980 年代以來漢語詩人對語言的韻律、節奏美感的自覺。

二、返回到歌與口頭聲音

　　回顧 1980 年代以來學界對漢語新詩聲音的研究，可以發現，這些研究主要集中討論兩個問題，一是詩與歌的關係，一是口頭聲音。二者有區別，但又殊途同歸，共同指向漢語新詩的抒寫傳統——無聲（主要指古典詩歌聲音外形的脫落）。對這些研究者而言，無聲是漢語新詩走向危機邊緣的根結所在。也正因此，他們對症下藥，試圖為漢語新詩尋找一條有聲的出路。

　　詩與歌的關係，作為漢語新詩聲音研究的一個面向，向來頗受關注。唐文吉認為詩脫胎於歌，故而應回到歌中去，他提到：「我們與其談詩歌的音韻、格律和平仄，還不如直接談詩歌的聲音。」〔註52〕將詩歌的聲音看作一個整體的、系統的結構，在唐文吉這裡，這並不是一個理論假設，而是出於新詩

〔註48〕陳東東，木朵：《陳東東訪談：詩跟內心生活的水平同等高》，《詩選刊》，2003年第 10 期，第 85 頁。

〔註49〕周瓚：《透過詩歌寫作的潛望鏡》，北京：社會科學文獻出版社，2007 年版，第 213 頁。

〔註50〕楊煉：《中文之內》，《天涯》，1999 年第 2 期，第 3 頁。

〔註51〕西川、譚克修：《關於我的詩歌——西川答譚克修問》，《詩潮》，2005 年 5～6月號，第 84 頁。

〔註52〕唐文吉：《聲音與中國詩歌》，《文藝理論與批評》，2005 年第 4 期，第 68 頁。

演變歷史的深層邏輯的把握，在此前提下，他進一步指出：「用韻與否不是建立新詩聲音模式的根本問題，新詩的聲音模式有其自身的生成法則。於是，我們面臨的問題就是：新詩的聲音模式如何生成？」〔註 53〕因此，他提倡音樂對詩歌的建構作用，並強調需從當代流行歌詞中探尋新詩的未來，「要求語言借助音樂的建構性，結合文人對文字的聲音和意義的特殊感覺而最終從『歌』中獨立出來，形成一種有獨特聲音模式和意義空間的詩」〔註 54〕。鄭慧如認為新詩雖然與韻文差別很大，但流行歌曲是新詩音樂性表達的一種重要方式，也就是說「詩本來在韻文的脈絡裏，可是到了新詩，卻和韻文越走越遠，成了形式支離破碎、意象紛雜的作品，詩人終於只好用「小眾」來自我安慰」〔註 55〕，通過詞作者和歌手的配合，臺灣流行歌曲充分實現了詩性。持此觀點的還有楊雄，他提出：「如果詩人們依聲填詞，寫出能唱的詩；如果詩歌朗誦會變成唱詩會，相信會開一個新局面。」〔註 56〕同樣，陳衛、陳茜也認為，「歌詞更側重於表達情緒，以求引起共鳴。詩歌更多地表達個人的情思，不一定尋求大眾理解的渠道」〔註 57〕。

　　此外，從傳統意義上而言，口頭聲音也是聲音研究的一個重要分支。1980 年代以來，研究者主要集中於探討口頭聲音與書面語言文字的差異，還涉及到朗誦詩、民謠、民歌等口頭聲音類型的理論探索。林少陽的《未竟的白話文——圍繞著「音」展開的漢語新詩史》，將漢語新詩史看作是一部圍繞「音」展開的反思史，這裡的「音」在廣義上指「以單音節的字為構成單位的聲音有規律的重複和變化，通常由音色構成的節奏（押韻）、音高構成的節奏（平仄配置）、音長（包括停頓）構成的節奏（音步）安排等舌根音要素的有機總體構成」〔註 58〕。林少陽採用「形＋音＋義＝意」的研究方法，回到漢語的表意功能，分析歌謠運動、格律運動、「晚唐詩熱」等對於「音」與

〔註 53〕唐文吉：《聲音與中國詩歌》，《文藝理論與批評》，2005 年第 4 期，第 69 頁。

〔註 54〕唐文吉：《聲音與中國詩歌》，《文藝理論與批評》，2005 年第 4 期，第 71 頁。

〔註 55〕鄭慧如：《新詩的音樂性——臺灣詩例》，楊宗翰：《當代詩學》，臺北：國立臺北師範學院臺灣文學研究所，2005 年第 1 期，第 3 頁。

〔註 56〕楊雄：《唱詩論——關於今詩形式、傳播的思考》，《山花》，2009 年第 14 期，第 149 頁。

〔註 57〕陳衛、陳茜：《音樂性與中國當代詩歌》，《江漢論壇》，2010 年第 7 期，第 96 頁。

〔註 58〕林少陽：《未竟的白話文——圍繞著「音」展開的漢語新詩史》，《新詩評論》，2006 年第 2 輯，第 4 頁。

「意」關係的理解，進而由 20 世紀 50 年代的新民歌運動闡述「聲」的實踐，提出「新的民間化給書寫體帶來一個變化，就是新民歌中『口語』與『書寫』、『歌唱』的符號形式與『閱讀』的符號形式的混淆」〔註 59〕。林少陽認爲，口頭聲音與書面的語言文字之間存在差異，「民謠、朗誦會上的詩朗誦，雖然是語言表現的一種形式，但它不僅有聲音符號體系與書寫符號體系的區別，特別在詩朗誦這一形式中，還有動作、場景等視覺性符號體系的區別。聲音符號、動作、場景對這種場合的意義衍生發生了重要作用。與之相比，即使傾聽者在傾聽聲音信號的過程中意識中會出現對文字的聯想，但這對傾聽主體的意識來說，相對來說是不重要的」〔註 60〕。同樣，梅家玲的《有聲的文學史──「聲音」與中國文學的現代性追求》，以 20 世紀 30 年代朱光潛、朱自清借鑒英倫經驗在北京組織「讀詩會」爲切入點，從「讀詩會」的「音聲實驗」以及「朗誦詩」的發展，詮釋聲音與文字的關係。在梅家玲看來，白話詩的朗誦與古典詩歌的朗誦不同，「「白話文」是新文學的核心訴求，它以貼近「說話」爲目標，無論何種文類，都必得經由聲音的抑揚吞吐，去檢驗它作爲書面語言之後的成敗優劣」〔註 61〕。可見，朗誦對於漢語新詩的語調變化和語系選擇，都發揮了重要作用。近年來，返回到口頭聲音中去關注漢語新詩，已經成爲一種研究趨向滲透到 1980 年代以來的漢語新詩中，除了美國學者江克平（John A. Crespi）對 1980 年代朗誦活動的探討外，荷蘭學者柯雷（Maghiel van Crevel）的《精神、混亂與金錢時代的中國詩歌》（*Chinese Poetry in Times of Mind, Mayhem and Money*）中，還著重探討了歌手、詩人顏峻的詩歌朗誦和音樂表演形式，他甚至提到，「這恰恰是因爲他主要致力於先鋒音樂和聲音──整體上，與詩相比，更契合流行文化──一旦他的寫作內容變成表演的一部分，那麼與先鋒詩歌相比，它們就是再高雅不過的藝術」〔註 62〕。

〔註 59〕 林少陽：《未竟的白話文──圍繞著「音」展開的漢語新詩史》，《新詩評論》，2006 年第 2 輯，第 23 頁。

〔註 60〕 林少陽：《未竟的白話文──圍繞著「音」展開的漢語新詩史》，《新詩評論》，2006 年第 2 輯，第 24 頁。

〔註 61〕 梅家玲：《有聲的文學史──「聲音」與中國文學的現代性追求》，《漢學研究》，2011 年第 29 卷第 2 期，第 207 頁。

〔註 62〕 Maghiel van Crevel: *Chinese Poetry in Times of Mind, Mayhem and Money*, Leiden. Boston: Brill, 2008, p474. "It is precisely because he operates primarily in avant-garde music and sound-which are, on the whole, less incompatible with

　　如上所述，針對 1980 年代以來的漢語新詩，返回到歌或者口頭聲音中，也已成一種研究趨勢。但事實上，詩樂關係的分野，也造成不同的詩人、研究者對詩與歌或者口頭聲音的關係有著不同的見解。2006 年 11 月，在首都師範大學和中國中央電視臺青年部共同舉辦的「傳媒與中國新詩」暨「央視新年新詩會」學術研討會上，吳思敬提出：「過去的詩歌主要是『吟』的，帶有自言自語的色彩，現在的詩歌是『誦』的，這種變化不僅改變了閱讀者的方式，也改變了詩歌傳播的空間，使空間變得非常大。」〔註 63〕2011 年 11 月，由克羅地亞作協、首都師範大學中國詩歌研究中心、《讀詩》詩歌季刊聯合舉辦的主題為「詩歌的聲音」的國際學術研討會上，樹才提出：「現代詩歌的困境需要詩人從對聲音的敏感和貢獻中找到一條出路。」〔註 64〕馬其頓詩人弗拉基米爾提出詩歌與聲音包含三種關係，即身體、生理和物理的聲音、詩歌的聲音和聽者的聲音，他強調文本需要聽者的參與。敬文東也認為需要讀者來破譯聲音，他提到，「讀者對詩人的聲音有一種想像，這種讀者的聲音和詩人在詩中想傳達的聲音有一定的差異」〔註 65〕，而「今天的現代詩是一種視覺藝術，需要讀者用眼睛閱讀後再將之轉化為內在聲音，需要讀者去破譯聲音」〔註 66〕。在他看來，聲音是讀者破譯漢語新詩的核心。與上述觀點不同，部分詩人、學者認為漢語新詩的書面語言文字與口頭聲音表達並不相同。于堅甚至認為朗誦需要的是廣場、聽眾、表演，而新詩語言掙脫押韻、平仄以及格律的限制後，依重的是沉思默想的思維。另外，儘管詩人黑大春與搖滾歌手秦水源、吉他手關偉、劉地一起創辦了黑大春歌詩小組，但他認為「詩樂」合成是有條件的，「因為詩歌無論你配上什麼東西，人們以什麼方式接觸到它，最終都還要面對文本。即使面對『詩樂合成』，也需要具備兩種必要的文化修養，一種是音樂的修養，還有一種是文學的修養。並不是

---

　　　　popular culture than poetry-that once what he writes becomes part of a full-fledged performance, it is less definitely high art than most other avant-garde poetry."

〔註 63〕《詩歌的聲音與形象——「傳媒與中國新詩」暨「央視新年新詩會」學術研討會綜述》，《中國詩歌研究動態》第三輯，北京：學苑出版社，2007 年版，第 277 頁。

〔註 64〕《「2011 年中克詩人互訪交流項目」圓滿結束》，《中國詩歌研究動態》第十輯，北京：學苑出版社，2012 年版，第 1 頁。

〔註 65〕《「2011 年中克詩人互訪交流項目」圓滿結束》，《中國詩歌研究動態》第十輯，北京：學苑出版社，2012 年版，第 5 頁。

〔註 66〕《「2011 年中克詩人互訪交流項目」圓滿結束》，《中國詩歌研究動態》第十輯，北京：學苑出版社，2012 年版，第 6 頁。

它好聽了，人們就能聽懂詩歌，就能理解詩歌」〔註67〕。由此可見，1980 年代以來漢語新詩與歌、口頭聲音之間的關係正處於不斷變化、創新和探索的過程。

綜上，本章就 1980 年代以來漢語新詩的聲音問題，著重探討了這一階段的創作實踐轉型和相關理論探索。能夠看出，目前對於 1980 年代以來漢語新詩的聲音研究，主要以詩與樂的關係為軸心，從漢語新詩的節奏、韻律，歌曲以及口頭聲音中尋找和諧的語言規律。不可否認的是，在詩與樂的交融過程中，漢語語言的創造性得到了充分的發揮。但 1980 年代以來漢語新詩的聲音問題涵蓋範圍較為寬泛，同時，以往的理論研究又相對滯後，遠遠不能全方位地詮釋當下如此豐富的漢語新詩創作。基於此，筆者企圖從聲音的表現形式、聲音的主題類型、聲音的意象顯現和聲音的傳播方式幾個層面，展現 1980 年代以來漢語新詩的聲音特色。

〔註67〕 金燕、賀中等：《把詩歌帶回到聲音裏去》，《藝術評論》，2004 年第 4 期，第 65 頁。

第二章　聲音的表現形式

　　　　節奏運動是先於詩句的。不能根據詩行來理解節奏，相反應該
　　根據節奏運動來理解詩句。

　　　　　　　　　　　　　　　　——茨維坦・托多羅夫：《節奏與句法》

　　1980 年代以來的聲音表現形式呈現出更爲多樣性的特點。通過細讀 1980
年代以來代表性的詩人作品，不難發現，迴環、跨行、長短句和標點符號的
運用，是這一階段最典型的聲音表現形式，它們在時間和空間方面都提升了
漢語新詩的節奏、韻律。聲音表現方式的不同，體現了語言生成系統的差異，
也影響了詩篇的韻律和節奏，因爲「詩中的韻律和節奏自然是由詩句的聲音
構成的，它們是構成詩這種藝術的傳統要素」〔註1〕。本章考察迴環、跨行、
長短句和標點符號四個主要聲音表現形式的生成及其韻律美、節奏美，進而
透析其中所蘊藉的情感和心理特徵。

第一節　迴環：往復的韻律美

　　鄧仁在《迴環——詩歌廣義節奏論》中將迴環視爲一種廣義的節奏，他
認爲「每一次起伏的節奏過程命名爲一個迴環」〔註2〕，奚密在《論現代漢詩
的環形結構》中討論了現代漢詩的意象或者母題的首尾迴環。筆者借用迴環

〔註 1〕　〔美〕蘇珊・朗格：《藝術問題》，滕守堯、朱疆源譯，北京：中國社會科學
　　　　　出版社，1983 年版，第 140 頁。
〔註 2〕　鄧仁：《迴環——詩歌廣義節奏論》，《貴州社會科學》，1982 年第 5 期，第 79
　　　　　頁。

一詞，同樣「指涉一種迴旋和對稱的結構」〔註3〕，主要討論語音、語詞或者句式的重複產生的往復之韻律美，由此發現形式所蘊藉的情感內涵。首先，「重複，是遠古詩歌最爲普遍的形式。的確，再普遍不過了。重複就是最爲基礎的形式」〔註4〕。重複本身就可以產生時間和空間上的節奏，因爲「重複爲我們所讀到的東西建立結構。圖景、詞語、概念、形象的重複可以造成時間和空間上的節奏，這種節奏構成了鞏固我們的認知的那些瞬間的基礎：我們通過一次次重複之跳動（並且把他們當作感覺的搏動）來認識文本的意義」〔註5〕。其次，迴環呈現的還是每一次情感抒發的節奏單位，「廣義的節奏是根據作者情緒變化之內心衝動表現出來的語句形式所產生的音樂節奏。每一次表現（每一次感情的抒發）構成了音樂節奏的一個基本單位。感情的抒發總是波浪式地、跳躍式地向前發展，這就使音樂節奏也相應地表現出迴環跌宕的音樂美」〔註6〕。考察 1980 年代以來的漢語新詩，其迴環形式可分爲三種典型的類型：即圓形、回形和套語模式。其中，圓形指的是同樣的語詞、短語或者句型，只出現在首句與尾句，而其他地方並沒有出現，整體形成迴環；回形指的是同樣的語詞、短語或者句型出現在不同的位置，局部形成迴環；套語指的是套用固定的短語或者句型，變化其中的個別詞語，局部形成迴環。本節通過列舉 1980 年代以來漢語新詩中的代表作品，分別討論這三種迴環的聲音表現形式，從中體驗往復的韻律美。

一、圓形模式

圓形模式注重首尾迴環，從聲音的表現形式上來看難免顯得單一，甚至「會淪爲一種呆板的程序」〔註7〕。但只要回到與情感、心理的結合體，就能

〔註3〕 〔美〕奚密：《論現代漢詩的環形結構》，《現代漢詩——1917 年以來的理論與實踐》，奚密、宋炳輝譯，上海：上海三聯書店，2008 年版，第 131 頁。奚密在此文中討論的「迴環」主要指意象或者母題的首尾迴環，並不包括疊句在內。而筆者在本章探討聲音表現形式所產生的韻律、節奏美，故而借用「迴環」一詞討論語音、語詞或者句式的重複產生的往復之韻律美。

〔註4〕 C. M. Boura: *The Primitive Song*, New York: New American Library, 1962, p. 80.

〔註5〕 Krystyna Mazur, *Poetry and Repetition: Walt Whitman, Wallace Stevens, John Ashbery*, New York: Routledge, 2005, p. xi.

〔註6〕 鄧仁：《迴環——詩歌廣義節奏論》，《貴州社會科學》，1982 年第 5 期，第 79 頁。

〔註7〕 〔美〕奚密：《論現代漢詩的環形結構》，《現代漢詩——1917 年以來的理論與實踐》，奚密、宋炳輝譯，上海：上海三聯書店，2008 年版，第 136 頁。

夠發現迴環形式也不乏優勢：第一，「回到詩的開始有意地拒絕了終結感，至少在理論上，它從頭啟動了該詩的流程」。第二，「將一首詩扭曲成一個字面意義上的『圓圈』，因為詩（除了二十世紀有意識模擬對空間藝術的實驗詩之外）如同音樂，本質上是一種時間性或直線性的藝術。詩作為一個線性進程，被迴旋到開頭的結構大幅度地修改」〔註8〕。這裡以詩人藍藍的《母親》和王寅的《靠近》為例，分析圓形模式所開啟的情感、心理狀態。

　　女性詩人藍藍的詩歌常出現圓形模式，圓形所產生的韻律美與詩人所要表達的語義之間構成了良好的互動關係。以詩篇《母親》為例，詩歌的開頭和結尾處都提到「一個和無數個」，可以說，韻律的迴旋，表達的是一種重複的時間經驗，它重複了女性生命中情愛與母愛的交織：

> 一個和無數個。
> 但在偶然的奇迹中變成我。
>
> 嬰兒吮吸著乳汁。
> 我的唇嘗過花楸樹金黃的蜂蜜
> 伏牛山流淌的清泉。
> 很久以前
>
> 我躺在麥垛的懷中
> 愛情──從永生的薺菜花到
> 　　一盞螢火蟲的燈。
>
> 而女兒開始蹣跚學步
> 試著彎腰撿起大地第一封
> 落葉的情書。
>
> 一個和無數個。
> ──請繼續彈奏──〔註9〕

　　第一節，詩人使用了兩個完整而閉合的句子，「偶然」是時間的表徵，「變成」是結束的形態。詩人在闡釋「一個和無數個」，通過重複量詞，在有限與

〔註8〕〔美〕奚密：《論現代漢詩的環形結構》，《現代漢詩──1917年以來的理論與實踐》，奚密、宋炳輝譯，上海：上海三聯書店，2008年版，第131頁。
〔註9〕藍藍：《母親》，《睡夢　睡夢》，石家莊：河北教育出版社，2003年版，第117頁。

無限的悖謬中，引出語句的完成式。「嬰兒吮吸著乳汁」，「螢火蟲的燈」，「落葉的情書」，其中涉及到情愛與母愛的雙重女性經驗，詩人藍藍在女兒的成長中，反觀著自己。她嘗過女兒正在吮吸的乳汁，「我的唇嘗過花楸樹金黃的蜂蜜」，她在麥垛的懷裏感受過愛的溫暖，她也從女兒彎腰的姿勢中看到了生命的偶然和流逝。同樣，最後一節再次解釋了「一個和無數個」，這種圓形是終結也是開啓，凸顯了時間這一主題，從閉合、終結和有限，走向蔓延、浸潤和無限。雖是外在形式的重複，但卻彰顯了內心深處情緒紋理的無窮變幻。同時，母親的光環是投射在女兒身上的倒影，而女兒也反哺著母親情愛的光照，詩人通過圓形所產生的迴環韻律，渴望抵達一種完滿，如阿恩海姆提到的，「視覺對圓形形狀的優先把握，依照的是同一個原則，即簡化原則。一個以中心爲對稱的圓形，決不突出任何一個方向，可說是一種最簡單的視覺式樣。我們知道，當刺激物比較模糊時，視覺總是自動地把它看成是一個圓形。此外，圓形的完滿性特別引人注意」〔註 10〕。韻律的重複，滋生出懷抱的溫暖和生命延續的往復過程，她心懷期許地「願我的愛在你們的愛情中最終完成。」〔註 11〕

海上詩人王寅的《靠近》，也採用典型的圓形模式。在開頭和結尾處都出現了同樣的句子，「我終於得以回憶我的國家」。這其中，在主語和賓語處出現 2 次「我」，句子本身就構成語音的迴環。而副詞「終於得以」，強調了動作發生的難度，疏遠了與賓語「我的國家」之間的距離。而句子出現在首尾處，封閉式地呈現出過去與現在的往復，正契合了詩歌的題目「靠近」，在某種意義上，它指的就是我與記憶之間的關係，詩人通過語言試圖回到過去，接近記憶：

> 我終於得以回憶我的國家
> 七月的黃河
> 毀壞了的菁華
>
> 爲了回憶秋天，我們必須
> 在一次經過夏天
> 無法預料的炎熱的日子

〔註10〕〔美〕魯道夫‧阿恩海姆：《藝術與視知覺》，滕守堯、朱疆源譯，成都：四川人民出版社，1998 年版，第 223 頁。

〔註11〕藍藍：《祝福》，《詩篇》，北京：長征出版社，2006 年版，第 144 頁。

我們開始死亡的時節

必須將翅膀交給馭手

將種子交給世界

像雨水那樣遷徙

像蜥蜴那樣哭泣

像鑰匙那樣

充滿淒涼的寓意

我終於得以回憶我的國家

我的鹿皮手套和

白色風暴

已無影無蹤〔註12〕

　　在海上詩人群體中，詩人王寅無疑是最爲憂鬱的漫遊者。《靠近》一詩中，他壓低聲線，回憶的氛圍被包裹在「炎熱」、「死亡」、「哭泣」、「淒涼」、「風暴」的語詞中，詩歌的基調顯得陰鬱、低迷。能夠看出，詩人帶著憂鬱的氣質，試圖回到記憶。詩篇第一節和最後一節中出現「我終於得以回憶我的國家」，緊接著在第二節中復現語詞「回憶」，而最後一節又復現語詞「我」，這在詩歌的細節部分構成了詩人思緒的延展和鋪陳，緩解了副詞「終於得以」的強度，通過重複凸顯出詩人遊移的心境。第三節使用兩個排比句，「必須將翅膀交給馭手／將種子交給世界」強調詩人回到記憶所付出的代價，「像雨水那樣遷徙／像蜥蜴那樣哭泣／像鑰匙那樣」則比喻記憶帶來的悲情色調。第一節的「毀壞」和最後一節的「無影無蹤」，也形成對照，兩個語詞都暗示了記憶的破壞和消亡。因此，詩歌不僅在韻律形式上呈現圓形模式，在語義上又蘊含著更爲豐富的圓形意蘊。從「我」邁向記憶中的「我的國家」，對於詩人而言，意味著悲涼的末世情結，而這種情結能夠使詩人回到記憶中的自我，但即使回到記憶，現在的「我」也已經不再是過去的「我」了。

二、回形模式

　　與圓形模式相比，回形模式以局部構成迴環爲特徵，注重個別語詞、句

〔註12〕王寅：《靠近》，《王寅詩選》，廣州：花城出版社，2005 年版，第 49 頁。

式的語音迴環。由於語音重心的偏移，回形所蘊藉的情感、心理往往也具有重心偏向的特徵。這裡以昌耀的《紫金冠》和柏樺的《在清朝》爲例，在觀照回形產生的韻律美感時，也探析詩人所要表達的情感、心理狀態。

昌耀的詩歌創作以古奧、艱澀見長，他有意提升詩句的閱讀難度，極富張力的語言承擔起苦難的宗教精神，並朝著自我救贖的方向一路苦行。1990年，詩人昌耀創作了《紫金冠》，「紫金冠」本隱喻王位，在昌耀的筆下則被賦予神性的光芒，完成精神拯救的儀式，「『拯救』一詞的詞源（Salvus）是治癒和復原，原義是有病、身心破碎的人得痊癒」〔註 13〕。這首作品在詩行的結尾處重複「紫金冠」的韻律，一方面將重力偏移至句末，造成回形的視覺效果；另一方面，則預示著詩人所有的精神痛苦，通過詩句實現了救贖的可能：

> 我不能描摹出的一種完美是紫金冠。
> 我喜悦。如果有神啓而我不假思索道出的
> 正是紫金冠。我行走在狼荒之地的第七天
> 仆臥津渡而首先看到的希望之星是紫金冠。
> 當熱夜以漫長的痙攣觸殺我九歲的生命力
> 我在昏熱中嚙壁承飲到的那股沁涼是紫金冠。
> 當白晝透出花環，當不戰而勝，與劍柄垂直
> 而婀娜相交的月桂投影正是不凋的紫金冠。
> 我不學而能的人性覺醒是紫金冠。
> 我無慮被人劫掠的秘藏只有紫金冠。
> 不可窮盡的高峻或冷寂惟有紫金冠。〔註 14〕

詩人共重複了 7 次「紫金冠」，其中，4 次「是紫金冠」、另出現「正是紫金冠」、「正是不凋的紫金冠」、「只有紫金冠」、「惟有紫金冠」，借助副詞凸顯「紫金冠」的語義重心。而「冠」的聲母 g，屬於舌根爆破音，從口腔後部，以較弱的氣流衝破阻礙，產生宏遠渾厚的發音特點；韻母 uan，屬於合口呼（u），韻腹 a 開口度最大，屬洪音，延伸出一種開闊洪亮的音響效果；聲調爲去聲，取降調，由此語音的重心也被置於詩行的句末之處。整首詩歌的句式

〔註 13〕劉小楓：《拯救與逍遙》，上海：上海三聯書店，2001 年版，第 157 頁。
〔註 14〕昌耀：《紫金冠》，《昌耀詩文總集》（增編版），北京：作家出版社，2010 年版，第 445 頁。

相對簡單，詩人只變換語法結構的主語和謂語部分，而始終保持「紫金冠」的賓語位置。從去而復返又奇偶相錯的韻腳中，所有的重力擱置於「紫金冠」，讓其在龐大的主語框架下承受高強度的負荷，這正是詩人昌耀所尋找的韻律。另外，詩歌中還使用了 3 次「當……」（「當熱夜以漫長的痙攣觸殺我九歲的生命力」，「當白晝透出花環」和「當不戰而勝，與劍柄垂直」）作為時間狀語，置於主句之前。詩人將「紫金冠」的承載時間做了規定，也就是說在這唯一和獨特的時刻，抒情主體在恐怖的黑夜和勝利的白晝中獲得了救贖之光。在此意義上，「紫金冠」一詞聚焦了詩人苦痛與掙扎的精神內核，它無限地承受抒情主體放置在它身上的強度。從中，也能夠聽出抒情主體的悲憫之聲。

再看詩人柏樺對回形模式的運用。注重日常生活經驗的詩人柏樺，他的詩歌《在清朝》迴旋出清朝的日常生活場景。詩人平面鋪展開的景、物和境，都是清朝日常生活中最為平常的畫面，故而不需要用奇譎拗口的聲音表達效果。柏樺使用閒散的語調，勻速推進語詞的節奏。詩歌在每節的起始句都出現「在清朝」，在看似缺乏聲音變化的單一化結構安排中，正迎合了詩人所要凸顯的日常經驗，即「安閒和理想越來越深」：

> 在清朝
> 安閒和理想越來越深
> 牛羊無事，百姓下棋
> 科舉也大公無私
> 貨幣兩地不同
> 有時還用穀物兌換
> 茶葉、絲、瓷器
>
> 在清朝
> 山水畫臻於完美
> 紙張泛濫，風箏遍地
> 燈籠得了要領
> 一座座廟宇向南
> 財富似乎過分
>
> 在清朝
> 詩人不事營生、愛面子

飲酒落花，風和日麗
池塘的水很肥
二隻鴨子迎風游泳
風馬牛不相及

在清朝
一個人夢見一個人
夜讀太史公，清晨掃地
而朝廷增設軍機處
每年選拔長指甲的官吏

在清朝
多鬍鬚和無鬍鬚的人
嚴於身教，不苟言談
農村人不願認字
孩子們敬老
母親屈從於兒子

在清朝
用款稅激勵人民
辦水利、辦學校、辦祠堂
編印書籍、整理地方志
建築弄得古香古色

在清朝
哲學如雨，科學不能適應
有一個人朝三暮四
無端端的著急
憤怒成為他畢生的事業
他於一八四〇年死去〔註15〕

　　《在清朝》語音的重心為「在清朝」，書寫清朝的衰朽過程，整個封建王朝的沒落所帶來的歷史負重感被詩人寥寥數筆勾勒出來。柏樺將詩歌推向新

〔註15〕柏樺：《在清朝》，《山水手記》，重慶：重慶大學出版社，2011 年版，第 57頁。

的詩學風向，即日常生活審美化，消解藝術與日常生活的界限，並以審美的方式凸顯日常生活的意義。在此基礎上，「藝術不再是單獨的、孤立的現實，它進入了生產與再生產的過程，因而一切事物，即使是日常事物或者平庸的現實，都可歸於藝術之記號下，從而都可以成爲審美的」〔註16〕。全詩共 7 節，除了每節起始句都使用「在清朝」外，節與節在字數、詩行的安排也相對平衡，比如每節的第二行「山水畫臻於完美」、「詩人不事營生、愛面子」、「一個人夢見一個人」、「多鬍鬚和無鬍鬚的人」、「用款稅激勵人民」和「哲學如雨，科學不能適應」，都以副詞表示程度或者以名詞表示數量，強調多與少之間的平衡。另外，詩人還選用相同的詞性並列成行，比如三個名詞「茶葉」、「絲」和「瓷器」，如數家珍，物景歷歷在目。又選用結構相同或相近的短語，比如主謂短語「紙張泛濫，風箏遍地」，並列短語「飲酒落花，風和日麗」，偏正短語「夜讀太史公，清晨掃地」和動賓短語「嚴於身教，不苟言談」、「辦水利、辦學校、辦祠堂」，這種並置的語詞排列方式，讓主語、謂語、狀語出現在同一層級上，造成平穩緩慢的聲音。詩句在結尾處提到「他於一八四〇年死去」，完成了一種日常生活的輪迴，在詩人看來，無論是過或者不及，都不能阻止死亡的腳步，而生命恰恰誕生於最日常的生活場景中。整首詩歌語調平淡，沒有波瀾，正體現出柏樺試圖以聲音形式來還原生活的本來面貌。詩歌雖然將歷史語境拉回到清朝，但詩人書寫的卻是當下，消解了現實與歷史、日常生活與藝術的差異。

三、套語模式

與圓形和回形模式相比，套語模式所蘊含的韻律和節奏更豐富，音樂的效果也更強。臺灣詩人王靖獻（楊牧）在其博士論文《鐘與鼓——〈詩經〉的套語及其創作方式》中將套語理論系統引入中國古典詩歌，他相當重視套語所形成的音響效果，提出「套語用來構成詩行，而且遵循著一個韻律——語法的系統來構成」〔註17〕，並認爲語法系統所生成的韻律必須與詩人的心

〔註16〕〔英〕邁克・費瑟斯通：《消費文化與後現代主義》，劉精明譯，南京：譯林出版社，2000 年版，第 99 頁。

〔註17〕王靖獻：《鐘與鼓——〈詩經〉的套語及其創作方式》，謝謙譯，成都：四川人民出版社，1990 年版，第 22 頁。王靖獻在著作中對西方套語理論給予相應的補充和修正，通過分析《詩經》中套語與主題的相互關係，比如他將《詩經》中「柏舟」（憂傷的情緒）和「楊舟」（歡樂的情緒）這兩個結構相同的短語歸入陳陳相應的「泛舟」主題中。筆者在這裡主要強調的是詩篇中套語

理模式相結合,「套語的定義並非是一成不變的,它隨著決定『音響形態』的語言特徵的不同而有所變化;而所謂『音響形態』則限定了某一給定的韻律傳統中的一行或半行詩句的意義。但是如果不考慮詩人歌手的『心理模式』,它們又是否能夠描述套語的性質」〔註 18〕?故而,套語的音響效果與心理模式不可分割,1980 年代以來,多多的《依舊是》、陳東東的《詩篇》和西渡的《秋天來到身體的外面》,都巧妙地使用套語模式,以自覺的聲音意識呈現出情感變化的豐富性。

　　1993 年,多多旅居荷蘭時創作了《依舊是》。整首詩歌有著迴環的韻律美感,「一、相同或者相近的詞組和句式;二、押韻以及其他類型的同音復現。前者是句法結構方面的相近關係,後者是語音方面的相近關係」〔註 19〕。首先,詩行的末尾反覆出現「依舊是」,形成回形模式;其次,通過變化動詞「走」後的其他動詞(「走過」、「走在」、「走進」、「走到」),表示動作的方向處所,變換謂語「是」的賓語結構形成套語模式,在避免語言重複的基礎上,也實現了語言的音樂性。這裡主要探討語詞擱置在不同的位置所呈現的套語模式:

> 走在額頭飄雪的夜裏而依舊是
> 從一張白紙上走過而依舊是
> 走進那看不見的田野而依舊是
> 走在詞間,麥田間,走在
> 減價的皮鞋間,走到詞
> 望到家鄉的時刻,而依舊是
> 站在麥田間整理西裝,而依舊是
> 屈下黃金盾牌鑄造的膝蓋,而依舊是
> 這世上最響亮的,最響亮的
> 　　　　依舊是,依舊是大地
> 一道秋光從割草人腿間穿過時,它是
> 一片金黃的玉米地裏有一陣狂笑聲,是它

的音響效果與情感心理之間相互生發的關係。

〔註 18〕 王靖獻:《鐘與鼓——〈詩經〉的套語及其創作方式》,謝謙譯,成都:四川人民出版社,1990 年版,第 35 頁。

〔註 19〕 李章斌:《多多詩歌的音樂結構》,《當代作家評論》,2011 年第 3 期,第 69 頁。

一陣鞭炮聲透出鮮紅的辣椒地,它依舊是[註20]

整首詩歌,詩句「是來自記憶的雪,增加了記憶的重量／是雪欠下的,這時雪來覆蓋／是雪翻過了那一頁／翻過了,而依舊是」[註21]點明詩歌所要表達的中心,即對記憶的追溯,而「依舊是」的語音迴旋讓詩人返回到故鄉。田野、牛、麥地、父親和母親等,這些場景被結構在這種回形的空間中,直接通過語詞抵達了記憶的邊境。「依」(yī)、「舊」(jiù)、「是」(shì)作為語詞的尾音,韻母都屬於齊齒呼,發音時上下齒對齊,開口度較小。沒有合口呼、開口呼洪亮開闊的語音效果,反而緊致收斂。而「依舊是」採用「─\\」的聲調,以陰平起始,以兩個去聲結尾,語詞的音調顯得短促而具有負重感,詩行的語義表達也跟隨著語音將重心後置。「韻腳就是迴環的美」[註22],詩人選擇「依舊是」和「而依舊是」的反覆表達,轉折處壓低音調,將聲音拉回到記憶的框架,低淺地迴旋出身處異國所產生的情感體驗。值得一提的是,詩人不僅僅重複「依舊是」,開篇處 3 次出現「走在」,2 次出現「詞」,這種迴旋效果,開啟了語詞與記憶的關聯。在詩篇的第 14、15 行處,詩人選用「它是」,「是它」和「它依舊是」通過顛倒語詞,或者插入語詞的方式,在整體的迴旋基調中,添加了更精微的音樂調式,打破了單一的韻律,延宕出反覆與游離的內心情感。

陳東東的詩歌也採用了大量的套語模式。柏樺稱陳東東的詩歌具有「吳聲之美」[註23],陳東東祖籍在江蘇吳江蘆墟,生活在上海,地域文化的浸潤,已滲透於他的詩篇。因為古時吳歌產生於江南地區,「四方風俗不同,吳人多作山歌,聲怨咽如悲,聞之使人酸辛」[註24]。陳東東的詩可謂承繼了吳歌複沓、婉約優美,低沉的樂音。在他的詩歌中最常見的一種複沓,就是語言的套語模式。在詩人看來,音樂與語言聯繫起來,才能打開生命,正如荷爾林德說過的,「語言不是人所擁有的許多工具中的一種工具;相反,唯語言才提供出一種置身於存在者之敞開狀態中間的可能性。唯有語言處,才有

[註20] 多多:《依舊是》,《多多詩選》,廣州:花城出版社,2005 年版,第 202 頁。

[註21] 多多:《依舊是》,《多多詩選》,廣州:花城出版社,2005 年版,第 203 頁。

[註22] 王力:《略論語言形式美》,《龍蟲並雕齋文集》第一冊,北京:中華書局,1980 年版,第 478 頁。

[註23] 柏樺:《左邊:毛澤東時代的抒情詩人》,南京:江蘇文藝出版社,2009 年版,第 264 頁。

[註24] 〔宋〕張邦基撰:《墨莊漫錄》卷四,孔凡禮點校,北京:中華書局,2002 年版,第 116 頁。

世界」〔註25〕。與眾多 1980 年代開始創作的詩人一樣，關注詞本身，返回語言之鄉，成爲其思想的皈依。陳東東的獨特之處，正在於他最重視的就是語言所產生的韻律美感。比如，創作於 1981 年的《詩篇》：

> 在土地身邊我愛的是樹和羔羊
> 滿口袋星辰岩石底下的每一派流水
> 在土地身邊
> 我愛的是土地是它盡頭的那片村莊
> 我等著某個女人她會走來明眸皓齒到我身邊
> 我愛的是她的姿態西風落雁
> 巨大的冰川她的那顆藍色心臟
> 琮琤作響的高大山嶺我愛的是
> 琴弦上的七種音色
> 生活裏的七次失敗七頭公牛七塊沙漠
> 我愛的是女性和石榴在駱駝身邊
> 我愛的是海和魚群男人和獅子在蘆葦身邊
> 我愛的是白鐵房舍芬芳四溢的各季鮮花
> 一片積雪逃逸一支生命的樂曲〔註26〕

讀陳東東的詩行，很自然地讓人產生吟唱的衝動。《詩篇》的首句，賓語「樹」、「羔羊」、「流水」，逐漸加長名詞的定語修飾成分，以綿延出愛的深意。其中，「在土地身邊」是狀語，「我愛的是樹和羔羊」是主謂結構，以這一句式爲軸心，奠定了整首詩歌的抒情基調。第三行「在土地身邊」原本附著在主謂結構上的狀語獨立成行，一方面割裂出與「我愛的是」的空間和縫隙，另一方面則避免了與賓語再次出現「土地」的重複。第五行再次出現「我愛的是」，詩人將賓語鎖定於「她的姿態」、「她的那顆藍色心臟」和「高大山嶺」，但同時又後置喻體「西風落雁」修飾本體「姿態」，倒置喻體「巨大的冰川」修飾本體「藍色心臟」。詩人先將語詞形成套語模式，隨後又一層一層地剝開語詞，而詩句「琮琤作響的高大山嶺我愛的是」，「我愛的是」附著在賓語的尾部，完成了與下一個樂章的銜接，遂引出新的套語模式。因此，「琴

〔註25〕〔德〕海德格爾：《荷爾德林詩的闡釋》，孫周興譯，北京：商務印書館，2004 年版，第 40 頁。
〔註26〕陳東東：《詩篇》，《海神的一夜》，北京：改革出版社，1997 年版，第 1 頁。

弦上的七種音色／生活裏的七次失敗七頭公牛七塊沙漠」，又出現了同一句型的兩種變化，「琴弦上」與「生活裏」相對應做定語，「七種音色」與「七次失敗七頭公牛七塊沙漠」相對應做中心語，詩人通過重複「七」，在平穩的詩行中，激蕩出細微的情感變化。結尾處連續 3 個「我愛的是」，賓語部分變換多端，詩人甚至沒有餘留呼吸的空間，緊促地表達出意識中出現的所有語詞，完成情感的激越與升騰，通過拉長詩句的長度，也延宕了抒情的時間。值得一提的是，全詩共出現 7 次「我愛的是」，「七」在陳東東的詩歌中是一個特殊的數字，這數字首先是音樂中的 7 個音符，在某種意義上，其代表的更是一種聲音上的命數，它指向音樂本身，也指向詞語的生命律動。這種命數的規律，在陳東東 27 歲那年變得尤爲明顯，因爲他從唐代詩鬼李賀身上看到了 27 歲生命終結的命運。《詩篇》中間出現的「七種音色」，與最後的「生命的樂曲」，無疑完成了音樂與詞，與生命的勾連。陳東東是一位詩人，更是一位歌者，他將詞與音樂交相融合。在陳東東的抒情詩歌中，眞正實現了形式即生命的命題。〔註 27〕

　　西渡也善於使用套語模式製造出同音反覆的音樂效果。作品《秋天來到身體的外邊》，以「秋天」爲時間背景，書寫了心理空間的轉換。通過套語結構，層層設置出幾個完整的空間，巧妙地將秋天的悲韻附著於抒情主體「我」，以時間的方式跳轉於空間中，雖然「秋天來到身體的外邊」，但事實上，悲的基調已經滲入詩人的心理：

　　　　我已經沒有時間爲世界悲傷
　　　　我已經沒有時間
　　　　爲自己準備晚餐或者在傍晚的光線裏
　　　　讀完一本書　我已經沒有時間
　　　　爲你留下最後的書信

　　　　秋天用鋒利的刀子
　　　　代替了雨水和懷念
　　　　此刻在我們的故鄉晴空萬里
　　　　只有光在飛行
　　　　只有風在殺掠

〔註 27〕翟月琴：《輪迴與上昇：陳東東詩歌的聲音抒情傳統》，《江漢大學學報》（人文科學版），2012 年第 3 期，第 13～14 頁。

秋天的斧子來到我身體的外面

鷹在更低處盤旋
風在言語　魚逃入海
神所鍾愛的燈成批熄滅
秋天　大地獻出了一年的收成
取回了骨頭和神秘
取回母親的嫁妝和馬車
取回上一代的婚姻

人呵　你已經沒有時間
甚至完成一次夢想的時間
也被剝奪
在秋天的晴空中
那是風在殺掠　那是
神在報應
在秋天的晴空中
一切都在喪失
只有醜陋的巫婆在風中言語
快快準備葬禮〔註28〕

　　詩歌中共使用 4 次套語模式。第一節出現 3 次「我已經沒有時間為……」，「沒有時間」動賓短語構成排比，變化介詞「為」後面的賓語（「為世界」、「為自己」和「為你」），並變化謂詞「悲傷」、「讀」和「留」，依次從外部、自我走進對象，通過拉長或縮短介詞賓語的長度，節奏從快到慢，再到快，詩人為自己留出更多的空間，以銜接「世界」和「你」之間的距離。第二節「範圍副詞「只」表限定、動詞「有」表存在、時間副詞「在」表正在進行，三個詞連用在一起，加強了空間和時間的呼應關係，凸顯出「光」作為時間的迅疾，而「風」影射季節的空間存在。而上面兩節中「沒有」與「只有」也形成照應，「沒有」的重複多過於「只有」，失去大於擁有，強調了對時間難以把握的心境。第三節，以動詞「取」引領出 3 句詩行，「回」作為趨

〔註28〕　西渡：《秋天來到身體的外邊》，《雪景中的柏拉圖》，北京：文化藝術出版社，1998 年版，第 31～32 頁。

向動詞放在「取」後做補語，凸顯了抒情主體「我」的挽留、珍視和不捨。最後一節，詩人保留介詞結構「在……中……」（「在秋天的晴空中」）做狀語，隔離出外部的空間。排比主謂結構「那是」，並多次反覆副詞「在」做狀語，變化「在」後面的動詞「殺掠」、「報應」和「喪失」，逐層加強語詞的黑色情緒。結尾的詩句「只有醜陋的巫婆在風中言語／快快準備葬禮」，又回到了特定的空間中，突出空間限定性和時間的存在感，死亡的氣息吞噬了外部的季節環境。

　　迴環所產生的韻律美，在 1980 年代以來的漢語新詩中隨處可見。圓形模式呈現的是追求完滿的情感心理，回形模式通過語音的重複呈現出一種情感或者精神的負重感，套語模式則體現出更具層次感的音樂效果。總之，迴環彰顯出詩歌的韻律美，同時也表露出詩人的情感蘊藉。

第二節　跨行：空間的音樂美

　　跨行鉤織出來的空間造型產生圖象的視覺效果，又造成空間的音樂美，「『圖象』也不無時間意義，因為它分割了句子，造成了中斷或延宕，因而改變節奏」〔註29〕。這種圖象所帶來的節奏，「詩歌在超越語言的外在語音形式的同時，也超越其內在語法形式，進入音樂化空間（儘管在某種意義上，詩歌用以超越語言的材料還是語言本身）。1980 年代以來的漢語詩人越來越追求抽象化的空間，空間能夠提升節奏感，如『秋－風——生－渭－水，落－葉——滿－長－安』，語言呈現給我們的不僅僅是一個地理學意義上長安城，而是神韻流動的生命場所。」〔註30〕1980 年代以來的漢語新詩中，流線體和柱形體是兩種較為獨特的跨行形式，就詩藝而言，漢語新詩漸趨抽象化，詩人通過流線或者柱形體將語詞凝結為一字或者兩字，獨立排列，能夠將抽象的思維發揮到極致；就心理特徵而言，隨著詩歌處境的邊緣化命運，詩人的身份也不斷遭到質疑。在社會的現行體制面前，詩人既需要通過流線體表達內心的不安，也渴望通過柱形體獲得精神支撐的力量。本節通過考察 1980 年代以來漢語新詩中的流線體和柱形體，分析詩人借用跨行這種聲音表現形式所

〔註29〕王光明：《現代漢語的百年演變》，石家莊：河北人民出版社，2003 年版，第413 頁。
〔註30〕沈亞丹：《寂靜之音：漢語詩歌的音樂形式及其歷史變遷》，上海：上海人民出版社，2007 年版，第 76～77 頁。

營造的空間節奏感。

一、流線體

　　傳統的新詩注重行的勻稱齊整，但這種跨行方式已經不再是 1980 年代以來漢語新詩創作的方向。流線體是跨行的一種特例，它「在節奏不該停頓的地方『止步』，造成音節、音調某種頓挫感而引發節奏變樣」，同時，「利用頻頻跨行的便利，強化『形異』的視覺形象」〔註 31〕。流線體以流線的形體特徵，強調的是一種情緒產生的音樂美，關於此，在楊克和顧城的詩歌中都有體現。

　　1980 年代，楊克創作的一系列作品，都曾採用流線體的跨行形式，比如他的《深谷流火》、《紅河之死：紀實作品第一號》、《蝶舞：往事之三》和《大遷移》等等，構成了楊克詩歌創作中一種獨特的表達方式。這裡以 1985 年的《深谷流火》為例：

　　　　紅水河
　　　　是從石頭裏走
　　　　　　　　　　出
　　　　　　　　　來
　　　　　　　　　　　的
　　　　大朵大朵的木棉花
　　　　溫和地焚燒著
　　　　山很粗糙
　　　　銅質陽光
　　　　凝滯在峽谷裏
　　　　　　玄色鳥
　　　　　血浪
　　　　　　巉岩般一動不動的山民
　　　　赤裸的脊背
　　　　泛動與土地天空渾然　紅
　　　　（山羊咩咩的叫聲也是紅色的嗎？）

〔註31〕陳仲義：《織就分行、跨行的「空白」》，《現代詩：語言張力論》，武漢：長江文藝出版社，2012 年版，第 354 頁。

獷野的神話曠達的神話灑脫的神話

愈流愈遠上游漂下來喧鬧的日子

陌生的日子新鮮的日子不安的日子

匆匆地漂下來漂

        下

          來

雄性的風

呼嘯著令人嫉妒的激情

這水是點得燃的哦

一團團火球

     醉醺醺

醉醺醺

      旋轉

紅水河

大山的血脈

烈焰洶湧的血脈哦〔註32〕

　　詩篇中，以古老神秘的「紅水河」為切入點，全詩根據一定的節奏單位排列組合，「節奏句法詞組之所以與單純的句法詞組不同，是由於這些詞包含一定的節奏單位（行或句）；節奏句法詞組與單純節奏組合不同之處，是由於這些詞不但是按語音特徵而且要按語義特徵組合的」〔註33〕。第一節，開篇處「從石頭裏走／出／來／的」，將「石頭」作為源發的根蒂，體現了民族文化的堅實和厚重感；同時，又呈蜿蜒的形狀排列，構成文化傳統的根脈。第二節，詩人將語詞「鳥」、「山民」並置排列，從天空到土地，以「紅」這種色彩打開了思維空間，而烈焰一般的顏色正與「紅河水」相對應，以縱向的視角「凝滯在峽谷裏」，勾勒出民族文化的歷史線索，支撐起傳統生成的構架。第三節，「神話」與「日子」相對立，詩句「匆匆地漂下來漂／下／來」，

〔註32〕楊克：《深谷流火》，《陌生的十字路口》，北京：人民文學出版社，1994 年版，第 129 頁。

〔註33〕O・M・勃里克：《節奏和句法》，〔愛沙尼亞〕札娜・明茨，伊・切爾諾夫編：《俄國形式主義文論選》，王薇生譯，鄭州：鄭州大學出版社，2005 年版，第 25 頁。

將神話所隱喻的文化傳統擱置於「日子」之上，並呈現出旋轉飄動的畫面感。詩人試圖爲現實生活尋找安定、平靜的根基，只有抓住傳統文化的命脈，浮動、不安的日常生活才能得以平息。第四節，「一團團火球／醉醺醺醉醺醺／旋轉」，詩歌再次回到紅色，將掙扎、苦難的文化處境，通過螺旋的狀貌得以昇華。第五節，回到他所要書寫的「紅水河」，詩人拋棄了流線體結構，詩行也不再游離、漂浮。同時，增加語詞的修飾性定語，詩行的字數由少變多，逐層遞加，通過穩固詩行的節奏感返歸到傳統文化之根源。

顧城筆下的流線體同樣具有典型性。古典小說《紅樓夢》成爲他現實情感世界的原型，他極力維護內心柔美的女兒國，並且自封爲王。顧城渴望水一般的女兒國，柔軟、溫順，同時又稀薄、綿密。就這點而言，在顧城後期詩歌中那些短促的句式中，能夠看出明顯的流線型結構，在詩篇的結尾處，又呈現柱狀，使得文字逐漸消失，「願文字有這樣的氣息，使文字消失、人消失，生命醒來時發現自己是一樹鮮花，在微風中搖著。」〔註 34〕文字以圖象的方式，變得分散、稀疏，變成水流的形態。顧城後期的詩歌，死亡的色彩愈發濃烈，幾乎演變爲一種病症，空氣裏釋放出的毒氣，駐紮於他的思維意識。因爲水銀屬液態，而詩人的語詞也總是從緊致到疏散，極盡消失，整首詩歌呈流線液體樣態。就這點而言，語言成爲詩人自動化寫作的密語，潛意識流淌出超驗的本我狀態。水銀又具有毒性，這種毒性常常與液態的流動感相互作用，滲透著詩人黑色的情緒。關於這點，作品《願》、《我把刀給你們》等都有體現。詩篇《願》，從無限的永恒開始，卻結束於靜止的死亡：

> 你看不會有盡頭
> 你看被空氣挫了
>
> 你看
> 　　成噸成噸　　　的站著
> 　　　　小腦袋
> 　　　的空氣
> 　　　海帶
>
> 　海水

〔註 34〕顧城：《答何致翰》，顧工編：《顧城詩全編》，上海：上海三聯書店，1995 年版，第 929 頁。

　　　　　　　莊稼都濕了

　　　　看過　　移一移先前的名字吧

　　　　五千面鏡子照著空虛的海水

　　　　阿尼達在鬆手時

　　　　感到了死亡的歡意〔註35〕

　　詩人將「海水」的湧動比擬爲「小腦袋」，思緒的空虛感，彌漫進死亡的
氣息。其中，流線體出現在詩篇的中間：「小腦袋」、「空氣」、「海帶」、「海水」、
「莊稼」的並置，詩句從聚集的流線體（「小腦袋／的空氣／海帶」），蔓延出
後置的詩句（「海水／莊稼都濕了」），這種跨行所產生的音樂美，正演繹了意
識流動的軌迹。

二、柱形體

　　陳仲義在《織就分行、跨行的空白》中指出，「跨行破壞的越明顯且越技
巧，感興就會得到越大的催生。而當跨行的常態秩序位移到某些『形異』，再
發展到以視覺感官爲取捨標準的『圖象』時，我們說詩歌已經超出一般性排
列範疇，獨立成另一種叫做圖象詩的品種了。」〔註36〕細讀 1980 年代以來的
漢語新詩，能夠看出，柱形體是一種典型的由跨行產生的圖象詩，跨行的破
壞體現出創作的技巧，從而滋生出音樂美，更是流露出詩人感興的發揮。這
在伊蕾的《黃果樹大瀑布》和顧城的《水銀》中都有體現。

　　1985 年，女性詩人伊蕾創作的《黃果樹大瀑布》，圍繞中心句「把我砸的
粉碎粉碎吧／我靈魂不散」，抒情主體肉身與靈魂的撕裂感表達地淋漓盡致。
詩人將液態的瀑布隱喻爲固態的白岩石，意象陡峭、奇譎，提升出對象的質
重感，同時，也是造成視覺形象感的衝擊，這正與詩人決然承受和抵抗外部
世界壓力的心理相吻合。詩歌中共出現了兩次柱形體，分別是「砸／下／來」
和「懸／崖／上」，分別由一字體獨字成行排列。從功能上來看，抒情主體處
於失重的心態，渴望找到安放情感心理的支撐點；從方向上來看，「下」和「上」
相互抵制、對抗，縱向地排列，將碎裂、容忍和堅持，在瀑布與岩石的類比

〔註35〕顧城：《水銀》，顧工編：《顧城詩全編》，上海：上海三聯書店，1995 年版，
　　　　第 778 頁。
〔註36〕陳仲義：《織就分行、跨行的「空白」》，《現代詩：語言張力論》，武漢：長江
　　　　文藝出版社，2012 年版，第 359 頁。

中得到最大限度的發揮：

> 白岩石一樣砸下來
>> 砸
>> 下
>> 來
> 砸碎大牆下款款的散步
> 砸碎「維也納別墅」那架小床
> 砸碎死水河那個幽暗的夜晚……
> 砸碎那尊白臘的雕像
> 砸碎那座小島，茅草的小島
> 砸碎那段無人的走廊
> 砸碎古陵墓前躁動不安的欲念
> 砸碎重複了又重複的纏綿的失望
> 砸碎沙地上那株深秋的蘋果樹
> 砸碎曠野裏那幅水彩畫
> 砸碎紅窗簾下那把流淚的吉他
> 砸碎海灘上那迷茫中短暫的彷徨
>
> 把我砸的粉碎粉碎吧
> 我靈魂不散
> 要去尋找那一片永恒的土壤
> 強盜一樣去佔領、佔領
> 哪怕像這瀑布
> 千年萬年被釘在
>> 懸
>> 崖
>> 上 〔註37〕

　　詩篇以動詞「砸」做領字，共出現了多達 12 次，易於在聽覺效果上產生爆炸感。這一動詞的語音重複，一方面與瀑布飛流直下的視覺效果相契合，另一方面則在深層加劇了詩人情緒的劇烈波動。詩歌的心理空間結構以圖形

〔註37〕伊蕾：《黃果樹大瀑布》，《伊蕾詩選》，天津：百花文藝出版社，2010 年版，第 43 頁。

釋義，可呈現為：

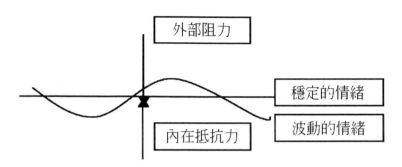

　　「砸／下／來」以一字跨行排列方式，形象地將情感投射於語詞，與之相應的是，下面的詩行並置出現了大量的偏正結構，「款款的散步」、「躁動不安的欲念」、「纏綿的失望」、「流淚的吉他」和「短暫的彷徨」等，表露出詩人的孤獨、迷惘和悲涼心境。但即便如此，詩人並沒有深陷於「砸／下／來」的動作，而是在第二節給予反向的互動。詩人伊蕾試圖以永恒抵消暫時的疼痛，「要去尋找那一片永恒的土壤」，擴張自我暗示的情緒力量，「強盜一樣去佔領、佔領」。這種力量，通過兩次語詞重複「粉碎粉碎」和「佔領、佔領」，爆炸一般被詩人推向巔峰。結尾，詩人又提到「哪怕像這瀑布」，從喻體還原到本體，回歸到自我。最後，「千年萬年被釘在／懸／崖／上」，既在時間上留出了心理空白，又逆向粉碎了外部世界施加在她身上的壓力，從自然情感本身回到自我生命。可以說，女性詩人伊蕾調動起跨行這種聲音表現形式，將個人化的情感體驗充分表達了出來。

　　詩人顧城也極善於運用流線體結構。他曾將複雜、混濁的意識狀態，凝結成水銀──一種呈液態的有毒金屬。顧城說過，「詩是很有意思的，它不會停留。對於與時同往的人來說永遠是瞬間。它在事物轉換的最新鮮剎那顯示出來，像剛剛凝結的金屬，也像春天。它有一種光芒觸動你的生命，使生命展開如萬象起伏的樹林。」〔註38〕在顧城看來，金屬是帶有光暈的，它是天空在大地上的投影，因此在他的詩歌中，總會出現「那銀製的聖誕節竟然會溶化」〔註39〕，「銀灰色的裙裾連成一片」〔註40〕和「水銀樣的秋月」

〔註38〕顧城：《答何致瀚》，顧工編：《顧城詩全編》，上海：上海三聯書店，1995年版，第926頁。

〔註39〕顧城：《童年的河濱》，顧工編：《顧城詩全編》，上海：上海三聯書店，1995年版，第252頁。

〔註 41〕。顧城試圖「用心中的純銀，鑄一把鑰匙，去開啓那天國的門，向著人類」〔註42〕。水銀帶有金屬的光澤，它連接著大地與天空，這裡以《水銀》組詩中的《名》篇爲例：

> 從爐中把水灌完
>
> 從爐口
>
>   看臉　　看白天
>
>   鋸開線　敲二十下
>
>   煙
>
> 被車拉著西直門拉著奔西直門去
>
>   Y
>
>   Y
>
>   Y〔註 43〕

詩篇《名》同樣成柱狀排列。所謂的名，指的是名字、名譽、名聲、名分、名節等。結尾處，三個「Y」與「煙」成豎排並行，支撐著文本的圖形框架。「煙」在語義上有虛無的意義，而「Y」則是實體名稱的縮寫，虛壓在實之上，迫使實體漸漸流失，最後歸於虛。同樣，詩篇《呀》也同樣體現出這種流失感，如顧城所說，「在字行稀疏的地方，不應當讀出聲音」〔註44〕：

> 誰能夠比樹枝眞實
>
> 房子上掛的那塊紅布
>
> 走　走盤子
>
> 手
>
> 笑

〔註40〕 顧城：《遠古的小船》，顧工編：《顧城詩全編》，上海：上海三聯書店，1995 年版，第 329 頁。

〔註41〕 顧城：《思》，顧工編：《顧城詩全編》，上海：上海三聯書店，1995 年版，第 735 頁。

〔註42〕 顧城：《學詩筆記》，顧工編：《顧城詩全編》，上海：上海三聯書店，1995 年版，第 897 頁。

〔註43〕 顧城：《水銀》，顧工編：《顧城詩全編》，上海：上海三聯書店，1995 年版，第 767～768 頁。

〔註44〕 顧城：《鐵鈴——給在秋天離家的姐姐》，顧工編：《顧城詩全編》，上海：上海三聯書店，1995 年版，第 476 頁。

　　　　手

　　　　　　舞蹈〔註45〕

　　詩篇的排列本身，就是「房子上掛的那塊紅布」，由柱形樹幹支撐。開篇處指出「誰能夠比樹枝真實」，能夠看出，詩人強調的恰恰是那堅實的柱體，它「笑」、「舞蹈」，像飄動的紅布靈動自如。而文字最終消失在圖象中，消解了紅布的隱喻意義。

　　這種倒置的跨行結構，在顧城的組詩《水銀》的同名篇中，表現得尤為明顯：

　　　　桑樹想在樹下吃桑子

　　　　他走過去
　　　　鼻子放低
　　　　整個城市都看城市

　　　　別想把他騙過去
　　　　煙掉進鐵柵
　　　　雞冠花嗚咽地把臉擋住

　　　　同學都在桑木桶裏

　　　　別把她騙過去
　　　　就這麼吃桑子　　　手指通紅
　　　　裙子　　攤開　　　五十張牌
　　　　有　　　有　　　　有

　　　　哥　　　　姐　　　　兄
　　　　哥　　　　姐　　　　弟

　　　　桑樹想做一條裙子

　　　　說好了結婚時得住桑樹
　　　　五十面旗子飄了又飄

　　　　一天比一天起得要早

〔註45〕顧城：《水銀》，顧工編：《顧城詩全編》，上海：上海三聯書店，1995 年版，第 784 頁。

勤勞的生活

用鐵鍬挖鏡子挖到樹頂〔註46〕

　　詩歌以桑樹的視角結構全篇，首句「桑樹想在樹下吃桑子」提供了向下的視角，「同學都在桑木桶裏」給出了一種內視的角度，「桑樹想做一條裙子」指向了平行的方位，而「用鐵鍬挖鏡子挖到樹頂」則將角度移至上方。可以圖示為：

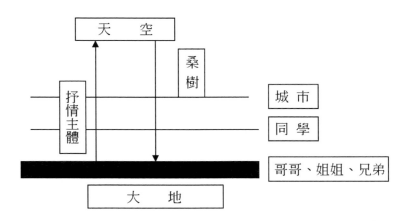

　　如圖所示，詩人將城市、同學和哥哥、姐姐、兄弟納入視線，以倒置的方式全視，逐層打開心理結構空間。在柱形體的跨行中，「有哥哥」、「有姐姐」、「有兄弟」，一方面，它們處於結構的底層，以柱形體的跨行方式的出現，通過家庭譜系的建立，維繫了斷裂的情感紐帶。同時，又輔助詩人以倒置的視角，支撐並填充起心理缺失。另一方面，它垂直排列在文本的中部，縱向勾連起天空與大地之間的錯位關係。

　　顯然，1980 年代以來，漢語新詩的跨行體現出詩人的空間意識，這種空間意識帶有高度的抽象感，如覃子豪所說：「抽象的表現，既能運用於繪畫，也能運用於詩。因為，事物本身便有一種抽象的特質。只是我們的觀念會認為：以抽象的語言表現抽象的感覺，其效果將遜於抽象的旋律之於音樂，抽象的線條之於繪畫。事實上，抽象也具有形象的性質，只是這種形象我們不能給它以確切的名稱。表現這種抽象的形象，是由外形的抽象性到內形的具象性；復由內在的具象還原於外在的抽象。從無物之中去發現其存在，然後

〔註46〕顧城：《水銀》，顧工編：《顧城詩全編》，上海：上海三聯書店，1995 年版，第 783～784 頁。

將其發現物化於無。」〔註 47〕上文提到流線體和柱形體兩種典型的跨行形式，體現出抽象的旋律，由此帶來的空間或者繪畫感，傳達出詩人內在的情感心理。

第三節　長短句：氣韻的流動美

自由詩都是以長短句的形式出現的，長短句又可稱爲長短調，「長短調由詩行的長短造成。長行造成長調，短行造成短調」〔註 48〕。長短句產生的節奏，與心理抑或生理的氣韻流動、脈搏跳動有關。本節通過分析詩人黑大春《圓明園酒鬼》、俞心樵《最後的抒情》的長句，張棗《卡夫卡致菲利斯》、臧棣《低音區》的短句，觀照不同的詩人所表達的呼吸氣韻和情感起伏。

一、長句

長句略顯字數多，結構複雜。1980 年代以來，詩人江河的《太陽和他的反光》、楊煉的《諾日朗》、歐陽江河的《懸棺》、黑大春的《圓明園酒鬼》和《家園歌者》、海子的《太陽·七部詩》、駱一禾的《大海》、俞心樵的《最後的抒情》等，都以「史詩」、「大詩」的組詩方式出現，極具代表性。詩人選擇長句作爲聲音的表現形式，一方面表達對生命、時間的感慨；另一方面又表達浪漫主義的理想情懷，呈現出悲憫和苦難的情感基調。

1980 年代活躍的「圓明園詩群」中，成員黑大春被稱爲行吟詩人。黑大春努力在詩歌與音樂之間尋找契合點，純熟地駕馭聲音的表現形式，收放自如地運用頓數提升詩歌的節奏感。可以說，他的詩本身就是音樂。其代表作組詩《圓明園酒鬼》，追悼已逝的「老娘」，並呈現個人當下的生活狀態，悲痛的情感流露出詩人對時間、生命的感悟，讀起來抑揚頓挫、蕩氣迴腸：

這一年｜我永遠｜不能遺忘

這一年｜我多麼懷念｜剛剛逝去的老娘

每當我看見井旁的水瓢｜我就不禁想起｜她那酒葫蘆似的乳房

每當扶著路旁的大樹｜醉醺醺地走在回家的路上｜我就不禁這
樣想

〔註 47〕覃子豪：《覃子豪詩選》，香港：文藝風出版社，1987 年版，第 122 頁。
〔註 48〕陳本益：《漢語詩歌的節奏》，重慶：重慶大學出版社，2013 年版，第 420 頁。

　　　　我還是一個剛剛學步的嬰兒的時候｜一定就是這樣｜緊緊抓著
她的臂膀

　　　　如今我已經長大成人｜卻依然搖搖晃晃地走在人生的路上｜而
她再也不能來到我的身旁〔註49〕

　　朱光潛說過：「情感的節奏見於脈搏、呼吸的節奏，脈搏、呼吸的節奏影
響語言的節奏。詩本來就是一種語言，所以它的節奏也隨情感的節奏於往復
中見規律。」〔註50〕黑大春在詩篇《圓明園酒鬼》中，將脈搏、呼吸的節奏
與語言的節奏融為一體。句式不斷地拉長，整體成塔狀排列。頭兩句都以「這
一年」引領詩行，分別停頓兩次，看似數量一致，但每次停頓的音節長度卻
呈遞增狀態。從「我永遠」到「我多麼懷念」，從「不能遺忘」到「剛剛逝去
的老娘」，一方面，節奏單位內部賦予層次感，「我多麼｜懷念」和「剛剛｜
逝去的｜老娘」，另一方面，音節的長度增加，音節之間的黏連度也更緊密，
從「我永遠」（3 個音節）到「我多麼懷念」（5 個音節），從「不能遺忘」（4
個音節）到「剛剛逝去的老娘」（7 個音節）。這種變化，呈現出情緒的綿延感，
也能夠看出詩人對母親的懷念之情。下面兩句又以「每當」引領詩行，同樣
都是 3 次停頓，在節奏單位的劃分上極為接近，但因為「我就不禁想起」和
「我就不禁這樣想」擱置於不同的位置，節奏又有變化。其中，前者「我就
不禁想起」的位置，是相對勻稱的節奏單位，而後者「我就不禁這樣想」則
引領更長的句式「我還是一個剛剛學步的嬰兒的時候｜一定就是這樣｜緊緊
抓著她的臂膀」作為賓語。也因為賓語的加長，詩行的重心後置，童年的記
憶和母親的形象也加劇了詩人對自我情感的表達。另外，「我還是一個剛剛學
步的嬰兒的時候」，由 14 個音節組成頓，音節和音節的黏連緊密，情緒更飽
滿多變；「一定就是這樣」由 6 個音節組成，頓裏的音節清晰可辨，簡潔明晰；
「緊緊抓著她的臂膀」，又是由 8 個音節組成，相對折中，起到緩解情緒的作
用。最後的長句，更是凸顯了詩人以句子作為節奏單位的意圖。3 個短句成行，
由 2 個轉折詞「卻」和「而」連接，在敘述個人成長經歷的同時，將「而她
再也不能來到我的身旁」的抒情性甩將出來，由此造成情感與節奏之間的協
調感，「節奏與旋律是情感與理性之間的調節，是一種奔放與約束之間的調

<hr>

〔註49〕黑大春：《圓明園酒鬼》，《黑大春歌詩集》，北京：長征出版社，2006 年版，
　　　　第 27 頁。「｜」為筆者加，表示節奏的停頓。
〔註50〕朱光潛：《「從心所欲，不逾矩」──創造與格律》，《談美》，桂林：廣西師範
　　　　大學出版社，2004 年版，第 67 頁。

協。」〔註51〕詩句在敘述與抒情間完成了一種時間性，即從「童年」到「長大成人」，從「緊緊抓住她的臂膀」到「而她再也不能來到我的身旁」，長句完整地體現了詩人悲涼、傷感的個人情緒，以「曼聲歌唱、放聲歌唱」〔註52〕的長歌方式感歎人生短暫和時光易逝的悲切情感。

同樣有著行吟詩人稱號的還有俞心樵，他總是能夠自覺地運用節奏單位，將情緒的起伏變化傳達出來，「一行詩中的停頓乃是節奏構成的主要特徵之一，停頓法產生節奏的形式多樣性。在詩歌言語中，停頓體現爲詩節、詩行、停頓和詞語的分開。一節的末尾，一行的末尾，一個詞的末尾，這並非這一部分與另一部分劃分的靜態界限，而是構成節奏運動的動態因素」〔註53〕。作品《最後的抒情》，是詩人對愛和生命的信仰，也是詩人歌唱出的最後的抒情曲調，其中長短句的交替使用讓整首詩顯得錯落有致，參差相間：

> 我就要離開你
> 就要轉移到一個更安全的地方去愛你
> 在那裡我會健康如初　淡泊　透明
> 我會參加勞動　對生活懷著一種感恩的心情
> 如果陽光很好　我會展露微笑
> 會對自己説　除了你　我什麼都沒有
> 除了美麗　我什麼都不知道
> 我還會説　一遍又一遍　我説
> 你是春天的心肝　天空的祈禱
> 海洋潮漲潮落畢生的追求〔註54〕

詩篇《最後的抒情》在語義上渾然一體，相對連貫，讀起來淺近、直白。但節奏卻很明朗，幾乎每一個句子都飽含著個人化的情感。他一方面交叉使用長短句，另一方面又多次運用長句表現情感的跌宕變化。其中，詩人使用

〔註51〕艾青：《詩論》，北京：人民文學出版社，1980 年版，第 179 頁。
〔註52〕楊曉靄：《宋代聲詩研究》，北京：中華書局，2008 年版，第 86 頁。
〔註53〕O・M・勃里克：《節奏和句法》，〔愛沙尼亞〕札娜・明茨，伊・切爾諾夫編：《俄國形式主義文論選》，王薇生譯，鄭州：鄭州大學出版社，2005 年版，第 32 頁。
〔註54〕俞心樵：《最後的抒情》，《俞心樵詩選》，武漢：長江文藝出版社，2013 年版，第 67 頁。

了兩種長句：第一種爲連綿的長句，比如「就要轉移到一個更安全的地方去愛你」；第二種爲句中停頓的長句，比如「住在桃花和陽光的五好家庭　行雲流水的優秀寢室」。從第一節開始，首句在語義上是一個完整的句子，但分爲兩行，好像投入平靜水面中的一枚石子，激蕩起全篇的情感。其後兩句詩行，行中都採取停頓，但停頓的方式不同。第三行將停頓放在後半段，顯得鬆散、平穩，擴大了情感表達的空間；而第四行的停頓僅有一處，但將整行詩句的情感重心調移至後半部分。從第五行到這一節的結束，本來完整的長句多次出現行中停頓，氣息流動的間隔也較大，可容納的情緒更加飽和。但這一節的最後一句卻沒有在行中停頓，而是鋪展開情緒，將潮水的流動相對緊湊地連綿於詩行中。

> 正是你今天的芳齡　我的母親從水上回到桃林
> 她是爲了讓她的孩子能夠愛上你才回到桃林
> 她要讓我在桃林生　在桃林死　在桃林愛上你
> 在我沒有出生之前　我的母親就先替她的孩子愛上你了
> 在你沒有出生之前　你　就已經存在〔註55〕

此節，儘管詩人仍採用行中停頓的方式，但停頓相對整齊。從語義而言，詩人從讓她的孩子愛上你再到替孩子愛上你，呈遞進的層次，像詩人的絮語，反反覆覆地言說著。通常情況下，語言的重複可以強化抒情效果，但這種語言的重複往往指向的是語義重複，但詩人卻放棄了語義的重複而採用節奏的重複，反覆地抒發「她」，也就是母親的情感。可以說，在這一節詩歌中，詩人主要強調的是「她」和「你」，抒情主人公「我」反而被擠壓在一片很小的空間中。由於停頓的次數較多，節奏也相對平穩、緩和。在下一節中，詩人再一次延伸出「愛」的主體「外祖母」、「外祖父」、「父親」、「爺爺」、「仗劍江湖的列祖列宗」：

> 愛你的水上的外祖母　外祖父
> 愛你的雲朵裏的父親　爺爺　仗劍江湖的列祖列宗
> 爲了讓我愛上你
> 她們在水上生　在雲朵裏死
> 他們一生鬥爭　風雨無阻　卻從來沒有擁有過你

〔註55〕俞心樵：《最後的抒情》，《俞心樵詩選》，武漢：長江文藝出版社，2013 年版，第 68 頁。

他們是有妻子們的單身漢　有丈夫的處女

只要擁有你　他們可以放棄愛情和命

可以不生下我〔註56〕

　　在這一節中，加入了長短句的組合，同時長句的停頓也不整齊，呈現出詩人呼吸的節奏，如蘇珊・朗格所言：「呼吸是生理節奏最完整的體現：當我們將吸入的空氣呼出時，身上便出現了一種對氧氣的需要，這是新的呼吸的動力，因此也是新呼吸的真正開始。如果某次呼氣不是與下一次吸氣的要求同時發生——比如身體強制性呼出氧氣，其速度超過正常狀況，新的需要就會在自然呼吸完成之前出現——呼吸將不是有節奏的，而是氣喘吁吁的。」〔註57〕開頭兩句，詩人那種連綿不盡的情緒也被充分調動出來，形成一股湧動的情緒流，與家族成員的排列一起躍入詩行。最後一行，通過人稱的變換，更加劇了長短句的交替，詩人試圖詳盡所有情感，完成「最後的抒情」。

二、短句

　　相對於長句而言，短句是字數少、結構簡單的句子，讀起來顯得簡潔、明快。在詩歌中使用短句，對語言的錘鍊程度要求較高，所以更強調詩人的技藝。1980 年代以來，步入中年寫作的漢語詩人，「將寫作看作一個長期的過程，進而要求對之採取一種更為專注、具有設計意識的工作態度」〔註58〕，他們不約而同地轉向對技藝的追求。張棗提出「元詩」理論：「當代中西詩歌寫作的關鍵特徵是對語言本體的沉浸，也就是在詩歌的程序中讓語言的物質實體獲得具體的空間感並將其自身作為富於詩意的質量來確立。如此在詩歌方法論上就勢必出現一種新的自我所指和抒情客觀性——對寫本身的覺悟會導向將抒情動作本身當做主題而這就會最直接展示詩的詩意性。這就使得詩歌變成了一種元詩歌』，或者說『詩歌的形而上學』，即詩是關於詩本身的，詩的過程可以讀作是顯露寫作者姿態，他的寫作焦慮和他的方法論反思與辯解的過程。因而元詩常常首先追問如何能發明一種言說，並用它來打破縈繞

〔註56〕俞心樵：《最後的抒情》，《俞心樵詩選》，武漢：長江文藝出版社，2013 年版，第 69 頁。

〔註57〕〔美〕蘇珊・朗格：《情感與形式》，劉大基、傅志強等譯，北京：中國社會科學出版社，1986 年版，第 147 頁。

〔註58〕孫文波：《我理解的 90 年代：個體寫作、敘事及其他》，王家新、孫文波編：《中國詩歌：九十年代備忘錄》，北京：人民文學出版社，2000 年版，第 21 頁。

人類的宇宙沉寂」〔註59〕。1980 年代以來，一部分步入中年寫作的詩人對技藝的重視度越來越高，就這點而言，張棗的《卡夫卡致菲利斯》和臧棣的《低音區》、《思想者叢書》較具代表性。

張棗的代表作《卡夫卡致菲利斯》，建立起短句與促節的聯繫。其中，促的本義爲迫、急的意思，「唐宋人稱節奏急促的樂曲爲促曲、促拍」〔註60〕，短句、促節與詩人的呼吸氣韻緊密結合在一起，「詩歌的每一個言詞似乎都在脫穎而出，它們本身在說話、在呼吸、在走動、在命令我的眼睛，我必須遵循這詩的律令、運籌和布局，多麼不可思議的詩意啊，無限的心理的曲折、詭譎、簡潔、練達，突然貫穿了、釋然了，一年又一年，一地又一地，形象終於在某一刻進入了另一個幻美的形象的血肉之軀」〔註61〕。張棗是一位將詩作爲技藝的詩人，他重視文字的錘鍊。自 1980 年代開始創作，直至 2010 年去世，他的創作生命歷程，始終無法隔斷與技藝之間的關係。他對於文字的錘鍊度，遠遠超出同時期其他詩人。張棗甚至無法擺脫對詞語本身的依賴，他善於將個人的生活經驗與詞發生關聯，無限地發明漢語新詩的語言聲音。張棗的句子都極爲短促，在他看來，「寫詩的人寫詩，首先是因爲，詩的寫作是意識、思維和對世界的感受的巨大加速器。一個人若有一次體驗到這種加速，他就不再會拒絕重複這種體驗，他就會落入對這一過程的依賴，就像落進對麻醉劑或烈酒的依賴一樣。一個處在對語言的這種依賴狀態的人，我認爲，就稱之爲詩人。」〔註62〕在某種程度上，張棗對語言的苛求已遠超出個體的生命承受，書寫且不斷地修改，尋找那個最恰當的詞，來完成節奏上的平衡，已成爲他創作的一種慣性，這正印證了貝恩對詩人的理解：「普通人可以人性地沉浸於情感的波瀾之中，而他必須對情感和醉意進行塑造，進行淬煉，進行冷處理，賦予這些柔軟的物質以穩定的形式。」〔註63〕可以說，在呼吸中聆聽詞的節奏感，是張棗在語言上做出的最大的努力：

〔註59〕 張棗：《朝向語言風景的危險旅行——當代中國詩歌的元詩結構和寫者姿態》，《上海文學》，2001 年第 1 期，第 75 頁。

〔註60〕 楊曉靄：《宋代聲詩研究》，北京：中華書局，2008 年版，第 59 頁。

〔註61〕 柏樺：《左邊：毛澤東時代的抒情詩人》，南京：江蘇文藝出版社，2009 年版，第 116 頁。

〔註62〕 〔美〕布羅茨基：《文明的孩子：布羅茨基論詩和詩人》，劉文飛、唐烈英譯，北京：中央編譯出版社，1999 年版，第 40 頁。

〔註63〕 〔德〕貝恩：《詩應當改善人生嗎？》，賀驥譯，《當代國際詩壇》第 4 輯，北京：作家出版社，2010 年版，第 202～203 頁。

我奇怪的肺期超向您的手，

像孔雀開屏，乞求著讚美。

您的影在鋼琴架上顫抖，

朝向您的夜，我奇怪的肺。

詩歌開篇處，「M・B 並非完全指馬克斯・勃羅德，而是一個先於時代惟一認識卡夫卡價值的鑒賞者，一個先驅者後期效果的闡釋者和證明人，新文學的傳教士，生活中的知音。張棗通過卡夫卡所要尋找的便是這知音」〔註64〕。兩次出現「奇怪的肺」，代表卡夫卡在生與死邊界線上掙扎的一面影像。「肺」的出現，不免令人想到布魯姆的一句話：「詩歌是想像性文學的桂冠，因爲它是一種預言性的形式。」〔註65〕卡夫卡與張棗之間，透過氣韻呼吸的自然銜接〔註66〕，傳達出生命的感應。「肺」，這個字眼，發仄聲，統領了十四行組詩，「平聲字一般讀得低一點、長一點，仄聲字一般讀得高一點、短一點」〔註67〕。

像聖人一刻都離不開神，

我時刻惦著我的孔雀肺。

我替它打開血腥的籠子，

去啊，我說，去貼近那顆心：

「我可否將您比作紅玫瑰？」

屋裏浮滿枝葉，屏息注視。

急切的呼喚表露出抒情主體對異性的追求，「去啊，我說，去貼近那顆心：」句子的精鍊，標點符號的停頓，都彰顯出詩人內心的急迫心境，加劇了詩行內在的速度感。

傷心的樣子，人們都想走近他，

摸他。但是，誰這樣想，誰就失去

了他。劇烈的狗吠打開了灌木。〔註68〕

〔註64〕鐘鳴：《籠子裏的鳥兒和外面的俄爾甫斯》，《當代作家評論》，1999 年第 3 期，第 75 頁。

〔註65〕〔美〕哈羅德・布魯姆：《如何讀，爲什麼讀》，黃燦然譯，南京：譯林出版社，2011 年版，第 59 頁。

〔註66〕詩人張棗於 2010 年 3 月 8 日，因肺癌去世。

〔註67〕陳少松：《古詩詞文吟誦研究》，北京：社會科學文獻出版社，1997 年版，第 40 頁。

〔註68〕張棗：《卡夫卡致菲利斯》，《張棗的詩》，北京：人民文學出版社，2010 年版，

　　張棗的詩歌有統領的意象，亦有統領句子的節奏。如果說柏樺的詩歌更平緩、節制，而張棗的句子則顯得短促、緊張。張棗的詩歌以仄聲統領全篇，一行句子又多次出現停頓，如《文心雕龍》中所載：「聲有飛沈」，「沈則響發而斷」，〔註69〕不斷地打斷敘述話語，使詞與詞的間距變小，這無疑推進了詩行的速度。與之相對應的是，折磨著卡夫卡、令卡夫卡傷心的「肺」，折射出的是詩人呼吸困難的情境，因而在表達上，詩人也希望透過身體的節奏傳遞出語言的音樂感。〔註70〕

　　臧棣的《低音區》以短句的方式表達出消費文化時代的速度感。如果說張棗傾向於對語詞的錘鍊，臧棣則偏向以近乎遊戲的把玩方式，快節奏、高效率地創作詩歌。消費文化意味著「首先，就經濟的文化維度而言，符號化過程與物質產品的使用，體現的不僅是實用價值，而且還扮演著『溝通者』的角色；其次，在文化產品的經濟方面，文化產品與商品的供給、需求、資本積累、競爭及壟斷等市場原則一起，運作於生活方式領域之中」〔註71〕。物質商品的消費觀念滲透入日常生活，現實生活的欲望膨脹加劇了情緒的波動。臧棣創作出快節奏的詩行，如他的《客座死者》所言：「難以置信：一扇關的如此輕盈的門／會這麼快地藏好他的大嗓門的欲望／他的情緒激動得無悔可懺」〔註72〕，時間被引進空間，以門為空間性隱喻，捕獲生與死的迅速流轉，體驗到時間在空間中的不可預測性。同時，他還在《神話》中寫到，「她的腳步越來越快／某種年齡的加速度總是和／粗鄙的覺悟有關。而她迅疾的背影／看上去如同道德那曖昧的胎記」〔註73〕，這裡，女性形象與消費時代的快節奏相吻合。臧棣使用的短句體現出消費時代的速度感，就這點而言，《低音區》表現地尤其明顯：

　　　　一個白天接著一個白天

第 172～179 頁。

〔註69〕〔南朝梁〕劉勰著，王運熙、周峰譯注：《文心雕龍》，上海：上海古籍出版社，2010 年版，第 161 頁。

〔註70〕翟月琴：《疾馳的哀鳴：論張棗詩歌中的聲音與抒情表達》，《南京理工大學學報》（社會科學版），2012 年第 4 期，第 46～47 頁。

〔註71〕〔英〕邁克·費瑟斯通：《消費文化與後現代主義》，劉精明譯，南京：譯林出版社，2000 年版，第 123 頁。

〔註72〕臧棣：《客座死者》，《燕園紀事》，北京：文化藝術出版社，1998 年版，第 137 頁。

〔註73〕臧棣：《神話》，《燕園紀事》，北京：文化藝術出版社，1998 年版，第 138 頁。

夾在中間的黑夜，像是用尼龍兜

遞過來的：有的異常難熬

——不論你往裏面傾倒多少沸水；

有的卻在夢裏送來最美妙的

禮物。當我這樣說時

　　　　　　有一條線

突然穿過我的喉嚨，帶著

暗器的速度。噢，那是你嗎？

彷彿有質有量，沉甸甸地

懸掛在遠處；稍加推敲——

比如說，輕輕吹口氣，從反面

凸顯出的帶黴斑的輪廓

竟猶如另一個人的蒙塵的底牌。

假如你拿著那面鏡子

請把它移近些吧！我會樂於

看到自己

　　　　像快樂的魚漂。

　　詩人採用短句的方式，第一，以逗號、分號、冒號、破折號、感歎號、問號、句號打破詩行的連貫性，使得語詞缺乏負重感，而顯得輕盈、自如；第二，則多次使用助詞「的」，比如「凸顯出的帶黴斑的輪廓」和「竟猶如另一個人的蒙塵的底牌」，有間隔地割裂出動詞、形容詞和名詞之間的距離，凸顯出每個語詞所佔有的節奏；第三，喻詞「像是」、「彷彿」、「猶如」、「比如」等，在詩句中只是起到引導、連接喻體的作用，詩人通過動詞產生的明喻功能，去除客體對象的修飾成分，減輕了語句本身的負荷。以短句的形式，詩人將時間迅速地推進，如詩歌中所說，這是「暗器的速度」，它被「一根線」牽引著急速地穿越。朱光潛指出：「在生靈方面，節奏是一種自然需要。人體中各種器官的機能如呼吸、循環等等都是一起一伏地川流不息，自成節奏。這種生理的節奏又引起心理的節奏，就是精力的盈虧與注意力的張馳，吸氣時營養驟增，脈搏跳動時筋肉緊張，精力與注意力隨之提起；呼吸時營養暫息，脈搏停伏時筋肉弛懈，精力與注意力亦隨之下降。」〔註74〕聲音決定了

〔註74〕朱光潛：《詩論》，上海：上海古籍出版社，2005 年版，第 91 頁。

一首詩所彰顯出的氣韻，音調的緩急，與筋肉、心力的緩急並行不悖，而呼
吸的長短，也直接限制字音的長短輕重。高而促的音會引起筋肉器官的緊張
激昂，低而緩的音則讓人平靜鬆弛。

> 朝上還是朝下？感謝儒勒‧法爾納
> 為我們描繪過海底兩萬五千里：
> 用插圖捕捉鯨魚或水怪，一向是
> 我的拿手好戲。噢，最好是
> 避免朝上，那早已是虛無主義者
> 熱衷的勢力範圍，修辭的無底洞
> 當然，你也可以說
>
> 　　　　　天空就像瓶蓋
> ──軟木做的，並且擰得很死。
> 而在某個未領取生產許可證的
> 玻璃工廠的秘密倉庫，宇宙
> 加工出線條流暢的孤獨的人生。
> 我們聽任空氣將我們泡大
> 直到我們的顏色變了，直到不經
> 我們允許，我們的屍體被強行
> 解剖，列入標本的收藏計劃。
> 我們的純度暴露在骨架間。
> 可以想見，救護車的鳴笛
> 不止一次引誘過
> 天神手中的雷霆。
> 噢，那樣的回聲可是由顫音組成？
> 當然，我們的樂隊依舊挺拔
> 我們的女兒已開始婉轉，穿著
> 綠如花葉的裙子，同我們的記憶
> 捉迷藏。我們的女兒無疑是
> 一個有力的證據，夭折奈何不了她。
> 兩地分居，中間的空地上
> 灰濛濛的梅雨中，有動情的青蛙

　　　　像我們在床上似的跳躍。

　　一方面詩人借助頓歇純熟地駕馭著動詞，詩句停頓於幾個動詞處，比如趨向動詞「朝下」（「朝上還是朝下？」）、「朝上」（「避免朝上」），動作動詞「引誘」、「解剖」、「婉轉」、「穿著」、「捉迷藏」、「分居」、「跳躍」等，以獨立的空間支撐文本。另一方面，又充分利用重複，抵消語詞的密度，正如王力在《王力詞律學》中提到的「偷聲」，也稱爲「減字」，指的是「把字數減少」〔註75〕。他多次使用偏正結構「我們的」，事實上，這個語詞已經失去了他存在的語義功能，也就是說，即使去除，也並不影響語義表達。但其存在卻能夠將看似冗長的句子，變得相對輕快，因爲語義重心的偏移，而導致快板似的音樂效果得到提升。

　　　　　　　　噢，時間
　　　　　過得眞快。也不妨説，這樣的
　　　　　感歎能修正悔意，當肉體被用過
　　　　　我們宣佈説一個人的戰爭結束了。
　　　　　而重逢則發動了另一場。年過三十
　　　　　我越來越習慣於把靈魂作爲
　　　　　便攜式盾牌：爲了那至高的安慰
　　　　　我們不斷發明出新的體操。而對於
　　　　　那像書頁一樣不斷翻過去的，
　　　　　更普通的做法是
　　　　　　　　　去傾倒垃圾筒。

　　「時間」一詞的出現，點明了詩眼。首先，詩人使用歎詞「噢」表示驚異和歎息；其次，「過」出現了三次，「過得眞快」中動詞「過」表示時間的動作性，「用過」中動態助詞「過」表示動作的完成態，「翻過去」中合成動詞「過去」表示動作的趨向。這個語詞的頻繁出現，儘管在語義上略顯不同，但在音樂效果上也同樣省略了更爲繁複的內容，而是以盡量簡潔的方式，呈現時間的不可挽回。

　　　　　　　噢，那麼放肆地
　　　　　我們曾共謀如何分享你的秘密
　　　　　點燃你的青春，把那在暗中

〔註75〕王力：《王力詞律學》，太原：山西古籍出版社，2003年版，第31頁。

> 烤熟的東西，乘熱端到臨時
>
> 擺在陽臺的餐桌上。你隨手扔出
>
> 窗外的乳罩，被雲朵和翅膀
>
> 匆匆剪裁後，幾乎同時
>
> 兜住了太陽和月亮。一個影子
>
> 拉扯著一個影子，就像接力棒
>
> 我傳遞著它們。明天早晨醒來
>
> 我要做的頭一件事，就是
>
> 查看一下：
>
> > 那根線是否還在。〔註76〕

　　詩篇的最後部分，詩人回到了「那根線」。這是整首詩歌的主宰，它由始至終與時間平行，傳遞著青春的火種。在詩人看來，青春被時間消費，但青春的力量卻超越於時間而生。可以說，臧棣深諳 20 世紀 90 年代經濟飛速發展所帶來的時代變化，他同樣以消費的心態發現並創造著每一個短句。

　　臧棣的《思想軌迹叢書》，將詩人對消費時代節奏的敏感，演變爲對詩與思的追問。臧棣試圖通過思維打開語詞，使聲音能夠自如地與外在世界獲得銜接，以語詞迅速地捕獲思維的變化。如果說張棗致力於詞本身的形而上思考，並付諸技藝，而語言遊弋於思想邊界線的自由，則是詩人臧棣一直關注的詩學命題。臧棣幾乎帶著遊戲的心態，將技藝作爲他加速度創作的動力。臧棣在《後朦朧詩：作爲一種寫作的詩歌》中提到，「技巧也可以視爲語言約束個性、寫作純潔自身的一種權力機制」，「不論我們怎樣蔑視它、貶低它，而一旦開始寫作，技巧必然是支配我們的一種權勢」〔註77〕。將技藝提升爲最高的詩學追求，他認爲，「詩歌在本質上是重新發明語言」〔註78〕。

> 你有思想，它不同於人們曾告訴你的
>
> 各種結局：不論那是生命的結局，
>
> 還是宇宙的結局。你有思想的火花，

〔註76〕 臧棣：《低音區》，《燕園紀事》，北京：文化藝術出版社，1998 年版，第 7 頁。

〔註77〕 臧棣：《後朦朧詩人：作爲一種寫作的詩歌》，《文藝爭鳴》，1996 年第 1 期，第 57 頁。

〔註78〕 臧棣、木朵：《詩歌就是不祛魅——臧棣訪談》，見「詩生活」網站之「木朵作坊」。

它不同於人們能看到的各種情形。

哦，火花。輪子的轉動

濺起了肉體的崇高。你有思想，

所以你不可能把肉體想像成

別的事情。你有思想的對象，

它不同於現實的對立面。哦，對象，

它黑暗於光明對黑暗的無知。

你有思想，它不同於人們所熟悉的

深入或者複雜；是的，它不同於

人們所曾有過的無盡的悲哀，或慘痛的損失。

你有靈活的思想，它不同於陰鬱的人

對新詩所寄予的渴望。沒錯，它不同於

那些無理的深淵，或是淺薄的呼籲。

你有思想，它不同於人們

在暴力與命運之間做出的選擇，

它不會簡單于神話裏沒有血。

你有火紅的思想，它不同於城市的風景，

它不同於人們對荒野的態度。

不是你不天眞，而是你不會把荒野

看成是另外的事物。不是你的記憶

不夠強大，而是你和詩的關係更微妙。

哦、微妙。你有思想，它不同於，

人常常被人性毀滅，也不同於野獸

從不得益於獸性。你不需要具體的例子，

哦，有太多這樣的例子了。你的罕見的耐心

不會針對你的形象。凡已損失的，

未必不是被篩選掉的。哦，形象，

你有強大的思想，詩才會超越你我，

變成沒有比詩更現實的東西。〔註79〕

〔註79〕臧棣：《思想軌迹叢書》，《慧根叢書》，重慶：重慶大學出版社，2011年版，
　　　　第20頁。

　　一方面，詩人同樣採用重複的方式，縮短詩句的語義表達，這樣既強調了被重複的語詞，又簡化了音樂效果。比如對「你有思想」和「它不同於」兩個語詞的重複，加強了「思想」的獨特力量，只有「思想」著，才能夠抵達「詩」境。但音樂效果卻是極爲單調的，也正因爲此，詩句本身就像一個永不停歇的轉輪，而詩歌與思想的辯證關係則是轉輪的軸心。再如，詩行「別的事情。你有思想的對象，／它不同於現實的對立面。哦，對象」，對「對象」一詞的重複，「它不同於人們對荒野的態度。／不是你不天眞，而是你不會把荒野」中，對「荒野」一詞的重複，並沒有選擇其他語詞替代，對於消解語詞稠密度起到了關鍵性的作用，詩人通過聲音凸顯出「對象」和「荒野」的隱喻功能。另一方面，詩篇的精妙之處，還在於短句分散在詩行中，與重複的語詞之間形成相互輝映的關係，飛速旋轉的思維顯得敏捷又閃爍著火光。詩人緊抓住中心語「悲哀」、「損失」、「人」、「思想」、「渴望」、「深淵」、「呼籲」，構成名詞性的偏正短語，而僅僅通過變化賓語成分，保留謂語動詞「有」和「不同於」，在迅速轉化對象的同時，頓歇顯得緊張急促。詩人曾在解讀西渡的詩歌《一個鐘錶匠的記憶》時，化用西渡的詩句：「我知道她事實上死於透支，死於速度的衰竭／但爲什麼人們總是要求我爲他們的／時間加速，爲什麼從沒人要求慢一點？」〔註 80〕從中挖掘到鐘錶匠堅持的慢，在臧棣看來，快「只是一種瞬間的感受，是一種強烈的情緒的反應。什麼情緒呢？針對世俗人生的帶點虛無和絕望的情緒，一種希望用『加速』來縮短人生的漫長的激憤」。在某種意義上，加速度也是另外一種慢，如臧棣所言：「這當然也是快與慢的辯證法的一部分。人生的況味，生命的意義，仍然需要在『慢』的範疇中去尋找。記憶，當然是產生這些意義的心理機制：不僅如此，記憶也是一個誕生心靈的場所。最重要的，記憶始終站在『慢』這一邊。」〔註 81〕

　　從上述列舉中能夠看出長短句所蘊藉的情感內涵，通常情況下，「句子短，節奏快；句子長，節奏舒緩」〔註 82〕。1980 年代以來，長句綿延出的是

〔註 80〕　臧棣：《記憶的詩歌敘事學——細讀西渡的〈一個鐘錶匠的記憶〉》，《詩探索》，2002 年第 1～2 輯，第 69 頁。

〔註 81〕　臧棣：《記憶的詩歌敘事學——細讀西渡的〈一個鐘錶匠的記憶〉》，《詩探索》，2002 年第 1～2 輯，第 73 頁。

〔註 82〕　江依靜：《現代圖象詩中的音樂性》，臺北：秀威信息科技股份有限公司，2012 年版，第 80 頁。

詩人對生命、時間的思考，也是浪漫主義情懷的抒發；而短句則與中年寫作和消費時代相關，體現出詩人對技藝和速度的摸索。總而言之，1980 年代以來漢語新詩中的長短句作爲一種聲音表現形式，不僅彰顯出氣韻的流動美，還體現出獨特的時代內涵。

第四節　標點符號：獨特的節奏美

　　錫金在《標點符號怎樣使用》中，就提到標點符號停頓的時間與音樂休止的時間之間的關係：「隔點最短而急促，隔點較長而聲調高揚，分點又長些而聲調平展，句點最長而聲調沉落。」〔註 83〕通過標點符號延伸或者縮短句式的長度，同樣能夠投射出音樂效果。然而，黃燦然認爲，標點符號自朦朧詩開始，就不再受到重視，因爲「不用標點符號恰恰暗合朦朧詩的簡單的美學要求，滿足那種表達甚至是發泄感情的『基本溫飽』」〔註 84〕。同樣，在「第三代」詩人中，也沒有眞正有效地利用標點符號的聲音特質，「所謂的第三代或後朦朧詩人在反朦朧詩的時候，漏掉了『反沒有標點符號』這關鍵的一環」〔註 85〕。直到「進入九十年代，越來越多的詩人開始恢復使用標點符號，這是一代詩歌走向豐富和成熟的最明顯的標誌。他們需要複雜，需要變化，需要微妙，需要縝密，而要達到這些，標點符號是最現成和有效的途徑」〔註 86〕。可見，標點符號對於詩歌節奏的作用，不可小覷。筆者著重分析詩人藍藍《紀念馬長風》中的省略號、《哥特蘭島的黃昏》中的破折號，黃燦然《白誠》中的分號、括號、感歎號，挖掘詩人運用標點符號所追尋的獨特的生命節奏。

一、省略號、破折號

　　藍藍詩歌中最爲醒目的特點，就是對標點符號的運用，一如「生活，有多少次我被驅趕進一個句號！」〔註 87〕藍藍幾乎將標點符號的運用發揮到了極致，其中，最突出的就是對省略號和破折號的運用。2004 年的詩作《紀念

〔註83〕錫金：《標點符號怎樣使用》，北京：生活・讀書・新知三聯書店，1949 年版，第 33 頁。
〔註84〕黃燦然：《必要的角度》，瀋陽：遼寧教育出版社，2001 年版，第 260 頁。
〔註85〕黃燦然：《必要的角度》，瀋陽：遼寧教育出版社，2001 年版，第 260 頁。
〔註86〕黃燦然：《必要的角度》，瀋陽：遼寧教育出版社，2001 年版，第 261 頁。
〔註87〕藍藍：《釘子》，《詩篇》，北京：長征出版社，2006 年版，第 55 頁。

馬長風》，以河南葉縣詩人馬長風為原型，書寫了他的生命歷程。馬長風自 20 世紀 40 年代開始寫詩，50 年代被打成「胡風集團反革命分子」，直到 2004 年去世，一生命運多舛、無人問津，卻依然能夠忘記刺骨的仇恨，露出淒涼而溫柔微笑：

> ……從列車的搖晃中醒來。酷熱
> 汗味和昏黃的信號燈
> 運送著車廂裏的人，在通往
> 死亡的路途中。沒有人想到這一點。
>
> 起身，在車廂的連接處
> 手指間的火光忽明忽暗，一個老人
> 坐在黑暗裏，默不作聲。
> 鐵輪隆隆碾過長江大橋
> 波浪在他臉上閃閃掠過——
>
> 被一個故事講述？他
> 老右派，倒黴的一生
> 可曾有人愛過他？當他年輕的時候
> 走過田埂，頭髮被風吹起來了
> 漂亮的黑浪翻滾，和我們的一樣
>
> 但拳頭和皮帶像一場風暴
> 把他覆蓋。雪停了，四周多麼安靜
> 壓住肋骨斷裂處的呻吟。
> 「他們用腳踩我的臉。」他平靜地說。
> 我沒有看到仇恨。在黑暗中
> 他似乎忘了這一切。淒涼的笑
> 從脫落了牙齒的豁口溫柔溢出
>
> 現在，那趟列車終於趕上了我
> 十五歲，工廠女工
> 和三位厄運的客人一起
> 趕赴記憶的宴席。
> 楊稼生，張黑吞

我面前的座位已經空了……

他喜歡抽煙，很凶
直到命運把他燃燒成一撮灰燼。
——「您能不能少抽點？」

衣裳從手裏掉到地板上
我對著嘀嗒的水龍頭喃喃說……〔註88〕

　　探討這首詩歌最重要的原因就在於詩人將標點符號嵌入到文字當中，無限地凸顯了符號本身的語義功能，「句逗的組合方式和變化方式，從聲音和意義兩方面決定了漢語詩歌節奏，並且通過對於詩歌節奏的控制，控制漢語詩歌形式本身。」〔註89〕它看似無聲，但卻是安置在文字中的巨型音箱，在某種意義上，甚至強化了寫作力度。《紀念馬長風》一詩，共使用三次省略號。第一次出現在第一節的首句，「……從列車的搖晃中醒來。酷熱／汗味和昏黃的信號燈／運送著車廂裏的人，在通往／死亡的路途中。沒有人想到這一點。」同樣是列車，省略號一方面給讀者以強烈的畫面感，它拖著節節斷續的車廂，連綿地行駛著。另一方面，也是更為重要的，正是詩人最為強調的時間屬性。時間的延宕，滲出的汗漬才越發顯得刺鼻，死亡的氣息才揮之不去。第二次出現在第五節的最後一行，詩人娓娓講述著馬長風的一生，他波瀾、倒黴、呻吟著的一生。而此時詩人陡轉筆調，將視線從書寫對象馬長風轉向自我，他者的命運自然地與自我的生活過往重合在一起。而這種重合源自於「厄運」和「記憶」，它造成空白與缺席，「我面前的座位已經空了……」，這看似平凡的敘述，卻暗合了詩人藍藍的心境，對於記憶的祭奠，悵然、酸楚的情緒，填補了這片空白的「……」。第三次省略號出現在最後一節的結尾，是詩人的心理潛對話。與馬長風的生活經歷相契合，詩人試圖給自己一種暗示，以抵消沉默的灰燼，以彌合現實生活的裂隙。「我對著嘀嗒的水龍頭喃喃說……」，與開篇相吻合的是，詩人再次通過省略號切入畫面，滴答滴答的水龍頭，像時間一般，最終流淌在欲言又止中，留下無限的思考空間。
　　除了省略號，藍藍還習慣使用感歎號、破折號等標點符號。它們被巧妙

〔註88〕藍藍：《紀念馬長風》，《詩篇》，北京：長征出版社，2006 年版，第 30～31頁。
〔註89〕沈亞丹：《寂靜之音：漢語詩歌的音樂形式及其歷史變遷》，上海：上海人民出版社，2007 年版，第 67 頁。

地編排於不同的位置，成爲語義表達中不可忽視的重要部分。感歎號的運用，加強了時間的緊促和迫近感，既體現出閃電一般的速度，又表露出詩人決絕的心理狀態。而詩篇《懇求》則將這種標點符號的運用推向了極致，完成了一次擬仿場景的戲劇性對話：

　　……請對我說：你還記得嗎？

　　請再說一遍：──你記得嗎？

　　我聽著，聽著你
　　──是的。是的！

　　我就是這樣來的。作爲一個人。

　　還有──你也是。以及

　　你們。我們〔註90〕

　　標點符號幾乎與文字的反覆，佔據了同等的閱讀時間和空間。詩人在人稱的轉換中，以省略號、破折號完成對話的間歇性。「我」對「你」的詢問，是一種暗示，彼此以無言的方式，尋求著默認。「我」與「我」之間，詩人重複著「聽著」、「是的」，一個「！」，警醒而決絕，讓自我更爲堅定地確信心理暗示。她將這種懇求，從「你」到「你們」，從「我」到「我們」，由個體衍生出無限的個體集合，形成群體的共鳴和隔膜，調高了語詞的音效，同時激蕩出震顫的回聲。

　　詩人藍藍的詩句中，很難尋到拉伸、延長的修飾成分，往往都顯得簡潔、短促。她最善於使用破折號，試圖在支離破碎的現實世界，還原自己的生活，「或許　有一天我會衰老／像一件用舊的農具／可請你不要把它扔掉／像對待一個外人　像今天／──今天，戀舊已是降價書裏的／片段」〔註91〕。同樣，也很難尋到猙獰、殘酷和血腥的場景，她的筆調寧靜而平緩，又時常懷抱著寬恕、感恩的心態，「當孩子長大，男人們也離開／你們想著死亡和深夜行走／當年輕的白楊腰肢完成朽木／你們在傷害和寬恕中將完成。」〔註92〕事實上，藍藍總是打破詩句之間或者語詞之間的平衡對稱感，使得詩篇顯得

〔註90〕藍藍：《懇求》，《睡夢，睡夢》，石家莊：河北教育出版社，2003 年版，第 180 頁。

〔註91〕藍藍：《在今天》，《内心生活》，瀋陽：春風文藝出版社，1997 年版，第 215 頁。

〔註92〕藍藍：《我的姐妹們》，《詩篇》，北京：長征出版社，2006 年版，第 136 頁。

破碎不堪。這樣的個人情感體驗，慢慢透過平滑的敘述，延伸出一種相對艱澀的表達效果，將外部風景與心理體驗、情愛的完美與殘缺相互融合，比如她 2009 年的詩歌《哥特蘭島的黃昏》：

「啊！一切都完美無缺！」
我在草地坐下，辛酸如腳下的潮水
湧進眼眶。

遠處是年邁的波浪，近處是年輕的波浪。
海鷗站在礁石上就像
　　腳下是教堂的尖頂。
當它們在暮色裏消失，星星便出現在
我們的頭頂。

什麼都不缺：
微風，草地，夕陽和大海。
什麼都不缺：
和平與富足，寧靜和教堂的晚鐘。

「完美」即是拒絕。當我震驚於
沒有父母和孩子
沒有我家樓下雜亂的街道
在身邊——如此不潔的幸福
擴大著我視力的陰影……

彷彿是無意的羞辱——
對於你，波羅的海圓滿而堅硬的落日
我是個外人，一個來自中國
內心陰鬱的陌生人。

哥特蘭的黃昏把一切都變成噩夢。
是的，沒有比這更寒冷的風景。〔註 93〕

詩人捕捉到哥特蘭島的完美畫面，但並沒有沉湎於其中。在俄羅斯女詩

〔註 93〕藍藍：《哥特蘭島的黃昏》，《從這裡，到這裡》，鄭州：河南文藝出版社，2010 年版，第 113 頁。

人茨維塔耶娃的詩歌中，最爲常見的表現手法，也是對破折號的運用，諸如詩篇《一次又一次——您》中，「太陽照耀我——在子夜！／正午——我蒙受燦爛的星光／在我頭頂——我美妙的災難／洗滌著一朵朵浪花。」〔註94〕這裡的破折號體現出一種決裂的語言態度，也流露出痛楚而堅定的情緒。在藍藍的《哥特蘭島的黃昏》中，詩人將自我與景致之間反覆對照，於是完美的世界出現裂隙，而根源卻在於「我」的存在，「在身邊——如此不潔的幸福／擴大著我視力的陰影……」。詩人嚮往「微風，草地，夕陽和大海」的純淨、質樸，也嚮往「和平與富足，寧靜和教堂的晚鐘」。然而，儘管這畫面與詩人的情感心理相一致，詩歌中沒有讚美和抒情的修飾性語詞，反被「彷彿是無意的羞辱——」顛覆。凹陷的詩行（「腳下是教堂的尖頂。」），長短相間的句式（「和平與富足，寧靜和教堂的晚鐘。」）等聲音表現形式將整首詩歌肢解地破碎不堪，顯得孤獨、絕美、淒涼。

藍藍對破折號和省略號的運用，堪稱 1980 年代以來漢語新詩的典範。事實上，對破折號和省略號的重視，不僅在藍藍的詩歌中有所體現，包括孫文波的《改一首舊詩……》、凹凸的《中原，或一頭牛》等，也頻繁使用。由此可見，這一階段詩人對破折號和省略號所產生的節奏美已相當關注。

二、分號、括號、感歎號

在詩人黃燦然的詩篇中，也不難發現標點符號的創造性運用所產生的獨特的節奏效果，因爲「標點符號給詩句留下一些呼吸的餘地，有了它們，詩歌才有空間感，你才會想到要呼吸」〔註95〕。但在他看來，「大部分使用標點符號的詩人還只懂得最簡單的標點符號：逗號、句號、問號、冒號、頓號、省略號和感歎號。最關鍵的分號、引號和破折號並沒有得到很好的使用」〔註96〕。黃燦然一直在尋找一個「更準確的聲音」〔註97〕，透過這個聲音重新拾起被忽視的語言，最大程度地獲得節奏感，從而傳達出個人化的情感、心理狀態。也正因爲此，黃燦然格外提倡「視覺聲音」，即重視「詩行的長短

〔註94〕〔俄〕茨維塔耶娃：《一次又一次——您》，《茨維塔耶娃詩集》，汪劍釗譯，北京：東方出版社，2011 年版，第 61 頁。

〔註95〕黃燦然：《必要的角度》，瀋陽：遼寧教育出版社，2001 年版，第 261 頁。

〔註96〕黃燦然：《必要的角度》，瀋陽：遼寧教育出版社，2001 年版，第 261 頁。

〔註97〕鍾潤生、黃燦然：《「以前是我在寫詩，現在是詩在寫我」》，《深圳特區報》，2012 年 9 月 25 日。

排列和標點符號本身在視覺上構成的節奏感」〔註98〕。例如，他的《白誠》，
使用了冒號、分號、括號，相當具有代表性：

　　　大學時代的同班同學，很多
　　　我都已經忘記他們的姓名，
　　　也很少想起他們，除了白誠：
　　　他是我們班上唯一的教徒，
　　　一個弱不禁風的基督教徒，
　　　永遠穿著一件深藍色中山裝
　　　和一件貼身的白襯衣，白領
　　　把他的深藍色中山裝襯得更深藍，
　　　把它蒼白的臉襯得更蒼白；
　　　他有一對又黑又圓的大眼睛，
　　　含著畏懼，彷彿他小時候
　　　見過一個令他驚恐的場面，
　　　這驚恐從此凝固了。
　　　而我要說的，是另一個場面：
　　　有一天上午，班上句型演講比賽，
　　　大概有五個人參加，包括我，
　　　我還得了一個二等或三等獎；
　　　當班主任準備宣佈比賽結束的時候，
　　　白誠站起來，走上講臺，
　　　我們先是一愣，接著
　　　便悄聲議論起來；白誠
　　　靦腆地張開口，但我們聽不到聲音，
　　　他的嘴巴拼湊了一分鐘，
　　　才在他那隻宣誓般
　　　擡起右手的鼓舞下
　　　艱難地形成幾個字，
　　　「我們——應該——追求
　　　——自由，關心——苦難。」

〔註98〕黃燦然：《譯詩中的現代敏感》，《讀書》，1998 年第 5 期，第 127 頁。

> 我們又是一愣，接著
>
> 轟地大笑，我尤其
>
> 笑得比誰都響亮
>
> （想起來是多麼羞慚），
>
> 並惡作劇地鼓掌
>
> （願上帝寬恕我），
>
> 大家也跟著鼓掌，白誠
>
> 在笑聲和掌聲中走回座位……
>
> 這些年來，我總是想起
>
> 他那沒有聲音的口，
>
> 他那拼湊了一分鐘的嘴巴，
>
> 他那宣誓般攤起的右手，
>
> 還有那艱難地形成的幾個字！〔註99〕

1990 年代，敘事詩的寫作相當普遍，可以說，詩人「有意識地把敘事性納入到漢語詩歌的寫作中，稱得上是 90 年代詩歌的一個重要標誌」〔註100〕。黃燦然極其善於把握詩歌的敘事性書寫方式，而敘事性如伯格所云，「敘事即故事，而故事講述的是人、動物、宇宙空間的異類生命、昆蟲等身上發生或正在發生的事情。也就是說，故事中包括一系列按時間順序發生的事情，即講述在一段時間之內，或者更確切地說，在一段時間發生的事情」〔註101〕。它不僅要呈現主人公的主觀感情，還要陳述事實，突出事情發生的時間順序，這就與抒情性作品之間構成差異。與敘事性詩人孫文波、張曙光等重視「事」不同，詩人黃燦然強調聲音，他將標點符號作為一種寫作策略，充分調動講述者與聽眾產生共鳴。詩篇《白誠》中「也很少想起他們，除了白誠：」，詩人使用冒號展開敘述層，敘述人與人物自然地被引入事件。而分號也被賦予意義，如黃燦然所說：「分號在表達思想和協調音樂方面發揮的作用是不可估量的，它使一個詩人的思維得以複雜、立體、交叉，使詩句的

〔註99〕黃燦然：《白誠》，《我的靈魂》，重慶：重慶大學出版社，2011 年版，第 120 頁。

〔註100〕張曙光、孫文波、西渡：《語言：形式的命名》，北京：人民文學出版社，1999 年版，第 362 頁。

〔註101〕〔美〕阿瑟·阿薩·伯傑：《通俗文化、媒介和日常生活中的敘事》，姚媛譯，南京：南京大學出版社，2000 年版，第 5 頁。

節奏得以綿延、伸展、擴散。」〔註102〕可以說，分號加強了詩人思維的層次感，對「白誠」和「我」的白描顯得次序井然。此外，詩句「艱難地形成幾個字，／『我們——應該——追求／——自由，關心——苦難。』」多次使用破折號，一方面突出敘事場景所產生的現場感，另一方面破折號所佔據的時長，成為表達人物「白誠」情緒波動的重要技巧。再有，詩行「（想起來是多麼羞慚）」和「（願上帝寬恕我）」的括號，又表達了敘述人的心理獨白，多聲部地豐富了敘事的內容。詩句「在笑聲和掌聲中走回座位……」的省略號，拖延了敘事時間，延伸了詩行的時長，在文本內部獲得聲音的協奏。詩人還在詩句末行使用感歎號，整首詩歌戛然而止，通過緊促的速度感，以結束不堪的回憶。

　　如上文提到的，當下漢語詩人對標點符號的運用逐漸自覺，無論是省略號延伸出的時間意識、破折號呈現的決絕心態，還是分號表現的敘述層次、括號體現的心理獨白等，詩人們都試圖通過調動標點符號尋找一種獨特的節奏，創造性地把握自我的生命意識和情感經驗。

小　結

　　基於 1980 年代以來漢語詩人的創作實踐，本節選取了四種聲音表現方式著重分析，即迴環、跨行、停頓和標點符號。通過具體的文本細讀，一方面闡明這四種聲音表現方式的美學特徵，突出不同詩人在處理這些問題時的差異，另一方面則進一步探尋聲音表現形式所蘊藉的情感心理特徵。

　　概而言之，第一，迴環可分為圓形、回形和套語三種模式。以圓形詩歌創作的詩人藍藍和王寅，將首尾詩句相重疊，藍藍的《一個和無數個》是母愛與情愛的反哺和互飲，王寅的《靠近》渴望著抵近記憶，圓形詩歌體現出詩人追求完滿的心理體驗；昌耀《紫金冠》的宗教情結和柏樺《在清朝》的歷史與現實的錯動，都是回形詩歌的代表，詩人將語音重心偏移至一個位置，增添了情感的負重感；套語詩歌顯得更具音樂性，但詩人多多《依舊是》所蘊含的記憶和返鄉的情緒，陳東東《詩篇》和西渡《秋天來到身體的外邊》對音樂和生命形式的呈現，都體現出套語詩歌的疊加、層遞的韻律和情緒效果。第二，跨行與空間的節奏美感不可分割，筆者選擇柱形體和流線體兩種

〔註102〕黃燦然：《必要的角度》，瀋陽：遼寧教育出版社，2001 年版，第 261 頁。

跨行形式，從中觀照詩人所流露的心理特徵。其中，楊克《深谷流火》體現出傳統文化的流動和變遷，顧城《水銀》(《願》)體現出詩人意識的流動；同時，筆者還以圖解的方式，解析伊蕾的《黃果樹大瀑布》和顧城《水銀》組詩中的《名》、《呀》，探討詩人憑柱形體的跨行方式所尋求的心理支撐感。第三，筆者將停頓分為短句和長句。詩人張棗和臧棣是短句的典型實踐者，張棗《卡夫卡致菲利斯》、《空白練習曲》的促節短句將呼吸的氣韻與技藝相聯繫，臧棣的《低音區》則保持與消費時代同步的快節奏；詩人黑大春和俞心焦有著行吟詩人的稱號，黑大春《圓明園的酒鬼》以長句放聲曼歌，吟唱出對時間、生命與死亡的感悟，俞心樵《最後的抒情》則交替使用長短句、連綿的長句和行中停頓的方式，回到節奏感，在情緒上完成「最後的抒情」。第四，在標點符號的實踐上，藍藍和黃燦然表現得尤其自覺。藍藍的《紀念馬長風》每一次使用省略號都指向一種時間性，《哥特蘭島的黃昏》對破折號的使用則通往淒絕和破碎的情感心理；而黃燦然不僅是理論的倡導者，也是實踐的參與者，他的《白誠》巧妙地調動分號、括號和感歎號，在表達敘事性的同時，也將詩人的思維和情緒層層鋪展開來。

　　由此可以看出，詩人對聲音表現形式的實踐，也是個人情感的個性化表達，「現代詩歌的個性不是來自詩人的思想和態度：來自他的聲音。更確切地說：來自他的韻律。這是一種無可名狀的、不會混淆的音調變化，注定要將它變成『另一個』聲音。」〔註 103〕可以說，這些詩人從個體生命體驗出發，不斷地探索著聲音的表現形式，營造出 1980 年代以來漢語新詩所特有的韻律、節奏之美。

〔註 103〕 〔墨西哥〕奧・帕斯：《批評的激情》，趙振江譯，昆明：雲南人民出版社，
　　　　 1995 年版，第 94 頁。

第三章　聲音的主題類型

　　聲音會與詞語相連，這些詞語最終結集爲諸多母題，而意義關
聯作爲最終產物就從母題中被製造出來。

　　　　　　　　　　　　──胡戈・弗里德里希：《現代詩歌的結構：
　　　　　　　　　　　　　　19 世紀中期至 20 世紀中期的抒情詩》

　　1980 年代以來漢語新詩的聲音表現形式呈現出多樣性的特點，這與詩人
的情感、心理變化密切相關。同時，這一時代的詩人又試圖重新組合語音、
語調、辭章結構和語法等，反饋他們的情感、心理變遷。這一重新組合的努
力表現在三方面：反傳統的抗聲，女性詩歌的音域和互文性的借音。一方面，
它們能夠凸顯出語音、語調、辭章結構和語法等方面重新組合後的特點；另
一方面，聲音本身就具有主題性，詩人在思考生命和情感體驗的同時，也探
尋著更準確而有特色的聲音。本章以文本與場域之間相輔相生的關係爲視
角，試圖重新審視整個詩歌場域，進一步探尋詩學觀念和詩歌創作所呈現的
聲音特點。

第一節　反傳統主題的抗聲

　　1980 年代，以莽漢、非非、他們等先鋒詩派爲代表，抵抗官方意識形態
的話語侵蝕、抵抗朦朧詩歌晦澀難懂的美學秩序、抵抗語言的焦灼感，追求
日常生活經驗，實現「拒絕難度」的平庸書寫姿態。這樣的轉變，構成了整
個 1980 年代以來新的書寫模式，開拓了漢語新詩的一種別樣空間。以反傳統
的方式介入到漢語新詩的歷史進程，可稱爲抗聲，其中「抗」有「違抗」、「捍

衛」〔註1〕的意思。「抗聲」即「高聲、大聲」〔註2〕，借用沈括在《凱歌》中的論述，「邊兵每得勝回，則連隊抗聲『凱歌』，乃古之遺音也。『凱歌』詞甚多，皆市井鄙俚之語」〔註3〕。抗聲在語詞選用上多取「詞甚多，皆市井俚俗之語」，而在情緒上顯得高揚激昂，「相當於今人所謂扯著嗓門高唱」〔註4〕。其中，因爲 1980 年代以來的詩人有著對抗、反抗、拒斥、頑抗、拒絕的對抗精神，所以往往情緒高亢，大聲歌唱。這種抗聲在聲音的表現方式上主要體現爲兩種，一爲口語詩人以「拒絕難度」的姿態回到語感，恢復語音、語調、辭章結構和語法的知覺；二爲網絡詩歌以突破傳統思維爲旨歸所呈現出的非線性結構。

一、回到語感：「拒絕難度」

「第三代」詩人懷揣著對抗朦朧詩以意象爲中心的初衷，視「觀念形態」的意象與「語言形態」的語感爲兩種對立的詩學範疇〔註5〕，有意降低意象產生的語義難度，注重生命和語言的同構關係，試圖回到語感：「詩最重要的是語感，語感是詩的有意味的形式。詩的美感來自語感的流動，一首詩不僅僅是音節的抑揚頓挫，同時也是意象、意境、意義的抑揚頓挫。是美感的抑揚頓挫。語感不是抽象的形式，而是灌注著詩人內在生命節奏的有意味的形式。」〔註6〕所謂的語感，「一方面，它是語言中的生命感、事物感，是生命或事物得以呈現的存在形式，就如詩人們所說，在詩歌中，生命被表現爲語感，語感是生命的有意味的形式。另一方面，它又是一種純粹的語言形態或稱元語言，它是在消解了意象的觀念或理論之後而還原和最終抵達的一種本

〔註1〕 《辭源》（修訂版），北京：商務印書館，1985 年版，第 1214 頁。

〔註2〕 《辭源》（修訂版），北京：商務印書館，1985 年版，第 1215 頁。

〔註3〕 〔宋〕沈括：《夢溪筆談校證》，胡道靜校證，北京：古典文學出版社，1957 年版，第 224 頁。

〔註4〕 楊曉靄：《宋代聲詩研究》，北京：中華書局，2008 年版，第 390 頁。

〔註5〕 孫基林：《論「第三代詩」的本體意識》，《文史哲》，1996 年第 6 期，第 53 頁。孫基林認爲，語感與意象之間存在著對立關係，前者指向語言形態，而後者指向觀念形態，「在語言形式這一層面上，語感是與意象相對立的詩學範疇。傳統意象本質上是一種觀念形態，意象所指的是一種二度所指的觀念形態，它的核心是指向語符之後的那個深度意義和觀念的……可見意象所終極指向的是一種二度所指的觀念形態，而語感則是一種語言形態，或語言所呈現的生命形態和事物形態，它的本質是回到自身，因而他反對象徵，拒絕隱喻和變形。」

〔註6〕 于堅：《棕皮手記》，上海：東方出版中心，1997 年版，第 256 頁。

眞語境，是在本原的生命或事物中始源的一種言說形式」〔註7〕。「第三代」詩人自身帶有反叛的情緒，既不甘於在政治意識形態的框架中泯滅詩性價值，又抗拒在預設的傳統文化秩序中受限。受到現象學和存在主義思潮的影響，詩人們希望通過語言抵達存在，恢復詩歌的語感，「在貌似平淡的表面下，語感可能獲得超語義的深刻。同時，語感亦代表詩的聲音，既來自感官又來自靈魂。它是質樸無華的生命呼吸，是充滿音響音質的天籟，是在直覺心理狀態下，意識的或無意識的自然外化，是情緒、思維自由活動的有聲或無聲的節奏」〔註8〕。

首先，以陌生化的處理方式，採用口語創作，回到日常語言，重新挖掘日常生活中被忽略的語音、語調、辭章結構和語法等。楊黎作爲 1980 年代「非非主義」的重要發起人，儘管他鮮有詩學論述，但其創作卻有效地實踐了「非非」精神，最爲重要的貢獻是「以聲音感的凸顯造就了一種特殊的語言現象」〔註9〕。他始終推崇口語創作，並堅持只有回到日常話語，才能發現詩意。如艾略特所指出的：「詩界的每一場革命都趨向於回到——有時是他自己宣稱——普通語言上去。」〔註10〕而「不論詩在音樂上雕琢到了什麼程度，我們必須相信，有一天它會被喚回到口語上來。」〔註11〕但口語詩歌寫作並不意味著毫無禁忌地隨意而作，其難度就在於語感所傳達的內蘊必須是詩性的。其中，李亞偉的《中文系》「一年級的學生，那些／小金魚小鯽魚還不太到圖書館及／茶館酒樓去吃細菌長停泊在教室或／老鄉的身邊有時在黑桃 Q 的桌下／快活地穿梭」〔註12〕，丁當的《房子》「翻翻以前的日記沉思冥想／翻翻以前的舊衣服套上走幾步／再坐到那把破木椅上點支煙／再喝掉那半杯涼咖啡」〔註13〕，這些口語詩既保留了日常生活語言的鮮活性，又不乏詩意。詩人試圖把握住日常生活中最自然的呼吸節奏，以簡潔、樸素的語詞傳達出

〔註7〕 孫基林：《論「第三代詩」的本體意識》，《文史哲》，1996 年第 6 期，第 53 頁。

〔註8〕 陳仲義：《詩的嬗變》，廈門：鷺江出版社，1994 年版，第 106 頁。

〔註9〕 羅振亞：《朦朧詩後先鋒詩歌研究》，北京：中國社會科學出版社，2005 年版，第 90 頁。

〔註10〕〔美〕T・S・艾略特：《艾略特詩學文集》，王恩衷譯，北京：國際文化出版公司，1989 年版，第 180 頁。

〔註11〕〔美〕T・S・艾略特：《艾略特詩學文集》，王恩衷譯，北京：國際文化出版公司，1989 年版，第 187 頁。

〔註12〕 李亞偉：《中文系》，《豪豬的詩篇》，廣州：花城出版社，2006 年版，第 7 頁。

〔註13〕 丁當：《房子》，《房子》，石家莊：河北教育出版社，2002 年版，第 37 頁。

生活的面貌。這裡以楊黎的《街景》為例：

> 這會兒是冬天
> 正在飄雪
> 忽然
> 「嘩啦」一聲
> 不知是誰家發出
> 接著是粗野的咒罵
> 接著是女人的哭聲
> 接著是狗叫
> （狗的叫聲來得挺遠）〔註 14〕

　　詩篇《街景》，是詩人楊黎獻給法國作家阿蘭・羅伯－格里耶的作品。在楊黎看來，「語感，就是射向人類的子彈或子彈發出時所發出的超越其自身意義之上的響聲」〔註 15〕。他在作品中勾勒出最為常見的生活片段，看上去並沒有經過刻意雕琢的文本，卻體現出生動的畫面感。詩人在分行處，充分利用時間的停頓和延長，幾乎無處不釋放出語詞本身的力量，顯得收放自如。語句「這會兒是冬天」將詩歌的時間局限在冬季，表現進行式的動作「正在飄雪」呈現出時間狀態，修飾短暫性動作的副詞「忽然」凝聚了意外發生的瞬間。緊接著出現了一系列表達聲音的語詞，「嘩啦」、「咒罵」、「哭聲」和「狗叫」，四種聲音沒有黏連在一起，而是並置出現，「楊還善於通過語感獲得超人的感覺，常用幾個噪音的傳遞，亮色的轉換和重複手法運用，營設類乎電影主旋律的寂靜神秘的畫面，其《怪客》、《冷風景》、《高處》、《動作》都有這種透明簡化的特點，並且它們的連續就是消除語義的過程，典型地體現了『非非』詩派回到聲音的主張」〔註 16〕。同時，詩人連續使用三個「接著」，一方面這四種聲音的發生是有時間順序的，另一方面則通過聽覺的先後反應還原了生活場景。「詞語在被詩歌挑選的開始，就進入了一個先於詩歌而存在的音樂結構。詩歌語音結構模式是先於具體詩歌和音樂而存在的音樂模

〔註 14〕 楊黎：《冷風景》，萬夏，瀟瀟主編：《後朦朧詩全集》，成都：四川教育出版社，1993 年版，第 404 頁。

〔註 15〕 楊黎：《聲音的發現》，民刊《非非》（1988 年鑒・理論卷），轉引自陳仲義：《現代詩：語言張力論》，武漢：長江文藝出版社，2012 年版，第 235 頁。

〔註 16〕 羅振亞：《朦朧詩後先鋒詩歌研究》，北京：中國社會科學出版社，2005 年版，第 90 頁。

式」〔註 17〕。這裡雖僅截取《街景》的一角，卻能夠看出，詩人試圖回到語感，以日常表達最為熟悉的口語入詩。他把握住了這種陌生的熟悉感，發揮出口語詩的魅力。正如李亞偉在《莽漢主義宣言》中聲稱的，要「搗亂、破壞以至炸毀封閉式或假開放的文化心理結構」〔註 18〕，而由周祐倫、藍馬執筆的《非非主義宣言》中則提到，「我們要摒除感覺活動中的語義障礙」實現「感覺還原」，「我們要摒除意識屏幕上語義網絡構成的種種界定」實現「意識還原」，「我們要搗毀語義的板結性，在非運算的使用語言時，廢除它們的確定性；在非文化地使用語言時，最大限度地解放語言」以實現「語言還原」〔註 19〕。《非非一號》是楊黎還原語感以回到聲音的又一次嘗試，此後他創作的《窗簾》、《聲音》、《大雨》等詩篇都在實踐上進一步拓展了他的詩學觀念。可以說，以楊黎為代表的「第三代」詩人有意消解意象所產生的歧義和朦朧效果，背離朦朧詩以意象為主導的美學原則，採用「語言還原」的方式，從聽覺出發，回到漢語新詩的聲音。

其次，「第三代」詩人為打破語義層的晦澀，選擇日常語詞入詩，但這並不意味著他們的韻律和語調也遵循慣常的審美趣味。在韻律和語調問題的處理方式上，他們選擇了一條與朦朧詩背道而馳的路。朦朧詩為抒發情感，追求聽覺層面的感染力，多採用能產生韻律感的押韻、排比等形式。而「第三代」詩人卻使用不平滑的語法規則，讓每一個詞語的語音、語調、辭章結構和語法獲得新的生命。正如于堅所說：「我的散文寫下來就是很有音樂性的，而寫詩的話，我相反要把語調處理得生澀一點。韻律太流暢令詩歌油滑，尤其是在句末押韻。」〔註 20〕于堅顛覆了朦朧詩不斷加長修飾語、添加形容詞的線性的抒情語調，而注重發掘名詞、動詞或者形容詞等獨立生成的語詞。于堅認為，思想是沉默的，詩歌也是無聲的，「語言來自聲音，但語言不是聲音，語言是沉思默想的結果」〔註 21〕。于堅區分出語言文字和口

〔註 17〕 沈亞丹：《通向寂靜之途——論漢語詩歌音樂性的變遷》，《南京師大學報》（社會科學版），2002 年第 3 期，第 138 頁。

〔註 18〕 徐敬亞、孟浪等編：《中國現代主義詩群大觀 1986～1988》，上海：同濟大學出版社，1988 年版，第 95 頁。

〔註 19〕 徐敬亞、孟浪等編：《中國現代主義詩群大觀 1986～1988》，上海：同濟大學出版社，1988 年版，第 34 頁。

〔註 20〕 于堅：《玻璃盒、自我、詩歌的音樂性——與德國青年詩人巴斯·波特舍對談》，《青年文學》，2008 年第 6 期，第 87 頁。

〔註 21〕 于堅：《朗誦》，《于堅詩學隨筆》，西安：陝西師範大學出版總社有限公司，

頭聲音，當然，在于堅看來，漢語新詩的語言文字不應該像古典詩歌一樣，講究平仄、押韻、對仗和字數等，也不應該用來放聲朗誦，而需進入更深層次的沉思默想。他認為，詩是語言的，語言只有在沉默的時候，才可以命名一切。沉默讓詩人進入了思維的活躍狀態，詞語也回到現實。詩人試圖保護思維過程，忽略口頭聲音的存在，而形成無聲的詩意的完整性。表面看，似乎于堅放棄了詩歌語言和聲音的聯繫，而重視發展語言和思想的關係。而事實上，于堅放棄的只是古典詩歌的平仄、押韻、對仗、字數，他追求另外的聲音表達，一種與自然的語言韻律更接近的聲音，一種與思想相聯繫的內在的節奏。于堅的這一詩學理念幾乎貫穿於他的整個詩歌書寫實踐中。他秉持著激昂的抗聲組織他的語詞網絡，破壞性地將傳統的詩歌語言組織瓦解地支離破碎，詩篇呈現出非線性的文字方陣，造成碰撞摩擦般混響的搖滾效果，比如于堅創作於 1992 年的《○檔案》，它一度被認為是非詩，頗受爭議：

> 牆壁露出磚塊　地板上木紋已消失　來自人體的
> 東西
> 代替了油漆　不光滑　略有彈性　與人性無關
> 　手術刀脫落了　醫生 48 歲　護士們全是處女
> 嚎叫　掙扎　輸液　注射　傳遞　呻吟　塗抹
> 扭曲　抓住　拉扯　割開　撕裂　奔跑　鬆開
> 　滴　淌　流
> 這些動詞　全在現場　現場全是動詞　浸在血泊
> 中的動詞〔註22〕

《○檔案》是于堅構建的一整套詩歌語詞秩序，在這種秩序中，書寫體的語言是破碎的，以空白的形式隔開，每一個語詞都具有獨立性。語詞「嚎叫」、「掙扎」、「輸液」、「注射」、「傳遞」、「呻吟」、「塗抹」、「扭曲」、「抓住」、「拉扯」、「割開」、「撕裂」、「奔跑」、「鬆開」、「滴」、「淌」、「流」，每一個動詞是單獨的，但又是連貫性的，它們一個個冰冷地站立在現實世界中，成為現場的主角，不需要任何修飾，作為場景，戲劇性地佔據了整個舞臺。《○檔案》是詩人將語言與思維發生直接關聯的實驗，臺灣評論家陳大衛認為，「在

2010 年版，第 123 頁。
〔註22〕于堅：《○檔案》，《○檔案》，昆明：雲南人民出版社，2004 年版，第 30 頁。

純粹的微物敘事當中，一旦抽離了事件的趣味性和人物的血肉感，或者較罕見的聲納構圖之創意，原有的詩意和語感勢必嚴重流失，于堅令人膽戰心驚的口語敘事，終於超出詩與非詩的臨界點，成為非詩。類似的行文模式，無可挽救的吞噬了《○檔案》。」〔註23〕的確，如陳大衛所云，于堅的《○檔案》更像是聲納，承擔著水下測聲的功能。但在筆者看來，這種聲音就是與語義結合在一起的，于堅以看似失去趣味性和血肉感的語詞詮釋了私人化與公共性的關係，實際上卻更是「以最個人的方式來揭露、諷刺最貧乏空洞的存在」〔註24〕。同樣，如果從于堅所要通往的語言之路來看，它則又攜帶著極端破壞性的意圖，以顛覆傳統詩歌的平仄、押韻、對仗和字數。在這個層面上，于堅試圖還原每一個語詞，語詞本身被賦予生命，這些語詞像是單獨存在的無聲力量，透過沉默實現抗拒性的表達效果。

　　再有，以沈浩波、大衛等為代表的口語詩，提倡韻律、節奏。直到 2000年，隨著伊沙、沈浩波、尹麗川、朵漁等創辦《下半身》詩刊，並撰寫《下半身寫作及反對上半身》，下半身書寫開始正式步入口語詩的行列。自此，漢語新詩將口語詩推演為口水詩，包括趙麗華的梨花體《當你老了》、《愛情》，垃圾詩派徐鄉愁的《我倒立》、《解手》以及詩人烏青創制的烏青體《對白雲的讚美》等等，他們提倡「反崇高」、「低俗化」，有意顛覆傳統的美學觀念，視下半身、日常生活和口語為一體。這裡筆者並不否認口語詩、甚至口水詩存在的合法性，然而只有下半身和日常生活而沒有詩也是當下口語詩創作的誤區。沉湎於毫無節制的日常生活化的宣泄，或者深陷於大眾化的狂歡，口語的生命力反而會萎縮。在沈浩波的長詩《蝴蝶》中，「我看到地球彼側，老黑奴的子孫，舉起透明的／巨大如船的雞尾酒杯發表就職總統演說／我看到夢想還在延伸，我看到冤死於鐵幕大海的漆黑幽靈／我看到驕傲的頭角自草叢中上昇，歲月之鋒不能將其抹平／我看到一隻白色的蝴蝶，揮動纖細的雙翼，永日飛翔」〔註25〕，幾個「我看到」鋪排開來，將詩人的情緒表達漸進式地由「黑色」推向「白色」，呈現出由沉重邁向輕盈、由渾厚邁向純粹的審美效果。同樣，詩人大衛攫住身體的戰慄，並注入瞬間的激情。詩歌《至少》

〔註23〕陳大衛：《論于堅詩歌邁向「微物敘事」的口語寫作》，《臺灣詩學學刊》第 19號，2012 年 7 月，第 34 頁。

〔註24〕〔美〕奚密：《詩與戲劇的互動——于堅〈○檔案〉的探微》，《詩探索》，1998年第 3 期，第 103 頁。

〔註25〕沈浩波：《蝴蝶》，上海：上海錦繡文章出版社，2010 年版，第 62 頁。

中的「至少你的美是天鵝的一次犯罪／地球停止轉動／星星的小火已把天空慢慢地煮沸／河漢無聲，鳥獸隱迹／世界只剩一竈，一碗，一床／至少你轉過身的時候／我抱住了自己」〔註 26〕，或者《大峽谷》中的「無垠的寂靜有時讓人難以忍受／如果露珠不落／鳥鳴不會提前撤退／第一次感受到了天光的溫柔／她從戀人的舌尖／取來了甜蜜、溫熱、還取來了顫慄」〔註 27〕，再有《楠溪江：漂流》中的「在寂靜裏轉身，彷彿我才是寂靜發出的／聲音，竹筏經過江心時／江是綠的、軟的／不堪一擊的。油桐花開的時候／我只看見白色　有人說水，有人說水融於水／又消失於水／天低處，江面更低／你穿過蒼茫之時，正好也穿過了我　有什麼好說的，因為你，我看見了／小範圍的磅礴也看見了大面積的虛弱／有什麼好說的，因為錯過，我多了一次日落」〔註 28〕，其中沒有艱澀的意象，也沒有拗口的語詞，而是以口頭表達的方式，多次運用複沓完成抒情性。詩人大衛既沒有陷入粗礪的口語表達，也沒有落入下半身書寫的窠臼，而是回到語感，將語言貼切地傳達出情緒，使得讀者與詩人共同在詩的節奏中呼吸。

　　詩人海子認為，「中國當前的詩，大都處於實驗階段，基本上還沒有進入語言。我覺得，當前中國現代詩歌對意象的關注，損害甚至危及了她的語言要求。」〔註 29〕朦朧詩人並沒有走出政治意識形態的約束和限制，同時又以意象為中心而忽略了詩歌的聲音。但「語感完全可以代表詩的聲音，換句話說，它完全可以外化為一種以音質音響為主導特徵的『語流』。這種『形式聲音』完全可以成為詩的內涵。確切地說，聲音完全可以『領銜』於內容」〔註 30〕。以「第三代」詩人發起的聲音實驗引領了整個 1980 年代以來漢語新詩的新風尚。他們有意通過「拒絕難度」而背離朦朧詩的書寫藩籬，在語感中體驗語言、聲音與生命的律動關係，極大限度地彰顯出語音、語調、辭章結構和語法的表現力。

〔註 26〕 大衛：《至少》，《內心劇場》，北京：中國文聯出版社，2008 年版，第 124頁。

〔註 27〕 大衛：《大峽谷》，《內心劇場》，北京：中國文聯出版社，2008 年版，第 37頁。

〔註 28〕 大衛：《楠溪江：漂流》，《詩刊》，2011 年 9 月號上半月刊，第 46 頁。

〔註 29〕 海子：《日記》，西川編：《海子詩全集》，北京：作家出版社，2009 年版，第1028 頁。

〔註 30〕 陳仲義：《現代詩語的新型「衝動」：語感》，《現代詩：語言張力論》，武漢：長江文藝出版社，2012 年版，第 239 頁。

二、非線性結構：突破傳統思維

　　1990 年代伊始，網絡成為詩歌重要的發表園地。1991 年，正在海外留學的王笑飛創辦的海外中文詩歌通訊網，成為首個漢語新詩網站。1993 年 3 月，詩陽在互聯網上發表大量的詩歌作品。同年 10 月，在互聯網中文新聞組欄目，方舟子又張貼出他的詩集《最後的語言》的部分作品。1994 年 2 月，由方舟子、古平等創辦了第一份中文文學網絡刊物《新語絲》，詩陽、魯鳴於 1995 年 3 月創辦了網絡中文詩刊《橄欖樹》。1999 年 1 月在「重慶文學」網站出現的《界限》，其展出的重慶及海外漢語新詩作品，在國內外產生了一定的反響。2001 年以後，網絡詩歌論壇雨後春筍般湧現，為漢語新詩開拓了新的平臺。〔註 31〕網絡不僅為詩歌創作提供了開放的平臺，更為重要的是顛覆了純詩歌文本的停頓、分行形式，開掘出漢語新詩的非線性結構，呈現出或斷裂、破碎，或縫合、接續的多樣化形式特徵，「通過反抗現代的過快閱讀，創造出一個區域，在這個區域裏詞語重獲其原初性和持續性。具有典型意義的是，這只有通過讓語句破碎成斷片才能實現」〔註 32〕。可以說，以網絡為載體，非線性的文本結構特徵，向新詩輸送出一股新鮮血液，在一定程度上刺激了傳統詩歌的書寫方式，「詩歌傳播新媒體的出現，是詩歌傳播史上的一次深刻變革，它在改變了詩歌傳播方式的同時，也改變了詩人書寫與思維的方式，並直接與間接地改變了當代詩歌的形態」〔註 33〕。

　　首先是採用「純音演出」，「只對一個句子、只對一句旋律的各種節奏（亦是各種成分）進行切分、調度，就收穫了極為強烈的『環場繞梁』效

〔註 31〕較有代表性的有重慶李元勝的《界限》、江蘇韓東、烏青與四川何小竹、楊黎的《橡皮》、廣西桂林劉春的《揚子鱷》、廣東凡斯的《原創性寫作》、河南森子的《陣地》、廣東茂名曉音的《女子詩報》、貴州夢亦菲的《零點》、北京桑克與廣東萊耳、白玉苦瓜的《詩生活》、北京靈石的《靈石島》、福建康城的《甜卡車》、四川野川的《三臺文學網》、四川綿陽范培的《終點》、湖南呂葉的《鋒刃》、上海小魚兒的《詩歌報》、四川德陽劉澤球的《存在》、河南簡單的《外省》、河南安陽石破天的《詩先鋒》、福建廈門李可可的《中國詩人》、陝西西安伊沙的《唐》、北京周瓚的《翼》、北京沈浩波、南人的《詩江湖》、北京安琪、譙達摩等人的《第三條道路》、廣東深圳七星寶劍的《中華文學網》，等等。

〔註 32〕〔德〕胡戈・弗里德里希：《現代詩歌的結構：19 世紀中期至 20 世紀中期的抒情詩》，南京：譯林出版社，第 104 頁。

〔註 33〕吳思敬：《新媒體與當代詩歌創作》，《河南社會科學》，2004 年第 1 期，第 61 頁。

應。」〔註 34〕詩人有效地利用漢語語音的雙聲、疊韻、諧音、雙關等特點，最大化的突出漢語的聲音優勢，比如伊沙的《結結巴巴》、張默的《無調之歌》，昌耀的《聽候召喚，趕路》、侯馬的《雨夾雪》、樵夫的《搭積木》、周濤的《包包趣聞錄》、車前子的《畫夢錄》等。其中，伊沙的《結結巴巴》是一首後現代文本，將 1990 年代的口語創作推向了一個更為自覺的階段。詩篇沒有採用傳統的線性語言組織系統，模仿並還原出一位口吃者的原始發音。發聲主體「我」結結巴巴的思維狀態，產生出一反常態的反諷、戲謔性聲音，這無疑向傳統的書面語發出挑戰，甚至滑出慣常的口語範圍，突出了全詩的詩眼「我要突突突圍 / 你們莫莫莫名其妙 / 的節奏 / 急待突圍」：

> 結結巴巴我的嘴
> 二二二等殘廢
> 咬不住我狂狂狂奔的思維
> 還有我的腿
>
> 你們四處流流流淌的口水
> 散著黴味
> 我我我的肺
> 多麼勞累
>
> 我要突突突圍
> 你們莫莫莫名其妙
> 的節奏
> 急待突圍
>
> 我我我的
> 我的機槍點點點射般
> 的語言
> 充滿快慰
>
> 結結巴巴我的命
> 我的命裏沒沒沒有鬼
> 你們瞧瞧瞧我

〔註 34〕陳仲義：《重啓語音變奏及純音演出》，《現代詩：語言張力論》，武漢：長江文藝出版社，2012 年版，第 337 頁。

　　一臉無所謂〔註35〕

　　詩人伊沙不斷切分著一個句子的旋律，使得語言障礙者斷斷續續地發出
聲音，看似沒有經過加工的文字卻保留了詩性的韻律。自始至終，詩人反覆
和交替使用「ei」韻作爲詩行尾字的韻腳，一方面，通過押韻的方式，將語音
的重心擱置於句末，在看似毫無章法的辭章結構中，突顯出口吃者自成系統
的思維方式；另一方面，「ei」分別出現在第一節（「嘴」、「肺」、「維」、「腿」）
和第二節（「水」、「味」、「廢」、累）每行的尾音，第三節的一、四行尾音
（「圍」），第四節的第四行尾音（「慰」），第五節的二、四行尾音（「鬼」、
「謂」）。韻腳的交替，打破單一的發音模式，從而彌補了生理缺陷。可以說，
伊沙這首以網絡爲媒體創作的詩歌文本，有效地將聲音與語義合而爲一，呈
現出主體預要從傳統的書面形式中掙脫而出的聲音實驗，傳達出一種文化上
的語言障礙，甚至是失語的心理狀態。同時，也是繼 1980 年代之後，詩人重
新對口語書寫難度和困境的反思。

　　在崇尚非線性結構的詩歌文本中，除了通過語音切分句子的旋律外，還
通過隱藏語言文字，顛覆傳統詩歌的分行、跨行方式，甚至留出大量的空
白供讀者想像，較爲極端的例子是左後衛的《前妻》。這首詩歌因爲以大量
的空白格取代了文字而頗受爭議。全詩由「原詩殘骸」和「創作手記」兩
部分構成，書寫了詩人、前妻和現任妻子之間達成的三方談判，同時也表達
了一種強制性的記憶掠奪戰。《前妻》打破了傳統文本的閱讀秩序，同時也
顛覆了傳統的思維模式，通過語言組合出新的聲音特質，正如周瓚所言：「這
個文本極帶症候性的兩處，分別是前半部分的大量空方格的排行和分行所
代表的新詩自由體以及後半部分『我』的省略以及一種半文不白的文言風
格。」〔註36〕原文的空白殘骸與創作手記相互比照，從而改變了閱讀路徑。
一方面，只一句「聽說，你又瘦了」，開啓了豐富的遐想空間，詩人留下大量
的空白格，供讀者填空；另一方面，創作手記參與到空白所隱藏的意義層，
幫助理解空白的內容，同時也隱含了敘述主體的內心掙扎。儘管這種先鋒
寫作，不能看作是網絡詩歌的理想文本，但它的出現，至少爲漢語新詩提供
了一種可能，即顛覆文本的線性結構，通過斷層和接續的方式將圖形滲透

〔註35〕伊沙：《結結巴巴》，《餓死詩人》，北京：中國華僑出版社，1994 年版，第 1
　　　　～2 頁。
〔註36〕詩生活網站：http://www.poemlife.com/index.php?mod=subshow&id=38170&
　　　　str=1798。

式地參與詩歌文本，從而更大限度地打開語音、語調、辭章結構和語法的可能性。

此外，最具代表性的非線性結構還包括超文本詩歌，它「是一種不是以單線排列，而是可以按不同順序可以閱讀的文本，也是一種非順序地訪問信息的方法，讀者可以在某一特定點予以中斷，以便使一個文件的閱讀可以用參考其他相關內容的方式相互鏈接」〔註 37〕。超文本集合了視頻、音頻、數碼攝影、影視剪輯、互動鏈接等多項數字化技術，塑造出全新的網絡空間，實現多元共生的人機對話、詩人與詩人對話，詩人與讀者對話。如桑克所云，「這個超級文本的一個基本特點，正是鏈式結構。你在鍵盤上敲擊一個詞語，這超級文本鏈條可能會向你顯示幾個或幾十個相近或類似詞語供你選擇，使你的聯想與想像能力大大拓展；你在寫作或編輯一個文本時，它可能會共時地向你顯示呈鏈狀或樹狀分佈的一大群不同文本，導致眾多文本在一個文本中的聚集」〔註 38〕。臺灣詩人蘇紹連（米羅·卡索）是超文本最先實踐者之一，作品《釋放》出現在相視而對的兩張面孔中間，點擊按鍵「釋放」，每一行詩句都落入水中，「我拆下指頭上的指甲放入水中／我拆下頭顱上的髮放入水中／我把從我身體上釋放出來的東西全部交給了水／世界是我的水歷史是我的水／我在水中釋放我的生命讓它漸漸的流走／我拆下了傷口裏的血放入水中／我拆下了眼眶裏的淚放入水中／」〔註 39〕，當文字消失在水中時，兩個頭顱也相繼跌入水中，全詩在一片空白中結束。詩人插入的圖象，粉碎了純粹的文本形式，又凸顯了虛無、空洞與傷痛的情感。同樣，作品《行者的歌與哭》是由兩個腳掌踩踏出來的文本，「生時不須歌／我的小小的腳掌是／野雁的影子／掠過我生存的土地／它沒有留下任何腳印／……／……／死時／不須哭／我的斑白的頭髮／頭髮是──／芒草花／芒草花最茂密時／土地最貧瘠／它把整個眼裏的淚／都染白／……／……」〔註 40〕，看似沒有留下腳印的一生，卻通過圖象傳達出遍佈在生命之路上的痕迹。此

〔註 37〕歐陽友權：《網絡文學本體論》，北京：中國文聯出版社，2004 年版，第 143 頁。

〔註 38〕桑克：《互聯網時代的中文詩歌》，《詩探索》，2001 年第 Z1 期，第 15 頁。

〔註 39〕蘇紹連作品，可參看「flash 超文學網站」：http://home.educities.edu.tw/purism/aa01.htm。

〔註 40〕蘇紹連作品，可參看「flash 超文學網站」：http://home.educities.edu.tw/purism/aa01.htm。

外，超文本作品中，李順興的《文字獄》、蘇默默的《本相》，都極具典型性，詩人將語音、語調、辭章結構和語法組織爲圖象，通過改變線性的詩歌結構，爲漢語新詩營造了多樣化的生態，形成一股逆傳統思維的創作模式。〔註41〕

　　旨在突破傳統思維的非線性結構，實現了從意義向音樂乃至文字轉化的過程，可以說，「思維是人腦透過分析、歸納、判斷、推理等形式，對客觀事物間接、概括的反映過程。語言是思維的工具。思維和語言的關係是一個從意義向音樂、文字轉化的複雜過程。思維必須在語言的基礎上進行」〔註42〕。它一方面顛覆了傳統的線性文字結構，另一方面又在意義層面上完成了思維、語言與音樂的契合。而1980年代以來的漢語新詩正是通過這種非線性結構實現了以反傳統爲主題的抗聲。

　　綜上，抗聲是1980年代以來形成的一種重要的聲音構成類型。如果說朦朧詩人反叛的是政治意識形態下對抒情主體的限制，那麼由「第三代」詩人率先發起的對抗性則是直接指向語言，既向附著在政治意識形態話語之上的語言提出控訴，又向傳統的詩性語言發出責難。詩人們衝破歷史賦予詩歌的禁忌，尋找最貼近日常生活化的聲音，口語詩歌的出現以及以網絡媒體爲平臺的非線性文本的出現，在語音、語調、辭章結構和語法等方面都改變著漢語的思維方式。

第二節　女性主題的音域

　　女性詩歌〔註43〕呈現出獨特的音域特色，這裡的音域指的是「某一樂器或人聲（歌唱）所能發出的最低音到最高音之間的範圍」〔註44〕。自1980年

〔註41〕超文本詩歌在大陸漢語詩歌中尚缺乏成熟的作品，文中主要列舉臺灣詩人蘇紹連、李順興原創的超文本作品，作爲例證。

〔註42〕江依靜：《現代圖象詩中的音樂性》，臺北：秀威信息科技股份有限公司，2012年版，第79頁。

〔註43〕唐曉渡在《從黑夜到白晝——論翟永明的組詩〈女人〉》（《詩刊》，1986年第6期）中提出「女性詩歌」，這裡並非指由女性創作的詩歌，而「不僅意味著對被男性成見所長期遮蔽的別一世界的揭示，而是意味著已成的世界秩序被重新創造和重新闡釋的可能。」本文所指「女性詩歌」，主要指具有女性獨特體驗的詩歌文本，既體現了女性的生理、心理的特徵，又表現出女性對社會現實和生存狀態的獨到見解。

〔註44〕《現代漢語詞典》（第6版），北京：商務印書館，2012年版，第1551頁。

代以來，女性詩歌的主題經歷了從愛欲書寫到公共書寫的變化，在這一過程中，音域也隨之發生著變化。本節通過考察語音、語調、辭章結構和語法等，分析女性詩歌的音域呈現出從細音到泛音的表現特徵。

一、細音：愛欲書寫

女性詩歌常常選擇從生理現象入筆，而語音恰恰是構成區別於男性生理特質的一個重要切口，如邵薇的《小手指》「在它的小指甲裏有些髒物／它們來自我的身體或這個世界／但它們是否也是一個被擠壓的生命／像我自己被擠壓一樣」〔註45〕，陸憶敏的《避暑山莊的紅色建築》「我低聲尖叫／就好像到達天堂」〔註46〕，虹影的《發現》「她尋覓已久的聲音／鋸齒一樣尖利，割向那張紙」〔註47〕。她們通過語音掙脫男性話語的擠壓，以尖銳、刺耳、高亢的聲線，完成與月經、懷孕、生產、流產、打胎、哺乳等一系列生理現象的呼應，既保留了純粹的女性經驗，又嘶喊出女性情感和愛欲的節制、壓抑和疼痛感。在男性為主導的權力話語系統中，女性想要消解這種頑固的暴力世界，一方面，她們必須承擔長期以來被消聲的命運，另一方面，又要尋找屬於女性自我的獨特發音方式。與男性聲帶因為長、鬆、厚所產生的低音效果不同，女性的聲帶是短、緊、薄的，故而音調較高。可以說，細音能夠凸顯女性的聲帶特點，是女性回歸自我、發現自我的一種表達方式。

首先，女性詩人通過在語音上發出細音〔註48〕，與洪音相互比照，從生理上體現獨特的女性經驗。伊蕾尖銳的高音，開拓出更寬廣的音域。伊蕾想要表達的女性聲音，無疑是被裹挾在女性獨特的情感與欲望中的。她試圖彰顯出長久以來被遮蔽的精神或者肉身的痛苦，「客廳糊滿高貴的壁紙／你的語言像鐘聲迴蕩／這金屬的聲音把我包圍／所有的道路隱而不見／我試圖衝破

〔註45〕 邵薇：《小手指》，楊克主編：《2001 中國新詩年鑒》，福州：海風出版社，2002年版，第 389 頁。

〔註46〕 陸憶敏：《避暑山莊的紅色建築》，萬夏、瀟瀟主編：《後朦朧詩全集》，成都：四川教育出版社，1993 年版，第 682 頁。

〔註47〕 虹影：《發現》，《魚教會魚歌唱》，桂林：灕江出版社，2001 年版，第 21 頁。

〔註48〕 在語音學上，根據韻母開頭元音的發音口形，韻母包括開口呼、合口呼、齊齒呼和撮口呼四種。其中開口呼和合口呼因為發音時口腔開口度相對較大，因此稱為洪音；而齊齒呼（以 i 開頭的韻母）和撮口呼（以 ü 開頭的韻母）因為發音時口腔開口度較小，因此被稱為細音。

這聲音／卻把它撞得更響」〔註49〕，詩人在無聲中以更爲強烈的聲音嘶吼著，突破被男性世界包圍的困境。組詩《獨身女人的臥室》中，「她自言自語，沒有聲音」，卻更刺耳地私語出內心的欲念：

> 這個小屋裸體的素描太多
>
> 一個男同胞偶然推門
>
> 高叫「土耳其浴室」
>
> 我是這浴室名副其實的顧客
>
> 顧影自憐——
>
> 四肢很長，身材窈窕
>
> 臀部緊湊，肩膀斜消
>
> 碗狀的乳房輕輕顫動
>
> 每一塊肌肉都充滿激情
>
> 我是我自己的模特
>
> 我創造了藝術，藝術創造了我
>
> 床上堆滿了畫冊
>
> 襪子和短褲在桌子上
>
> 玻璃瓶裏迎春花枯萎了
>
> 地上亂開著黯淡的金黃
>
> 軟墊和靠背四面都是
>
> 每個角落都可以安然入睡
>
> 你不來與我同居〔註50〕

洪音和細音交替出現，呈現出「獨身女人」內心壓抑與膨脹的欲望。高亢的男聲將詩篇的音調提至高音區，詩人伊蕾無法與男音相抗衡，但她有自己獨具辨識度的聲音，一句「顧影自憐——」，有意拉長聲線，收緊語音，抵消了男性的力量。「四肢很長，身材窈窕／臀部緊湊，肩膀斜消」詩人將四個齊整而對稱的主謂結構有序地排列在一起，在音樂節奏上沒有雜音，保持女性身體的獨立性，語音多採用細音，凸顯女性的發音方式，顯得瘦長而緊致。「碗狀的乳房輕輕顫動」則以洪音結尾，表達了詩人更強烈

〔註49〕伊蕾：《被圍困者》，《獨身女人的臥室》，桂林：灕江出版社，1988 年版，第143 頁。

〔註50〕伊蕾：《獨身女人的臥室》，《獨身女人的臥室》，長春：時代文藝出版社，1996年版，第 562 頁。

的欲望，以突破社會道德和意識形態的約束，通過語音摧毀男性建構的話語世界。

　　再來看女性詩人趙瓊的《挖掘》，全詩以「挖著聲音」爲主要線索，逆向返回到傳統所積澱出的暴力世界中，渴望逃離出物化和異化的話語系統，一次次地向男性設置的禁區示威，試圖「打製出女人」，從苦難、悲愴的女性歷史中建構出全新的自我形象，從而「挖掘」出屬於女性自身的聲音：

> 尖銳的噪音成爲
> 是誰？是誰？
> 石堆裏喊我的名字
> 我挖著聲音，雙手
> 在淚影中燃起十個燭尖
>
> 我是黃金，也是採礦者
> 時間把我打製成戒指
> 我怎樣從當鋪中，將自己贖回
> 是誰？是誰？
>
> 揮動辮子，在雲層裏喊：
> 「挖得愈深，留在裏面的愈多。」
> 漫天的侏儒，打著燈籠。遍地
> 沒有面孔的人，剔著金牙
>
> 瞪著死蜻蜓的眼，囁嚅著：
> 「打製女人。更亮、更細！」〔註51〕

　　美國自白派女詩人普拉斯在大陸詩壇的風靡，影響了同期大多數女性詩人的創作。普拉斯在作品《榆樹》中，以尖銳的噪音言說著，「現在我被肢解成枝節，如無數棒棍飛舞，／如此兇猛的一場風暴／不能袖手旁觀地忍受，我要尖聲嚎叫」〔註52〕書寫了詩人內心的壓抑、緊張、不安和憤怒。受到普拉斯影響的詩人趙瓊，在她的詩歌《挖掘》中多次出現細音，齊齒呼表現得最爲明顯。語詞「尖」共出現了兩次；詩人的噪音是「尖銳」的，她想要在

〔註51〕 趙瓊：《挖掘》，《現代漢詩》，1991 年夏，第 31 頁。
〔註52〕 〔美〕羅伯特・洛威爾等：《美國自白派詩選》，趙瓊、島子譯，桂林：灕江
　　　　出版社，1987 年版，第 108 頁。

失聲的世界中發出自我的聲音，於是反覆追問著「是誰？是誰？」，在「石堆裏喊我的名字」；「燭尖」隱喻了詩人的肢體，雙手在晦暗中燃起的欲念，顯得若隱若現。這其中暗示了女性長期被壓抑在黑暗中，想要得到釋放的內心掙扎。語詞「金」同樣出現了兩次，名詞「黃金」意味著詩人對女性存在感的肯定，同時也是對被埋葬的女性命運的歎息；而名詞「金牙」則隱喻了被男性話語淹沒的女性世界，它只能在昏暗的空間中出現。另外，詩歌中還出現了雙音節詞「戒指」和「蜻蜓」，都發細音。「戒指」與「金牙」相似，都是被打製出的值錢物品，但「戒指」又被賦予任意買賣的特徵，彰顯出女性被物化的命運。「蜻蜓」作爲出現在詩歌末尾的意象，眼球突出顯得猙獰、身形細長、乾癟顯得瘦弱無力，這一特點正迎合了女性在悲劇與苦難中的掙扎。詩歌的最後一句，回到開篇處詩人想要挖掘出的聲音，即「打製女人。更亮、更細！」。

其次，女性詩歌的細音，還採用擬聲的方式，從體內發出尖銳的撕裂聲，表達身體的欲望與痛苦。在男性中心話語所建構的社會結構中，女性身體欲望一直被壓制在男權統治下，不能自然的發聲。1980 年代以來的漢語新詩體現出女性意識的崛起，女性詩人試圖將自我從男性強權政治中解放出來，並聲稱女性身體不再是男性賞玩或者蔑視的工具，而是渴望喚醒對女性身體乃至生命的關注。翟永明的《靜安莊》，將女性分娩的聲音提煉出來，提高分貝，讓其迴蕩於安靜的村莊，「他們回來了，花朵列成縱隊反抗／分娩的聲音突然提高／感覺落日從裏面崩潰／我在想：怎樣才能進入／這時鴉雀無聲的村莊」，同時，女性分娩時的呻吟與「雨水」、「公雞打鳴」、「轆轤打水」的聲音混雜著，交織出一場黑色的女性苦難史，「已婚夫婦夢中聽見卯時雨水的聲音／黑驢們靠著石磨商量明天／那裡，陰陽混含的土地／對所有年月瞭如指掌／我聽見公雞打鳴／又聽見轆轤打水的聲音」〔註53〕。宇向的《一陣風》則直接發出一聲「慘叫」，表露出女性的欲望：「你使我感到我的身體原來這樣空／這樣需要填充。你可以允諾我／你連接導線，讓電流進來／此時我的叫聲一定不是慘叫」〔註54〕。可以說，擬聲詞製造出的細音，較爲直接地表達了源自於抒情主體的愛欲呼喚。

〔註53〕翟永明：《靜安莊》，萬夏、瀟瀟主編：《後朦朧詩全集》，成都：四川教育出版社，1993 年版，第 305 頁。
〔註54〕宇向：《一陣風》，楊克主編：《2001 中國新詩年鑒》，福州：海風出版社，2002年版，第 2 頁。

　　另一篇典型的詩歌是路也的《身體版圖》，詩人路也形象地將身體描述爲地理學版圖，「我的身體地形複雜，幽深、起起伏伏／是一塊小而豐腴的版圖／總是等待著被佔領，淪爲殖民地／它的國界線是我的衣裳／首都是心臟／欲望終止於一條裂谷」：

　　　　但大多數沒有你的時候
　　　　這版圖空著、荒著，國將不國
　　　　千萬里旱情嚴重到
　　　　要引發災害或爆發革命
　　　　其質地成了乾麥稭，失了韌性和彈性
　　　　脆到要從中間「唏嚓」，一折兩半〔註55〕

　　路也試圖將身體的欲望表達推向巔峰，這是一種從完整趨向分裂的過程。這不僅僅是女性身體的欲望表達，更體現出女性對愛的心理渴求。詩句顯得極具張力，長短句排列有張有弛，「這版圖｜空著、｜荒著，｜國將｜不國」，詩句以兩字或者三字爲一頓，頓歇處留出空隙，擴張了抒情主體的聲道，將語音推向尖銳而洪亮的方向。結尾處，「乾麥稭」的斷裂，發出「唏嚓」的聲音，陡然出現的擬聲詞，加劇了詩人對自我情感缺失的渲染。

　　再次，在選詞方面，女性發出的細音，又與身體的扭曲變形相關。如陸憶敏的《可以死去就死去》，「紙鶴在空中等待／絲線被風力折斷／就搖晃身體」〔註56〕，這種聲音體現了一種身體上的張力。在此基礎上，女性詩人在語詞的選擇上，往往扣緊語音的特色，收緊聲道，尋求一種鋒利而尖銳的撕裂感，徹底改變身體的彎度，如宇向的《繪畫生涯》，將女性的容貌、生活現實與生理特徵相比擬，身體陷入「筆尖的彎度和走向」，「我要去畫表情和姿態，／在經期也不能停止，／以免警笛干擾筆尖的彎度和走向。／無論律法和公正如何背道而馳，／美女仍是一個活生生的奇迹，／她讓生活像顏料一樣消耗殆盡。／我的好同志，／只要我能在記憶中將你畫出來，／那麼我就永遠有事可做」〔註57〕。同時，女性通過身體的變形回到乖張、叛逆、壓抑

〔註55〕路也：《身體版圖》，王光明編選：《2004 中國詩歌年選》，廣州：花城出版社，2004 年版，第 162 頁。

〔註56〕陸憶敏：《可以死去就死去》，萬夏、瀟瀟主編：《後朦朧詩全集》，成都：四川教育出版社，1993 年版，第 710 頁。

〔註57〕宇向：《繪畫生涯》，《宇向詩選》，武漢：長江文藝出版社，2012 年版，第 17 頁。

的心理狀態，如張眞的《流產》，「在已臆想好的關係裏／母與子／我與你／我已經磨好刀／血在天花板上噴出斑斕花紋／一雙細足倒提著」，「那也是我的根／我長久地內望子宮／你莫須有的存在／我艱辛地翻山越嶺／在睡眠中與你競走／最終是我得救」〔註58〕，詩人張眞直接觸及男性所不具有的疼痛體驗，它飽含了分娩、流產、墮胎、經期等一系列生理活動，將淹沒在身體背後的心理體驗推向極致。

　　值得一提的是，與上述所談及的主要由女性詩人創作的女性詩歌相對照，當男性詩人在書寫女性的生理體驗時，總是旁觀、審視著，最後通過反覆提高聲音震動的頻率，呈現出憐憫的心理狀態。換言之，儘管男性詩人也抒寫女性的愛欲，但他們又總是站在男性的立場上，比如胡寬的詩歌《無痛分娩》中「我的妻子兒女在捕捉我身體上的蝨子／我背她們重重包圍著　她們理智清醒　不停／地呻吟　掙扎　尋找刺激／『今天天氣晴朗，敞開心扉的玫瑰』／我使用著文明的語言在安慰她們／活見鬼　我是一個異教徒──或者僅僅是某個／特殊符號───一個處於彌留之際的神話──／一個自己縱火案件的受害者／我無法選擇」，「我看見帝王的靈柩裏著太陽的屍衣／海鷗從靈柩裏飛出／我是一個異教徒／我有一面圖騰　被塵土封閉著／我是一個異教徒／去參加復活節／走在熙熙攘攘的街道上　城市／像正在收縮的子宮──騎在血泊之中／傾聽我的朋友們飢餓的呼號」〔註59〕，詩人以負罪的心態窺視女性的分娩，詩篇採用大量的破折號拉長聲線，同時還用語詞「呼號」張大口型，發出集體性的轟鳴。除此之外，格式的《人工流產》：「孩子，我必須把你做了。／你死，我活。／那麼多盲流的人精／哪知道你在我的身上停住／孩子，死有什麼不好／就當搬一次家，過一次戶。／有沒有名字沒關係／死了的無名英雄多了／孩子，你就當一次英雄吧／英雄都是些提前進入天堂的人／到了天堂／你就可以俯視我，看不起我了／不過，孩子／只是千萬不要低估我的痛苦／如此，我就是正常人了。」〔註60〕詩人看似是女性的代言，但卻又完全隱匿了女性的聲音，而是站在孩子與「我」的視角上重新

〔註58〕　張眞：《流產》，謝冕：《中國新詩總系》（第7卷，作品1979～1989），北京：人民文學出版社，2010年版，第366頁。

〔註59〕　胡寬：《無痛分娩》，牛漢、徐放等主編：《胡寬詩集》，桂林：灕江出版社，1996年版，第313頁。

〔註60〕　格式：《人工流產》，劉希全主編：《先鋒詩歌2002》，北京：光明日報出版社，2003年版，第260頁。

審視由女性承受的「人工流產」。詩人反覆勸說著「孩子」，通過對倫理道德和現世社會的譴責，掙扎著發出「你死，我活」的宣判，詩行停頓在對比和並列的句式中，詩句簡短、有力，加強了語勢，從而反諷地突出了男性洪亮的特質，以區別於女性在愛欲書寫時所發出的細音。

二、泛音：公共書寫

泛音指的是絃樂器演奏中一種獨特的演奏方法，其音域清脆高亮，在基礎音上發出微弱的振動感。新世紀以來的女性詩歌並沒有局限於上述愛欲書寫所發出的細音，也推崇公共書寫，將自我溶入更廣闊的社會文化生活中，以女性獨特的視角審視現實，尋找新的語音、語調、辭章結構和語法的組合。女性一方面開始關注自我在社會角色中的位置，另一方面則尋找與社會現實直接對話的契機，提供了一種超越性別的書寫範式。在這一過程中，儘管以公共書寫為主題的女性詩歌在音域方面帶來震驚的美學效果，但同時，其聲音又是顫動的，還不足以構成對社會現實的對抗。這種由女性特有的聲帶發出的絕對音高，雖然清脆悅耳，但仍有一種不穩定的平衡感，這就相當於弦樂演奏的泛音。這裡通過分析王小妮、藍藍和鄭小瓊的詩歌文本，並參考她們早期的創作特色，從她們在公共書寫中所採用的語詞，發掘隱藏在其中的震顫的音響效果，如戈麥在《生活》一詩中提到的，「一邊是板塊僵硬的尊嚴／一邊是不由自主的顫動」。〔註 61〕

詩人王小妮試圖通過語詞演奏出泛音，以洞悉謊言和虛假的現實世界，「寫詩的人常常憑感覺認定某一個詞是結實的、飄的、有力的、鮮豔的，憑這個詞和其他詞的相碰形成了詩句」〔註 62〕。這種結實的力度，可以理解為她試圖穿透假象，開掘出更為樸實、真切的生活空間。她沒有凌駕於萬物之上，也沒有隱藏在虛幻之中，而是真正地貼近大地，以最為自然的漢語語感，浮動在生活的表層。她的《我得到了所有的鑰匙》反問道，「一切都能打得開嗎？」在詩篇的最後，她回答到，「深密的森林布滿交叉小路。／大地天門無鎖在雲下走動。／世界已經早我一步／封閉了全部神奇之門。」〔註 63〕即使

〔註 61〕 戈麥：《生活》，西渡編：《戈麥詩全編》，上海：上海三聯書店，1999 年版，第 140 頁。

〔註 62〕 王小妮、木朵：《詩是現實中的意外》，《詩潮》，2004 年第 1 期，第 67 頁。

〔註 63〕 王小妮：《我得到了所有的鑰匙》，楊克主編：《2001 中國新詩年鑑》，福州：海風出版社，2002 年版，第 91 頁。

這個世界已經全部敞開，但仍然有它神秘莫測的地方是遮蔽的。在《面對它的時候，我正作另外的事情》中，面對答案，也面對著謊言，王小妮說道，「撕碎答案，／把所有的字高懸於白天。／專門／迎著它的目光靜站。／靜站並且微笑，／一直走到／它不可企及的地方。」〔註64〕所以，詩人總是渴望洞穿虛假世界，探尋現實的真相。關於此，在她的《影子和破壞力》中，表現地尤為明顯：

> 五月的夜光穿透我
> 五月的冷色描出更瘦長的那個我。
> 天通苑石磚上
> 篩子般的夜行人們
> 正急促地踩踏另一個自己
> 一步步挺進，一步步消滅。
>
> 沒受到任何抵抗
> 天光把路人一分為二。
> 京郊的無名小路，
> 月光鋪得均勻
> 再三踐踏也不覺得難受。
>
> 我推著我的影子走
> 踩著灰兔的皮氈
> 人類正在反人類。〔註65〕

在王小妮看來，「這個世界沒有真理，真理都是有限定的，是人給出來的一個命名，人為的說法或說服。假如有真理，詩就是反真理。假如有人做命名，詩永遠都在做反命名。」〔註66〕在她的詩歌中，並沒有自怨自艾的哀歎，而是更多了一重對真理的質疑、反思和追求。詩歌短小精悍，簡潔有力。無論語詞的選擇，還是停頓、跨行，詩人用筆節制，而沒有絲毫浪費的迹象。開篇處，「五月」和「一步步」的重複帶給人一種壓迫感，主體「我」被擠壓

〔註64〕王小妮：《面對它的時候，我正作另外的事情》，《我的紙裏包著我的火》，瀋陽：春風文藝出版社，1997年版，第68～69頁。
〔註65〕王小妮：《影子與破壞力》，宗仁發選編：《2010中國最佳詩歌》，瀋陽：遼寧人民出版社，2011年版，第45頁。
〔註66〕王小妮、木朵：《詩是現實中的意外》，《詩潮》，2004年第1期，第67頁。

在這種力度中，顯得微不足道、戰戰兢兢，而拉長的句式「五月的冷色描出更瘦長的那個我」，突出「我」的不平衡感，產生振動的音響效果。但在影子的壓力下，大地上行人的腳步顯得匆忙、凌亂，以至於忽略了去抵抗迫近的壓力。在王小妮看來，許多事物和人都是交錯的，包括《不認識的人，就不想再認識了》、《兩列交錯而過的火車》都有體現。正是人們早已習慣了面對虛假世界，才忘記了原初生活的真實面目，故而「再三踐踏也不覺得難受。」在詩歌的最後，詩人斬釘截鐵地寫道，「我推著我的影子走／踩著灰兔的皮氈／人類正在反人類。」其中，詩人再次回到「我」，對「我」的重複表現出詩人走出習以為常的生活常態，渴望重新發現自我。而兩個持續的動作「推著」和「踩著」，則彰顯出主體艱難而義無反顧的姿態，又在不平衡的振動中發出了響亮的音色，整體演奏出泛音效果。

　　詩人藍藍自 1980 年代發表處女作《我要歌唱》以來，她靈活地運用停頓、分行以及語詞、語法、語調等，那種呢喃而出的震顫的低音，向來具有較高的辨識度，同樣製造出泛音的音響效果。進入新世紀以來，藍藍以知性的審視視角，通過強有力的動詞直擊、反饋並敲打著殘酷的社會現實。她全然脫離出愛欲書寫的藩籬，而是從室內走向了戶外，從私語、獨白走向公共性，尋求超越「她們」的知性寫作方式，以超越式的姿態，相對開闊的視域以詩涉事，可見，「『女性主義寫作』所涵蓋的不光是性別的問題，還有諸如社會的、政治的、意識形態等等方面的問題」〔註 67〕。較具代表性的是詩人創作於 2007 年左右的《火車、火車》。往返於家鄉河南鄭州與北京之間的動蕩與奔波，對詩人而言，幾乎是一種生活常態。但火車所承載的又不僅僅是自我的日常生活體驗，它還承載著一系列的社會問題，直接衝擊著當下的生存現實。苦痛、辛酸，奠定了詩歌的整體基調：

> 黃昏把白晝運走。窗口從首都
> 搖落到華北的沉沉暮色中
>
> ……從這裡，到這裡。
>
> 道路擊穿大地的白楊林
> 閃電，會跟隨著雷
> 但我們的嘴已裝上安全的消聲器。

〔註67〕藍藍：《她們：超越性別的寫作》，《詩探索》，2005 年第 3 期，第 183 頁。

火車越過田野，這頁刪掉粗重腳印的紙。
我們晃動。我們也不再用言詞
幫助低頭的羊群，磚窯的滾滾濃煙。

輪子慢慢滑進黑夜。從這裡
到這裡。頭頂不滅的星星
一直跟隨，這場墓地漫長的送行
在我們勇氣的狹窄鐵軌上延伸

火車。火車。離開報紙的新聞版
駛進鄉村木然的冷嗦：
一個倒懸在夜空中
垂死之人的看。〔註68〕

　　詩人搖落白晝的幕布，讓火車進入暮色，以暗示時間的變幻。詩節在空間中自覺地轉換，不斷地強化「火車」的語義價值。於是，「黃昏把白晝運走。窗口從首都」與「搖落到華北的沉沉暮色中」，在地域的起始與終點間停頓、分離、隔開。之後，詩人兩次提到「從這裡，到這裡」，其意義迥然不同，但每一次出現都被賦予了深邃的內涵。第一次使用「……從這裡，到這裡。」凸顯的是地理空間的距離感。詩行孤立地站在詩篇中，瞬間留出空白，在「這裡」與「這裡」之間有了片刻的停延，形成空間在時間上的投射。這種空間上的留白，使得火車在白楊林、田野間穿梭，被逐漸賦予閃電的驚怵、死寂的沉默和晃動的不安，產生出振動而不平衡的音響效果。第二次出現「從這裡／到這裡。頭頂不滅的星星」，詩人採用了分行的形式，將「從這裡」與「到這裡」分隔，將地理空間的轉換，自然地過度到了生與死的跨越。而詩句「一直跟隨，這場墓地漫長的送行／在我們勇氣的狹窄鐵軌上延伸」最終在這種空間的拓展中，直擊生命。詩篇以「一個倒懸在夜空中／垂死之人的看。」結尾，詩人開始環視這個打著「冷嗦」的世界，下達著「倒懸」和「垂死」的指令，在回到鄉間熟悉的「羊群」與「濃煙」時，也回到了死亡之夜。詩人憑藉著這種自覺的空間意識，以堅毅、絕決的姿態結構著全篇，空間迴蕩著振動而響亮的泛音效果。在藍藍新世紀的詩歌寫作中，這種堅韌的生活態度，隨及賦予她更為全視的現實穿透力，創作的大量詩篇都涉及到社會公共

〔註68〕藍藍：《火車火車》，《從這裡，到這裡》，鄭州：河南文藝出版社，2010 年版，第 166 頁。

事件。儘管生活經歷不斷地擊打著藍藍，但波瀾反而更加劇了她的生存張力。她拋棄了女性閨房自憐自怨的書寫筆調，而是將個體生命擱置於整個社會現實生存狀況中，與現實的不公和殘忍，齊聲共振，牽動著整個社會發出和聲。藍藍從早期細膩和敏感的低沉音調中突圍而出，介入到以男性為主導政治倫理的公共事物中，她的聲腔微微地發出顫音，時刻像警鐘一般搖響。礦難不斷地發生、應試教育帶來的局限性、河南艾滋病村的悲劇等等，所反映出來的社會體制問題，成為引起一系列慘痛事件發生的根源。藍藍的作品《真實》、《礦工》、《教育》、《艾滋病村》、《幾粒沙子》、《做個貞潔的妻子》等，都直接將筆調指向當下的社會問題。詩人藍藍介入公共事件，又從個人體驗出發，直擊社會現實，將語音、語調、辭章結構和語法重新組合，發出響亮而振動的泛音。

此外，鄭小瓊更是創作出大量的公共性詩歌，製造出泛音的音響效果。最初進入批評者的視線，是因為她作為打工者的特殊身份，詩歌總是帶有社會批判的維度。1999 年詩歌民刊《獨立》第 2 期，開設了「打工詩人專欄」，刊載了「打工詩人」張守剛等的詩歌作品，首次採用「打工詩人」一詞。另外，在《獨立》第 11～13 期，又推出了鄭小瓊的代表作品《人行天橋》、《完整的黑暗》、《掙扎》等，還設有「打工詩人精神存檔」專欄，採訪了張守剛、柳冬嫵、徐非、許嵐、許強等重要打工詩人。「打工」題材，作為城市詩歌的一種，自 1990 年代開始湧現。事實上，與城市文明共呼吸的，是工業化所帶來的現實疼痛感。鄭小瓊抓住這一併不陌生的主題，書寫打工者的不幸。鄭小瓊善於調用語詞，冰冷的名詞與惶恐的形容詞是詩人表達情緒的一體兩面，一方面，她的書寫質感在某種意義上依賴于堅硬的物世界，比如《碇子》中「我遇見的遼闊的悲傷，猶如大海般燦爛／在細小的針孔停佇，閃爍著明亮的疼痛」〔註69〕，《停工的車間》中「她們充滿活力的軀體，跟灼熱的龐大的機臺／被抽走，剩下無聲的荒涼，潮濕的記憶」〔註70〕，詩人的情感總是與堅硬的空間產生碰撞。在她的詩歌中多交織著頗具硬度的「鐵」、「扳手」、「車間」、「齒輪」等帶來的澀楚和尖厲感，也難以避免「路燈」和「人群」的冷漠感。詩人以硬物敲打著讀者的耳朵，展示流水線上打工者的

〔註69〕 鄭小瓊：《碇子》，《散落在機臺上的詩》，北京：中國社會出版社，2009 年版，第 66 頁。

〔註70〕 鄭小瓊：《停工的車間》，《散落在機臺上的詩》，北京：中國社會出版社，2009 年版，第 69 頁。

疼痛與悲哀，通過語詞質問著殘忍的社會現實。另一方面，面對龐大的社會管理體制，詩人鄭小瓊的力量顯得相當微弱，她的批判中又帶有幾分自憐，微顫而低喃地發出控訴之音，比如她的《夏日暮色》表達的低落情緒，「飛鳥低低地掠過我的頭頂，暮色也低低地／在荷葉上佇立，而我是水，必將回到水中」〔註71〕；比如她的《啞農》內化於心的孤寂感，「入秋風氣驟涼　新月慌恐　一破菊花／落向秋夜的黑夜　他有了古典的孤寂」〔註72〕。儘管鄭小瓊在返鄉之歌的題記中寫道，「對於時代，我們批評太多，承擔太少」〔註73〕，但她能夠承擔的，並非與社會之間產生的指控關係，而往往是游離於現實的情感表達。也就是說，詩人鄭小瓊通過語言獲得了震顫的泛音效果，讓每一個表達現實和情緒的語詞都赫然佔據著詩篇的空間，噪音不自覺地飽含著權力和重量，這不僅源於「講述真理的恆定歷史」，更有賴於「它的音調、它所取得的對耳朵深處的統治以及由此產生的對我們心智和禀性的其他部分的統治」〔註74〕。

　　從上述分析中能夠看出，以公共書寫為主題的女性詩歌帶有震驚與顫動雙重音響效果，類似於弦樂演奏的泛音。筆者主要著眼於詩人長期以來積累的創作經驗，並將女性詩歌納入到1980年代以來漢語新詩中進行考察。詩歌的聲音主要是憑藉語言，尤其是語詞來實現的。故而無論是王小妮和藍藍採用的動詞，還是鄭小瓊使用的頗具硬度的名詞，都洋溢出弦樂的泛聲效果，迴蕩在1980年代以來女性詩歌的譜系中。

　　鄭敏曾經說過：「女性詩歌是離不開這些社會狀態和意識的，今後能不能產生重要的女性詩歌，這要看女詩人們怎樣在今天的世界思潮和自己的生存環境中開發出有深度的女性的自我了。當空虛、迷茫、寂寞是一種反抗的呼聲時，它們是有生命力的，是強大的回擊；但當他們成為一種新式的『閨怨』，一種呻吟，一種乞憐時，它們不會為女性詩歌帶來多少生命力。只有在世界裏，在宇宙間，進行精神探索，才能找到20世紀真正的女性自我。」

〔註71〕　鄭小瓊：《夏日暮色》，《暗夜》，北京：大眾文藝出版社，2008年版，第16頁。

〔註72〕　鄭小瓊：《啞農》，《散落在機臺上的詩》，北京：中國社會出版社，2009年版，第171頁。

〔註73〕　鄭小瓊：《返鄉之歌題記》，《散落在機臺上的詩》，北京：中國社會出版社，2009年版，第111頁。

〔註74〕　〔愛爾蘭〕西默斯·希尼：《希尼詩文集》，吳德安等譯，北京：作家出版社，2000年版，第341頁。

〔註 75〕總之，從愛欲書寫的細音到公共書寫的泛音，女性詩歌的音域與主題的變化相關聯，構成了女性詩歌在歷史重壓下必然要經歷的裂變階段。

第三節　互文性主題的借音

　　新詩從一開始就陷入本土與歐化資源的衝突中，古典、現代與西方形式滲透進新的詩體表現出詩人面對多元語言文化時的焦慮心態。1990 年代，這種心態顯得尤為突出，「詩歌進入 90 年代，它與西方的關係已發生一種重要轉變，即由以前的『影響與被影響』關係變為一種對話和互文關係。」〔註 76〕互文性是一種文學的表達方式，但同樣在 1990 年代漢語新詩中扮演了主題的角色：一方面，「文革」結束後，大量翻譯作品的湧入，本土與歐化資源的衝突使詩人的創造性遭遇危機；另一方面，由於民刊運動和詩人聚會的增多，詩人圈子化現象開始泛濫，這也推進了詩人之間對話的可能。他們開始尋覓最契合自我內心的聲音，試圖通過贈詩的方式達成共鳴。但顯然，互文性的借音，不再像孫大雨通過音組翻譯莎士比亞，更不會將翻譯理論運用到個人的實踐創作，而是表現出更為自覺的聲音特點。在此基礎上，詩人渴望借用一個音調以達成個體生命經驗的契合。本節詮釋變調：「回答」先鋒詩和混雜語體：復興的傳統形式，從而觀照 1980 年代以來漢語新詩互文性的借音，並探討本土與歐化資源碰撞時詩人的創作心態。

一、變調：「回答」先鋒詩

　　變調是通過變換語音、語調、辭章結構或者語法的位置，以實現詩人之間的心理契合，即法國學者蒂費納・薩莫瓦約在《互文性研究》中指出的，「用另一種調子唱：變調，或者是把另一種旋律易位。」〔註 77〕詩人往往採用贈詩的方式，一方面表達對已故詩人的敬仰，渴望從他們身上獲得詩性的共鳴，另一方面則彰顯了他們對先鋒藝術的執著追求。他們借用先鋒詩人的調子，轉化為個人情感經驗，從而動用整個一生去回答一首詩，「要回答一首

〔註 75〕鄭敏：《詩歌與哲學是近鄰：結構──解構詩論》，北京：北京大學出版社，1999 年版，第 395 頁。

〔註 76〕王家新：《沒有英雄的詩》，北京：中國社會科學出版社，2002 年版，第 122 頁。

〔註 77〕〔法〕蒂費納・薩莫瓦約：《互文性研究》，邵煒譯，天津：天津人民出版社，2003 年版，第 5 頁。

詩，需要寫出另一首／事情並不那麼簡單／回答一首詩竟需要動用整個一生／而你，一個從不那麼勇敢的人／也必須在這種回答中／經歷你的死，你的再生。」〔註78〕可以說，「回答」是詩人借助詩歌的聲音完成的生命對話和精神交流。

　　首先，在俄羅斯白銀時代詩人的影響下，詩人們意識到「當我開出了自己的花朵，我才意識到我們不過是被嫁接到偉大的生命之樹上的那一類。」〔註79〕20 世紀五六十年代被查禁和受爭議的蘇俄作品，在 1980 年代大肆湧入中國〔註80〕，比如 1983 年 10 月，上海譯文出版社出版了一部由俄裔美籍學者馬克・斯洛寧撰寫的《蘇維埃俄羅斯文學》（內部發行）；1984 年外國文學出版社出版了《蘇聯當代詩選》；1986 年中國文聯出版社又出版了《諾貝爾文學獎獲得者詩選》，其中收錄了帕斯捷爾納克的 8 首詩；1989 年由荀紅軍翻譯的一系列俄蘇作品收入《跨世紀的抒情——俄蘇先鋒派詩選》，由灘江出版社正式出版發行，等等。早在「文革」時期，多多的《日瓦格醫生》和《手藝——和瑪琳娜・茨維塔耶娃》就頗具代表性。剛從「文革」的陰霾中走出來的中國當代詩人，在背負著苦難與重擔的俄羅斯白銀詩人身上找到了共鳴，寫出了大量的贈詩，海子的《詩人葉賽寧》、《馬雅可夫斯基自傳》，王家新創作的《瓦倫金諾敘事曲：給帕斯捷爾納克》、《帕斯捷爾納克》等，白銀詩人對政治權力的干預以及決絕的精神力量深切地感染著他們。在現實政治環境的壓力下，詩人古米廖夫死於槍殺，馬雅可夫斯基自盡，曼德爾斯塔姆死在流亡途中，茨維塔耶娃自殺身亡。這種死亡意識所蘊含的肉體和精神上的痛苦與堅韌，如王家新在《帕斯捷爾納克》中提到普希金詩韻中包孕著死亡意識：「帶著一身雪的寒氣，就在眼前！／還有燭光照亮的列維坦的秋天／普希

〔註78〕　王家新：《回答》，《王家新的詩》，北京：人民文學出版社，2001 年版，第 195 頁。

〔註79〕　王家新：《王家新的詩》，北京：人民文學出版社，2001 年版，第 116 頁。

〔註80〕　在 20 世紀 50 年代，蘇俄的文學評價影響了翻譯作品在中國的傳播。蘇聯的馬雅可夫斯基、伊薩科夫斯基、蘇爾科夫、馬爾夏克等都受到極高的評價，所以在當代中國詩歌界引起了重視。但由於 20 世紀 40、50 年代蘇聯查禁了一些詩人和流派，比如阿克梅派，還有古米廖夫、曼德爾斯塔姆、阿赫瑪托娃、帕斯捷爾納克、茨維塔耶娃等，他們在當代中國卻備受冷落。同時，像葉賽寧這樣在蘇聯受爭議的詩人，到 20 世紀 60 年代在中國則採用「內部發行」的方式出版。關於這點可參看洪子誠、劉登翰：《中國當代新詩史》，北京：北京大學出版社，2010 年版，第 16 頁。

金詩韻中的死亡、讚美、罪孽／春天到來，廣闊大地裸現的死亡」〔註 81〕，又如帕斯捷爾納克在對稱結構中奏響的安魂曲：「發覺我們：它在要求一個對稱／或一支比回聲更激蕩的安魂曲／而我們，又怎配走到你的墓前？／這是恥辱！這是北京的十二月的冬天」〔註 82〕。獻給俄羅斯白銀時代詩人的詩歌，可追溯至 20 世紀六七十年代的地下詩歌。多多的《手藝——和瑪琳娜·茨維塔耶娃》〔註 83〕，將詩歌贈給俄羅斯白銀時代的女性詩人茨維塔耶娃。茨維塔耶娃身處俄國國內戰爭和十月革命時期，1922 年茨維塔耶娃追隨丈夫艾伏隆一起流亡海外後，直到 1939 年才結束長達 17 年的流亡生活返回俄國。但在俄國大清洗運動中，先逮捕了詩人的女兒阿利婭，隨後丈夫艾伏隆又被指控進行反蘇活動而槍決。一系列的打擊將詩人的精神已經推向了瀕臨崩潰的邊緣，直到 1941 年德國納粹黨入侵莫斯科，茨維塔耶娃不得不帶著兒子莫爾遷居韃靼自治共和國的小城葉拉堡市。經濟的極度窘迫與精神上的絕望，終於逼迫詩人走上自殺的悲劇命運。多多重新審視茨維塔耶娃詩歌流露出的生活不幸，並將這種遭遇還原爲詩歌創作的手藝：

> 我寫青春淪落的詩
>
> （寫不貞的詩）
>
> 寫在窄長的房間中
>
> 被詩人姦污
>
> 被咖啡館辭退街頭的詩
>
> 我那冷漠的
>
> 再無怨恨的詩
>
> （本身就是一個故事）
>
> 我那沒有人讀的詩
>
> 正如一個故事的歷史
>
> 我那失去驕傲

〔註81〕 王家新：《回答》，《王家新的詩》北京：人民文學出版社，2001 年版，第 76 頁。

〔註82〕 王家新：《回答》，《王家新的詩》北京：人民文學出版社，2001 年版，第 76 頁。

〔註83〕 儘管多多的詩歌《手藝——和瑪琳娜·茨維塔耶娃》創作於 1972 年，不應在本文的考察範圍內。但對於俄羅斯白銀時代詩人的崇拜源發於地下詩歌，故在此著重分析。

　　　失去愛情的

　　　（我那貴族的詩）

　　　她，終會被農民娶走

　　　她，就是我荒廢的時日……〔註84〕

　　布羅茨基的《詩人與散文》提到茨維塔耶娃詩歌句式構造的特點，即「遵循的不是謂語接主語的原則，而是借助了詩歌的技巧：**聲響引起的聯想，根據韻、語義的『移行』等**」〔註85〕。她的「詩行都很短，在一行詩中的每個詞上，時常甚至是每個音節上，都不得不有著雙重或者三重的語義負載」〔註86〕。茨維塔耶娃的詩句透露出她內心的獨白與對話，反覆指向的是質疑，是詩人對自我的反叛。多多採用多種表現手法借用了茨維塔耶娃慣用的「移行」，將詩行的多重聲音移置括號中，同義反覆造成了戲劇性的立體聲效果。受動詞「被」引領出「被詩人姦污／被咖啡館辭退街頭的詩」，闡釋「（寫不貞的詩）」，高貴感的淪喪是詩的遭遇，也是詩人茨維塔耶娃決然對抗著生活苦難的傾訴；「我那沒有人讀的詩／正如一個故事的歷史」有意模糊詩與故事的界限，突出詩人的生命歷程本身就是一首詩，也足以構成一個完成的故事──「（本身就是一個故事）」；11 行與 12 行並置，兩個「失去」，進一步在情緒上昇華了詩人的孤獨與無助。《手藝──和瑪琳娜・茨維塔耶娃》短小精悍，以括號的方式省略了潛臺詞，卻更豐富了茨維塔耶娃情感經驗的矛盾複雜性。同時，還借用同音反覆引出詩句。動詞「寫」引領出三句詩行，分別是第一行、第二行和第三行，語音聚焦於詩人的書寫狀態，流露出在艱難的生活環境中抒情主體的寂寞、苦楚和不安。結尾處「她，終會被農民娶走／她，就是我荒廢的時日……」，「她」的反覆，以綿延不盡的苦難，完成了詩人在精神與形式上的高度統一。多多的整首詩歌，結構嚴密緊湊，通過同音反覆完成移行，使得跨行層層遞進，顯現出女詩人茨維塔耶娃哭訴、疼痛和掙扎的心理狀態。多多以茨維塔耶娃的聲音為依託，不僅在講述這位苦難的俄羅斯女詩人，更是在回溯「我」的青春。對多多而言，高貴的尊嚴和

〔註84〕 多多：《手藝──和瑪琳娜・茨維塔耶娃》，《多多詩選》，廣州：花城出版社，2005 年版，第 25 頁。

〔註85〕 〔美〕布羅茨基：《文明的孩子：布羅茨基論詩和詩人》，劉文飛、唐烈英譯，北京：中央編譯出版社，1999 年版，第 138 頁。

〔註86〕 〔美〕布羅茨基：《文明的孩子：布羅茨基論詩和詩人》，劉文飛、唐烈英譯，北京：中央編譯出版社，1999 年版，第 139 頁。

自由的期許是隨著青春一起淪喪的，在遭遇政治意識形態話語的侵蝕時，詩人個人的話語空間是狹窄和封閉的。然而，多多卻營造出一個流動的空間可以包納詩人漫長的一生，同時還製造出一個開放的空間可以展開兩位詩人的生命對話。從這個角度而言，多多在詩篇中極盡可能地完成了與茨維塔耶娃緬懷、追悼青春的對話，如洛厄爾的詩篇《漁網》中所述：「詩人們青春死去，但韻律護住了他們的軀體」〔註87〕。

其次是 20 世紀西方現代主義和後現代主義作家，包括卡夫卡、博爾赫斯、納博科夫、喬伊斯、普拉斯、帕斯等。在這些作家身上，詩人發現了極具先鋒性的聲音力量，試圖借用這一力量直取語言的核心，比如多多的《它們——紀念西爾維亞‧普拉斯》、張棗的《卡夫卡致菲利斯》、孫文波的《獻給布勒東》，蕭開愚的《艾倫‧金斯堡來信》，王家新的《卡夫卡》、《晚年的帕斯》、《加里‧斯奈德》，黃燦然的《紀念卡瓦菲斯》等。這裡以孫文波的《獻給布勒東》為例。法國詩人、詩評家布勒東曾在 1919 年參與達達主義，又於 20 世紀 20 年代提出著名的超現實主義理論。他在 1924 年的《超現實主義宣言》中提倡的無意識寫作，提供了 20 世紀文學實驗的先鋒性範例：「落筆要迅疾而不必有先入為主的題材；要迅疾到記不住前文的程度，並使你自己不致產生重讀前文的念頭。第一個句子會自動地到來，這是千真萬確的，以致於每秒鐘都會有一個迥然不同於我們有意識的思想的句子，唯一的要求便是脫穎而出。很難預料下一個句子將會如何；它似乎既然從屬於我們有意識的活動，也從屬於無意識的活動，如果我們承認寫下第一句所產生的感受只達到了最低限度」〔註88〕。孫文波的詩歌把握住了超現實主義的語言先鋒性，透過布勒東的自動寫作，將「我」作為創作主體和接受者，呈現出詩人孫文波與布勒東共同尋找著無意識迸發出的語詞：

> 語言的火車轟隆隆駛過，我站在
> 一片荒地裏成為看客，那些窗戶
> 閃動的，是什麼樣的詞——它們
> 面目模糊，我只看到不清晰影子：
> 一個叫蝴蝶的女人，幾個叫民工

〔註87〕 王佐良：《王佐良隨筆：心智文采》，北京：北京大學出版社，2007 年版，第239 頁。

〔註88〕 呂同六：《20 世紀世界小說理論經典》上，北京：華夏出版社，1995 年版，第 122～123 頁。

的男子，他們組成了一首「先鋒」
的詩——我的閱讀，是對意義的
猜測。其實我有必要猜測嗎？當
轟隆隆的火車拐過一座山，我的
周圍又是寂靜。這是枯黃玉米杆
提供的寂靜，也是黛色山峰提供
的寂靜。最主要的，是我的內心
要求寂靜。我渴望在寂靜中聽見
語言的聲音，也許它是一隻貓在
房頂走動的聲音；也許，它是花
靜靜開放的聲音；也許它什麼都
不是，只是玻璃被風擦出的聲音。
我聽著這些聲音心裏映現出另外
的圖景——一個叫小提琴的女人，
幾個叫老闆的男子。他們組成了
另一首更加「先鋒」的詩。而我
知道。這首詩，仍不是我要的詩。
我知道，我還要向山上再走一段，
進入到刺槐、塔松和野酸棗中間，
腳踩著積雪和落葉，才能在重重
的喘息聲中，聽到我想聽到的詩。〔註89〕

　　詩歌將超現實主義創作喻為「火車」，詩人孫文波在開篇處提到「語言的
火車轟隆隆駛過」，中間提到「轟隆隆的火車拐過一座山」，結尾又提到「我
還要向山上再走一段」，以現代化的交通工具隱喻超現實主義創作的時代特
徵，同時彰顯出詩句的速度感。「閃動」一詞，表現了超現實主義寫作的無意
識和自動化特質。圍繞「閃動」，形容詞「寂靜」和名詞「聲音」成為全詩
中閃現次數最多的語詞。「周圍又是寂靜。這是枯黃玉米杆／提供的寂靜，也
是黛色山峰提供／的寂靜。最主要的，是我的內心／要求寂靜。我渴望在寂
靜中聽見」中「寂靜」共出現 5 次，在「枯黃玉米杆」、「黛色山峰」和「內

<hr>

〔註89〕孫文波：《獻給布勒東》，《與無關有關》，重慶：重慶大學出版社，2011 年版，
　　　　第 185 頁。

心」三個空間中跳躍；而詩句「語言的聲音，也許它是一隻貓在／房頂走動
的聲音；也許，它是花／靜靜開放的聲音；也許它什麼都／不是，只是玻璃
被風擦出的聲音。／我聽著這些聲音心裏映現出另外／的圖景——一個叫小
提琴的女人」中「聲音」則出現 4 次，分別閃動在「貓」、「花」、「風」和「心
裏」中。詩句多處使用逗號或者句號隔開，採用二字或者三字頓，推進了詩
歌的節奏。而又多停頓在「寂靜」和「聲音」處，延長了語詞「閃動」的時
間，彰顯了超現實主義創作的先鋒性，同時體現出「一種語言在另一種語言
中發生作用，並在此產生了一種新語言，一種聞所未聞的幾乎像外語的語
言。」〔註90〕

　　同樣頗具典型性的是安琪的《像杜拉斯一樣的生活》，將個人經驗融入法
國小說家、劇作家和電影導演杜拉斯的先鋒語言。隨著 1985 年王東亮率先翻
譯出杜拉斯的小說《情人》，1985～1989 年間，僅《情人》就共出現 4 種譯本。
1990 年代，電影《情人》在中國熒幕的上映、言必稱杜拉斯的衛慧因出版《上
海寶貝》甚至引發了對美女作家的討論，1996 年杜拉斯去世再次掀起杜拉斯
熱。杜拉斯在中國大陸的風靡，既是她個人情感生活反射出的光芒，也是她
創作中凸顯的人性關懷、身體意識和敘事手法與 1990 年代中國文學的一次交
匯。1980 年 66 歲的杜拉斯與年僅 27 歲的雅恩－安德烈那·斯泰納相戀，1984
年她將自己少女時代的初戀寫入《情人》並摘得龔古爾文學獎。進入年邁階
段，她仍然對藝術抱有高度熱情。其卓越的藝術成就和傳奇的戀情，都深深
地吸引著中國讀者：

> 可以滿臉再皺紋些
>
> 牙齒再掉落些
>
> 步履再蹣跚些沒關係我的杜拉斯
>
> 我的親愛的
>
> 親愛的杜拉斯！
>
> 我要像你一樣生活
>
> 像你一樣滿臉再皺紋些
>
> 牙齒再掉落些

〔註90〕　〔法〕吉爾·德勒茲：《批評與臨床》，劉雲虹、曹丹紅譯，南京：南京大學
　　　　出版社，2012 年版，第 212 頁。

> 步履再蹣跚些
> 腦再快些手再快些愛再快些性也再
> 快些
> 快些快些快些我的杜拉斯親愛的杜
> 拉斯親愛的親愛的親愛的親愛的親
> 愛的。呼——哧——我累了親愛的杜拉斯我不能
> 像你一樣生活。〔註91〕

　　被冠以「新小說派」之名的杜拉斯，從宏觀的敘事結構而言，她常常打破順敘，而採用插敘或者倒敘，將多重場景交叉呈現出來。而從微觀的句式而言，她反覆的表述，「這種表述不符合約定俗成的語言習慣，而是在紙上逐字逐句建立起一種特殊的表達方式，一種作家獨家使用的語言。換句話說，語句超出了語言的語法規則，可以呈現出多種表達方式。符號的各種意義闡釋是通過語句實現的」〔註92〕，以重複的方式不斷破壞詩句的連貫性，「杜拉斯的文本具有多種記錄表達方式——『詞』既同時表示管風琴演奏，又表示聲音或樂器的音階——，因此，文本有著書籍、電影、戲劇、錄音帶的多種功能，最大可能地發揮它們的潛在作用」〔註93〕。在詩篇的結尾處，詩人安琪借用杜拉斯獨具辨識力的斷句方式，打破語序，拆解語詞，以接近非理性的方式，交錯出與詩人安琪相契合的懷疑、猶豫而分裂的生活狀態和情感心理。

　　如上所陳，詩人通過贈詩的方式，表達了一種「詩歌崇拜」，即「發生在八九十年代期間詩歌被賦予以宗教的意蘊、詩人被賦予以詩歌的崇高信徒之形象的文學現象，以及這個現象背後的文化因素。『崇拜』在這裡相當於英文中的『Cult』，具有強烈的宗教狂熱的意涵。『詩歌崇拜』表達一種基於對詩歌的狂熱崇拜、激發詩人宗教般獻身熱情的詩學。這種詩歌崇拜衍生了一套體現在宗教詞彙和意象上的論述」〔註94〕。一方面，對死亡的虔敬是詩歌崇拜

〔註91〕　安琪：《像杜拉斯一樣生活》，《像杜拉斯一樣生活——安琪詩集》，北京：作家出版社，2004年版，第14頁。

〔註92〕　范榮：《杜拉斯的寫作：句子、場景、敘事——米萊伊・卡勒－格呂貝爾教授訪談錄》，《法國研究》，2012年第3期，第3頁。

〔註93〕　范榮：《杜拉斯的寫作：句子、場景、敘事——米萊伊・卡勒－格呂貝爾教授訪談錄》，《法國研究》，2012年第3期，第7頁。

〔註94〕　〔美〕奚密：《從邊緣出發：現代漢詩的另類傳統》，廣州：廣東人民出版社，2000年版，第207頁。

的表現方式之一，消費文化時代詩神的沒落催促著漢語詩人重新尋找新的精神皈依；另一方面，對先鋒詩聲音的借用，則更為直接地從語詞抵達了心理的崇拜。但變調，更是回答，只有從先鋒詩人的語音、語調、語法和辭章結構中回歸到自我的情感心理，才能夠找到個人的聲音歸屬，「向你們這些就著藍色晨曦並且受到了一支燭光鼓舞的辛勤閱讀者致敬／向你們這些黑暗中的默誦與月光中的朗誦者致敬！／尤其是向那些能夠大聲地讀出節奏並且能夠把握內在韻律的人致敬」〔註95〕。

二、混雜語體：復興的傳統形式

　　1990 年代以來一種重要的詩歌創作傾向就是跨文體寫作（混合性寫作）、「『混雜』的語言」。陳均曾對「跨文體寫作」（又稱「混合性寫作」）詞條進行梳理，他提出 1990 年代以來詩人打破詩歌與散文、戲劇、小說的界限，「將其他文類的形式和詩歌的精神雜糅在一起，從而體現一種新的寫作可能性」〔註96〕。姜濤提出「『混雜』的語言」，「從文學社會學的角度看，內在的詩歌語言與外部生活語言的相互滲透，表明了一個文本的社會歷史性，即：它是「發生在具體的社會語言環境中的，與代表不同集團，甚至是相互衝突的社會方言形成互文性關係，其中的吸收、戲擬、改造等，恰恰是意識形態、社會學批評可能的切入點」〔註97〕。筆者使用混雜語體一詞，並不涉及散文、小說和戲劇這種文體的綜合，而是指多種語體混合而成的詩歌創作方式，這其中，語體包括口頭語體和書面語體，而書面語體又分為法律語體、科技語體、文藝語體、新聞語體、政論語體、網絡語體等。在 1990 年代以來的漢語新詩中，最為常見的就是對引文、日記體、公文體、箴言體、古文體等書面語體的借用。混雜語體的寫作方式是對傳統形式的復興，體現的是詩人向詩歌文體發出的挑戰，也是通過互文性的借音以完成歷史想像。詩人試圖通過展開歷史畫卷以拓展文本的容量，形成與傳統的對接。在這一過程中，詩人借助失去的語音、語調、辭章結構和語法回歸到歷史，渴望與傳統形成跨時

〔註95〕劉漫流：《詩人惠特曼致九十年代的中國讀者》，楊克主編：《90 年代實力詩人詩選》，桂林：灕江出版社，1999 年版，第 137 頁。

〔註96〕陳均：《90 年代部分詩學詞語梳理》，王家新、孫文波編：《中國詩歌：九十年代備忘錄》，北京：人民文學出版社，2000 年版，第 403 頁。

〔註97〕姜濤：《「混雜」的語言：詩歌批評的社會學可能──以西川〈致敬〉為分析個案》，張桃洲、孫曉婭主編：《內外之間：新詩研究的問題與方法》，北京：社會科學文獻出版社，2012 年版，第 171 頁。

空的對話。

　　首先，典籍、注解等形式滲入到新詩文本，打破時空的界限，呈現出詩人與歷史的對話，「90年代，詩人則更願意在寫作中呈現出這種關係（詩同人性、時間、存在的關係）在具體時間和空間中的樣態，使之由景象、細節、故事的準確和生動來體現，力求做到對空洞、過度、囂張的反對。……現在，構成詩歌的已不再是單純的、正面的抒情了，不單出現了文體的綜合化，還有諸如反諷、戲謔、獨白、引文嵌入等等方法亦已作爲手段加入到詩歌的構成中」〔註98〕。侯馬的《他手記》、柏樺的《水繪仙侶——1642～1651：冒辟疆與董小宛》、西川的《個人好惡》等幾本詩集的出版，都將隻言片語的詩論、注釋、典籍、散文等形式與詩歌文本交叉排列，在有限的文本空間中採用多種語體，這無疑爲詩歌的體式帶來新的挑戰。其中，柏樺的《水繪仙侶——1642～1651：冒辟疆與董小宛》，直接與冒辟疆的兩篇文章《影梅庵憶語》和《夢記》形成互文，通過組詩和注釋的互相詮釋，縱觀博覽古今中外之名篇，將現實與歷史想像、個人經驗融爲一爐，重新描繪出主人公冒辟疆與董小宛的相遇相知、日常生活和愛情悲劇。詩句「甜熱的香呀繞梁不已，／夾著梅花和蜜離的氣味，／也混合著我們身體的氣味」〔註99〕，柏樺在注釋52中，從冒辟疆對氣味的敏感出發，延伸出包括普魯斯特、柯萊蒂、伍爾夫、喬伊斯等一系列作家筆下的氣味書寫，並透析氣味與記憶的關係。如上所述，通過復興典籍、注釋等傳統形式，詩人一方面想要激活一種歷史書寫的快感，以緩解詩歌創作的焦慮情緒；另一方面則希望通過復興傳統形式，融入當下的時代意識，實現主題、意象、語言等方面在歷史與現實之間的拼貼和對接。

　　另外，日記體、公文體、箴言體等的植入，更新了詩歌的文體樣式，將敘述的腔調融於表達的內涵中，在個人的生命成長經驗與歷史話語之間尋找對接。正如西川所云，「我想有時，我甚至寫到了詩歌這種文體的邊緣，也許已經越界了——這也就是說，我也許在寫反詩歌了；也許我正在寫一種既不是詩歌也不是散文的東西：它介乎詩歌與散文之間、文學與歷史之間、歷史

〔註98〕孫文波：《我理解的90年代：個體寫作、敘事及其他》，王家新、孫文波編：《中國詩歌：九十年代備忘錄》，北京：人民文學出版社，2000年版，第14頁。

〔註99〕柏樺：《水繪仙侶——1642～1651：冒辟疆與董小宛》，北京：東方出版社，2008年版，第5頁。

與思想之間。我內心需要這樣一種東西，能在智力上覺得過癮。」〔註100〕於是，詩人帶著懷舊和創新的雙重心態，建制出復興的傳統形式。柏樺的《備忘一則：紫式部瞧不起清少納言》將紫式部非議清少納言的一段文字摘錄下來，在心理對話中，成為一次閱讀的記憶；侯馬的詩歌《身份證》，採用公文體的表格形式，「用尺子打上格／填寫／姓名：侯牛／年齡：九歲／學校：東方紅小學／還畫了一個小腦袋／算是標準像」〔註101〕，在描畫弟弟心態的同時，也實現了對自我身份的懷疑。西川在《致敬》中採用箴言體，「法律上說，那趁火打劫的人必死，那掛羊頭賣狗肉的人必遭報應，那東張西望的人陷阱就在腳前，那小肚雞腸的人必遭唾棄。而我不得不有所補充，因為我看到飛黃騰達的猴子像飛黃騰達的人一樣能幹，一樣肌肉發達，一樣不擇手段」〔註102〕，以「『先知』的口吻，凌駕的視角、箴言的體式、莊重的節奏等，都是為世界提供一種穩定的『知識表述』」〔註103〕。

再有，以擬古的方式，採用古詩的語言形式，容納現實的經驗，回歸詩歌的古典傳統，挖掘詩體形式延續的歷史可能。使用古詩體，如絕句詩的化用，在短小的詩體中實現漢語的功能，王敖的《子夜歌》「誰在生命的中途，賜予我們新生，讓失望而／落的／神話大全與絕句的花序，重回枝頭　中年的搖籃，蕩漾著睡前雙蛇的玩具，致酒／水含毒／遙呼空中無名的，無傷的夜，是空柯自折一／曲，讓翡翠煎黃了金翅」〔註104〕，在為絕句招魂的同時，追問漢語新詩形式的歸宿。蕭水的《南潯古鎮》中，「她的身體，已經像梅乾菜裏混了一兩團肥肉，／但她在湖光橋影中，熟練地晃出三隻手指／然後，她退回桃花掩映的屋裏，不時空對著巷子／想著那些碎落在牆角的，白裏透紅、鮮嫩多汁的時節」〔註105〕，以古典詩歌的四絕形式展開，白話入詩，將女性的身體幻化入古鎮的遐想中，傳統女性形象與漢語的意蘊融為一體，古樸中透著幾分韻致。另外，除直接借用古詩形式外，還將古典的語音、語調

〔註100〕西川：《這十年來》，《詩刊》，2011 年 9 月號（上半月刊），第 9 頁。

〔註101〕侯馬：《身份證》，《他手記》，南京：江蘇文藝出版社，2008 年版，第 24 頁。

〔註102〕西川：《深淺：西川詩文錄》，北京：中國和平出版社，2006 年版，第 8 頁。

〔註103〕姜濤：《「混雜」的語言：詩歌批評的社會學可能——以西川〈致敬〉為分析個案》，張桃洲、孫曉婭主編：《內外之間：心事研究的問題與方法》，北京：社會科學文獻出版社，2012 年版，第 175 頁。

〔註104〕王敖：《子夜歌》，《王道士的孤獨之心俱樂部》，南京：南京大學出版社，2013 年版，第 324 頁。

〔註105〕蕭水：《南潯古鎮》，《中文課》，臺北：釀出版，2012 年版，第 150 頁。

和語彙等融入地域性〔註106〕。新世紀以來，詩歌創作群體以及詩歌民刊較多集中於南方地區，南方詩人常常將季候、飲食、習俗和風物，幻化在詩句中，頗富古意。他們從本土出發，融入個體的生命體驗，潑灑出一副古韻流溢的地域性圖景，在為這一階段的漢語新詩創作提供了幾分古雅的韻味時，也為詩歌返歸傳統、追蹤漢語詩歌的歷史文化底蘊提供了重要的依據。詩人潘維生於浙江湖州，在幽閉的墓穴、石棺、鬼魂、尼姑庵中，他總能尋訪到那淒美的女子，和她們穿越百世的故事，「根據一隻龍嘴裏掉落的繡花鞋，／和一根絲綢褪色的線索，／我找到了你，在清涼之晨，在荒郊野外：／你的墳墓簡樸得像初戀的羞澀，／周圍的青山綠水滲透了一種下凡的孤獨，／在我小心翼翼的目光無法觸摸之處，／暗香浮動你姐妹們的名字：蘇小小、綠珠、柳如是……」〔註107〕。木窗櫺、銅鏡、木梳、梳妝匣、青豆、糖糕、炮竹，詩人潘維在煙雨暮靄的寂冷中，幾近淹沒而又還原出生活的舊景，與現實生活參差參照，有種置身其中的憐惜和生動感，「每當夜風吹過，就會有一陣土腥彌撒／水鄉經過染坊的漂洗，／成了一塊未出嫁的藍印花布。」〔註108〕同樣，生於安徽桐城的陳先發秉承著質樸的桐城遺風，與這片土地結下了極深的文化淵源。無論是《前世》中「只有一句尚未忘記／她忍住百感交集的淚水／把左翅朝下壓了壓，往前一伸／說：梁兄，請了／請了——」〔註109〕，還是《秋日會》中「你不叫虞姬，你是砂輪廠的多病女工。你真的不是／虞姬，寢前要牢記服藥，一次三粒。逛街時／畫淡妝。一切，要跟生前一模一樣」〔註110〕，陳先發的詩句雜糅進現實與歷史雙重經驗，將女子的悽愴感形象地與歷史畫卷相應和。

　　總之，混雜語體指向的是傳統與現代的對接，同時也是歷史與現實的對話，彰顯出這一階段漢語新詩創作的歷史想像意識。但顯然，歷史的想像並

〔註106〕柏樺：《左邊：毛澤東時代的抒情詩人》，南京：江蘇文藝出版社，2009年版，第269頁。柏樺提到七位詩人以不同的聲音構成的吳語之美，比如「長島的聲音嚴謹而有章法，顯得秩序井然」、王寅的聲音優雅而有控制力等。

〔註107〕潘維：《梅花酒》，《潘維詩選》，杭州：浙江文藝出版社，2008年版，第122頁。

〔註108〕潘維：《立春》，《潘維詩選》，杭州：浙江文藝出版社，2008年版，第161頁。

〔註109〕陳先發：《前世》，《寫碑之心》，武漢：長江文藝出版社，2011年版，第18頁。

〔註110〕陳先發：《秋日會》，《寫碑之心》，武漢：長江文藝出版社，2011年版，第57頁。

不一定能夠通過詩歌自身就可以解決，而是需要結合歷史與詩歌的內在有機性，真正意義上實現傳統文化的傳承，可見，「包括西川在內當代少數有抱負的詩人，正在挑戰詩歌的文體限度，不只是掃描歷史風景，而是嘗試真正進入其內部，用詩歌的方式去嚴肅應對重大的思想、歷史、政治文體，鍛造『此時此地』的歷史想像力。這種歷史想像力的培植，並非是詩歌自身可以解決的，需要不同領域的人文知識分子的聯合，應該自覺恢復包括詩歌在內的文學寫作與思想、歷史寫作的內在有機性」〔註 111〕。但就漢語新詩的創作趨向來看，混雜語體已經構成互文性主題不可忽視的創作現象。

上文通過分析「回答」先鋒詩的變調與復興傳統形式的混雜語體，能夠看出，1980 年代以來，互文性的借音無處不在，這一方面體現出詩人在歐化資源與本土經驗之間的選擇和掙扎，另一方面也突出了詩人在詩歌技藝上的焦灼和探索。但互文性並非簡單的戲擬或者模仿，重要的是「我們能否咬準那個神秘的發音？我們能否進入到一種生命內部，精確無誤地確立其語感、音質、呼吸的節奏和氣息？」〔註 112〕一方面，互文性產生於共通的語境，「世界詩已進入我們，我們也已進入了世界詩。的確有一種共同的世界詩存在，這裡沒有純中國詩，也沒有純西方詩，只有克里斯蒂娃所說的一種『互文性』，只有一種共通的語境」〔註 113〕。另一方面，詩人既表現出對歷史傳統的想像態度，也試圖通過挖掘出隱藏於形式的另一個生命體，與自我的生命節奏相互交融，實現語言與情感形式的協奏。

小　結

1980 年代以來漢語新詩的歷史語境發生了變化，詩歌的主題也發生了變化，聲音也是對具體歷史語境下主題的回應。社會政治、經濟、文化的變遷，對詩人的情感心理和思維模式都產生了影響，使得聲音呈現出「無規則的，無管制的聲音」〔註 114〕，但因為語言系統的重新組合，「它不再束縛於穩定意

〔註 111〕姜濤：《詩歌想像力與歷史想像力——西川〈萬壽〉》，《讀書》，2012 年第 11 期，第 155 頁。

〔註 112〕王家新：《翻譯文學、翻譯、翻譯體》，《在你的晚臉前》，北京：商務印書館，2013 年版，第 218 頁。

〔註 113〕柏樺：《回憶：一個時代的翻譯和寫作》，北島：《時間的玫瑰》，北京：中國文史出版社，2005 年版，第 5 頁。

〔註 114〕Charles Bernstein: *Close Listening*, New York: Oxford University, 1998, p. 75.

義中的穩定系統」，而表現得更爲多元化。漢語詩人在詩歌場域中作爲參與者有著自主性，他們「在結構中尋找開放，在制約下表現個性。」〔註115〕其中，對抗性主題既呈現出對朦朧詩人樹立的晦澀、難懂的美學原則的反叛，同時也體現出對傳統思維模式發出的挑戰。女性詩歌的崛起是一道獨特的風景線，愛欲書寫的細音和公共書寫的泛音，成爲這一時期最爲突出的兩種女性發音方式。互文性是漢語新詩初創期就呈現出的一種聲音構成方式，進入 1980 年代以後，在本土與歐化資源的衝突中，互文性重獲生機。總而言之，形式有其發生的環境，詩人在環境中創造著形式，並且與環境共同呼吸，「一種確定的風格不只是形式生命中的某個階段，也不是生命本身：它是形式的環境，同質的、一致的環境，人類就是在這環境中活動與呼吸。」〔註116〕儘管本文提到的反傳統主題的抗聲、女性主題的音域和互文性主題的借音並不能全盡這一階段聲音的主題類型，但卻具有相當的典型性，它們共同構成了 1980 年代以來漢語新詩的聲音景觀。

"Noice as wayward, unregimented sound."

〔註115〕〔美〕奚密：《楊牧：臺灣現代詩的 Game-Changer》，《臺灣文學學報》，2010年 12 月第 17 期，第 5 頁。

〔註116〕〔法〕福永西：《形式的生命》，陳平譯，北京：北京大學出版社，2011 年版，第 62 頁。

第四章　聲音的意象顯現

　　後一種字音本身與意義原不相聯屬，不過因爲習用久了，我們聽到某一音便自然而然聯想到某一義，因而造成一種音義間不可分離的幻覺——雖然是幻覺，加入成爲普遍的現象，對於詩底理解和欣賞也是一種極重要的元素。

——梁宗岱：《談詩》

　　沈亞丹提到：「如果說詩歌中的聲音形式的音樂化是在語音、語調中實現的，那麼詩歌內在情緒音樂化則是通過空間意象對於時間的標示實現的。」[註1] 一方面，聲音通過空間意象實現內在情緒的音樂化；另一方面，這種內在情緒的音樂化又通過語音、語調、辭章結構和語法表現出來。儘管 1980 年代以來的漢語新詩以反意象爲開端，但反意象並不意味著完全取消意象，有相當一部分詩人更注重意象與聲音的互動。本章通過分析 1980 年代以來較爲突出的意象，從其穩固的語義內涵中，考察詩歌的聲音特點，即「太陽」意象呈現出的同聲相求的句式，「鳥」及其衍生意象呈現出的升騰的語調，「大海」意象中呈現的變奏的曲式，「城」及其標誌意象呈現出的破碎無序的辭章。

第一節　同聲相求的句式——以「太陽」意象爲中心

　　蔡宗齊提出：「韻律結構是怎樣深深地影響抒情結構呢？兩者不可分割的關係是怎樣形成的呢？在古今的詩學著作之中，我們似乎很難找到這些問題

〔註1〕 沈亞丹：《寂靜之音：漢語詩歌的音樂形式及其歷史變遷》，上海：上海人民出版社，2007 年版，第 76 頁。

的答案。筆者認爲，韻律結構與抒情結構（本文成爲「韻律節奏」與「詩境」）脫節的原因是，我們完全忽視了聯繫兩者的紐帶」〔註2〕。他認爲，句式是連接韻律結構與抒情結構的紐帶，通過句式形成的時空、主客關係，與韻律節奏不可分割。事實上，漢語單句的句型結構包括主謂句和非主謂句，其中主謂句可分爲名詞謂語句、動詞謂語句、形容詞謂語句和主謂謂語句，動詞謂語句又有把字句、被字句、連謂句、兼語句、雙賓句等。筆者認爲，1980 年代以來，漢語新詩與「太陽」意象相關的句式，相當能夠說明這種韻律結構與抒情結構之間的關係。當然，在漢語新詩中，「太陽」意象向來備受詩人的青睞〔註3〕，但 1980 年代以來的漢語新詩在表現這一意象時，由於其內涵發生了變化，聲音也隨之發生了變化。詩人運用一種句式貫通全篇，例如，廖亦武的《樂土》中，「太陽啊，你高唱」採用主謂謂語句式，由小謂語「高唱」延伸出詩篇的內容，在集體意識中高歌君王；江河的《太陽和他的反光》中，「否則他不去追太陽」採用連謂句式，由動賓短語「追太陽」延伸出詩篇的內容，用以追尋傳統文化；海子的《日出》中，「太陽，扶著我站起來」採用兼語句式，由兼語「我」延伸出詩篇的內容，用來表達超越出現實社會體制之外的浪漫主義理想情懷。本節通過考察廖亦武、江河和海子的詩歌文本，管窺與「太陽」意象有關的同聲相求的句式，從中發現因同樣的聲音所產生的集體的感應和共鳴。

一、主謂謂語句式：「太陽啊，你高唱」

廖亦武作爲新傳統主義詩歌流派的發起人之一，他提到：「我們否定舊傳

〔註2〕 蔡宗齊：《古典詩歌的現代詮釋——節奏、句式、詩境（理論研究和〈詩經〉研究部分）》，《中國文哲研究通訊》，2010 年第 20 卷第 1 期，第 17 頁。蔡宗齊區分出漢語的兩種基本句型，即主謂句和題評句（非主謂句）。漢語造句，總是遵循「時空—邏輯原則與類推—聯想原則」。其中，按照「時空—邏輯原則與類推」，組成部分或者完全的主謂句；按照「邏輯原則與類推—聯想原則」，組成題評句，再現作者的可感可思。（關於這點亦可參照蔡宗齊：《節奏　句式　詩境——古典詩歌傳統的新解讀》，李冠蘭譯，《中山大學學報》（社會科學版），2009 年第 2 期，第 27～28 頁。）

〔註3〕 郭沫若的《太陽禮贊》、《點火光中》、《光海》等，艾青的《太陽》、《向太陽》、《野火》等詩篇中都反覆出現「太陽」意象，主要表現光明、理想和希望；十七年漢語新詩中「太陽」隱喻的是紅色革命，比如郭小川的《望星空》、公劉的《太陽的家鄉》等；朦朧詩歌中「太陽」象徵的反意識形態的咒日觀念，如北島的《太陽城札記》、芒克的《太陽落了》和多多的《致太陽》等。

統和現代『辮子軍』強加給我們的一切，我們反對把藝術情感導向任何宗教和倫理，我們反對閹割詩歌。語言之花嬌弱而燦爛，其本身經歷著誕生、生長、衰老至死亡的過程。」〔註4〕詩人試圖衝破被官方意識形態束縛的語言，而回歸到語言自身的文化傳統。在中國傳統文化中，「太陽」有著君王的象徵，比如語詞「日馭（御）」指的就是神話中駕馭日車的義和，常用來比喻君王的車駕。組詩《樂土》的選章《歌謠》中，正午的「太陽」象徵著君王，同時顯現出集體的力量，詩人反覆使用主謂謂語句式「太陽啊，你高唱」引領詩篇：

> 但是一切都是幻象，那熱情的王冠最終屬於
> 　誰？
> 太陽啊，你高唱，漩渦被你的悲聲麻醉
> 大口吸食空氣中的毒素，猶如一窩窩剛出殼
> 　的小蛇
>
> 太陽啊，你高唱。曲調豁開遠海的肚子
> 崛起的新地像紫色的肉瘤，密佈血脈
> 那些未來之根
>
> 水夫們向天空伸出八十一隻手臂
> 他們的血裏滲透著太陽的毒素，最莊嚴的深淵
> 　　在他們心裏
> 他們因此被賦予主宰自然的權力
>
> 而那接近太陽、雙臂合一的魁首，是公認的
> 　永生者〔註5〕

廖亦武的《樂土》，凝聚了悲苦和激情的力量，詩人追問「現在該輪到太陽悲哀了／它的歌謠唱到：「我延續的是誰？」」〔註6〕這種疑慮始終存在著，詩人試圖獲得歷史的傳承，如第一行中寫道：「但是一切都是幻象，那熱情的

〔註4〕徐敬亞、孟浪等編：《中國現代主義詩群大觀 1986~1988》，上海：同濟大學出版社，1988年版，第145頁。

〔註5〕廖亦武：《歌謠》，溪萍編：《第三代詩人探索詩選》，北京：中國文聯出版公司，1988年版，第184頁。

〔註6〕廖亦武：《歌謠》，溪萍編：《第三代詩人探索詩選》，北京：中國文聯出版公司，1988年版，第183頁。

王冠最終屬於／誰？」其中，疑問代詞「誰」分行排列，加強問句的力度，表徵著自我認同性的缺失，背離集體的聲音而尋找到自我的歸屬，成為詩人最大的焦灼。重複出現主謂謂語結構「太陽啊，你高唱」，通過謂語結構「你高唱」強調了「太陽」，感歎詞「啊」則提升了抒情效果。一句「太陽啊，你高唱」引領全篇，高歌「太陽」，又讓「太陽」高歌，詩句多次停頓，以逗號分隔開，又多在二字或者三字處頓歇，節奏顯得緊張而急促。可以說，與廖亦武的詩篇《大高原》和《大盆地》相比，在《樂土》中，詩人並沒有真正打開他的喉嚨去歌唱，而是悲憫地哽咽出無根的歌聲。從集體中掙脫而出是「文革」時期一代人的呼聲，然而，走出這片陰霾，詩人瞭望著新生的未來之根，慰藉自我嘗試著走出悲哀，詩句「崛起的新地像紫色的肉瘤，密佈血脈／那些未來之根」，「那些未來之根」顯赫地佇立，被隔離而出，形成銜接過去和未來的一塊新領地。但詩人的聲音暴露出他並沒有衝出集體力量的重重阻隔，詩歌中以「他們」作為抒情主人公，「毒素」和「權力」加載於「他們」之上，詩句停頓處彰顯出龐大的群體所面臨的苦痛和壓力。也正是因為集體共有的焦灼狀態，一直綿延於詩人廖亦武的詩歌，所以才會出現多聲部的音樂效果：

> 只有娃兒刺耳的嚎哭使哀歌悲而不傷
>
> 「婆娘們！婆娘們！！」
>
> 水夫們啃著鹹蘿蔔，打著槳，齊聲讚美著
>
> 「婆娘們！婆娘們！！」
>
> 水夫們心肝裏噙著淚〔註7〕

「婆娘們」、「水夫們」都採用複數形式，而「齊聲讚美」又突出了合唱的音樂形式。可見，借助於集體意識而生成的自我，多依賴於齊聲和鳴，故而這種聲音表現為同聲相求的句式。1980 年代以來，走出政治意識形態陰霾的詩人們渴望回到主體性的努力，可以歸結為一種追問自我的形式。查爾斯·泰勒把「自我認同」表述為「我是誰」這一涉及人在追問個體存在意義時的一項本質性問題：「對我們來說，回答這個問題就是理解什麼對我們具有關鍵的重要性。知道我是誰，就是知道我站在何處。我的認同是由提供框架或視界的承諾和身份規定的，在這種框架和視界內我能夠嘗試在不同的情況下決

〔註 7〕廖亦武：《歌謠》，溪萍編：《第三代詩人探索詩選》，北京：中國文聯出版公司，1988 年版，第 183 頁。

定什麼是好的或有價值的，或者什麼應當做，或者我應贊同或反對什麼。換句話說，這是我能夠在其中採取一種立場的視界。」〔註8〕詩人將「太陽」意象擱置於一定的歷史環境，從中可以爲「我」在群體中找到一種身份認同感。泰勒認爲，對於一個人來講，其自我認同的全面定義又是「通常不僅與他的道德和精神事務的立場有關，而且也與確定的社團有某種關係」〔註9〕可見，自我認同是在與群體的交往中獲得的，1980 年代，詩人廖亦武的創作已經有意識走出集體，並且嘗試著從詩歌的觀念上翻新。也就是說，朦朧詩人構築的價值體系是抽象的理想信仰，但卻乏力於破壞舊的而重建新的體制。但廖亦武在觀念上是具有破壞性的，他已經觸及到了集體性的消亡，並爲那些呼之欲出的新生力量尋找著「未來之根」。但遺憾的是，從聲音的角度而言，詩人在語法和用詞上，並沒有走出集體性的窠臼，這也體現了詩人從集體走向個體過程中表現出的掙扎和痛苦。

二、連謂句式：「否則他不去追太陽」

　　江河 1985 年創作的組詩《太陽和他的反光》，其中詩篇《追日》以《山海經》中記載的夸父逐日神話爲原型。傳說在中國北部的成都載天山上住著一位叫做夸父的人，他耳朵上掛著兩條黃蛇，手裏也拿著兩條黃蛇。他在西方禺谷追上了太陽，但因爲途中太渴，喝幹了東南方渭河和黃河的水，但仍不解渴，又準備去北方喝大澤的水，但卻死在途中，之後他的手杖化作一片桃林。「太陽」意味著時間和生命意識，如詩句「驚風飄白日，光景弛西流」〔註10〕，「朝陽不再盛，白日忽西幽。」〔註11〕詩人江河抓住「太陽」所隱喻的時間和生命意識，將其指向即將隕落的中國傳統文化，採用連謂句「否則他不去追太陽」，由動賓結構「追太陽」拓展出詩篇，構成一種集體式的共鳴：

　　　　上路的那天，他已經老了

〔註8〕　〔加〕泰勒：《自我的根源：現代認同的形成》，韓震等譯，南京：譯林出版
　　　　社，2001 年版，第 37 頁。

〔註9〕　〔加〕泰勒：《自我的根源：現代認同的形成》，韓震等譯，南京：譯林出版
　　　　社，2001 年版，第 51 頁。

〔註10〕　〔三國魏〕曹植：《箜篌引》，趙幼文校注：《曹植集校注》，北京：人民出版
　　　　社，1984 年版，第 460 頁。

〔註11〕　〔三國魏〕阮籍：《詠懷》，陳伯君校注：《阮籍集校注》，北京：中華書局，
　　　　1987 年版，第 310 頁。

否則他不去追太陽

上路那天他作過祭祀

他在血中重見光輝，他聽見

土裏血裏天上都是鼓聲

他默念地站著扭著，一個人

一左一右跳了很久

儀式以外無非長年獻技

他把蛇盤了掛在耳朵上

把蛇拉直拿在手上

瘋瘋癲癲地戲耍

太陽不喜歡寂寞

蛇信子尖尖的火苗使他想到童年

蔓延流竄到心裏

傳說他渴得喝幹了渭水黃河

其實他把自己斟滿了遞給太陽

其實他和太陽彼此早有醉意

他在自己在陽光中洗過又曬乾

他把自己坎坎坷坷地鋪在地上

有道路有皺紋有乾枯的湖

太陽安頓在他心裏的時候

他發覺太陽很軟，軟得發疼

可以摸一下了，他老了

手指抖得和陽光一樣

可以離開了，隨意把手杖扔向天邊

有人在春天的草上拾到一根柴禾

擡起頭來，漫山遍野滾動著桃子〔註12〕

「日」意象承載著詩人在文化傳統中尋找自我的歷史使命，如江河在
《太陽和他的反光》組詩的序言中所言：「任何民族都有自己的神話，自己心

〔註12〕江河：《追日》，《太陽和他的反光》，北京：人民文學出版社，1987 年版，第
9 頁。

理建構的原型。作為生命隱秘的啟示，以點石生輝。神話並不是提供藍圖，他把精靈傳遞到一代又一代的手指上，實現遠古夢想。」〔註 13〕整首詩歌以主謂結構為主，句式很少變化，詩人以陳述句完成每一個詩行，從語法結構層面回到傳統的古老根蒂。文化歷史的框架，在語法的第一個層級發生，而定語、狀語和補語都服務於主謂結構，比如「上路的那天，他已經老了／否則他不去追太陽／上路那天他作過祭祀」。三句當中主要以「他已經老了」，「他不去追太陽」和「他作過祭祀」為主要語義表述，在時間上讓主體「他」浮出歷史表層，同時又讓「他」埋葬於歷史，為下一代傳遞生命的火種。而重複「上路的那天」和「上路那天」則作為狀語，回到對《山海經》夸父逐日神話的講述，有如「從前有一座山」作為故事敘述的開端，只是通過狀語的重複，重返文化記憶的語言模式。詩篇在單一的陳述句中，以主謂結構為主的語法表現，也還原了「太陽」意象所隱喻的文化根部的統一。另外，主語「他」引領句法結構，所有的動詞黏著在主語上，比如「他已經老了」中副詞「已經」表示動作的完成；「他不去追太陽」連謂動作「去」和「追」，表明第二個動作「追」的方向；「他在血中重見光輝」中的「在血中」介詞短語做狀語補充動作，這些語詞以輔助動詞的發生和完成。詩人又運用了使動句「蛇信子尖尖的火苗使他想到童年」以突出動作是在指示和命令中發生的，而把字句「其實他把自己斟滿了遞給太陽」以呈現動作完成的儀式化。最後，詩人重複動態助詞「了」，「可以摸一下了」、「他老了」和「可以離開了」更說明了動作的已然狀態，語言的發生是在歷史化過程中完成的。由此能夠看出，詩人在表現主體「他」時，動詞本身需要借助於歷史（「了」），並以命令（使動句）的方式去實現，可以說，這是一種對主體的限制。在同聲相求的句式中，詩人的聲音保持平穩的語調，顯得內斂而深沉。可見，原有的價值體系和思維習慣被打破後，必然需要經歷一段艱苦而孤獨的探索時期去積澱個人化的生命體驗。「太陽」本身指向的永恆精神，使得詩人去尋找無限的語言表達方式，但卻又被鉗制在歷史化的過程中，以至於詩人只能回到過去，而不是指向自我的當下體驗，故而缺乏真正意義上的語言爆發力。

〔註13〕江河：《太陽和他的反光》小序，老木編：《青年詩人談詩》，北京：北京大學五四青年社，1985 年版，第 26 頁。

三、兼語句式：「太陽，扶著我站起來」

　　海子推崇「意象與詠唱的合一」〔註14〕，在他的詩歌中，「太陽」意象更多以幻象的方式頻繁出現。如他在 1983 寫完初稿、1989 年 3 月修改過的詩歌《春天》中，寫到「太陽，你那愚蠢的兒子呢？」〔註15〕又如在 1987 年的《祖國（或以夢爲馬）》中，他寫著「我的事業，就是要成爲太陽的一生。」〔註16〕海子閱讀了大量的原始古籍，其中包括《山海經》中記載的太陽神故事。同時，海子還在《耶穌轉》、《耶穌在印度》、《聖經》等西方文化書籍中接觸過太陽神的傳說。〔註17〕詩人自詡爲「太陽」，它象徵著自由意志和詩歌精神，更預示著集體儀式的死亡和個體生命意識的掙扎，「太陽就是我，一個好動宇宙的勞作者，一個詩人和注定失敗的戰士。」〔註18〕1987 年，海子醉後寫出的短詩《日出——見於一個無比幸福的早晨的日出》，在光的幻象中看到死亡盡頭的光照，正如車爾尼雪夫斯基所云：「自然界中最迷人的，成爲自然界一切美的精髓的，這是太陽和光明。」〔註19〕「太陽」是萬物生長之源，它象徵光明普照，如屈原所說，「日安不到，燭龍何照？羲和之未揚，若華何光？」〔註 20〕光照是「太陽」意象的基本內涵，與廖亦武的正午「太陽」不同，與江河的西落之日也不同，海子表達的是黎明初升的「太陽」，在兼語句「太陽，扶著我站起來」中，詩人緊扣兼語「我」引領全篇，與「太陽」意象的幻景交相呼應，正如戈麥在《海子》中所理解的「一切都源於謬誤／而謬誤是成就，是一場影響深遠的幻景」〔註21〕：

〔註14〕海子：《日記》，西川編：《海子詩全集》，北京：作家出版社，2009 年版，第 1028 頁。

〔註15〕海子：《春天》，西川編：《海子詩全集》，北京：作家出版社，2009 年版，第 529 頁。

〔註16〕海子：《祖國（或以夢爲馬）》，西川編：《海子詩全集》，北京：作家出版社，2009 年版，第 435 頁。

〔註17〕邊建松：《海子詩傳：麥田上的光芒》，南京：江蘇文藝出版社，2010 年版，第 127 頁。

〔註18〕海子：《動作》，西川編：《海子詩全集》，北京：作家出版社，2010 年版，第 1035 頁。

〔註19〕〔蘇〕車爾尼雪夫斯基：《現代美學批判》，《車爾尼雪夫斯基論文集》中卷，辛未艾譯，上海：上海譯文出版社，1979 年版，第 34 頁。

〔註20〕屈原：《天問》，〔宋〕朱熹集注：《楚辭集注》，上海：上海古籍出版社，1979 年版，第 57 頁。

〔註21〕戈麥：《海子》，西渡編：《戈麥詩全編》，上海：上海三聯書店，1999 年版，第 294 頁。

在黑暗的盡頭

太陽，扶著我站起來

我的身體像一個親愛的祖國，血液流遍

我是一個完全幸福的人

我再也不會否認

我是一個完全的人我是一個無比幸福的人

我全身的黑暗因太陽升起而解除

我再也不會否認　天堂和國家的壯麗景色

和她的存在……在黑暗的盡頭！〔註22〕

　　開篇出現的兩句「在｜黑暗的｜盡頭」和「太陽，｜扶著我｜站起來」，構成兩種對立的結構，即「黑暗」與「太陽」，「盡頭」與「站起來」，「太陽」擱置於兩句中間，詩人將色調的明暗搭配作為起點，又以絕望的「盡頭」與希望的「站起來」作為終點。語詞的停頓，佔據了不同的空間，正隔離出死亡和生命的界限。在詩人看來，這種分界，是主體性最為強烈的精神回歸，它是徹底而完全的。因此，在以下 6 句詩行中，都以「我」作為領字，抒情主體連續出現，無限地延伸了語詞本身的力量。這種表達方式，在朦朧詩中並不乏其例，甚至可以說，在聲音表達方面，海子的詩歌與「文革」時代的地下詩歌有著根本的銜接，即通過排比的修辭方式，延長抒情的時間，將個人的情緒表達推向極致。海子的詩隔離出外界的雜音，從身體內部發出聲音，「我的身體像一個親愛的祖國，血液流遍」。這裡「像一個親愛的祖國」處於附屬地位，它位於語法結構的次級，出現在「我的身體」之外。詩句中修飾語後置，語義重心轉移使得發音變得相對輕快，所有的外力都指向「我的身體」。之後，詩人採用停頓，「血液流遍」一詞再次回到「我的身體」，而忽略修飾語的存在。在詩人的意識中，「祖國」作為集體力量，並不能破壞身體的秩序。從這個句式中，也能夠看出詩人掙扎著從「發現人」到真正意義上「回歸人」。在此意義上，「我是一個完全幸福的人」，「我再也不否認」，「我是一個完全的人我是一個無比幸福的人」一次又一次地出現「我」，其實質更是「我的身體」，以至於我的靈魂。因為只有剝離開外在生存環境的干擾，透過自然狀態的體驗，才能回到「我」，完全地感受到痛苦、悲愴、絕望和死亡。這種

〔註22〕海子：《日出》，西川編：《海子詩全集》，北京：作家出版社，2009 年版，第
　　　　356 頁。

源發於自我的極端化體驗，是在社會體制和政治意識形態中無法獲得的。詩歌最後再次提到意象「太陽」，也只有「太陽」能夠承擔詩人在瀕臨崩潰、碎裂的臨界點狀態時所產生的精神體驗，「我全身的黑暗因太陽升起而解除」，詩句使用了因果連接詞語「因……而……」，語義的重心擱置於「太陽升起」部分，只有將自我的身體與「太陽」類比時，詩人才感受到「我全身的黑暗」被「解除」。詩歌在最後部分，語言跟隨著身體、精神將情感完整地發揮出來。「我再也不會否認　天堂和國家的壯麗景色」，詩人在「不會否認」處停頓，在停延的過程中，一切被隔離出的身體和精神的體驗得到了填充，於是，「天堂」和「國家」才能夠並置，這取決於詩人完全地回到了主體。末句「和她的存在……在黑暗的盡頭！」，分行的詩句賦予「她」獨立的空間，詩人使用省略號延宕在想像的語詞中，互入詩人疼痛的骨髓；使用感歎號，在語氣上哀嚎驚呼，撕裂的疼痛感充斥著詩人的情感世界，與「太陽」一起冉冉升起，正如他的《麥地（或遙遠）》所表達的：

> 幸福不是燈火／幸福不能照亮大地／大地遙遠　清澈鐫刻／痛苦／海水的光芒／映照在綠色的糧倉上／魚群撞動

> 沙漠之上的雪山／天空的刀刃／冰川　散開大片羽毛的光／大片的光　在河流上空　痛苦的飛翔〔註23〕

如嵇康在《聲無哀樂論》中所言，「夫內有悲痛之心，則激哀切之言，言比成詩，聲比成音。雜而詠之，聚而聽之，心動於和聲，情感於苦言，嗟歎未絕，而泣涕流漣矣。」〔註24〕內心的悲痛激發出哀傷的語言，語言組織成詩篇，聲音幻化為音樂，在反覆的詠唱，這種悲痛的情緒便通過詩句顯露了出來。對詩人海子而言，幸福隱藏了人類情感的黑暗，而黑暗卻在某種意義上恢復了一個完整的人的精神世界。詩人海子誕生於悲苦的大地，他痛楚的聲線，與「太陽」同時升起於黑暗的盡頭。沒有黑暗意識的詩人，是缺乏對自由意志和詩性精神內涵理解的。而海子語詞所表達的極限體驗，無疑為理解人類精神增添了一種通往無限的知識經驗。詩人所構建的是脫離於具體環境、條件和複雜關係而僅僅與自我產生聯繫的個人化情感，類似于吉登斯所說的「脫域」，「所謂脫域，我指的是社會關係從彼此互動的地域性關

〔註23〕海子：《麥地（或遙遠）》，西川編：《海子詩全集》，北京：作家出版社，2009年版，第 410 頁。

〔註24〕吉聯抗譯注：《嵇康·聲無哀樂論》，北京：人民音樂出版社，1964 年版，第 13 頁。

聯中，從通過對不確定的時間的無限穿越而被重構的關聯中『脫離出來』」〔註25〕，這種脫域將抒情主體隔離出現實的社會秩序，而是試圖構建出自我的精神世界。

綜上，以「太陽」意象爲中心，文中截取1980年廖亦武的主謂謂語句、江河的連謂句和海子的兼語句，這些同聲相求的句式，表露出詩人從集體向個人化轉向的聲音痕迹，他們幾乎撕扯著喉嚨喊出一個歷史時代最後的詩句。自1990年代以後，隨著文化尋根意識的淡化，「太陽」意象也漸漸淡出漢語新詩。在某種意義上，恰恰說明了詩人借助於「太陽」意象所要表達的非個人化因素開始減少。詩人不再追求集體化的聲音表達，而是開始分裂爲多元化的因素。通過分析同聲相求的句式，也正印證了「太陽」意象作爲一種隱喻，更趨近於一種過渡性的時代表徵。

第二節　升騰的語調──以「鳥」及其衍生意象爲中心

「語調是一個句子中間高低、快慢、輕重、停頓的各種變化，同音高、音長、音強都有聯繫」〔註26〕。一首詩歌的語調從音節到篇章，是一系列語言符號組合的旋律，如《漢語節律學》一書中所示：「音節聲調→音步、氣群的連續變調→句調→句調群→段落語調→篇章基礎。」〔註27〕但由於其「隨文義語氣而有伸縮」〔註28〕，故而顯得缺乏穩定性。然而，「鳥」意象有著相對穩定的語義內涵，它作爲高空飛翔的生物，幾乎成了詩人們形而上追求的一個意義符號，飛行的姿勢帶有儀式化的神聖感。1990年代以來，「鳥」意象頻繁出現，包括北島、歐陽江河、西川、張棗、柏樺、鐘鳴、周倫祐、楊黎等，幾乎絕大部分詩人的作品都不乏其例。在市場經濟化的社會現實環境中，詩人們迷失甚至淪陷，渴望掙脫世俗價值觀念，尋找高遠的理想。另外，敘事性、日常生活化的詩歌書寫方向，模糊了詩歌與現實生活的界限，在此基礎上，上世紀80年代從事抒情詩寫作的詩人，進入詩歌創作的瓶頸階段。故

〔註25〕〔英〕安東尼·吉登斯：《現代性的後果》，田禾譯，南京：譯林出版社，2000年版，第18頁。

〔註26〕周殿福：《藝術語言發音基礎》，北京：中國社科文獻出版社，1980年版，第304頁。

〔註27〕吳潔敏、朱宏達：《漢語節律學》，北京：語文出版社，2001年版，第302頁。

〔註28〕朱光潛：《詩論》，上海：上海古籍出版社，2005年版，第125頁。

而，在抒情與敘事的轉換間，詩人們試圖借助「鳥」意象來傳達自我所面臨的精神和寫作困境。第三，傳統文化的斷裂，同樣讓詩人們倍感迷茫，他們追問著文化的根源，渴望尋找到文化認同與歸屬感，而「鳥」在歷史與未來之間起著重要的媒介功能。通常情況下，語調可分為「平調、升調、降調、凹曲調和凸曲調」〔註29〕，本節以周倫祐的《想像大鳥》、于堅的《對一隻烏鴉的命名》、西川的《秋天十四行》和海子的《天鵝》為例，探討詩人書寫「鳥」意象時所流露出的升騰的語調。

一、高飛：「飛與不飛都同樣佔據著天空」

在「非非」詩人群體中，周倫祐被稱為「刀鋒上站立的鳥群」，其顛覆與重構的精神在「鳥」意象中表現得尤為明顯。在詩人周倫祐的創作中，1989年的《想像大鳥》是最具代表性的作品之一。「鳥」（niǎo）作為一個音節，其聲調是上聲調，調值是 214，調型雖屬降陞型曲折調，但升的部分是 1 度到 4度，是以升為主的調值。詩篇共出現 24 次「鳥」，充分體現出「漢字主要代表的不是觀念，而是聲音」〔註30〕，詩人透過重複在聲調上就構成了一種升騰的效果。「鳥是一種會飛的東西」，無論飛還是不飛都在「天空」。「天空」是「地面以上很高很遠的廣大空間」〔註31〕，「鳥」高飛在天空，其中的「高」（gāo）、「天空」（tiānkōng），3 個音節均為高平調，調值 5 度到 5 度。「四聲之中，平聲最長」〔註32〕，故而「蓋平聲之音，自緩，自舒，自周，自正，自和，自靜」〔註33〕，由此而聯想到高飛的「鳥」意象，聯想到「天空」，聯想到與地面的距離，「鳥」的音調與展翅翱翔於高空、俯瞰大地的氣韻相交融。於是，詩人將「鳥」作為書本與天空之間的關聯點，「鳥是一個字，但又不是一個字／鳥是書本與天空之間的聯繫／一種想象形式。脫離內容之後／鳥便是我們自己」〔註34〕「鳥」只有回到天空，才能夠回到自我。首節就剝離出

〔註29〕吳潔敏、朱宏達：《漢語節律學》，北京：語文出版社，2001 年版，第 334頁。

〔註30〕〔美〕孫康宜、宇文所安：《劍橋中國文學史》上卷，劉倩等譯，北京：生活・讀書・新知三聯書店，2013 年版，第 29 頁。

〔註31〕《現代漢語詞典》（第 6 版），第 1284 頁。

〔註32〕吳梅：《吳梅詞曲論著四種》，北京：商務印書館，2010 年版，第 109 頁。

〔註33〕吳梅：《吳梅詞曲論著四種》，北京：商務印書館，2010 年版，第 110 頁。

〔註34〕周倫祐：《從具體到抽象的鳥》，《周倫祐詩選》，廣州：花城出版社，2006 年版，第 27 頁。

「鳥」的隱喻性，試圖詮釋並還原日常生活中的「鳥」：

　　　　鳥是一種會飛的東西
　　　　不是青鳥和藍鳥。是大鳥
　　　　重如泰山的羽毛
　　　　在想像中清晰的逼近
　　　　這是我虛構出來的
　　　　另一種性質的翅膀
　　　　另一種性質的水和天空

　　　　大鳥就這樣想起來了
　　　　很溫柔的行動使人一陣心跳
　　　　大鳥根深蒂固，還讓我想到蓮花
　　　　想到更古老的什麼水銀
　　　　在眾多物象之外尖銳的存在
　　　　三百年過了，大鳥依然不鳴不飛

　　　　大鳥有時是鳥，有時是魚
　　　　有時是莊周似的蝴蝶和處子
　　　　有時什麼也不是
　　　　只知道大鳥以火焰為食
　　　　所以很美，很燦爛
　　　　其實所謂的火焰也是想像的
　　　　大鳥無翅，根本沒有鳥的影子

　　　　鳥是一個比喻。大鳥是大的比喻
　　　　飛與不飛都同樣佔據著天空

　　　　從鳥到大鳥是一種變化
　　　　從語言到語言只是一種聲音
　　　　大鳥鋪天蓋地，但不能把握
　　　　突如其來的光芒使意識空虛
　　　　用手指敲擊天空，很藍的寧靜
　　　　任無中生有的琴鍵落滿蜻蜓
　　　　直截了當的深入或者退出

離開中心越遠和大鳥更爲接近

想像大鳥就是呼吸大鳥

使事物遠大的有時只是一種氣息

生命被某種晶體所充滿和壯大

推動青銅與時間背道而馳

大鳥碩大如同海天之間包孕的珍珠

我們包含於其中

成爲光明的核心部分

躍躍之心先於肉體鼓動起來

現在大鳥已在我的想像之外了

我觸摸不到，也不知它的去向

但我確實被擊中過，那種掃蕩的意義

使我銘心刻骨的疼痛，並且冥想

大鳥翱翔或靜止在別一個天空裏

那是與我們息息相關的天空

只要我們偶而想到它

便有某種感覺使我們廣大無邊

當有一天大鳥突然朝我們飛來

我們所有的眼睛都會變成瞎子〔註35〕

　　首先，詩人拋棄所指的「大鳥」，而還原能指的「大鳥」，即日常生活中的「鳥」。從第一節第一行中的「飛」、第二節最後一行的「不飛」、第四節最後一行的「飛與不飛」到最後一節的「飛」，「鳥」在這種語詞的反覆和變化中，保持著高平聲調，整篇詩歌呈現出升騰的狀態。其次，詩人採用句法變換的手法，凸顯「鳥」的狀態，「從鳥到大鳥是一種變化／從語言到語言只是一種聲音」，周倫祐所要實現的語言實驗和語言變革，都極具先鋒性地衝擊著主流語言秩序。通過「在刀鋒上完成的句法轉換」〔註36〕，發現「這些終極存在也只是一些詞語——詞語之外並無所指，故它們作爲存在只是一種語詞

〔註35〕周倫祐：《想像大鳥》，《周倫祐詩選》，廣州：花城出版社，2006 年版，第 3 ～5 頁。

〔註36〕周倫祐：《在刀鋒上完成的句法轉換》，《周倫祐詩選》，廣州：花城出版社，2006 年版，第 8 頁。

的存在。」〔註 37〕在《想像大鳥》中，詩人的語調隨性、自然，嘴邊反覆叨念著細碎的語詞，從虛構到寫實，從抽象到具體，在書本與天空之間運動。「想像大鳥就是呼吸大鳥」轉換主謂語中動賓結構的動詞（「想像」與「呼吸」），「使事物遠大的有時只是一種氣息」轉換詞性（「呼吸」與「氣息」，從動詞到名詞），「就這樣，無目的地說／沒有意義地說，模擬啞巴的／神態和動作：誇張與細膩／結合的特點。作主語狀，作／謂語狀，隨心情的好壞而造句／不需要對象地說／比自言自語還要簡單」〔註 38〕，詩人試圖採用句法變換的方式，讓讀者在高亢的語調中體驗到「鳥」在高空的氣息。再次，「大鳥有時是鳥，有時是魚／有時是莊周似的蝴蝶和處子／有時什麼也不是」，是與非的辯證是周倫祐慣用的語言表達方式，在取消肯定和否定的對立關係中回到語詞本身，從非價值詞轉向價值詞，「需要一個否定值，一齊構成『兩值對立』結構；由描述轉為評價，主要是對自然事物的描述轉對為人極其行為的評價」〔註 39〕，自相矛盾的語言強化了對「大鳥」的評價功能。「大鳥碩大如同海天之間包孕的珍珠／我們包含於其中／成為光明的核心部分／躍躍之心先於肉體鼓動起來」，詩人強調這種騰躍而起的呼吸氣韻，以比喻鋪展出的動詞「包孕」和「包含」，不同的詞頭構成新的語詞，以同義詞的反覆，突出了「大鳥」在海天之間高飛的核心位置。

二、上昇：「在天空疾速上昇」

由「鳥」意象同樣能夠聯想到「上昇」的狀態，于堅創作於 1990 年的詩歌《對一隻烏鴉的命名》，以「烏鴉」為意象組織詩篇。由於「烏鴉」漆黑的羽毛，又喜食腐肉，總被理解為不吉祥的惡鳥，在文學作品中常被象徵為戰爭、災難、不幸、邪惡和厄運。但追述中西方傳統文化，「烏鴉」卻作為神鳥，常常傳來吉音。在中國古典傳統文化中，對「太陽」既崇拜又敬畏，而常常將「烏鴉」與「太陽」聯繫起來。《山海經》中有記載，帝俊的妻子義和誕下十個太陽，十兄弟皆住在東海外的扶桑樹上。「烏鴉」背著太陽每日爬上扶桑

〔註 37〕 周倫祐：《反價值：意義的重建》，陳旭光編選：《快餐館裏的冷風景：詩歌詩論選》，北京：北京大學出版社，1994 年版，第 267 頁。

〔註 38〕 周倫祐：《模擬啞語》，《周倫祐詩選》，廣州：花城出版社，2006 年版，第 46 頁。

〔註 39〕 周倫祐：《反價值：意義的重建》，陳旭光編選：《快餐館裏的冷風景：詩歌詩論選》，北京：北京大學出版社，1994 年版，第 270 頁。

樹，因此才有了日出和日落。但十個太陽同時出現在天空引發了旱災，天帝
遂派後裔射日。但不料射下來的火球卻是一隻碩大無比的金色的「烏鴉」，人
們將「烏鴉」看作是「日之精魂」。同樣，在西方《聖經·創世紀》中，上帝
爲懲世人之惡，降洪水於世間，並派諾亞造方舟爲他的家人和動物避難。四
十天後，諾亞放飛烏鴉，退卻了洪水。古希臘神話中，「烏鴉」被認爲太陽神
阿波羅的化身。在日本、緬甸、泰國、斯里蘭卡等國家，奉烏鴉爲神鳥，認
爲其聒噪的聲音代表吉祥之音，在祭祀時甚至頂禮膜拜。正是因爲「烏鴉」
集悲喜或者禍福爲一體，也正是這種矛盾的身份賦予其更爲豐富的內涵。于
堅將這隻被視爲最接近上帝的神鳥通過語言重新命名：

> 我斷定這隻烏鴉　　只消幾十個單詞　　就能説出
> 形容的結果　　它被説成是一隻黑箱
> 可是我不知道誰拿著箱子的鑰匙
> 我不知道是誰在構思一隻烏鴉藏在黑暗中的密碼
> 在第二次形容中它作爲一位裹著綁腿的牧師出現
> 這位聖子正在天堂的大牆下面　　尋找入口
> 可我明白　　烏鴉的居所　　比牧師　　更接近上帝
> 或許某一天它在教堂的尖頂上
> 已窺見過那位拿撒勒人的玉體
> 當我形容烏鴉是永恒黑夜飼養的天鵝
> 一群具體的鳥　　閃著天鵝之光　　正煥然　　過我身
> 　　旁那片明亮的沼澤
> 這事實立即讓我喪失了對這個比喻的全部信心
> 我把「落下」這個動詞安在它的翅膀上
> 它卻以一架飛機的風度「扶搖九天」
> 我對它説出「沉默」　　它卻佇立於「無言」
> 我看見這隻無法無天的巫鳥
> 在我頭上的天空中牽引著一大群動詞　　烏鴉的
> 　　動詞
> 我説不出它們　　我的舌頭被這些鉚釘卡住
> 我看著它們在天空疾速上昇　　跳躍
> 下沉到陽光中　　又聚攏在雲之上

　　　　自由自在　　　變化組合著烏鴉的各種圖案〔註40〕

　　于堅在《對一隻烏鴉的命名》中，首先突出動詞，凸顯「鳥」的上昇狀態，「我看著它們在天空疾速上昇　跳躍／下沉到陽光中　又聚攏在雲之上／自由自在　變化組合著烏鴉的各種圖案」，在空間的縫隙中「上昇」、「跳躍」、或者「下沉」，釋放了「烏鴉」身上被賦予的語義承擔，而還原了「烏鴉」的現實存在感，與此同時，命名與事物共生，抵達了自由的思維邊境。其次，詩人使用大量的空白作為停頓，打碎語句的線性排列，語詞間隔而分散。這樣就給「烏鴉」留出了升騰的空間，詩人高揚的語調填塞進每一個空白處，呈現出「烏鴉」升騰的姿態。這種「上昇」的情緒所牽引的語調變化，在陳東東的《烏鴉》中也能夠得到印證。詩人也將這隻黑色之鳥置於上昇的境地，從巴羅克風格的古舊城市建築中徐徐亮出「烏鴉」，神聖而尊嚴，頗富知性的思考著「烏鴉」在黑夜中的姿態。「烏鴉」作為太陽神，以「升騰」的姿態，滑翔於暗夜的城市，漸漸顯露出一道亮光，「那手中有亮光王牌的人／猶豫間放棄了可能的勝局」〔註41〕。「烏鴉」本是神鳥，但黑色所帶來的不祥，又隱去了它的真實意蘊。詩人陳東東以反覆吟唱的方式強調「陰影的巴羅克風格／——巴羅克風格的陰影被」〔註42〕，透過有限而封閉的句型克制性地完成對「烏鴉」的書寫。但在他的聲調中，又不乏高亢的情緒表達，「它，返回了飛翔、俯瞰和疑懼／它現身在倒伏於衰朽的老城／彷彿黑太陽照耀著無眠／／彷彿出自替罪的神迹劇」〔註43〕，「它」和「彷彿」分別勾連出兩個句子，詩人在表達「升騰」的語調時，將語詞的密集度分散開來，讓它們跳躍著揮發出應該具有的情感張力。於是，抒情性的反覆，凌空構架出騰躍而起的橋梁，如「它升到象徵的戲劇之上／看黑夜到來！——黑夜多奇異」〔註44〕中破折號連接起來的「黑夜」。

〔註40〕于堅：《對一隻烏鴉的命名》，《于堅的詩》，北京：人民文學出版社，2000 年版，第 90 頁。

〔註41〕陳東東：《烏鴉》，《明淨的部分》，長沙：湖南文藝出版社，1997 年版，第 120 頁。

〔註42〕陳東東：《烏鴉》，《明淨的部分》，長沙：湖南文藝出版社，1997 年版，第 120 頁。

〔註43〕陳東東：《烏鴉》，《明淨的部分》，長沙：湖南文藝出版社，1997 年版，第 120 頁。

〔註44〕陳東東：《烏鴉》，《明淨的部分》，長沙：湖南文藝出版社，1997 年版，第 120 頁。

三、飛騰：「鳥兒墜落，天空還在飛行」

西川的詩歌，出現了大量的「飛鳥」意象，他說：「鳥是我鍾愛的動物。我想我肉眼能夠看到的最高處的動物就是飛鳥。」〔註45〕西川筆下的「飛鳥」，是通向天空的使者，時常處於升騰的狀態，代替抒情主體抵達神性的精神世界。「大地的上空有鳥類的飛行。我看不到的星星飛鳥能看到，我看不到的上帝飛鳥能看到。因此，飛鳥是我與星辰、宇宙、上帝之間的中介。」〔註46〕但顯然，即使是飛升，卻少有那種升騰的快感和喜悅。儘管「飛鳥」攜載著神的旨意，卻並不具有獨立價值，它總是被夾雜在與之相悖反的語彙中，「喧囂的塵世把汗水揮上天空／迎面而來的飛鳥將那空想的雪山秘而不宣／我擡頭望見漂泊的雲朵──不是它／我只好推測夏至日灼熱的反面」〔註47〕。詩人一方面將「飛鳥」與對立的喧囂塵世相比照，回望自我的生存空間；另一方面又保留「飛鳥」的靜止狀態或者下墜的逆向運動，來凸顯這顛倒的現實世界。由此，「飛鳥」的世界與人類的精神世界相背離，「飛升的鳥兒說天堂還在；／但我們的心靈下墜，尋找著陰曹地府」〔註48〕。「飛升的鳥兒」與「天堂」平行，而「我們的心靈」與「陰曹地府」連綴，語調從期許、渴望，瞬間轉向了灰色與失落。在緩緩流逝的生命軌道中，「飛鳥」與生命的動態流動相背離，成了觀摩潮起潮落的靜物，正如西川在《一個人老了》中描摹的動靜對照場景：「秋天的大幕沉重地落下。／露水是涼的。音樂一意孤行。／他看到落伍的大雁、熄滅的火、／庸才、靜止的機器、未完成的畫像。／當青年戀人們走遠，一個人老了，／飛鳥轉移了視線。」〔註49〕其中，「秋天的大幕」意指生命的帷幕，在垂暮的時光，萬物處於一種無法控制的降落狀態。而此處的「飛鳥」也不再眷顧那些理想主義的畫面，反被移出了這下墜的世界。因為它始終長著飛升的翅膀，與下墜相背離。三者，將「鳥」革離出天空，「鳥」的下墜與天空的飛行之間形成悖反，將理想的缺失歸結為整個時代

〔註45〕西川、弗萊德·華：《與弗萊德·華交談一下午》，沈葦、武紅編：《中國作家訪談錄》，烏魯木齊：新疆青少年出版社，2005 年版，第 307 頁。

〔註46〕西川：《讓蒙面人說話》，上海：東方出版中心，1997 年版，第 284 頁。

〔註47〕西川：《空想的雪山》，《大意如此》，長沙：湖南文藝出版社，1997 年版，第 75 頁。

〔註48〕西川：《匯合》，《隱秘的匯合：西川詩選》，北京：改革出版社，1997 年版，第 25 頁。

〔註49〕西川：《一個人老了》，《西川的詩》，北京：人民文學出版社，1999 年版，第 240 頁。

的詬病：

> 大地上的秋天，成熟的秋天
>
> 絲毫也不殘暴，更多的是溫暖
>
> 鳥兒墜落，天空還在飛行
>
> 沉甸甸的果實在把最後的時間計算
>
> 大地上每天失蹤一個人
>
> 而星星暗地裏成倍地增加
>
> 出於幻覺的太陽、出於幻覺的燈
>
> 成了活著的人們行路的指南
>
> 甚至悲傷也是美麗的，當淚水
>
> 流下面龐，當風把一片
>
> 孤獨的樹葉熱情地吹響
>
> 然而在風中這些低矮的房屋
>
> 多麼寂靜：屋頂連成一片
>
> 預感到什麼，就把什麼承當〔註50〕

　　正如鐘鳴在詩歌《鳥踵》中所構建的天空與大地，「風暴從不會裝腔作勢，／這只是昆蟲短暫的分離。／鳥兒在空中跺跺腳，我們便有了／善與惡，有了完美的觀察。∥只有鳥類知道大地上什麼動物／會遭到無情的殲滅，風兒／已將大地上的一切告訴了它，／而它再也不能表演滑翔的技藝。」〔註51〕大地的不潔與天空的透明形成比照。在西川的《秋天十四行》中，鳥兒墜落了，而此時，仍在飛行的天空卻被推向幕布之後。「飛鳥」與大地連成了一體，然而大地又是破碎的，詩人用逗號隔開相牴觸的動詞，「殘暴」與「溫暖」，「墜落」與「飛行」，凸顯這種參差的反差效果，而延伸地卻是不斷加重修辭成分的秋天，它意味著生命的垂暮，是「成熟的秋天」，「沉甸甸的果實」，只能計算著最後的時間。「失蹤」與「增加」拉開大地與天空的距離，落差的情緒在「飛鳥」所指涉的希望中被延緩。語句在最後一節，加驟了斷續感，哽咽、對抗與堅定，反在碎裂的過程中通過上昇的語調找到了人生的方向。

〔註50〕西川：《秋天十四行》，《西川的詩》，北京：人民文學出版社，1999年版，第102頁。

〔註51〕鐘鳴：《鳥踵》，《中國雜技》，北京：作家出版社，2003年版，第113頁。

「她已受傷。她仍在飛行」

　　與西川的《秋天十四行》「墜落」與「飛行」相仿的是，海子的詩歌《天鵝》，也同樣出現了「受傷」與「飛行」。「天鵝」往往代表美的化身，它與所有「鳥」追求自由理想的意義相仿。但不同的是，「天鵝」又多了幾分原始、驚豔、孤傲與無爭。事實上，1980 年代以來，「天鵝」意象呈現出的升騰語調，是通過不同的表現形式實現的。西川的《十二隻天鵝》寫到，「必須化作一隻天鵝，才能尾隨在／它們身後——／靠星座導航／或者從荷花與水葫蘆的葉子上／將黑夜吸吮」〔註 52〕，破折號創造了光輝燦爛、美輪美奐的十二隻星象一般的孤者「天鵝」形象；歐陽江河的《天鵝之死》寫到，「天鵝之死是一段水的渴意／嗜血的姿勢流出海倫／天鵝之死是不見舞者的舞蹈／於不變的萬變中天趣自成」〔註 53〕，辯論式的辭令將海倫引發的災難與戰爭作為引子，凸顯了死亡與生命，暴力與柔情、幻滅與永生參差交錯在一起的複雜體驗；張棗的《麗達與天鵝》寫到，「唉，那個令我心驚肉跳的符號，／浩渺之中我將如何把你摩挲？／你用虛空叩問我無邊的閒暇，／為回答你，我搜遍凸凹的孤島。」〔註 54〕短促的感歎或者疑問，赫然透過升騰的語調割裂出與凡俗的距離，展現出麗達的孤寂與天鵝的回應。同樣，海子的《天鵝》，以獨特的表現方式，傳達出詩人與「天鵝」意象之間的孤鳴與對話：

> 夜裏，我聽見遠處天鵝飛越橋梁的聲音
>
> 我身體裏的河水
>
> 呼應著她們
>
> 當她們飛越生日的泥土、黃昏的泥土
>
> 有一隻天鵝受傷
>
> 其實只有美麗吹動的風才知道
>
> 她已受傷。她仍在飛行
>
> 而我身體裏的河水卻很沉重

〔註 52〕 西川：《十二隻天鵝》，《西川的詩》，北京：人民文學出版社，1999 年版，第 129 頁。

〔註 53〕 歐陽江河：《天鵝之死》，《透過詞語的玻璃》，北京：改革出版社，1997 年版，第 24 頁。

〔註 54〕 張棗：《麗達與天鵝》，《春秋來信》，北京：文化藝術出版社，1998 年版，第 14 頁。

就像房屋上掛著的門扇一樣沉重
當她們飛過一座遠方的橋梁
我不能用優美的飛行來呼應她們

當她們像大雪飛過墓地
大雪中卻沒有路通向我的房門
——身體沒有門——只有手指
豎在墓地，如同十根凍傷的蠟燭

在我的泥土上
在生日的泥土上
有一隻天鵝受傷
正如民歌手所唱〔註55〕

　　海子使用長短句的變換，提煉語詞的回音。他反覆地吟唱著受傷的「天鵝」，首句拉長聲線，「天鵝」的回音「飛越橋梁」，孤鳴的聲響迴蕩在「夜裏」。之後出現的兩個短句「我身體裏的河水」、「呼應著她們」，將自我淹沒在時空裏。詩人與「天鵝」形成一組比照的關係，他們彼此滲透又互相詮釋。同時，海子也擅長在長短句的變幻中，突出主體與對象的精神溝通。詩篇維護著「天鵝」的神性，象徵靈魂的上昇和精神的返鄉。第二節，詩句反覆著「泥土」，與天空相對立，表達了詩人建立在鄉愿基礎上的精神皈依，而「她們」拆解出「她」，則從個體的裂變中掙扎出不同的情感體驗。第三節，詩人與「天鵝」和鳴共奏，語句相對齊整地並置出詩人與「天鵝」所經歷的同構的精神體驗。第四節，詩人與「天鵝」又是無法全然融合的，這種分裂在破折號「——」開啟的空白處餘留出間隙，「房門」被比擬為身體，詩人的精神體驗穿透了整個身體，切實地回到了自我，心靈受傷帶來的疼痛感，覆蓋了詩人的身軀。最後一節，語句簡潔，「在……上」表示方位處所，縮短了與「天鵝」的距離，詩人以吟唱的方式回到自我，結尾處這種徹底而完全的哀鳴升騰而又迴蕩開來，「天鵝平時也歌唱，到臨死的時候，直到自己就要見主管自己的天神了，快樂得引吭高歌，唱出生平最動人的歌。可是人只為自己怕死，就誤解了天鵝，以為天鵝為死而悲傷，唱自己的哀歌」〔註56〕。

〔註55〕海子：《天鵝》，西川編：《海子詩全集》，北京：作家出版社，2009年版，第176頁。
〔註56〕〔古希臘〕柏拉圖：《斐多：柏拉圖對話錄》，楊絳譯，北京：中國國際廣播

1980 年代以來的漢語新詩出現了大量的「鳥」意象，包括「大鳥」、「飛鳥」、「烏鴉」、「天鵝」等，它們是詩人表達理想的化身，表徵著一個時代的精神寄託。與之相關的是，詩人通過綜合表現語音、語調、辭章結構和語法，從音節到篇章，呈現出升騰的語調特徵。由此，意象與聲音之間形成交融共生、氣韻生動的美學特徵。

第三節　變奏的曲式──以「大海」意象為中心

米蘭・昆德拉說過，「變奏曲式是一種短小凝煉的曲式，它使作曲家能夠把自己限定在手頭的素材內，直接深入它的核心。主旋律就是作品的主題。」〔註57〕以「大海」意象為中心的詩歌作品，總是圍繞著其隱喻的一個側面作為主旋律，多角度地重組語音、語調、辭章結構和語法，結構出想像的生命形式空間。如米蘭・昆德拉所言：「只一個主題卻發動了一系列對位的旋律，一片波濤在整個漫長的奔跑中保留著同一個特點，同一節奏性的衝動，它的統一性。」〔註58〕這就使得詩篇的主旋律清晰單一，但聲音形式層面卻以主旋律為源頭而不斷分化、再生出多重次級奏鳴效果，它們附屬並反覆重申「大海」所隱喻的主旋律，以立體式的文本結構呈現出來。之所以會產生這種變奏的聲音，取決於「大海」意象在文學傳統中的豐富內蘊：它象徵著理想，如曹操的《觀滄海》「東臨碣石，以觀滄海。／水何澹澹，山島竦峙。／樹木叢生，百草豐茂。／秋風蕭瑟，洪波湧起。／日月之行，若出其中。／星漢燦爛，若出其裏。／幸甚至哉，歌以詠志」〔註59〕；象徵著對抗「但你若洶湧起來，無法克服，／成群的漁船就會覆沒」〔註60〕；同時也象徵著神秘，如雪萊的《時間》「啊，深不可測的海洋／誰該在你的水面出航」〔註61〕。也

出版社，2006 年版，第 103 頁。

〔註57〕　〔捷克〕米蘭・昆德拉：《笑忘錄》，莫雅平譯，北京：中國社會科學出版社，1992 年版，第 257 頁。

〔註58〕　〔捷克〕米蘭・昆德拉：《小說的藝術》，孟湄譯，北京：生活・讀書・新知三聯書店，1992 年版，第 45 頁。

〔註59〕　〔三國〕曹操：《觀滄海》，夏傳才注：《曹操集》上冊，北京：中華書局，1974 年版，第 20 頁。

〔註60〕　〔俄〕普希金：《致大海》，《普希金詩選》，查良錚譯，南京：譯林出版社，2000 年版，第 178 頁。

〔註61〕　〔英〕雪萊：《時間》，《雪萊詩選》，江楓譯，北京：中央編譯出版社，2004 年版，第 168 頁。

就是說，「大海」廣袤浩瀚而博大寬廣，它蘊藏著無限的奇迹和生機，又兇險狂暴而殘酷地吞噬淹沒生命，還向災難或者戰爭發起挑戰。本節通過分析韓東《你見過大海》、戈麥《大海》中見過與想像的變奏，楊煉《大海停止之處》中出走與返回的變奏，陳東東《海神的一夜》中靜態與動態的變奏，從中探析變奏的曲式所蘊藏的豐富的情緒流動。

一、見過與想像的變奏：「見過大海」，「想像過大海」

　　1980 年代以來漢語新詩的「大海」意象，常以「見過大海」和「想像大海」兩種模式變奏出現。詩人們反覆強調這兩種模式，以凸顯日常經驗和夢幻體驗過的「大海」，而不是知識積累的「大海」。這就在某種程度上，與傳統的「大海」意象形成隔膜。

　　韓東的《你見過大海》，是對古典詩歌傳統「大海」意象的顛覆，也是對朦朧詩人舒婷《致大海》的顛覆。舒婷在《致大海》中謳歌著「大海」：「大海的日出／引起多少英雄由衷的讚歎／大海的夕陽／招惹多少詩人溫柔的懷想／多少支在峭壁上唱出的歌曲／還由海風日夜／日夜地呢喃／多少行在沙灘上留下的足迹／多少次向天邊揚起的風帆／都被海濤秘密／秘密地埋葬」〔註62〕，其中以「多少」引出的一連串詩句，帶有澎湃、激昂的情緒。韓東試圖顛覆由波濤洶湧的「大海」聯想出的曲式，而是從與傳統意象的斷裂層中，設置出一道語言屏障，將所指的語義層恢復到能指的語言形式層面。韓東在《你見過大海》中的口語表達方式，成爲「第三代」詩歌的書寫典範：

　　　　　你見過大海
　　　　　你想像過
　　　　　大海
　　　　　你想像過大海
　　　　　然後見到它
　　　　　就是這樣

　　　　　你見過了大海
　　　　　並想像過它
　　　　　可你不是

〔註62〕舒婷：《致大海》，《舒婷的詩》，北京：人民文學出版社，1994 年版，第 3 頁。

一個水手
就是這樣

你想像過大海
你見過大海
也許你還喜歡大海
頂多是這樣

你見過大海
你也想像過大海
你不情願
讓海水給淹死
就是這樣
人人都這樣〔註63〕

整首詩歌，不僅是對意象的顛覆，也是聲音的突圍。韓東打破傳統的抒情模式，而是以口語化的表達方式，貼近日常生活，回歸語感。詩篇《你見過大海》在瓦解意象的同時完成語感表達，通過選詞和安排詞序體悟「大海」的存在。詩人韓東針對「大海」意象，雖然剝離語詞的修辭成分，回到日常生活化的語言，但這種最簡單的語句表達，反而在 1980 年代掀起一場詩歌的革命風暴，即「詩到語言為止」。詩歌共出現 6 次「你」，10 次「大海」，重複指向了詩人所要表達的主旋律，從而也能夠看出詩人韓東組織詩句的語言非但並不華麗、不豐富，甚至還有些貧乏。但詩人就是希望打消想像的「大海」印象，還原日常生活中最普通、最平凡的「大海」，而平凡正是生活的本真面目，一切詩歌的言說都應該建立在這個基礎上。如胡興在《聲音的發現——論一種新的詩歌傾向》中的評論，「雖然詩中也出現具象的『大海』，但詩人通過詩句的反覆，使人們的注意不再停留在『大海』這一意象上，從而阻遏了聯想，引人注意的是聲音。」〔註64〕一方面，閱讀韓東的《你見過大海》，首先想到的是聲音，而並非語義；另一方面，筆者認為恰恰是「大海」意象調動起語言的反覆，由此構成對傳統「大海」意象的反叛。與此相關的是，

〔註63〕 韓東：《你見過大海》，《爸爸在天上看我》，石家莊：河北教育出版社，2002
年版，第 14 頁。
〔註64〕 胡興：《聲音的發現——論一種新的詩歌傾向》，《山花》，1989 年第 5 期，第
71 頁。

詩歌交錯反覆著詩句「你見過大海」和「你想像過大海」，就能指層面而言，這不但沒有隱喻性的語義功能，同時還摒棄了對基本語義的詮釋，卻反而回到語言最簡單質樸的音響效果。另外，在每節的結尾處，同義反覆的「就是這樣」、「頂多是這樣」、「人人都這樣」，通過遞進的方式，以口語化的表達方式，降低「大海」的神聖化傳統內涵，易讀易誦地拉開與深度、難度的距離，將見過的「大海」疏離出想像的空間。

　　戈麥在提及「大海」意象時，設置了雙重屏障，即「想像」與「見過」。詩人試圖取消知識和經驗的局限，體驗主體與對象的心靈對話，以神性的感悟保留「大海」的神聖，「在許多文明業已滅絕的世上／一隻空洞的瓶子把我送歸海洋」〔註65〕。他的作品《大海》，通過靈感打開個人在知識與經驗束縛中的枷鎖，直接呼喚心目中的「大海」幻景，向詩性的語言進發：

> 我沒有閱讀過大海的書稿
> 在夢裏，我翻看著海洋各朝代晦暗的筆記
> 我沒有遇見過大海的時辰
> 海水的星星掩著面孔從睡夢中飛過
>
> 我沒有探聽過的那一個國度的業績
> 當心靈的潮水洶湧彙集，明月當空
> 夜晚走回戀人的身旁
> 在你神秘的岸邊徐步逡巡
>
> 大海，我沒有諦聽過的你的洪亮的濤聲
> 那飛躍萬代的紅銅
> 我沒有見過你絲綢般浩淼的面孔
> 山一樣聳立的波浪
>
> 可是，當我生命的晦冥時刻到來的時候
> 我來到你的近旁
> 黃沙掠走陽光，烏雲滾過大地
> 那是我不明不暗的前生，它早已到達〔註66〕

〔註65〕 戈麥：《海上，一隻漂流的瓶子》，西渡編：《戈麥詩全編》，上海：上海三聯書店，1999 年版，第 212 頁。
〔註66〕 戈麥：《大海》，西渡編：《戈麥詩全編》，上海：上海三聯書店，1999 年版，

戈麥採用隔句顯義的方式，牢牢把握住個人的精神體驗，還原「大海」隱喻的神聖與神秘感，作爲其書寫的主旋律。詩歌第一節的第一行和第三行，兩個「我沒有……」隔行出現，如壁壘般嵌入詩篇的結構組織系統，詩人戈麥封鎖住語詞「大海」出現的疆域，使其超越出知識與經驗的範疇。在此基礎上，詩人想要維護的是另一種「大海」，「在夢裏，我翻看著海洋各朝代晦暗的筆記」、「海水的星星掩著面孔從睡夢中飛過」。「大海」產生於詩人的夢境，無關乎現實的感官體驗，而源自於潛意識對文化傳統的繼承。夢幻的體驗，帶詩人走進歷史文化和靈感體悟，從而將「大海」推向開放的空間。同樣，第二節的第一行，第三節的第一行和第三行，三個「我沒有……」，反覆割斷現實與「大海」的聯繫，形成語言表達的屏障。但這並不意味著詩人對「大海」毫無感覺，在某種意義上，他已經閱讀過或者見過「大海」，於是幻象在大腦皮層開始活躍。最後一節，詩人戈麥在潛意識世界守護著神聖和神秘的「大海」。

二、出走與返回的變奏：「返回一個界限，像無限」

朱光潛指出：「生命就是活動，活動才能體現生命，所以生命的樂趣也只有在自由活動中才能領略到，美感也還是自由活動的結果。」〔註 67〕詩人不斷地展現韻律的創造性，呈現出更爲豐富的人類情感心理狀態，也是一種自由的生命活動。「大海」契合了詩人的情感起伏變奏，它的流動與停息、增強與減弱、膨脹與低迷、平凡與興奮，激發出詩人的想像力，並與夢幻或者身體的節奏保持著驚人的一致，故而被認爲是一種有意味的生命形式，它呈現了情感、情緒、思維和生命的動態變化。「大海」本身就是一種運動的形式，詩人以出走與返回的變奏爲主旋律，透過「大海」意象獲得流浪的體驗。

1992 年至 1993 年間，楊煉創作的《大海停止之處》組詩，無疑是獨特的。因爲它邁出了 1980 年代的文化尋根熱潮，從《禮魂》、《Yi》等的史詩性敘述，切實地返回到個人體驗。這其中，頻繁使用的「大海」意象，在他的組詩中尤爲醒目。1980 年代中期，一大批朦朧詩人先後踏上了異國他鄉的土地，朦朧詩人楊煉也不例外。1988 年後他應澳大利亞藝術委員會邀請，在澳

第 258 頁。

〔註67〕 朱光潛：《西方美學史》下卷：北京：人民文學出版社，1979 年版，第 375 頁。

洲訪問一年。隨後的十幾年，他輾轉於澳、美、歐洲十幾個國家。關於漂泊的生活，唐曉渡也曾在爲楊煉、友友的作品《人景‧鬼話》作的序中提到，「『漂泊』最初是一種非常條件下的邊緣性命運選擇，介於被放逐和自我放逐間。」〔註68〕海外的生活環境，使得詩人在新舊環境的交替中，與傳統文化保持著若即若離的關係，同時，又要在懷鄉與流浪的夾縫中平息個人情感，因爲「流亡者存在於一種中間狀態，既非完全與新環境合一，也未完全與舊環境分離，而是出於若即若離的困境，一方面懷鄉而感傷，一方面又是巧妙的模仿者或秘密的流浪人」〔註69〕。「大海」意象在與空間的對照呼應中，或整體，或對應、或復合，反覆被抽象、提煉，形成一股巨大的內在張力。「楊煉是按照『結構－空間』的審美藝術原則去精心尋找組合意象的最佳組合方式」〔註70〕，意象產生的情緒與音樂互動，成爲楊煉通過空間結構組織成的大型樂章。就這點而言，從空間之樂感和虛幻的自然之變形中，可以尋到楊煉激蕩出的音樂痕迹：

　　　　　返回一個界限　　像無限

　　　　　返回一座懸崖　　四周風暴的頭顱

　　　　　你的管風琴注定在你死後

　　　　　繼續演奏　　肉裏深藏的腐爛的音樂〔註71〕

　　如朱光潛所云：「韻是去而復返、奇偶相錯、前後相呼應的。韻在一篇聲音平直的文章裏生出節奏，猶如京戲、鼓書的鼓板在固定的時間段落中敲打，不但點明板眼，還可以加強唱歌的節奏。」〔註72〕界限（xian）與無限（xian），死後（hou）、演奏（zou）與肉（ou），構成迴環的語音層次，「大海」被賦予出走與返回的心緒，詩人在漂泊中又渴望對話。韻律的去而復返，意味著荒涼、孤獨的情感，詩人所眺望著的「大海」始終是洶湧澎湃又變化多端的，它代表了詩人漂泊流浪的心境，正因爲此，「大海」本身就是一種抽象的形式。

〔註68〕楊煉、友友：《人景‧鬼話：楊煉、友友海外漂泊手記》序，北京：中央編譯出版社，1994年版。

〔註69〕〔美〕薩義德：《知識分子論》，單德興譯，北京：生活‧讀書‧新知三聯書店，2002年版，第45頁。

〔註70〕王幹：《輝煌的生命空間——論楊煉的組詩》，《文學評論》，1987年第5期，第106頁。

〔註71〕楊煉：《大海停止之處》，《大海停止之處：楊煉作品1982～1997詩歌卷》，上海：上海文藝出版社，1998年版，第509頁。

〔註72〕朱光潛：《詩論》，上海：上海古籍出版社，2005年版，第148頁。

「大海」的形體與人的身體起伏連結在一起，從身體中可以看到激情與火焰，而過後又歸於厭倦和死亡。詩人厭倦了這忘記疼痛的肉體，厭倦了平庸的現實對寫作的限制，可是「大海」蘊藏的豐富形式又觸及到詩人內心情感和幻想的雙重湧動：

> 麻痺的與被麻痺裏脅的年齡
> 沉船裏的年齡
> 這忘記如何去疼痛的肉體敞開皮膚
> 終於被大海摸到了內部〔註73〕

　　一方面，「大海」與詩人面對幻想、現實和語言文字的書寫境遇相關，詩人幻想著把握住「大海」的生命，「現在裏沒有時間　沒人慢慢醒來 / 說　除了幻象沒有海能活著」〔註74〕，同時，黑暗讓詩人逃離現實「睜開眼睛就淪為現實 / 閉緊　就是黑暗的同類」〔註75〕，但語言強迫詩人回望自我「這不會過去的語言　強迫你學會 / 回顧中可怕的都是自己的」〔註76〕；另一方面，母親的死亡與「大海」交迭出現，於是，幻景出現了，「這間雪白病房裏　雪白的是繁殖 / 乳房坦露在屋頂上　狂風 / 改變每隻不夠粗暴的手」〔註77〕，詩人進入一種孤冷的情緒中，「海水　看到母親從四肢上紛紛蒸發 / 去年的花園在海上擰乾自己」〔註78〕。此外，在死亡與黑暗中怒吼的「大海」又是復仇的，「在海鷗茫然的叫聲中上昇到極點 / 孩子們犯規的死亡 / 使死亡代表一個春天扮演了 / 偶然的仇敵　黑暗中所有來世的仇敵 / 僅僅因為拒絕在此刻活著」〔註79〕，語詞變得毫無拖沓、重複，反而斬釘截鐵地將個人的情感

〔註73〕楊煉：《大海停止之處》，《大海停止之處：楊煉作品 1982～1997 詩歌卷》，上海：上海文藝出版社，1998 年版，第 515 頁。

〔註74〕楊煉：《大海停止之處》，《大海停止之處：楊煉作品 1982～1997 詩歌卷》，上海：上海文藝出版社，1998 年版，第 518 頁。

〔註75〕楊煉：《大海停止之處》，《大海停止之處：楊煉作品 1982～1997 詩歌卷》，上海：上海文藝出版社，1998 年版，第 518 頁。

〔註76〕楊煉：《大海停止之處》，《大海停止之處：楊煉作品 1982～1997 詩歌卷》，上海：上海文藝出版社，1998 年版，第 521 頁。

〔註77〕楊煉：《大海停止之處》，《大海停止之處：楊煉作品 1982～1997 詩歌卷》，上海：上海文藝出版社，1998 年版，第 511 頁。

〔註78〕楊煉：《大海停止之處》，《大海停止之處：楊煉作品 1982～1997 詩歌卷》，上海：上海文藝出版社，1998 年版，第 510 頁。

〔註79〕楊煉：《大海停止之處》，《大海停止之處：楊煉作品 1982～1997 詩歌卷》，上海：上海文藝出版社，1998 年版，第 510 頁。

推向了兇險的境地。可以說，「《大海停止之處》的表演是激動人心的：這個詩篇波浪一般的節奏、意象疊加於意象的整齊循環，產生一種催眠的效果」〔註80〕。在以「大海」爲意象中心的空間中，風、星、月，或者鳥、鯊魚、貝殼等意象層層疊加地演奏出一組在幻象中出走與返回的變奏曲。

三、靜態與動態的變奏：「被裹」，「翻滾」

陳東東曾經提到過，之所以對「大海」如此著迷，是因爲詩人從小生活在上海，上海這座城市帶給詩人的是流動、漂泊，正如劉漫流爲海上詩群的命名：「被推了過來」，「或者正向岸靠近，或者正在遠離，而詩是他們腳下的船，一種『恢復人的魅力』的手段」〔註81〕。陳東東筆下的「海」，蘊含著對社會現實的疏離以及內心的不安。1992 年，陳東東創作的《海神的一夜》，吸收了超現實主義詩歌的創作技巧。事實上，早在 1980 年，陳東東就受到超現實主義詩人埃利蒂斯長詩《理所當然》的影響，使得幻想與詞語之間產生了劇烈碰撞。超現實主義誕生於第一次世界大戰期間，這種前衛藝術形式的出現，表現了西方知識分子對中產階級主導的社會規範和價值體系的批判和反思，「其強調的主題是人的解放、精神的自由。因此它反對以中產階級爲主導的社會制約與價值體系（包括藝術價值和品位），否定理性和傳統邏輯是唯一的眞理」〔註82〕。在此基礎上，西方超現實主義藝術家對公理、自由和平等的追求，使其難以服從政黨的教條統治，表現爲對道德、美學和社會秩序的反抗精神。可以說，西方超現實主義更強調的是一種行爲，這種行爲指向的是對社會秩序和傳統規範的顛覆與破壞。1980 年代，隨著翻譯熱潮的展開，大陸的一些詩人紛紛開始接觸超現實主義藝術，這與當時正面臨的社會變革不無關係，這種詩歌表現方式迎合了詩人們遊移於社會秩序和政治文化邊緣的心境。然而，這一階段的詩人們並沒有深入地理解西方超現實主義藝術的內核，而更傾向於通過自由的想像力在詩藝上獲得提升。「陳東東的『超現實』情結其實多半源自於橫亙在書寫者與現實的那層緊張關係」〔註83〕，一方面，

〔註80〕　〔英〕布萊恩·霍爾頓：《楊煉詩集譯事》，蔣登科譯，《詩探索》，2002 年第
　　　　　3～4 輯，第 364 頁。
〔註81〕　徐敬亞、孟浪等編：《中國現代主義詩群大觀 1986～1988》，上海：同濟大學
　　　　　出版社，1988 年版，第 70 頁。
〔註82〕　〔美〕奚密：《臺灣現代詩論》，香港：天地圖書有限公司，2009 年版，第 84
　　　　　頁。
〔註83〕　李振聲：《季節輪換：「第三代」詩敘論》，上海：復旦大學出版社，2008 年

這種緊張感雖然來自於與政治意識形態間的現實疏離感，但這並不意味著詩人將詩歌作爲一種政治行爲；另一方面，與西方超現實主義不同的是，詩人也並非落入與傳統文化相割裂的藩籬，反而體現出接續傳統的詩藝突破。在詩藝上，超現實主義「一方面承襲了浪漫主義對人性無限潛能的信心和對自由理想的追求，另一方面它同時接受象徵主義對內心世界的探索和佛洛依德的心理分析理論，以夢的潛意識的語言來呈現內在現實，以反理性反邏輯來重現更眞實的現實（並非形而上的現實），即所謂的超現實。其使用的主要技巧包括自動寫作、催眠、拼貼（collage）、奇譎的暗喻、弔詭的意象（paradox）、黑色幽默等」〔註 84〕。這種天馬行空的藝術特色、流溢而出的幻覺體驗，也同樣爲詩人陳東東的詩歌提供了更爲寬廣的想像空間，尤其與「大海」本身變奏式的內蘊形成了契合。詩篇中出現被裹住的靜態（「海神藍色的裸體被裹在／港口的霧中」）與翻滾的動態（「屋頂上一片汽笛翻滾」），構成整首詩歌變奏的主旋律：

> 這正是他盡歡的一夜
> 海神藍色的裸體被裹在
> 港口的霧中
> 在霧中，一艘船駛向月亮
> 馬蹄踏碎了青瓦
> 正好是這樣一夜，海神的馬尾拂掠
> 一枝三叉戟不愼遺失
> 他們能聽到
> 屋頂上一片汽笛翻滾
> 肉體要更深地埋進對方
> 當他們起身，唱著歌
> 掀開那床不眠的毛毯
> 雨霧仍裝飾黎明的港口
> 海神，騎著馬，想找回泄露他
> 夜生活無度的鋼三叉戟〔註 85〕

版，第 127 頁。

〔註 84〕 〔美〕奚密：《臺灣現代詩論》，香港：天地圖書有限公司，2009 年版，第 84 頁。

〔註 85〕 陳東東：《海神的一夜》，《明淨的部分》，長沙：湖南文藝出版社，1997 年版，

　　《海神的一夜》將兩個顯著的意象凝結爲一體，即「海」和「馬」，它們通向想像和自由之維。泰勒曾經說過：「在野蠻民族中發現了兩種普遍流行的概念：賦予神性和擬人化的海神。」〔註86〕「大海」這種原始而粗狂的自然屬性爲其增添了神性的光輝。陳東東詩歌中的「海」，更強調與空間的疏離，驅「馬」一同向城市奔騰，而後又逃離出城市，在身體流浪的路上，也完成一次精神的放逐。在想像的世界中，詩人的思維狂放不羈，瞬間變成了浪子，狂野地奔馳、幻想，毫無限度地魂遊，逃向夜的深處。詩歌以「這正是他們盡歡的一夜」或者「正好是這樣一夜」展開，透過重複淺唱低吟，詩人的聲音是低沉的，但相反意象又是騰躍而起的。因此，從「肉體要更深地埋進對方」到「夜生活無度的鋼三叉戟」，身體在想像中被推遠又拉近，意象的跳躍同時也帶動詩行的跳躍，增強了詩歌的變奏效果。身體的體驗是自由精神的通道，牽引詩人在夢幻中回到非理性狀態。詩人充分開掘無意識和感性體驗，回到詩性發生的原初起點，返歸本能衝動，「動物性是身體化的，也就是說，它是充溢著壓倒性的衝動的身體，身體這個詞指的是在所有衝動、驅力和激情都具有生命意志，因爲動物性的生存僅僅是身體化的，它就是權力意志。」〔註87〕源發於身體的生命意志，跳出了意識和理性的控制，將詩人的創作推向一種高峰體驗。陳東東的超現實主義創作，圍繞「大海」意象，將生命演繹出靜態與動態諧和變奏的音樂形式，朝向精神的自由和無限，如休姆所言，「有生命的意象是詩歌的靈魂」〔註88〕。正如在他的《去大海之路》所描述的：

　　　　　我踏上草地的時候

　　　　　我的眼裏有草根蔓延

　　　　　我撫摩馬背和泥土的時候

　　　　　我的想像裏有大海浮現

　　　　　這是去大海之路，指向另一片海

第 49 頁。

〔註86〕　〔英〕愛德華・泰勒：《原始文化》，連樹聲譯，上海：上海文藝出版社，1992年版，第 715 頁。

〔註87〕　汪民安：《身體、空間與後現代性》，南京：江蘇人民出版社，2006 年版，第12 頁。

〔註88〕　朱立元：《當代西方文藝理論》，上海：華東師範大學出版社，2005 年版，第23 頁。

　　　　　　不同於鋼鐵和塔弔的海，不同於恐龍爪子

　　　　　　和鷗鳥從煤煙裏掠過的海

　　　　　　這是去大海之路

　　　　　　指向有島和魚網的海

　　　　　　被原野和暴風雲所重重阻隔的海

　　　　　　我的馬群在日光裏浮動

　　　　　　在騎手的指引下響亮地飛翔

　　　　　　在羊棲草嶙峋的土地上我們穿行

　　　　　　我周圍泛起煙塵的時候

　　　　　　我的手中有夕陽斷裂〔註89〕

　　陳東東通過「飛翔」與「穿行」，讓身體繼續流浪，沿著與現實世界遠去的夢境前進。繁複的意象並置、錯位的語詞搭配、複雜的語氣變化，都使詩人通過想像力躍出「重重阻隔」，同時以「夕陽斷裂」的方式越出社會現實的制約。詩人陳東東善於勾勒封閉的想像空間，與社會現實之間形成矛盾的張力，而語言的自足卻能爲詩人帶來精神自由的快感。在這個意義上，無論是詩篇《海神的一夜》還是《去大海之路》，都表現出靜態與動態變奏的音樂曲式，將詩人的身體體驗通往自由之精神王國，在此過程中，「詩是以文字意象表現詩人的意識與心態，是靜態的呈現。但是讀者閱讀時，倚靠著閱讀的進程，文字與文字的連結、推展，變成動態的展延。因此，在閱讀的流程中，詩意象的銜接、便造成流動，鋪排成一種音樂性的節奏。這種經由意象的流動所表現的韻律感，是詩人內心意識的感受狀態。」〔註90〕

　　1980 年代以來，漢語新詩頻繁出現的「大海」意象，總能喚起豐富的聯想和感應，飽含著無限的意蘊，「因爲詩底眞詮只是藉聯想作用以喚起我們心境或意界上的感應罷了：牽涉的聯想愈豐富，喚起的感應愈繁複，涵義也愈深湛，而意味也愈雋永」〔註91〕。從本節細讀的文本作品中，能夠看出這種意蘊交織著見過與想像、出走與返回、靜態與動態的變奏，也因爲此，書寫「大海」的詩篇更彰顯出情緒的波動起伏、變幻莫測。

〔註89〕陳東東：《去大海之路》，楊克主編：《60 年中國青春詩歌經典》，北京：中國
　　　　青年出版社，2009 年版，第 170 頁。

〔註90〕江依靜：《現代圖象詩中的音樂性》，臺北：秀威信息科技股份有限公司，2012
　　　　年版，第 80 頁。

〔註91〕梁宗岱：《談詩》，《詩與眞》，北京：中央編譯出版社，2006 年版，第 45 頁。

第四節　破碎無序的辭章——以「城」及其標誌意象為中心

　　漢語新詩不能脫離辭章，「內部的組織——層次、條理、排比、章法、句法——乃是音節的重要的方法」〔註92〕，這種內部組織的排列組合是詩人情緒跳躍的表徵。自 1980 年起，宋琳、張曉波等四人的詩歌合集《城市人》，葉匡政的《城市書》，梁平的《重慶書》，駱英的《都市流浪者》，楊克的《笨拙的拇指》，五部以城市為書寫對象的詩歌相繼問世。可見，書寫城市已經成為當下詩歌創作不可或缺的重要方面。這一時期，詩人們不約而同地轉向關注自我，關注城市的傷痕，反思都市物質膨脹所帶來的單面精神向度，因為「大城市人的個性特點所賴以建立的心理基礎是表面和內心印象的接連不斷地迅速變化而引起的精神生活的緊張」〔註93〕。「城」作為一種意象，並不意味著描述城市外貌，而在於呈現城市心態和城市意識，主要挖掘詩人對城市的內心體驗，集中體現出「物我關係變化中城市人心態的外射」〔註94〕。詩人所要喚起的城市記憶，活躍在大腦皮層，反覆出現並被重新創造。歷史與現在、具體與抽象、意識與無意識等一起雜糅進「城」意象，以混亂、錯位和無序的碎片形式存在，打破連續和整齊的邏輯中心結構，對外部世界作出隨意性、任意性和破碎性的反應。本節以顧城的《鬼進城》、《城》，宋琳的《外灘之吻》以及陳東東的《外灘》為例，主要探討「城」意象投射出的破碎無序的心理圖景和聲音特徵。

一、跳：「鬼只在跳臺上栽跟斗」

　　「城」意象是探討顧城詩歌最為重要的一環，而「跳」又是詩人書寫「城」意象時表現出的聲音特質，指的是辭章結構的安排契合了詩人碎裂又重組的記憶。探討顧城詩歌中這種「跳」的聲音特質，與詩人的個人生活經驗不無關係。1987 年顧城出訪歐美國家進行文化交流，1988 年又接受了新西蘭奧克蘭大學亞語系的聘請。直到 1990 年，顧城終於辭去奧克蘭大學的工作隱居

〔註92〕　胡適：《談新詩》，《中國新文學大系・建設理論集》（影印本），上海：上海良友圖書印刷公司，1935 年版，第 306 頁。

〔註93〕　〔德〕G・齊美爾：《橋與門——齊美爾隨筆集》，涯鴻、宇聲譯，上海：上海三聯書店，1991 年版，第 259 頁。

〔註94〕　周佩紅：《城市詩發展走向漫議》，《文學自由談》，1987 年第 6 期，第 21 頁。

激流島。此階段，詩人強化了他意識中的「城」意象，詩篇《中關村》、《胃兒胡同》、《故宮》、《月壇北街》等出現的北京城，是一處他想回去，但卻回不去的夢境。顧城出國後生活方式所發生的變化，使得他常常在現實與虛構之間模糊了自我的界限，他在努力為自己「修一個城，把世界關在外邊」。1992 年顧城獲德國學術交流中心（DAAD）創作年金，1993 年又獲德國伯爾創作基金，留在德國寫作。詩人說過，「行到德國，像是小時的北京。有雪，也有干了的樹枝在風中晃動，我恍惚覺得沿著窗下的街走下去就回家了，可以看見西直門，那黃昏淒涼的光芒照著堞垛和甕城巨大的剪影，直洇開來。」〔註95〕顧城習慣於把過去帶入到現在，使得記憶不僅僅是記憶，而更是當下。北京城的印象，與德國的街道相重疊，詩人在陌生的環境中尋找到了似曾相識的痕跡。唯靈詩人顧城的詩萌生於記憶的最底層，在潛意識區域內，神秘的觀念和體驗喚醒了詩人的耳朵，將其帶入一片超驗的空間。詩人顧城似乎聽到了主體精神與客觀存在之間的對話，聽到了現實環境與理想世界的呼應。因此，這種超驗感，可以稱之為「過渡的對象」或者「過渡的現象」，用來「在主要的創造性活動與對象的投射之間建立經驗性的中介地帶」〔註96〕，它是主體與客體之外存在著第三個空間，一方面，通過想像最大限度地彌合感性、知覺與語言的鴻溝；另一方面，則使詩人不自覺地進入錯移倒置的狀態，而由此更激發了顧城從生命走向死亡的幻覺。因為潛意識的重新組合，使得碎片化的記憶產生美感體驗；但空蕩的異域街景一旦進入飄渺模糊、觸不可及的記憶，就會使詩人陷入恐懼的心理暗示。詩人在柏林體會到的返鄉經驗與死亡的恐懼意識銜接融合，形成「鬼進城」的狀態。這種生與死的悖謬，將顧城撕扯在兩極的恐懼中，「每個人在這個世界上生活都有大的恐懼，因為有一個觀念上的『我』。當我進入『無我』之境的時候，這些恐懼就消失了。不過我還有一點兒對美的恐懼。」〔註 97〕因此，詩人在返鄉意識中，結合了美感與恐懼感，如鬼畫符一般創作了《清明時節》：

〔註95〕 顧城：《城》，顧工編：《顧城詩全編》，上海：上海三聯書店，1995 年版，第856 頁。

〔註96〕 D. W. Winnicott: *Playing and Reality*, New York: Tavistock, 1989, p. 2. "I have introduced the terms 'transitional objects' and 'transitional phenomena' for designation of intermediate area of experience ......, between primary creative activity and projection of what has already been introjected."

〔註97〕 張穗子：《無目的的我──顧城訪談錄》，顧工編：《顧城詩全編》，上海：上海三聯書店，1995 年版，第 5 頁。

鬼不想仰泳

布告

鬼不想走路摔跟頭

布告

鬼不變人　布告之七　　鬼

彈琴　　散心

鬼　　　　　　　　鬼

無信無義　　寫信　開燈

無愛無恨　　　　眼

鬼　　　　　　　一

睜

沒爹　沒媽

沒子　沒孫

鬼

不死　不活　　不瘋

不傻　　剛剛下過的雨

被他裝到碗裏一看

就知道是眨過的眼睛

鬼潛泳

濕漉漉的

結論

鬼只在跳臺上栽跟斗〔註98〕

　　如黑格爾所認爲的，記憶本身就是已經死亡的回憶的經驗外殼。故而死亡是記憶的最好詮釋，因爲死亡意味著記憶的凍結和枯萎，將原本鮮活的記憶以物質形式的方式留存。「城」在顧城筆下，正是一種死亡的回憶。而記憶和空間在顧城的「城」意象中存在著牢不可破的關係，「記憶形式的核心由圖象（以簡明扼要的圖象公式對記憶內容進行編纂）和場所（在一個具有某種結構的空間內，把這些圖象安排在特定的地點）構成」〔註99〕。詩歌《清明

〔註98〕顧城：《鬼進城　清明時節》，顧工編：《顧城詩全編》，北京：生活‧讀書‧
　　　新知三聯書店，1995年版，第849頁。
〔註99〕〔德〕阿斯特莉特‧埃爾：《文化記憶理論讀本》，余傳玲等譯，北京：北京

時節》融合了死亡與美的雙重體驗，在跳躍性的建築空間內，瓦解了語言文字的連貫性。博伊姆在《懷舊的未來》中述及：「失去家園和在國外的家園常常顯得是鬧鬼的。修復型的懷舊者不承認曾一度是家園之物的離奇和令人恐懼的方面。反思型的懷舊者則在所到之處都能看出家園的不完美的鏡中形象，而且努力跟幽靈與鬼魂住在一起」〔註100〕。顧城在德國尋找著家鄉的鏡象，不免產生一種恐懼的體驗，主要表現在「鬼」形象中。「鬼」的形象出沒在領字或者詩行的中間位置，詩篇從勻速、加速再到減速，整幅圖畫呈現出鬼跳動的痕迹。「鬼」作爲幽靈、亡靈、亡魂的載體形式，在詩篇當中存在兩種聲音，一種是本該有的鬼狀態，它是被命名或者定型化的；另一種則是「鬼」的理想狀態，它又是超越現實的。顯然，顧城想要保留的是後者，讓失去生命的個體重新復活，而拼貼出「靈」跳動的動作痕迹。詩人連用三個「不想」，成階梯狀，以顛覆「鬼」被賦予的傳統消極意義，重新爲其賦形。因此「鬼」不再是陰暗、晦氣的亡身，而被顧城描述爲精靈一般的生命體，它在交錯路口，成十字形跳躍，「彈琴」、「散心」、「寫信」、「開燈」，在光照中，獲得自足的生命空間。然而，「鬼」的靈動性，更在於它超越出凡俗的愛恨信義觀念。脫離了欲念的捆綁，它不但「不死」、「不活」、「不瘋」、「不傻」，反而可觸可感，與自然的靈動心有感應，單獨在自己繪製的格子中自由地跳躍。結尾處「鬼只在跳臺上栽跟斗」，與開頭「鬼不想走路摔跟頭」相呼應，讓躍動的「鬼」自然地獲得生命的愉悅或者疼痛。

顧城在 1993 年創作的組詩《城》（五十四首），則以更爲直接的圖象方式，跳躍著抵近北京城。看似已經遙遠的故鄉重新復蘇，詩人將自己幻化入圖象結構，穿過城門胡同、走過故宮地壇，在他生命的最後，以詩的形式返回故鄉。後期創作中，顧城試圖以破壞性的聲音打破詩篇結構的穩固性，但這種破壞又幾乎等同於建構，他提到，「不斷地有這種聲音到一個畫面裏去，這個畫面就破壞了，產生新的聲音。」〔註101〕因此，顧城聽到「城」的召喚時，有意識地以「跳」的動作介入其中，不規則的形式結構，打破詩句的平衡感，消解固有的北京城框架，拼貼出一幅詩人在「城」中跳動的破碎

大學出版社，2012 年版，第 257 頁。

〔註100〕〔美〕斯維特蘭娜·博伊姆：《懷舊的未來》，楊德友譯，南京：譯林出版社，2010 年版，第 280 頁。

〔註101〕顧城：《顧城文選卷一　別有天地》，哈爾濱：北方文藝出版社，2005 年版，第 56 頁。

圖景。顧城採用跳躍性的拼貼結構，而「拼貼的要點就在於不相似的事物被黏在一起，在最佳狀況下，創造出一個新現實。」〔註 102〕此處以《中關村》為例：

<pre>
        找到鑰匙的時候   寫書
        到五十二頁五樓   看
                        科學畫報
        挖一朽水果
                看滔滔大海
        冰上櫥櫃
        （我只好認為你是偷的）
    開
    門   倒   倒倒   倒
                        倒
        車向上走   去把文件支好
            自   修
            行   彎
            車   了
            修   的   號碼不對
            理   鋁
            商   鑰
            店   匙
</pre>

你最小〔註 103〕

過去的城市已經死亡，但顧城以創造性的拼貼方式，讓其重新復活。在詩篇《中關村》中，幾乎尋找不到詩人的表達意圖。但詩人以圖象的方式結構全篇，又為閱讀這首詩歌提供了路徑。詩人寫到「找到鑰匙的時候　寫書」、「到五十二頁五樓　看／科學畫報」，「去把文件支好」，將「城」意象隱喻於文字記憶中，「如果說文本的無限性建立在閱讀的不可終結性基礎之上，那麼

〔註 102〕〔美〕唐納德・巴塞爾姆：《白雪公主》，周榮勝等譯，哈爾濱：哈爾濱出版社，1994 年版，第 332 頁。
〔註 103〕顧城：《城》，顧工編：《顧城詩全編》，上海：上海三聯書店，1995 年版，第871 頁。

記憶的無限性則建立在它本身的可變性和不可支配性的基礎上」〔註104〕。文字與記憶的類比，凸顯出城市如同博爾赫斯的「沙之書」，是一本沒有起始頁的書籍，書的第一頁埋葬於記憶，只有以文字的方式，才能保留住持久的記憶。因此，在詩人顧城看來，只有「找到鑰匙的時候」去「寫書」，才能回到已經死去的記憶，重新創造新的記憶。詩歌開篇先橫向排列，由線性的方式展開，但在構型上呈階梯式，在閱讀的過程中，由動詞「寫」、「看」、「開」，將語音的重心後移，造成層層遞進的音樂效果。詩歌後半部由「倒車」的動作翻轉詩歌的結構模式，從圖形的建築構造能夠看出「城」意象的空間隱喻，時間的觀念被轉化爲空間的體驗。在詩歌縱向排列處，呈現出一座高層建築的形狀，詩人採用反邏輯的語言，文字的密度從疏散到密集、再到疏散，閱讀秩序被打亂，拼貼出詩人記憶空間的混亂和錯位。儘管整首詩歌很難與中關村產生聯繫，甚至像是詩人的囈語，但顧城說過：「我站在一個地方，看，就忽然什麼都想不起來了，只有模糊而不知怎麼留下來的心情還在。」〔註105〕中關村已經失去了原初的模樣，以模糊的形象儲存在詩人的情感世界中。「顯然，顧城仍在嘗試著一種自發性和自由聯想的詩學。然而，與他早期詩歌的自由聯想不同，在視覺上缺乏連接雜亂脫節的語詞和意象的邏輯關係，顯得非常任意和獨特的」〔註106〕，這種任意和獨特已經遠遠超出了視覺體驗，而是通過破碎無序的辭章，爲整首詩歌既保留了中關村樓層的階梯狀，又將個人的印象疊加在建築之上，展現了個人經驗的記憶拼貼。

二、搖：「似乎要搖出盼望的結論」

從鄉土走向城市的詩人，更是感到現實生存環境的疏離和陌生，其創作往往重視詞與詞的關聯，通過不穩定的節奏感帶給讀者「搖」的聲音特質，以暗合詩人漂泊不定、失落徘徊的情感心理。在福建省南部鄉村長大的宋琳，1979 年來到上海華東師範大學求學，在城市面前，傳統的鄉土意識開始發生遷移，這使詩人越發覺到心靈的失落和漂泊。宋琳的作品《十年之約》中，語詞「糜爛」、「時髦」、「謠言四起」構成消費時代都市的內核，城市在一片

〔註104〕〔德〕阿斯特莉特・埃爾：《文化記憶理論讀本》，余傳玲等譯，北京：北京大學出版社，2012 年版，第 161 頁。

〔註105〕顧城：《顧城散文選集》，天津：百花文藝出版社，1993 年版，第 246 頁。

〔註106〕Yibin Huang: *The Ghost Enters the City: Gu Cheng's Metamorphosis in the "New World"*, Christopher Lupke: *New Perspectives on Contemporary Chinese Poetry*, New York: Palgrve Macmillan, p. 132-133.

喧囔聲中失去了人們所追求的眞實感,「城市,這個用無機物堆積起來的空間,為那些卑微的生命提供了一項新的身份:或者說,城市是一種機遇,一種生命的可能性,一個功利性願望的龐大對象,它不僅提供各物,而且提供能夠安撫肉體的所有觸手。城市是一個功利性民主的營地」〔註 107〕。出走、回望與厭棄形成了宋琳筆下「城」意象的連貫性,詩人將懷舊的情感包裹在記憶與憂傷中,迴環往復地確認那個流浪又駐足的自我。宋琳沒有直接使用「城」意象,但是他的作品中出現大量與城市有關的標誌性意象,對於理解詩人的漂泊心態起到重要的作用。他的作品《外灘之吻》頗具代表性,詩歌將上海的「外灘」作為主要意象,借助「江」、「船」、「煤」、「霧」等輔助意象,通過變換語詞的位置,在分行、停頓和語音方面,造成碎裂、搖擺的音樂效果:

> 我們沿著江邊走,人群,灰色的
> 人群,江上的霧是紅色的
> 飄來鐵銹的氣味,兩艘巨輪
> 擦身而過時我們叫出聲來
> 不易覺察的斷裂總是從水下開始
> 那個三角洲因一艘沉船而出現
> 發生了多少事!多少秘密的回流
> 動作,刀光劍影,都埋在沙下了
> 或許還有歌女的笑吧
> 如今遊人進進出出
> 那片草地彷彿從天邊飛來
> 你搖著我,似乎要搖出盼望的結論
> 但沒有結論,你看,勒石可以替換
> 水上的夕陽卻來自同一個海
> 生活,閃亮的,可信賴的煤
> 移動著,越過霧中的洶湧
> 我們依舊得靠它過冬〔註 108〕

〔註 107〕 朱大可:《懶憊的自由——宋琳及其詩論》,《當代作家評論》,1988 年第 3 期,第 18 頁。

〔註 108〕 宋琳:《外灘之吻》,《門廳》,太原:北嶽文藝出版社,2000 年版,第 164 頁。

　　艾略特說過，「一個詞的音樂性存在於某個交錯點上：它首先產生於這個詞同前後緊接著的詞的聯繫，以及同上下文中其他詞的不確定的聯繫中；它還產生於另外一種聯繫中，即這個詞在這一上下文中的直接含義同它在其它上下文中的其它含義，以及同它或大或小的關聯力的聯繫中。」〔註 109〕組詩《外灘之吻》的節奏始終是流動的，甚至搖動著被推進，這種搖動的感覺產生於詞與詞的聯繫中。詩歌的開篇處「我們沿著江邊走，人群，灰色的／人群，江上的霧是紅色的」，「人群」出現在首句的中間和第二句的開端，「我們」被包圍在不同位置出現的語詞「人群」中。擁擠的城市環境，也透過語音的反覆得以呈現，這種搖動的感覺，正契合了海上文化的特點，一者指那些捉摸不定、光怪陸離的西洋文化、文學，起初都是由上海碼頭流入內地；二者則針對大陸根深蒂固的本土文化而言，海上文化就像是一種無根的漂浮物一般，游離不定。〔註 110〕詩句「我們沿著江邊走」和「江上的霧是紅色的」，反覆從不同的方位停頓於「江」意象，主體「我們」的路徑和視角也緊跟著發生挪移，造成晃動的閱讀體驗。「灰色的」和「紅色的」，又在顏色上重複同樣的語詞結構，後置於兩句的末端處並置排列，但「灰色的」是孤立的，而「紅色的」卻附著於「江上的霧」，差異的產生正回應了詩人心理世界中的兩種不同格局，即城市環境和心理空間。正如詩句「你搖著我，似乎要搖出盼望的結論／但沒有結論，你看，勒石可以替換」提到的「搖」，不安定的城市環境推動詩人在「現實」與「想像」的縫隙中尋找著「結論」，其中語詞「結論」同樣被擱置在不同的位置反覆出現，表明詩人迷茫的心緒。由此句分割出的前後部分，突出了心理空間與城市環境的隔膜。「把一首詩同別的詩聯繫起來從而有助於我們把文學的經驗統一為一個整體」〔註 111〕。人群中的「搖」，在詩人蕭開愚的《北站》中也同樣出現過，短句組織成篇，通過逗號、句號的停頓隔離開語詞的空間距離，顯現出主體「我」始終在晃動著行走，「我感到我是一群人／但是他們聚成了一堆恐懼。我上公交車，／車就搖晃。進一個酒吧，裏面停電。我只好步行／去虹口、外灘、

〔註 109〕〔美〕T・S・艾略特：《艾略特詩學文集》，王恩衷編譯，北京：國際文化出版公司，1989 年版，第 181 頁。

〔註 110〕參見楊揚：《海派文學與地緣文化》，《社會科學》，2007 年第 7 期，第 178 頁中對「海派」一詞的界定。

〔註 111〕〔加〕諾思羅普・弗萊：《批評的解剖》，陳慧、袁憲軍等譯，天津：百花文藝出版社，2006 年版，第 98 頁。

廣場，繞道回家。／我感到我的腳裏有另外一雙腳。」〔註112〕洪子誠曾在
《中國當代文學史》中提到「海上」詩人的特點，「他們的詩更趨於個體生命
與生存環境所發生的衝撞與矛盾。詩人們的孤獨感，源自生活在上海這個東
方大城市『無根』的，紛亂的狀態所帶來的精神焦慮，他們試圖用詩歌『恢
復人的魅力』。他們的詩作常常稍帶有現代野性式的『知性色彩』，『焦慮、絕
望、幽默、無奈、反諷的交替運作，使這些詩得以擺脫烏托邦式的遠景，而
以反抗個人這一基本圖象豎立』」〔註113〕。事實上，城市作為一種符號，它承
載的是與之相匹配的文化內涵，現代化、西方化、資本主義填充進城市的所
有空隙，而情慾、身體、快感、金錢等也成為城市符號的代名詞，如此越演
越烈，可謂徹底地摧毀了傳統文化得以延伸的命脈。在以貨幣經濟為主導、
快節奏以及程序化的城市生活中，都市人也養成了追名逐利、精明世故、冷
漠麻木的性格特點。而鄉下人身上那種的淳樸真誠、熱情親和也與城市人構
成極大的反差。因此，在齊美爾筆下，大都會向來是個體身份與社會整體性
之間的角逐，詩人們也因此被置於孤獨的境地。就這點而言，宋琳的《外灘
之吻》以「搖」的表現方式，很好地詮釋了大都市環境所帶來的不安定和孤
獨心境。

三、移動：「一側」「到達另一側」

　　本來就置身於城市中的詩人，採用與城市相關的建築或者場景作為意象
書寫城市，注重語詞排列所產生的動態節奏，通過「移動」的聲音特徵呈現
出詩人在面對城市變遷時所產生的迷失的心理狀態。陳東東善於捕捉場景，
「場景，就像意象和詞語，還有事件和時間，是組成和打開我詩歌的某一層
面。」〔註114〕比如他的詩歌《我在上海的失眠症深處》，語詞「舊世紀」、「偽
古典」和「古典建築」的出現，顯現出抒情主體沉浸在末世傷感的情懷中，
日漸消瘦的「愛奧尼石柱」以及被時間的雨水沖洗過的「銀行的金門」在閃
電中瞬間隱現，「百萬幽靈在我的體內／百萬幽靈要催我入夢／而我在上海的

〔註112〕蕭開愚：《北站》，《蕭開愚的詩》，北京：人民文學出版社，2004 年版，第 98
　　　　頁。
〔註113〕洪子誠：《中國當代文學史》，北京：北京大學出版社，1999 年版，第 306
　　　　頁。
〔註114〕《陳東東訪談》，轉摘自藍色之聲 http://www.sonicblue.cn，2010 年 10 月 7
　　　　日。

失眠症深處／我愛上了死亡澆築的劍」〔註115〕，不眞實的場景，「百萬幽靈」
重複兩次，強化了詩人被挪移出現實世界而進入夢境。同樣，《外灘》中出現
了幾個重要的上海場景——「花園「、「外白渡橋」、「城市三角洲」、「紀念塔」、
「噴泉」、「青銅石像」、「海關金頂」、「雙層巴士」、「銀行大廈」——意象的
橫向鋪展延伸，濃縮了上海的城市印記：

> 花園變遷。斑斕的虎皮被人造革
> 替換，它有如一座移動碼頭
> 別過看慣了江流的臉
> 水泥是想像的石頭；而石頭以植物自命
> 從馬路一側，它漂離堤壩到達另一側
> 不變的或許是外白渡橋
> 是鐵橋下那道分界水線
> 鷗鳥在邊境拍打翅膀，想要弄清
> 這渾濁的陰影是來自吳淞口初升的
> 太陽，還是來自可能的魚腹
>
> 城市三角洲迅速泛白
> 眞正的石頭長成了紀念塔。塔前
> 噴泉邊，青銅塑像的四副面容
> 朝著四個確定的方向，羅盤在上空
> 像不明飛行物指示每一個方嚮之暈眩
> 於是一記鐘點敲響。水光倒映
> 雲霓聚合到海關金頂
> 從橋上下來的雙層大巴士
> 避開瞬間奪目的暗夜
> 在銀行大廈的玻璃光芒裏緩緩刹住車〔註116〕

　　整首詩歌圍繞第三節末尾齣現的「暈眩」展開，而造成這種暈眩感的原
因卻是由於都市所發生的劇烈變化，令詩人措手不及，甚至模糊了現實與想
像的界限。第一節的第一行出現「變遷」，第二行出現「替換」、「移動」，第

〔註115〕陳東東：《我在上海的失眠症深處》，《海神的一夜》，北京：改革出版社，
　　　　1997 年版，第 123 頁。
〔註116〕陳東東：《外灘》，《解禁書》，北京：作家出版社，2008 年版，第 59 頁。

三行則將「石頭」的位置從賓語移動至主語，第五行又轉換方位「一側」到「另一側」，透過語詞的換位、語音的重複變化，突出了詩人身處「外灘」時空倒錯的心理狀態。陳夢家曾經指出，「中國文字是以單音組成的單字，但單字的音調可以別爲平仄（或抑揚），所以字句的長度和排列常常是一首詩的節奏的基礎。」〔註 117〕《外灘》中，語詞排列形成的字句長度，與詩人的心理節奏高度契合，總體上呈現出移動的音樂感。「外灘」所代表的城市不斷發生著劇烈的變化，甚至產生不知身在何處的心理體驗，即挪威學者諾伯舒茲曾提出「場所淪喪」。所謂的「場所淪喪」，「就一個自然的場所而言是聚落的淪喪，就共同生活的場所而言是都市焦點的淪喪。大部分的現代建築置身在『不知何處』；與地景毫不相干，沒有一種連貫性和都市整體感，在一種很難區分出上和下的數學化和科技化的空間中過著它們的生活」〔註 118〕。因此，「場所淪喪」的核心在於方向感和認同感的缺失。造成「場所淪喪」的兩個重要原因，一是「都市問題」；二是「與國際樣式有關」。〔註 119〕一幕幕場景的出現彌合了公共場所與私人場所之間的裂隙，這些頗具代表性的上海建築更多呈現的是飽受歷史沉澱的空間，是詩人在幻想和回憶中發出的私語。詩人嘗試著通過那些不變的場景「外白渡橋」、「分界水線」進行自我定位，但這些外部的場景反而更是讓人「暈眩」。因此，「人爲了保持住一點點自我的經驗，不得不日益從『公共』場所縮回『室內』，把『外部世界』還原爲『內部世界』。的確，詩人的『漂泊無依的、被價值迷津弄得六神無主』的靈魂只有在這一片由自己布置起來的，充滿了熟悉氣息的回味的空間才能得到片刻的安寧，並庶幾保持住一個自我的形象。」〔註 120〕城市作爲外部環境的變遷，使得詩人的心理空間隨之動蕩，進而依賴於個體生命意識流瀉出的「移動」感，附著於「場所淪喪」佔據了整首詩歌。這不但是身體的放逐，更是精神的流浪，詩歌節奏表現爲分散和搖擺，使得語言跟隨著情感失去了根部的統一，顯得破碎、凌亂而無序。這種面對城市變遷所產生的精神流動與游離的心理

〔註 117〕陳夢家：《〈新月詩選〉序言》，《陳夢家詩全編》，杭州：浙江文藝出版社，1995 年版，第 227 頁。

〔註 118〕〔挪威〕諾伯舒茲：《場所精神——邁向建築現象學》，施植明譯，武漢：華中科技大學出版社，2010 年版，第 186 頁。

〔註 119〕〔挪威〕諾伯舒茲：《場所精神——邁向建築現象學》，施植明譯，武漢：華中科技大學出版社，2010 年版，第 189 頁。

〔註 120〕陳旭光：《中西詩學的會通——20 世紀中國現代主義詩學研究》，北京：北京大學出版社，2002 年版，第 364 頁。

狀態，恰如楊克的《火車站》，人群的嘈雜與碰撞，令詩人在都市中迷失方向：
「當十二種方言的碰撞將正午敲響／十二個闖入者同時丟失了方向／想發財
的牧羊漢從北走到南／擠在人群中才知道人的孤單」。〔註121〕

　　1980 年代以來漢語新詩中的「城」及其標誌性意象極爲醒目，筆者通過
分析顧城、宋琳、陳東東等的詩歌作品，歸納出貫穿於詩篇辭章結構中的
「跳」、「搖」和「移動」，勾勒出這一時代與「城」相關的聲音表現特徵。

小　結

　　本章緊扣 1980 年代以來較爲顯赫的四個意象（「太陽」、「大海」、「鳥」
及其衍生意象、「城」及其標誌意象），從這些意象所指涉的文化內涵中挖掘
聲音。「太陽」意象的升起和沉沒，揮發出同聲相求的句式，將文化尋根和浪
漫主義追求推向了巔峰；「鳥」及其衍生意象的升騰體驗，正暗合詩人在消費
文化時代對詩神的追逐，他們或孤獨、或失落，但卻在語詞顛覆與重構的過
程中，始終保留著個體生命中詩意的抒情精神；「大海」意象的變奏，對於詩
人而言，是歷史知識與日常經驗之間的屏障，也是詩人漂泊與流浪的精神體
驗，它主題式的回應了詩人所面臨的書寫困境和精神動蕩；「城」及其標誌意
象的破碎狀態，是詩人從鄉村過渡到城市所呈現出的不適應狀態，田園牧歌
式的樸實、自然生活遭到都市文明的破壞，與之相對應的是詩人所維護的詩
性精神的淪喪，故而與聲音相關的辭章結構也顯得破碎無序。

　　1980 年代以來的漢語新詩所涉及到的意象不勝枚舉，但上述四個意象最
能夠體現 1980 年代以來漢語新詩的聲音獨特性。筆者需要補充的是，「蝙蝠」
也是這一階段最常出現的意象。蝙蝠形貌似鼠類，發出吱吱的叫聲，醜陋卻
肩負著苦難。蝙蝠生性特殊，白天棲息時倒掛身形，夜晚又依靠聲納系統利
用喉嚨發出的超音波與物體接觸時發生的回聲來定位其形狀大小和距離遠
近，顯得幽僻、敏銳而一意孤行。翟永明的《我的蝙蝠》，通過動詞「跟蹤」、
「恢復」、「流浪」、「倒掛」、「做對」的停延，讓「蝙蝠」的醒目地站立著，
完成詩人與蝙蝠之間知性的交流；西川的《夕光中的蝙蝠》，以語音所造成的
韻律效果，與對象之間始終保持著距離感，詩句「挽留了我，使我久久停留

〔註121〕楊克：《火車站》，《笨拙的手指》，太原：北嶽文藝出版社，2000 年版，第 24
　　　　頁。

／在那片城區，在我長大的胡同裏」〔註 122〕，「夕」〔i〕與「衣」〔i〕，形成迴環，陰影恰成了最美的投射，而「挽留」〔iu〕，「久久」〔iu〕與「停留」〔iu〕連綴，延緩了時間的流逝，留下記憶的痕迹。

　　筆者並沒有一味地強調意象與聲音的契合，甚至還通過聲音對意象的破壞反觀二者較爲複雜的互動關係。比如顧城有意以「跳」的方式肢解詩篇結構，通過聲音破壞圖象，最後回到潛意識的記憶之「城」。與記憶相對的是遺忘，顧城選擇破壞性的方式，也是在抵制遺忘的發生，因爲在他看來，「詩的大敵是習慣——習慣於一種機械的接收方式，習慣於一種『合法』的思維方式，習慣於一種公認的表現方式」〔註 123〕。因此，意象絕不是枷鎖，反而是詩人尋找新的聲音的動力。因爲對每一個詩人而言，「習慣的終點就是死亡。」〔註 124〕

〔註 122〕西川：《夕光中的蝙蝠》，《西川的詩》，北京：人民文學出版社，1999 年版，
　　　　　第 132 頁。
〔註 123〕顧城：《顧城散文選集》，天津：百花文藝出版社，1993 年版，第 71 頁。
〔註 124〕顧城：《顧城散文選集》，天津：百花文藝出版社，1993 年版，第 71 頁。

第五章　聲音的傳播方式

　　樂之體在聲，體內之心乃詩。欲剖此心，鬢髮爲歌聲，則必有辭，僅樂聲猶不足以表達其微。

　　顧在生活之進化中，心志之動也頻繁，謠辭之發輕雜，聲樂不能遍逐。

——任半塘：《唐聲詩》

　　1980 年代以來的漢語新詩的聲音傳播方式也取得了突破，以往占主流的由官方組織的朗誦活動逐漸失去吸引力，取而代之的是更強調表演、舞蹈、裝置、音樂、繪畫和身體姿勢等綜合藝術效果。誦詩和唱詩〔註 1〕是 1980 年代以來漢語新詩的兩種重要傳播方式，使得詩歌文本在詩人、誦者或者歌手、聽眾中間形成動態的有機鏈條，在開啓詩的流通渠道時，也強化了詩的視聽效果。那麼，誦或者唱的傳播方式是如何影響詩歌的？換言之，詩歌在與誦或者唱結合後出現了哪些聲音特點？帶著這些問題，本章主要以 1980 年代以來的漢語新詩爲研究對象，考察誦詩和唱詩兩種聲音傳播方式。通過區分誦本與誦讀、歌詞與詩兩組概念，突出誦和唱的特點。

〔註 1〕任半塘在《唐聲詩》上編（上海：上海古籍出版社，1982 年版，第 10～15頁）中，對聲詩、吟詩、唱詩有所界定。其中，吟詩與唱詩並行，吟詩或指歌詩或指誦詩。聲詩的範圍廣，包括「樂與容二者」；歌詩「僅用肉聲，不包含樂器之聲，其義較狹」；誦詩又稱朗讀，有賴於語言。

第一節　誦　詩

　　1980 年代以來誦讀方式的改變，對 1980 年代以來的漢語新詩產生了重要影響。針對此，筆者試圖觀照誦與詩之間的關係，分析誦本與誦讀的差異，並著重考察誦的特點以及方言誦詩，以強調誦讀對詩歌文本起到的作用。

一、誦本與誦讀

　　誦本強調詩歌文本，主要指的是以朗誦為功能的詩歌文本，包括朗誦選本和側重於朗誦的原創詩歌文本等，無論從編選者還是創作者而言，誦本都提倡易讀易誦、便於記憶；而誦讀強調的是誦，注重誦的藝術效果和詩人的個人氣質，以多元化的誦讀方式突出詩歌文本的表現力。

　　1980 年代以來，漢語新詩的朗誦選本可謂層出不窮，出版了包括《朗誦詩》（1985）、《中國新時期朗誦詩選》（1986）、《朗誦詩選》（1987）、《新中國朗誦詩選》（1990）、《世紀心聲——朗誦詩選》（1999）、《到詩篇中朗誦》（2008）等朗誦詩選。既然是選本，就必然從編選者的眼光出發。上述朗誦詩選主要以 1980 年以前的創作為主，比如《新中國朗誦詩選》〔註 2〕中收錄了包括臧克家的《有的人》、未央的《祖國，我回來了》、聞捷的《我思念北京》、賀敬之的《雷鋒之歌》、柯岩的《周總理，你在哪裏》，舒婷的《祖國呵，我親愛的母親》等，這些文本結合民族化或者政治運動，通過宣傳達到大眾化的普及作用。由於詩人以歌頌、讚美為主要的情感表達基調，故在語音、語調、語法或者辭章結構方面，都顯得便於記憶。另外，《世紀心聲——朗誦詩選》〔註 3〕中涉及到朦朧詩人食指的《相信未來》、北島的《回答》、舒婷的《致橡樹》，儘管抒情主體從大我回到小我，但也難逃政治意識形態的窠臼，以謳歌、張揚自我的生命價值為主線，表達對未來的期許和寄託。誦本《到詩篇中朗誦》，收錄的 1980 年代以來的漢語新詩相當具有代表性，「從傳播與朗誦的角度進行選擇，又不囿於傳統意義上『朗誦詩』的局限，這無疑是一種有思路的嘗試，一種有價值的總結與評判」〔註 4〕。在入選的 100 首詩

〔註 2〕楊愛群、陳力編選：《新中國朗誦詩選》，瀋陽：春風文藝出版社，1990 年版。

〔註 3〕上海市作家協會詩歌委員會編：《世紀心聲——朗誦詩選》，上海：上海文藝出版社，1999 年版。

〔註 4〕孫方傑、王夫剛選編：《到詩篇中朗誦》，北京：中國文史出版社，2008 年版。

歌當中，包括了潘維的《日子》、雷平陽的《小學校》、藍藍《野葵花》、楊健的《鎖江樓》、葉輝的《一個年輕木匠的故事》等。楊健的《鎖江樓》，以口語化的表達方式，注重韻律美感，多次使用數量詞提升音樂性，「鐵船的一頭浸在江水中，／岸邊，每戶人家的屋子裏，／有一個活潑的孩子，一個殘疾的母親。／藝術，還不能像逝去的親人，讓人們懂得肉體的虛偽，／死亡閃現的微光／／幾個民工在江邊挑礦石，／有一瞬間，我真想跳下去／同他們一起幹活。／但我站在樓上，／我是一個看江水的人，／我讀的書，寫下的詩，不能減去人們絲毫的坎坷。」〔註 5〕葉輝的《一個年輕木匠的故事》，以敘述的口吻平鋪直敘，整首詩歌很少有情緒的跌宕起伏，如講故事一般娓娓道來，不易受到晦澀的語義困擾：「年輕的木匠不愛說笑，行事利索／他從墨斗裏扯出一根線來，如同一隻／黑色的大蜘蛛，吐出一根絲在木板上／但錯了。我說去找塊橡皮／他沒有睬我，只用鉋子輕輕一抹／沒了，我怎麼就沒想到／木板鋸開來，還是不對，尺寸比我想要的小／他拉起鋸子，變成兩條腿／但矮了，又剖成四根檔。現在行了吧，他說／然後附向另一塊木板。而我忍不住問他／要是又錯了呢。那可以削成十六隻楔子／他不假思索地答道。接著他師傅來了／我說給他聽，問他，這些經驗是誰傳給他的／師傅笑著說：是斧子」〔註 6〕。

　　除了編選者的眼光之外，也有個別詩人有意識地創作適合於朗誦的文本。2011 年張廣天的詩集《板歌》，代表了一種實驗性的誦本。詩人張廣天「試圖從戲劇板腔體的音樂氣韻節奏和個性化聲調的處理傳統中，繼承並創造某種適合當代漢語表達的情歌語體。通過這樣的嘗試，詩人基本解決了當代漢語音形義三位一體的難題，使當代漢語新詩在可聽可讀可視三方面高度地統一起來，形成其獨特的『語文詩派』的寫作風格」〔註 7〕。詩人張廣天有意結合漢語的音形義，「在信號的形態上看，吟誦所演繹的，是文字符號的『音』，亦即是演繹文字的『音樂性』，而新詩的朗誦雖然間接來說與文字符號的相涉，但在符號的形態上則是演示與場景、身體語言、聲調等不同的符

〔註 5〕　楊健：《鎖江樓》，孫方傑、王夫剛選編：《到詩篇中朗誦》，北京：中國文史出版社，2008 年版，第 70 頁。
〔註 6〕　葉輝：《一個年輕木匠的故事》，孫方傑、王夫剛選編：《到詩篇中朗誦》，北京：中國文史出版社，2008 年版，第 121 頁。
〔註 7〕　林少陽：《未竟的白話文——圍繞著「音」展開的漢語新詩史》，《新詩評論》，2006 年第 2 期，第 7 頁。

號形態。即使是寫於紙上的朗誦體詩，上述這些不同的符號形態也必然會投影於其上，對這一不同符號形態的想像，也必然會影響到作者在寫作時的文字、聲響配置和讀者閱讀時的意義衍生。」〔註8〕比如張廣天的《背》：「整個的你是一個『背』字，／有時代表一個背影，／有時代表背誦課文，／有時代表背著手看我，／有時代表背道而馳。//四月的雨微屈前膝，／白皚的布裙一路捕捉花色，／欣欣然撲面而來。／寧靜的街景融化在陽光裏，／你指著一幅／支持亞非拉人民鬥爭的壁畫／說起愛情。／一切的驚慌、痛楚游離在外，／去到不遠處的防空洞裏，／去到寂寥的灑滿月光的夜裏，／去到參天的喬木透明的指尖，／去到夢的毛茸茸的邊緣……」〔註9〕詩中不斷重複語音「背」，「背影」、「背誦」、「背著」，「背道而馳」、詩人試圖將「背」的音、形、義結合為一體，創作了一種易於誦讀的詩體。

誦本體現的是誦與詩的關係，但從編選者或者創作者的角度而言，這些被列入或者被創作成誦本的作品，強調的是語言文字本身的可讀性，這就排除了缺乏節奏、韻律感，語義又晦澀難懂的作品。但就 1980 年代以來漢語新詩的創作情況而言，韻律、節奏感相對欠缺的作品，並非不適於誦讀，只是不需要依賴語言文字層面的易讀易誦，更強調綜合性的藝術效果。也就是說，誦讀突出的是誦，適合於所有詩歌文本，主要以舞臺表演的方式，達成與詩歌文本的聲音契合。筆者認為，與其重視易讀易誦、便於記憶的文本，倒不如使語言文字進入流通的過程，建立一種多元化的傳播方式。印刷媒體的繁盛，使得新詩的書面形式佔據了主導地位。而書面與口頭形式的生成是在不同的語境中完成的，無論是接受者、接受方式和接受渠道都存在差異。書面形式作為一種記憶文本，代表著傳統的口頭聲音觀念，「從古代的口傳文學發展成書面寫作之後，為了更利於傳播，詩人必須把詩寫得朗朗上口，利於背誦和傳播。你可以說它是文學形式，實際上它也是一種文學制度。」〔註10〕但是詩歌不斷「去節奏」，並嘗試以意象化取代聲音，也使得漢語新詩需要建立新的口頭聲音觀念，以取代傳統詩歌以格律或者押韻為主的表現形式。

〔註 8〕 林少陽：《未竟的白話文──圍繞著「音」展開的漢語新詩史》，《新詩評論》，2006 年第 2 期，第 7 頁。

〔註 9〕 張廣天：《板歌》，北京：作家出版社，2011 年版，第 91 頁。

〔註 10〕 于堅：《如果不是工匠式寫作，你會被淘汰》，《南方周末》，2013 年 11 月 7 日。

　　那麼，針對這種差別，接下來的問題是，如何調用誦讀的方式、技巧和手段，其目的何在？那些勇於創新的詩人一方面將咖啡館、沙龍、劇場等作為現場演出的場地，另一方面則利用現代傳媒手段，製作成音像、視頻等形式，達成與觀眾齊聲共鳴的綜合性藝術效果。音樂人、詩人顏峻強調詩歌的私人性，他的朗誦通常在沒有聽眾的情況下，進入一種獨立的私人化空間，通過錄音來完成。錄音文件被上傳至互聯網，這對於聽眾而言，也建立了相對個人的空間感受詩歌的聲音。此外，1994 年，導演牟森應布魯塞爾藝術節之邀，將于堅的長詩《〇檔案》改編為舞臺劇，融合了語言、音樂、影視、美術和表演等多種藝術表現方式。舞臺上大致呈現了五個場景：吳文光敘述他父親一生的故事；蔣樾用切割機切斷並焊接鋼筋；文慧反覆開關著錄音機，播放長詩《〇檔案》，把蘋果、西紅柿插放在蔣樾焊接好的鋼筋上；銀幕播放著嬰兒心臟手術的紀錄片；最後由演員吳文光、蔣樾和文慧將蘋果扔進鼓風機中，讓一切化為碎屑，歸於「〇」。在這部舞臺劇中，錄音機播放的《〇檔案》的聲音不是封閉的，而是將文本的聲音與機器的聲音、演員的聲音等交織在一起，顯得破碎、扭曲和斷裂，立體式地展示了人對機器的抵抗、個人對公共性的對抗，生命對死亡的反抗。〔註11〕1995 年 5 月 8 日《〇檔案》在比利時一四〇劇場首演後，又在歐洲、加拿大和日本巡迴演出，都相當成功。關於《〇檔案》的誦讀實踐，充分表現出 1980 年代以來誦讀方式、技巧和手段的多元化特色。

　　另外，誦讀更重視個人化的聲音特質，關於這點，韋勒克、沃倫在《文學理論》中區分了聲音的表演和聲音的模式，聲音的表演指的是更具個人色彩的誦讀，而聲音的模式指的是文本的節奏與格律，「要把聲音的表演與聲音的模式加以區別。大聲誦讀一件文學作品就是一種聲音的表演，一種對聲音模式加上了某些個人色彩的理解」〔註12〕。通常情況下，被選入誦本的詩易讀易誦，往往更重視「節奏與格律」。但誦讀強調的是誦，誦與歌不同，誦「無定調」，又「發於作家」〔註13〕，是綜合性的表演，更具有個人色彩。詩人根據自己的呼吸、氣韻，結合詩文本的聲音形式，為聽眾帶來視覺和聽覺的綜

〔註11〕〔美〕奚密：《詩與戲劇的互動：于堅〈〇檔案〉探微》，《詩探索》，1998 年第 3 期，第 109 頁。

〔註12〕〔美〕雷・韋勒克，奧・沃倫：《文學理論》，劉象愚、邢培明等譯，北京：生活・讀書・新知三聯書店，1984 年版，第 166 頁。

〔註13〕任半塘：《唐聲詩》上編，上海：上海古籍出版社，1982 年版，第 20 頁。

合性藝術體驗。「為了在我們既不是隨意來『吟』或『哼』，也不是按曲譜來『唱』，而是按說話的方式來『念』或『朗誦』白話新體詩的時候，不致顯不出像詩本身作為時間藝術、聽覺藝術所含有的內在因素、可觀規律，而只像話劇臺詞或鼓動演說，使朗誦者無所依據，就憑各自的才能，自由創造，以表達像音樂一樣的節拍、節奏以致旋律。」〔註 14〕西渡將詩人的個性化聲音作為詩歌精神的內核，決定整首詩歌的氣韻。但他同時指出，「獨特的聲音既是詩人個性的內在反覆討論而又始終沒有完全解決的問題。」〔註 15〕他認為「海子和駱一禾在他們最好的作品中，將一種高亢的歌唱性賦予了新詩。西川的聲音朗誦效果極佳，他那用不降低的高音在當代詩歌的音譜中清晰可辨。臧棣則賦予了當代詩歌一種沉思的、自我辨析的調子，他的聲音更富於變化，能夠隨物賦形，變幻出種種迷人的音調。黃燦然使當代詩歌對口語的使用達到了自如的程度。」〔註 16〕這裡就筆者所收集的錄音材料為依據，舉多多誦讀的《在英格蘭》為例：

> 當教堂的尖頂與城市的煙囪沉下地平線後
> 英格蘭的天空，比情人的低語聲還要陰暗
> 兩個盲人手風琴演奏者，垂首走過
>
> 沒有農夫，便不會有晚禱
> 沒有墓碑，便不會有朗誦者
> 兩行新栽的蘋果樹，刺痛我的心
>
> 是我的翅膀使我出名，是英格蘭
> 使我到達我被失去的地點
> 記憶，但不再留下溝犁
>
> 恥辱，那是我的地址
> 整個英格蘭，沒有一個女人不會親嘴
> 整個英格蘭，容不下我的驕傲

〔註14〕 卞之琳：《卞之琳文集》中卷，合肥：安徽教育出版社，2002 年版，第 458頁。

〔註15〕 西渡：《詩歌中的聲音問題》，《淮北煤炭師範學院學報》（哲學社會科學版），2000 年第 1 期，第 4 頁。

〔註16〕 西渡：《詩歌中的聲音問題》，《淮北煤炭師範學院學報》（哲學社會科學版），2000 年第 1 期，第 20 頁。

從指甲縫中隱藏的泥土，我

認出我的祖國——母親

已被打進一個小包裹，遠遠寄走……〔註17〕

　　詩人多多對音樂形式的借用，在他的誦讀中表現得更爲明晰。多多誦讀時，完全遵循音樂的自然流動，運用重讀、斷句和拖長音調等多種誦讀方式。第一節出現的「頂」、「英」、「低」、「陰」，第二節出現的「新」、「刺」，第三節出現的「翅」、「英」、「使」、「失」，第四節出現的「恥」、「英」，第五節出現的「紙」、「泥」、「寄」，這些語音韻母中都含有元音〔i〕，多多以重讀的方式強調這些語音，將聽眾帶入一種迴環的音樂空間。在第四節出現「恥辱」與「那是我的地址」、「整個」與「英格蘭」，詩人所採用的斷句方式，構成呼吸的起伏流轉。第五節拖長「我」和「遠遠」的音調，綿延出抒情主體對家鄉的眷顧之情，饒有意味地作爲樂曲的尾聲結束全篇。

　　同樣，1980 年代以來的漢語詩人中，西川的聲音如鐘聲般高亢激昂，每一個重音都擊打著聽眾，暴力性地控制著現場，混響著不同的歷史時代或者人物所發出的立體音樂效果。樹才的聲音平緩溫和、低沉內斂，似將聽眾帶入潺潺的溪流中，訴說著苦難和不幸。臺灣詩人陳黎在誦讀他的作品《戰爭交響曲》時，把握住文本所要闡釋的意蘊，從「兵」的勻速再到加速，渲染出戰場的氣勢恢宏和戰士的布陣局面，隨後張弛有序地誦出「乒」和「乓」，展示了戰士們的廝殺現場，隨著漢字「兵」分裂爲「乒」和「乓」，一副殘忍的畫面猶在目前。最後，詩人又以一陣悲鳴的風聲緩緩誦出「丘」字，在死寂的音調中完成了戰爭的交響曲。詩人在誦讀時，將詩歌的表意和抒情功能降到最低的限度，讓聲音回到最原始的狀態，與詩人的呼吸、氣韻貫通爲一體，「詩完全變成了個人內心旋律、語感，我內心的旋律跟你的旋律是不一樣的。」〔註18〕如上列舉，都充分說明 1980 年代以來漢語詩人更重視詩歌文本與情感、氣韻相互交融生發出的意蘊，從而呈現出個人化的誦讀特質。

二、方言誦詩

　　除上文所提供的誦詩範例外，1980 年代以來的方言誦詩，同樣爲這一階

〔註17〕多多：《在英格蘭》，《多多詩選》，廣州：花城出版社，2005 年版，第 161 頁。
〔註18〕于堅：《如果不是工匠式寫作，你會被淘汰》，《南方周末》，2013 年 11 月 7
　　　　日。

段的漢語新詩開闢了一條更具特色的傳播渠道。「在某種情況下,讀者的重口音(『外來的』)可以產生相似的效果。聽到這種聲音,發現我們會作出對語言非句法或者非語義性的反應,甚至在極少數的情況下還會感覺到好像站在我們自己的語言之外,故而被稱之爲外來的口音。這或許是在建議詩歌最好以方言的形式進行朗讀。」〔註 19〕以方言介入詩歌誦讀,往往會打破句法和語義的限制,而回歸語音層面。

1980 年代以來,漢語詩人也試圖通過方言的方式進行誦讀,其主要目的是對官方權力話語,尤其是以普通話爲主導的漢語表達方式提出質疑,因爲推廣普通話〔註 20〕便意味著消除差異性,在語言方面實現規範化。但顯然,包括地域性在內的一系列差異是無法通過語言消解的,隱藏在方言背後的是對政治意識形態的反抗,同時也是對語言、文化意義的抗拒,在這個層面上,可以稱其爲少數詩歌〔註 21〕。詩人將方言誦詩作爲一種邊緣對抗中心的方式,肢解主流語言文化體系,因爲以普通話爲中心的世界使得「聲音很快成

〔註 19〕 Charles Bernstein: *Close Listening*, New York:Oxford University, 1998, p. 220. "Similar effects are achieved, on occasion, by readers with a strong ('foreign') accent; hearing them, we find ourselves responding to the nonsyntactic and nonsemantic qualities of the language, and even on rare occasions feeling as though we have stepped outside our own language, and are viewing it as a foreign tongue. This might suggest that a poem, then, would best be read in the dialect of its maker."

〔註 20〕 1955 年 10 月,召開「全國文字改革會議」和「現代漢語規範問題學術會議」,決議將規範的現代漢語命名爲「普通話」,開始確立普通話的定義、標準。1955 年 10 月 15 日,「普通話」被界定爲「以北京語音爲標準音的普通話──漢民族共同語」。1955 年 10 月 25 日,又改爲「以北方話爲基礎方言,以北京語音爲標準音」。1956 年,國務院提出《關於推廣普通話的指示》,1956 年 2 月 6 日,再次進行了修訂,改爲「以北京語音爲標準音,以北方話爲基礎方言,以典範的現代白話文著作爲語法規範的普通話」。1982 年,正式將《國家推廣通用的普通話》寫入《憲法》條文。自 1998 年開始,每年 9 月份第三周,實行「推廣普通話宣傳周」活動,此後在全國範圍內大規模地貫徹執行普通話的規範和標準。

〔註 21〕 這裡借用 1987 年吉爾‧德勒茲的文章「What Is a Minor Literature?」中的「Minor Literature」,即「少數文學」概念。在當代詩歌中,美國黑人詩人保羅‧勞倫斯‧鄧巴(Paul Laurence Dunbar),亞裔女詩人常蒂娜(Tina Chang)等都曾用方言寫作並朗誦。在這些作家所建立的傳統中,其在語義上更傾向於殖民和後殖民統治下的民族、宗教、性別歧視所帶來的發聲困擾,是出於暴力和脅迫中的聲音反抗。方言入詩從政治意識形態的對抗,逐漸開始以美學的方式滲入,強調個性化的表達方式,有時甚至是爲了製造娛樂效果。

爲一種暴力，並且是越標準、越清晰的普通話越具有話語權力。」〔註22〕詩人在方言誦詩中，常常會出現與語義分離的現象，或者以諷刺戲謔的聲調大聲的朗誦，或者以輕鬆、活潑的口吻輕聲誦讀，以最大化的方式爲詩贏得一種邊緣化的音樂效果。

詩人于堅所倡導的方言誦詩較具代表性。于堅拒絕來自於「文革」時期的廣場朗誦運動，同時也拒絕美聲與伴奏式的表演性朗誦活動，他始終認爲詩歌朗誦應該回到個人化的空間，否則毫無價值可言。一方面，自 1917 年以來漢語新詩的發展歷史而言，漢語新詩在格律化、民族國家、官方意識形態的皮囊中掙扎，一直處於失聲狀態，幾乎沒有自主性地發揮過作用。直到朦朧詩時代，黃翔、北島、芒克等詩人的廣場朗誦運動，來自於對官方意識形態所造成的外在壓力的反抗，詩歌被賦予咆哮般的煽動性，儘管如此，于堅仍覺察到詩歌依然被包裹在官方意識形態的暴力中，並未獲得聲音的獨立性；另一方面，1980 年代以來，詩歌朗誦活動開始脫離廣場運動，而走向表演性的活動。在于堅看來，表演性的聲音仍然制約於聽眾，與之相關的統一規範性的美聲朗誦，恰恰將聲音再次束縛在固定的形式中，無法還原聲音本質。關於這一觀點，于堅在《在漢語中思考詩——在日本關西大學東亞研究所的演講》提綱中，曾指出，「聲音，永遠是方言。個性的。聲音是無邊無際的空間，能夠像『一』那樣統一的發音並不存在，普通話對此也無能爲力，一萬個人的『一』的發音永遠是一萬種方言。否則我們就區別不出那些最標準的播音員的口音了。標準的『一』只有機器可以發出。因爲聲音永遠是形而下的，肉體的」〔註23〕。

因此，針對上述兩點，方言作爲新詩傳播的一種方式，它跨越了上述雙重障礙，讓詩人眞正回歸自己的聲音世界，將聲音的個性化在主體性上得到極大限度的發揮。這裡特別指出于堅的方言朗誦詩學，就在於這種以方言形式發出的聲音，是他對於官話所保留的沉默，也是他獨闢蹊徑的一種聲音傳播方式。儘管于堅拒絕朗誦，但在其少有的朗誦材料中，又以雲南昆明方言的形式介入朗誦活動，他音質厚重、帶有地域特色，比如他朗誦創作於 1983年的詩歌《河流》：

〔註22〕于堅：《朗誦》，《于堅詩學隨筆》，西安：陝西師範大學出版總社有限公司，
　　　　2010 年版，第 125 頁。
〔註23〕于堅：《在漢語中思考詩》，《文學報》，2008 年 4 月 3 日。

在我故鄉的高山中有許多河流

它們在很深的峽谷中流過

它們很少看見天空

在那些河面上沒有高揚的巨帆

也沒有船歌引來大群的江鷗

要翻過千山萬嶺

你才聽得見那河的聲音

要乘著大樹紮成的木筏

你才敢在那波濤上航行

有些地帶永遠沒有人會知道

那裡的自由只屬於鷹

河水在雨季是粗暴的

高原的大風把巨石推下山谷

泥巴把河流染紅

眞像是大山流出來的血液

只有在寧靜中

人才看見高原鼓起的血管

住在河兩岸的人

也許永遠都不會見面

但你走到我故鄉的任何一個地方

都會聽見人們談論這些河

就像談到他們的上帝〔註24〕

　　雲南方言類屬於北方方言，是西南次方言中的一種。「河」，元音〔e〕在雲南方言中發〔o〕音，舌位後移，發聲略顯渾厚。鼻音尾韻母普遍鼻化也是雲南方言的一個重要特點，詩句「它們很少看見天空」中的「空」（kong），「泥巴把河流染紅」中的「紅」（hong），「只有在寧靜中」中的「中」（zhong），「但你走到我故鄉的任何一個地方」中的「方」（fang），都採用洪音〔ong〕或者〔ang〕作爲尾音。而雲南方言的調值又多採用降調，因此以中低音爲主要聲調，使詩人的嗓音打開，衝擊著鼻音和喉音，發出闊遠卻低沉的轟鳴聲響。這些都與詩人所要表述的雲南地理特徵相契合，河流和高原湧出的血流，呈

〔註24〕于堅：《河流》，《于堅的詩》，北京：人民文學出版社，2000 年版，第 10 頁。

現出蓬勃之氣。

　　方言誦詩的渠道，一方面由普通話文本改編成方言進行誦讀，另一方面則直接來源於方言詩歌文本。結合當下的漢語新詩進行探討，顯然，以方言入詩的書寫傳統並沒有延續下來。如果說劉半農、臧克家等詩人在漢語新詩的方言寫作中開拓出一條小徑，而普通話的推行，則使得漢語新詩逐漸遠離了方言入詩的傳統。于堅提到過：

　　　　我的寫作當然受到母語的影響，我的母語具體說，就是昆明話，蘊藉在昆明方言中的關於人生和日常生活的種種經驗與常識，影響了我的寫作。我所說的「方言」是接近舊時代的官話的概念，就像李白、杜甫或者沈從文、徐志摩等人所使用的漢語。我主要是指不同的人在不同的地區使用的日常語言。這種語言在 1949 年以後，成爲一種民間話。而我所說的「普通話」是指五十年代以來官方推行的官樣話語，就是我們從小在學校、在社會接受的所謂「規範」漢語，像什麼「東風勁吹，紅旗飄揚」一類標語口號式的語言，一種空洞的漢語。只有經歷過「文化大革命」的人才能眞正體會到這種話語對個人思想的窒息。但是我在家裏，我聽母親，我外祖母講話，感到那是一種親切、溫柔、生動的漢語，是像沈從文、張愛玲用的語言，是糅合了中國傳統文化和當下生活經驗的活生生的語言。我講的就是這個概念上的方言，而不是那些生僻乖張的詞語。我不必故意去表現所謂地方特色，因爲這些東西天生就流動在我的血液中，它們會影響我這樣而不是那樣去看世界。〔註25〕

　　如于堅所述，在規範化的語言模式下，漢語新詩逐漸形成去方言化的發展方向：「方言受到廣泛的鄙視。無數外省人爲自己的方言深感自卑，在電視裏，方言被視爲搞笑的對象，與愚蠢、鬧劇、滑稽密切聯繫。這個國家的文化已經被改造到這種地步，只要你在正式場合，例如電視臺講方言，你就要被恥笑，或者被視爲老土。所以朗誦盛行，因爲朗誦當然的就是普通話和笑聲。」〔註26〕漢語新詩脫離方言傳統，走向去方言化的道路。在 1980 年代以

〔註25〕于堅：《朗誦》，《于堅詩學隨筆》，西安：陝西師範大學出版總社有限公司，
　　　　2010 年版，第 121 頁。
〔註26〕于堅，陶乃侃：《「抱著一塊石頭沈到底」》，《當代作家評論》，1999 年第 3 期，
　　　　第 6 頁。

來的方言寫作中，四川、重慶詩人最具代表性。其中，胡續冬認為，「方言在新詩中的呈現有一個貫穿新詩史的、時斷時續的『小傳統』它牽扯到很多複雜的方面，既和歷史意識、文化政治、身份認同、想像力的跨度相關，更和對詞語基因和詩歌肌理的細微體認相關，我只不過用四川方言，有時還包括喜歡學舌的我從貴州方言、河南方言、湖北方言、東北方言、北京方言甚至廣東方言中『徵用』的一些成分，做過一些猴子掰苞穀似的嘗試而已（儘管在 5．12 汶川地震之後，我更加珍視像我的臍帶一樣的四川話），而這些嘗試的根本目的，是意在提取語言風格對撞所釋放的巨大能量，將之用於更為廣闊的、需要耗費大規模書寫快感的『自我騰挪』活動。」〔註27〕他的詩作《那年夏天，寧靜的地名》，是這一階段以方言入詩的典型文本。詩歌表達了詩人個人化的生活狀態，在詩人生命裏閃現過的地名，被埋在地裏，又被藏在腦殼中，以最貼近當地的語言完成空間意義層面的想像，獲得真實的場景再現。詩句中儼然流露出的是詩人的無奈心境，對於他而言，他想要遺忘的往事總是很沉重地留在記憶中：

> 載滿瓜籽殼、臭腳和黃果樹焦油但居然也有空調的火車
> 從凱里附近的一個小站飛馳而過，
> 青山綠水之間閃過一個站牌牌——六個雞。
> 此後腦殼如同遭雞哈過，不，不是如同，
> 就是遭六個不曉得長成哪樣的天雞一腳接一腳
> 哈得稀爛。一大坨格外的地名像是
> 草草埋在地底下的金銀細軟，遭雞腳哈了出來
> 閃著大好河山旮兒裏的私家汗水之光。
> 這些地名，這些汗水裏頭的有義氣或者沒得骨氣的鹹味
> 都是夏天的。好多個不走白不走的夏天哦！
> 我曾懷揣著這些細碎的地名星夜兼程
> 為了攢一團江河湖海通吃的祥雲，
> 也曾把這些地名用錦囊包好，交與
> 一兩段粉豔故事，暗香浮出地圖上翻滾的年輕的肉。
> 魚兒溝、戰河、豬肚寨、浪卡子、眨眼草壩……
> 再加上前兩天才走安逸的一個：朗德，

〔註27〕 胡續冬：《詩歌：自我的騰挪》，《文藝爭鳴》，2008 年第 6 期，第 95 頁。

> 那個地方不僅有開發得寡老實的苗寨，更有
> 路邊大幅標語讓遊興裏的良心都抖抖：
> 「讀不完初中，不能去打工！」
> 好了。六個雞已經遭不長記性的火車甩遠了。
> 我決定像個逃難的壞人
> 把這些碎銀子、小珠花一樣的地名再埋起來，
> 怕時光追殺過來討債。那些夏天，寧靜的地名
> 最好一直像這樣藏在腦殼裏，生人勿近，子女不傳。〔註28〕

　　詩人胡續冬信手拈來的語詞，多是川黔方言，他輕鬆、自如地將細碎的地名通過口語表達，以最原初、質樸、純粹的語言來回應主體閒散、隨性的心境。詩歌中的「遭雞哈過」、「哈得稀爛」、「遭雞腳哈過」，其中土語「哈」，作為川黔慣用的動詞，取亂扒、亂刨之意，這種方言自身所攜有的俚俗夾雜在詩篇中，讀來不免詼諧、幽默，不由得令人發笑。方言「哈」（ha）、「寡」（gua），在發音上又以元音 a 結尾，延宕溫軟，拉長了語音的時長，使得流暢的詩句又帶有油滑的語言特徵。在貴州方言裏，元音 e 通常發〔o〕音，比如「車」、「德」和「哦」；大部分情況下，uo 也發〔o〕音，比如「過」；而同時「肉」、「有」、「抖」，又都以〔ou〕為韻母。可以說，這三組語音極為相似，而詩篇中又多以〔o〕或者〔ou〕結尾，挑起語詞在音效上有間隔的對照和呼應，重複中帶著俏皮。整首詩歌在最後以「好了。六個雞已經遭不長記性的火車甩遠了。」為轉折，「我決定像個逃難的壞人／把這些碎銀子、小珠花一樣的地名再埋起來，／怕時光追殺過來討債。那些夏天，寧靜的地名／最好一直像這樣藏在腦殼裏，生人勿近，子女不傳。」在語義上，恢復普通話寫作，由諧入正，情緒黯然，義正辭嚴，徒然扭轉詩篇的方向，使得整首詩所要傳達的情感歸於沉靜。這種方言入詩的寫作方式，更傾向於表達私人化的生活，強調個體獨特的情感體驗，從而挖掘出語言自身的潛力，以凸顯特定文化語境中的地理、習俗與人文氣息。

　　除此之外，對方言入詩所作出的努力，還包括 2011 年由中國和斯洛文尼亞詩人開啓的「方言詩寫作」交流項目，提倡在當下詩歌的書寫與方言之間建立一種聯繫，如斯洛文尼亞詩人阿萊士所言：「你創造這個個人化『方言』

〔註28〕 胡續冬：《那些夏天，寧靜的地名》，《日曆之力》，北京：作家出版社，2007
　　　　年版，第 18 頁。

的方式，幾乎是一種個人神話，你把聲音給予一個無聲因而無名的語言層次，它簡直就是一個斯芬克斯。它存在卻不言語。一個沉默的提問者，或者它就是問題本身。我覺得，我們的項目如同一隻伸出的手，觸摸到了那尊藏在我們自己聲音裏的石像。」〔註29〕在詩人看來，方言是通向個人化創作的重要路徑。顏同林通過考察漢語新詩的方言入詩現象，歸納出其自身合法性的認同危機取決於：「一是讀者意識的迎合與經典作品的訴求，二是意識形態的牽制與趣味時尚的牽引，三是文化認同的標準與背景」〔註30〕。考慮到此，筆者認為，純粹的方言書寫，若在當下的書寫語境中獲得文化認同，卻是相對困難的。

事實上，在新詩的發展歷程中，一方面，方言本身的俚俗、口語化走向，與雅正的書面語寫作存在一定的隔膜，故而與言文合一的新詩經典化訴求背道而馳。另一方面，方言作為極為獨特的本土語言經驗，逐漸在譯語以及普通話的夾縫中，淪為異質文化與官方意識形態化的失語者。再者，方言所強調的是私人化與個人化的語言表達，隨著文化語境的變遷，這種私密化的語言在傳播過程中，往往顯露出其自身的局限性，因為「許多詩人在寫作的初級階段，大都會視自己的方言為先天性缺陷，而強迫性地接受普通話的馴化。他們以不懈的努力所要達到的目標，就是要把詩歌寫成通行的主流詩歌那種模樣，由此獲得詩人的資格認證」〔註31〕。因此，與方言入詩相比，誦讀這種口頭形式為方言在詩歌中的生長提供了另外一種可借鑒的路徑，如敬文東對四川方言寫作的概括，「四川『方言』詩歌寫作在聲音上的首要特徵就是朗誦。朗誦首先是一種精神氣質，然後才是包孕於語言的氣質。朗誦的第一大內涵就是音色洪亮」〔註32〕。可以說，方言是一種鮮活流動而永葆先鋒性的聲音藝術，「方言總是流動在人們的嘴唇上，是活的語言，是生活在各地的國人嘴裏發出來的聲音。——這有助於保持它永遠的先鋒形態」〔註33〕。

〔註29〕 楊煉、阿苪士：《楊煉與阿苪士對話：方言寫作，大象和老鼠的交流》，《詩東西》，2011 年第 3 期。

〔註30〕 顏同林：《方言與中國現代新詩》，北京：中國社會科學出版社，2008 年版，第 343 頁。

〔註31〕 燎原：《詩歌寫作中的「普通話」與「方言」》，《大崑崙》創刊號，2011 年。

〔註32〕 敬文東：《抒情的盆地》，長沙：湖南文藝出版社，2006 年版，第 49～50 頁。

〔註33〕 顏同林：《方言與中國現代新詩》，北京：中國社會科學出版社，2008 年版，第 360 頁。

第二節 唱 詩

唱詩是以樂爲中介將歌詞與詩進行轉化的活動。詩在語言文字層面更具開放性，但歌詞若要轉化爲詩，或者將詩演繹爲歌，也需要音樂作爲中介，有效地協調二者的關係。筆者試圖打破歌手、音樂伴奏與歌詞之間的界限，重新觀照經過歌手演繹或者音樂伴奏的歌詞或者詩歌。本節通過區分歌詞與詩，以 1980 年代以來迅速發展起來的搖滾和民謠音樂爲研究對象，分析唱詩中所發生的聲音轉變。

一、歌詞與詩

歌詞與詩之間的關係頗爲複雜，詩與樂分離後，一方面，漢語新詩開拓出語言文字和音樂伴奏兩種詩性空間；另一方面，歌詞與詩之間既存在隔閡，又能夠轉化和統一。

通常情況下，詩不再是歌，詩人與歌手的身份也可以分離。在漢語詩歌的脈絡中，唱追求的是通俗易懂、朗朗上口，便於記憶。1980 年代包括翟永明的《女人》、《靜安莊》，往往在語義上晦澀難懂，聲音也相對饒舌拗口，這就違背了聽眾的音樂期待。他們在語言文字上追求的張力，還不足以通過大眾化的音樂方式表現出來。筆者認爲，刻意要求詩歌的語言文字配合音樂旋律，對於詩而言並不合理。唱詩是唱和詩的結合，因此，還應該充分拓展契合歌詞的音樂旋律。但困難在於，強調表情達意時還需保留優美的曲調，時常會破壞詩歌文本的價值。從這個角度而言，將詩改編成歌容易，但以歌的方式寫詩就顯得相對不易。1980 年代以來，漢語詩人強化了對口語的推崇。他們追求大眾化、日常生活化的創作方向，試圖瓦解朦朧、晦澀的詩歌傳統，進而回到聲音本身。但弔詭的是，口語詩人也並沒有打破詩與歌詞的界線，更沒有以樂的形式推動他們大眾化的語言實驗。此外，一些詩人將歌詞與詩的創作區分對待，臺灣詩人、音樂作詞人陳克華將音樂與詩歌分裂對待，他撰寫的歌詞《臺北的天空》由歌手王芷蕾演唱，歌詞《沉默的母親》由歌手蘇芮演唱，都是在臺灣地區傳唱度極高的流行音樂作品，但陳克華並沒有將這些歌詞納入他的詩歌寫作範圍。臺灣女詩人夏宇（李格第）最初也是將歌詞與詩割裂開來的（在詩集《這隻斑馬》＋《那隻斑馬》之後，夏宇才開始將詩與歌看作一體）〔註34〕，她撰寫的歌詞《我很醜，可是我很溫

〔註34〕 參見附錄三，奚密、翟月琴：《「詩是詩，歌是歌」》。

柔》、《殘酷的溫柔》、《風的歎息》等，都是華語樂壇堪稱經典的流行歌曲。語音的迴環往復、辭章的重疊複沓，體式的短小精悍，是這些歌詞的聲音特點。但對詩人而言，詩歌常常忽略語義的連貫性，如果作爲歌詞來演唱，容易遮蔽語言文字的節奏感，處理不當甚至會破壞分行、停頓所蘊藉的情感內涵。

當然，並非所有歌詞都具有詩性價值，但不排除經過歌手演唱和音樂伴奏，小部分的歌詞也可以轉化成詩歌，正如趙元任所言：「唱詩須求最自然的讀音加上最音樂化的唱音。」〔註 35〕歌詞之所以會通過唱歌的形式呈現出詩性，一方面，歌詞作爲文本的停頓、分行、韻律，與歌手的聲線相互融合，達到了獨特的詩歌內蘊，使得隱語、含混性，意象的奇崛和情感的深度，構成詩歌在語言蘊藉上的旋律美感。另一方面，更爲重要的是，因爲雙重音效（歌詞文本與歌唱伴奏）與接受者的關係，造成了「歌詞的主導落在發送者的情感與接受者的反應上，而詩則不同，『詩性即符號的自指性』。這種符號指向文本自身傾向的『詩性』，也被托多羅夫稱之爲『符號不指向他物』。而歌詞即使有很多『詩性』，也不能局限於自指，歌詞必須在發送者的情緒與接受者的意動之間構成動力性的交流」〔註 36〕。可見，詩人爲語言文字賦予音樂性，在很大程度上取決於如何將音樂轉嫁入文字中。而歌詞獲得詩性，又是一種文本符號的動態循環流通過程，這也與一系列的文化、社會、心理與情感的多異質建構有關，因此，觀眾或者聽眾對歌詞發出的認知和情感反應的昇華，使得轉化得以產生。與誦不同，歌有賴於樂曲、音符，同時「精於藝人」〔註 37〕，鄭愁予的詩歌《旅程》經過作曲人李泰祥的改編，由一段悠遠的長笛聲，將整首歌曲帶入綿遠遙思的韻味中；顧城的《海的圖案》經小娟和山谷裏的居民這支樂隊的改編，原先跳躍、凝練的文字由鋼琴曲填白後更顯純淨、自然；席慕容的《出塞曲》經過作曲人黃怡、馬毓芬的配樂，爲本來平緩的歌詞帶來恢弘邈遠的大漠氣勢，而歌手蔡琴和張清芳的演繹更是爲詩作增色不少；于堅的《立秋》在歌手路迹的演繹中，撥動的吉他、清澈的嗓音，烘染出了一副在秋季中蕭瑟、荒涼的詩人形象；安琪的《像杜拉斯一樣的生活》獨特的斷句方式、非理性的心理狀態，同樣被歌手路迹以吉他

〔註35〕趙元任：《趙元任音樂論文集》，北京：中國文聯出版公司，1994 年版，第 39 頁。
〔註36〕陸正蘭：《歌詞學》，北京：中國社會科學出版社，2007 年版，第 46 頁。
〔註37〕任半塘：《唐聲詩》，上海：上海古籍出版社，1982 年版，第 20 頁。

伴奏，有意壓低聲線並歇斯底里地傳達了出來。

但在部分詩人看來，詩與歌詞又是能夠統一的。周雲蓬集詩人和音樂人爲一身，歌詞的創作以及音樂的製作都由他一個人獨立完成，他的作品《山鬼》、《沉默如迷的呼吸》、《不會說話的愛情》等，都堪稱唱詩的典範之作。詩人結合音樂的伴奏和語言文字的呼吸氣韻，「千鈞一髮的呼吸／水滴石穿的呼吸／蒸汽機粗重的呼吸／玻璃切割玻璃的呼吸」（《沉默入迷的呼吸》），歌詞采用重章疊句的方式，通過變換定語，形成語句的反覆變化，便於記憶。歌手以勻速的語調演唱，又插入人名的念白，好像在沉默中傾聽世界的呼吸。臺灣詩人、音樂作詞人路寒袖也將歌詞和詩看作爲一體，他擅長寫臺灣閩南語歌詞和臺灣歌謠詩，歌詞的體式相對簡短，常採用重章疊句和押韻，並運用感歎詞提升音樂效果。比如《等待多天》中，「無幾個儂　知影咱遮會落雪／雪若咧飛　滿天落全白花／茫茫一片　是天對地咧立誓　這款情　這款愛／無幾個儂會凍瞭解」，歌詞以臺灣閩南語纏綣綿軟奠定情感基調，穿插入疊詞「茫茫」和句子「無幾個儂」的反覆，同時以助詞「咧」〔lie〕點綴其中，造成迴環的音樂效果。另外，路寒袖能夠在有限的形式裏展開性情，也得益於作曲者和歌手詹宏達的扶持，「他們兩人的合作，爲詩樂結合立下不易超越的典範。詹宏達探入詩人寫臺語詩的心境，出雅入俗，用比較貴族式的樂調和雄渾的嗓音，詮釋路寒袖所渴望遠離塵囂，又渴望在人群中體驗文化，那種糾纏的性格。」〔註38〕正如《等待多天》最後的念白「等待多天雪落會飛／彼是天對地咧立誓／草木白頭無需要講話／千年萬世攏佇內底」，爲歌詞添入了孤冷淒切的意境。路寒袖爲臺灣歌手潘麗麗的專輯《春雨》、《畫眉》以及鳳飛飛的專輯《思念的歌》創作了大量膾炙人口、深情款款的歌詞，在大眾看來，這些歌詞本身就是詩。

以上述討論爲基礎，根據歌詞與詩的轉換關係，唱詩可表現爲三種情況：第一種是改編，即通過音樂的形式，對已經創作出來的詩歌文本進行改編和再唱作，起到傳播的作用；第二種是入樂爲詩，通過對歌詞的音樂伴奏，使得原本並不是詩歌的文字，重新獲得詩性；第三種是詩本身就是歌詞，詩人或者音樂人在最初創作時就已經考慮到了音樂要素，將詩與歌詞同等對待。其中，搖滾與民謠無疑是 1980 年代最突出的兩種唱詩形式，詩人通過變聲或

〔註38〕 鄭慧如：《新詩的音樂性——臺灣詩例》，《當代詩學》，2005 年第 1 期，第 24頁。

者改編的方式，實現了歌詞與詩的轉化功能。筆者從詩歌與搖滾、民謠音樂的聲音契合出發，以搖滾樂的變聲和民謠的改編爲中心作一歸納。

二、搖滾樂的變聲

變聲主要指借助歌手的嗓音、喉音、唱腔等，充分調動起歌詞所表達的情感內蘊。這種表現方式，在中國搖滾音樂中表現地尤爲明顯。中國搖滾音樂誕生於 1980 年代〔註39〕，成爲這一時代極具紀念和恒久意義的社會文化符號。可以說，搖滾樂是當代音樂在公眾面前展示個體意識的先聲，重金屬的噪音以及對抗的情緒，成爲貼在搖滾歌手身上的標籤。在現行社會體制規範的壓抑下，他們試圖回歸自我的個性，回歸個體信仰。他們甚至打破道德邊界，崇尚愉悅的生命體驗，並以宣泄或者嘲諷的情緒瓦解著傳統抒情歌曲的音調。搖滾音樂人大多出生於 20 世紀 60 年代，他們的童年或者青年時期正值「文化大革命」，懵懂的時代記憶，反而帶給他們獨立反思的精神，在演唱個性受到壓抑的同時，也極力表達著對主流音樂的抵抗情緒。搖滾歌手通過混響效果，試圖在有限的空間中達到最大化的釋放，他們如狂風般席卷中國，徹底喚醒了眾多年輕人過剩的激情，嘶喊出心中壓抑、沉睡而迷惘的心聲，幾乎成爲一代人的精神洗禮。

歌手崔健以嘶吼見長，他總是渴望能夠充分地表達個人化的情感，以無所畏懼的心態抵抗理性世界，遵循自我體驗和自我感覺。1986 年，脫穎而出的歌曲《一無所有》對「我」的價值和「我」的判斷的發現，幾乎成爲內蘊在社會底部的精神原動力，但它又不僅僅是政治意識形態的反抗，在某種意義上，更代表了對音樂美學傳統的反思，代表了整個當代個人化情感集體性迸發的音樂起點。1996 年 12 月，謝冕曾在《百年中國文學經典》的編選中，將崔健的《一無所有》、《快讓我在雪地上撒點野》等歌詞也納入其中。歌曲《快讓我在雪地上撒點野》，歌詞的主旨句以「因爲我的病就是沒有感覺」連綴全篇，體現了崔健試圖在解脫與釋放中還原自我感覺和本眞個性。「快讓」二字的反覆，推動著音樂氣息的抑制與流動。崔健以欲破未破的撕裂嗓音掙脫著「醫院」般社會體制下的病症，掙脫著現實環境的不幸，嘶吼

〔註39〕 1986 年 5 月 9 日，爲紀念「國際和平年」，崔健在北京工人體育館「讓世界充滿愛」的演唱會上第一次演唱《一無所有》，被認爲是中國搖滾樂的眞正開端。繼 1984 年《浪子歸》專輯出版之後，1989 年又發行了崔健的個人專輯《新長征路上》，收錄了歌曲《一無所有》。

道「我的志如鋼和毅如鐵」，同時以近乎說話的方式，堅決而擲地有聲地歌唱出每一個語詞。整首歌曲在演繹的過程中，崔健的音域並不寬廣，音調的變化也相對單一，但單一而重複的音調反而更強化了歌手急切擺脫現狀的心境。歌手的身份，淹沒在歌詞的詩意化情境中，崔健以他獨具特色的嘶喊，撥動著吉他的弦音，搖擺著身體，將嗓音底部膨脹與收縮的雙重音效發揮到極致。

　　歌手張楚善於說唱，他的歌曲總是以敘述的口吻念叨著內心的絮語。《姐姐》是歌手張楚的代表作，「姐姐」作為張楚生命歷程中的原型，以母性的溫柔平復了「我」所面對的殘酷現實。因為「姐姐」的存在，十年「文革」並沒有給張楚帶來巨大的創傷，反而在保護中多了幾分孤獨、敏感和細膩。然而，「姐姐」隨著時代的巨變，隨著自我個性的磨礪，她的身影正在消失，但她仍然作為過去的生活記號，長久地成為「我」相濡以沫的心靈歸屬。歌詞將「我」的記憶拉回到童年，張楚的聲線較為穩定，他善於從二元對立的世界抽離出來，打破宣洩與排斥的情緒基調，冷靜而從容地在敘述者與世俗世界之間遊走。歌詞從主人公的敘述平緩過渡到抒情，音調陡轉，從低沉到高亢，生活背景也切換為情感的抒發。副歌部分，歌手交替重複著「噢姐姐／我想回家／我有些困」和「噢姐姐／我想回家／牽著我的手／你不要害怕」，實現了我和姐姐之間面對不同生活境遇時的心理對話。

　　歌手汪峰開拓了喊唱的歌唱風格。與崔健的聲音不同之處在於，汪峰的音域寬廣，聲線起伏有致。《硬幣》、《青春》、《時光倒流》、《向陽花》等以青春記憶為主題，《小鳥》、《綻放》、《飛的更高》、《怒放的生命》、《光明》等又以對理想的追求為主題，從嘶啞的低聲淺唱，到爆發力極強的喊唱，汪峰總是極盡可能地讓自己的聲音貼近時間的變幻，有過往記憶的滄桑，同時也有挽留時間的聲嘶力竭。2009 年，汪峰的搖滾樂曲《春天裏》廣為流傳，歌詞回顧了那個曾經一無所有卻懷揣理想的青春年代，結尾停駐在「春天裏」，旋律與時間的反覆融為一體，「也許有一天　我老無所依／請把我留在　在那時光裏／如果有一天　我悄然離去／請把我埋在　在這春天裏」。汪峰以回憶的方式，場景再現般地回放了青春時代的情感和情緒。作為詞人，汪峰創作的歌詞本身就極富詩性，它牽動著聽眾共同返回過去的時光。同樣，從敘述的穩定到喊唱的爆發，音調陡轉，轉折出歌手內心「失去」的空洞與「繼續走」的無奈，同時也撕裂出想要挽留而又稍縱即逝的苦痛掙扎。

左小祖咒則採用和聲共振的方式，以噪音、喉音和鼻音共振發聲的方式，充分利用和聲的多聲部音樂效果，同時還發揮了多種電子樂的背景噪音特色，時常又加入包括京劇在內的中國傳統音樂形式的伴奏，將搖滾樂推向了更爲豐富多元的發展空間。他的音樂《交作業》、《賊喊捉賊》、《桃樹的故事》、《最高處》等時常伴有童聲，左小祖咒試圖還原發聲主體的身份，有時甚至將自己隱蔽在發聲主體背後，與現實的介入性之間保持一種乾淨純粹的疏離感，「這是個自由的國度／你想說什麼就說什麼」（《你的眼睛》）。音樂《釘子戶》、《北京畫報》，《野合萬事興》、《代表》等將歷史文化場景擱置在現實語境中，以「我已熟練地／掌握了世界」（《代表》）的姿態，重新反觀社會現實。左小祖咒的唱調打破了歌詞的線性流暢度，戲謔、不恭的腔調使歌詞起伏間產生了極大的反差效果，唱腔中夾雜著凹凸不平的情緒。音樂《當我離開你的時候》、《瀘沽湖的情歌》、《你在夏天還沒離開我》等，又採用男女對唱的方式，將對話與抒情的音調糅合在一起。左小祖咒所要追尋的冷靜與疏離的音樂態度，恰恰使得他的聲音游離和搖擺不定，長短音在滑動的過程中模糊了現實的粗糙與硬度。可以說，左小祖咒的歌唱方式，在敘事、抒情和戲劇性上，擴充了歌詞的表達內涵。

三、民謠的改編

在搖滾樂中，變聲主要表現爲歌手的唱。而在民謠中，則是借助改編的方式來實現再創造，民謠改編既注重歌詞的表現力，又長於借助樂器伴奏，演繹出悠揚悅耳的詩性作品。與搖滾歌手相比，民謠歌手的演出屬於非表演性質，他們在演唱過程中，以吉他、手風琴、手鼓等爲主要伴奏樂器，歌者的聲線清澈、單純，旋律也相對簡單、自然，突出情感的表達。民謠以改編爲主，頗具民間特色，通過搜集飽含傳統文化和鄉土氣息的歌謠、民歌，以及廣爲流傳的詩歌和其他文體的作品等，經過再創作，實現音樂與詩的轉化。

首先是根據民歌改編的民謠，注重民族地域風情。張佺作爲野孩子樂隊的主唱成員，他善於搜集西北民歌，慣用多不拉、手風琴、口琴、鼓等伴奏樂器演繹這些民歌。張佺的唱腔帶著鄉音，與家鄉甘肅蘭州的風土人情融爲一體。其中，歌曲《四季歌》改編自日本民歌，《游擊隊之歌》改編自意大利民歌，歌曲《黃河謠》、《刮地風》、《早知道》、《流浪漢》則重新演繹了甘肅

民歌。張佺很少改編民歌歌詞，而往往直接翻唱，只是在重新演繹的過程中，夾雜著方言和樂器伴奏，以最簡單的曲調綿延、鋪展出鄉土民情。與張佺作品中傳唱度較高的《遠行》相仿，這些改編的民謠歌曲，都帶有濃鬱的地域色彩，聲音平緩低沉、樸實醇厚，彰顯出在追求理想的路途上迷惘、彷徨與躊躇的心境。

　　其次是根據詩歌改編的民謠，又稱爲馬齒民謠。周雲蓬既從事詩歌原創寫作，改編經典新詩作品，同時還兼具音樂人的多重身份。自 2004 年發行了第一張個人專輯《沉默如謎的呼吸》，2007 年發行第二張個人專輯《中國孩子》，2011 年出版詩集《春天責備》。周雲蓬的吟唱，像是牧歌，帶有遊吟的特質。歌曲《九月》的演唱，作詞人爲詩人海子，作曲人爲音樂人張慧生，因爲他們都選擇以自殺的方式結束生命，周雲蓬將個人對於生命與死亡的理解，鎔鑄於演唱中，賦予海子詩歌新的聲音特點。這首音樂，是周雲蓬在演唱活動中與觀眾不斷互動、磨合，反覆修改而成。《九月》中，周雲蓬音調低沉、幽怨，一方面突出草原環境的空間感，另一方面則深化嗚咽的死亡意識。在「我把遠方的遠歸還草原」之後，歌手延長聲線，重複著「一個叫木頭　一個叫馬尾」的樂章，直至尾聲，以不斷加強聲音的視覺成像，使演唱的空間背景更爲開闊，讓聽眾融入草原聖潔的氛圍，感受到大自然生命所蔓延出來的力量。在綿延的重複中，插入了一段輕聲的念白，「亡我祁連山，使我牛羊不蕃息／失我胭脂山，令我婦女無顏色」，詩句源出於海子的詩歌《悵望祁連》（之 2），「星宿　刀　乳房／這就是雪水上流下來的東西／『亡我祁連山，使我牛羊不蕃息／失我胭脂山，令我婦女無顏色』／只有黑色牲畜的尾巴／鳥的尾巴／魚的尾巴／兒子們脫落的尾巴／像七種藍星下／插在屁股上的麥芒／風中拂動／雪水中拂動。」這裡，海子借用原載於《漢書》中的匈奴民歌「失我祁連山，使我六畜不蕃息。失我焉支山，使我婦女無顏色。」漢武帝時期，霍去病長驅直入草原，引起匈奴的感歎，海子借用這一典故，在死亡與生命之間洞悉到大自然的神性。周雲蓬將兩首詩歌拼貼在一起，蕩氣迴腸地低聲潛吟，加重了死亡氣息。同樣，他的詩歌《山鬼》，也改編成音樂。《山鬼》最早源自於屈原的《九歌》，以內心獨白的方式，講述了一位山林中的神女對愛情的忠貞。周雲蓬化用屈原的創作母體，通過「荒野」與「炊煙」、「沒離開故鄉」與「準備著去遠方」、「祭奠的靈魂」與「月光」等幾組對照關係，將「詩人」與「山鬼」並置，他們都棲居在邊緣化的

一角，孤獨寂寞，無人問津卻懷揣理想，堅定前行。結尾處，「扛著自己的墓碑走遍四方」頗具深意，預言了詩人自身的命運。周雲蓬在歌曲的演繹中，以長笛的吹奏引出鬼魂的訴說，悽楚動人。歌曲採用勻速平緩的敘述語調，讓歌詞清晰地浮動在音樂伴奏之上。在「太陽疲倦的在極低駐足」處，和聲歌唱「太陽」，將這一可望不可即的理想加諸於現實演唱的背景裏，迴蕩在「時間慢慢的在水底凝固」的靜止空間。歌曲的最後一節，歌手提升了聲音的力量，凸顯出敘述主體決意「流浪」的心境。除此之外，小娟和山谷裏的居民的專輯《C 大調的城》，共改編顧城的 16 首詩，包括歌曲《羞澀的夏日》對詩歌《懂事年齡》的改編、《和一個女孩子結婚吧》對組詩《頌歌世界》的改編、《紅眼睛的大鐘》對《有時候，我真想》的改編、《小貓小狗》對《年夜》的改編、《一個人在海邊》對《海的圖案》的改編等。其中，《小村莊》並沒有改編顧城原作的詩句，《和一個女孩子結婚吧》則選取組詩《頌歌世界》的兩首合併而成。在這些歌曲中，歌手小娟都以吟唱的方式貫穿詩篇，在淺唱低吟中，由吉他、笛聲伴奏的音樂顯得清澈、純淨而悠遠，一方面還原了詩人顧城所營造的純潔、天真而頑皮的童話世界，另一方面則凸顯出詩人孤獨、悲傷的心境。

　　第三是根據其他文體改編的民謠，比如公文文體、新聞文體等。歌手劉東明（劉 2）的歌曲《入黨申請書》，改編父親當年的《入黨申請書》，以敘述的口吻講述自己 18 歲遞交申請書到參加工作的思想變化，通過吉他的彈唱將看似勵志的歌曲戲謔出不同時代的觀念差異。此外，歌手小河的代表作《老劉》，其歌詞源自於《北京晚報》的一則新聞，雖然是一條簡單而缺乏感情色彩的新聞，卻使歌手小河頗為觸動。歌曲通過轉調、哼唱等方式，極盡變化地重新呈現新聞事件。小河聲音低緩，與平實的敘述背景相吻合。有意在尾音處延長時間，烘染死亡氣息。演唱至「昨天下午三點半」，小河從唱腔轉化了念腔，將新聞鑲嵌入樂曲中多次重複。此處，迴蕩、縈繞著「搶救無效，當場死亡」的語詞聲音，再加上連續的假聲哼唱，像救護車的鳴笛聲一般，空洞的音階加劇了恐懼與死亡的氛圍。之後的歌詞鋪敘出主人公「老劉」的生前與死後現場，歌手壓低聲音悲憫地完成對這場事件的敘述。歌手小河在整首歌曲中，模仿自然、動物或者來自於社會的各種聲音，或者調用各種音樂表現手法，有時候甚至帶有巫術的魔力，這恰恰填充了歌詞所不能夠完成的語義表現功能。小河的歌曲，歌詞常常服務於音樂，有時甚至沒有歌詞，

如《甩啊甩》、《往生咒》等，在一連串哼唱的聲線中，流動出詩歌的意蘊。小河有意拆解詩歌的意義層面，而從聲音上拓展詩歌的音樂內涵。

綜上，通過列舉不同時期而各具特色的搖滾和民謠音樂人的代表作品，以呈現 1980 年代以來整體的唱詩活動，在傳播學意義上拓展了漢語新詩的疆域。從中能夠見得，儘管網絡傳媒的發展使得唱片產業日趨蕭條，搖滾樂和民謠也隨之遭遇著重創和轉折，但對於詩性的追求，最終爲其贏得了集對抗、反諷、戲謔和理想爲一體的生存空間。總之，無論是搖滾樂的變聲，還是民謠的改編，都將歌詞、歌手與音樂伴奏形式的結合，爲歌詞與詩歌的轉化以及詩歌與音樂的互動，提供了新的聲音傳播方式

小　結

雖然改革開放以來新媒體的影響，以及西方多元化音樂形式的介入，爲誦詩和唱詩活動提供了發展空間，但目前這種發展尚處於探索階段。根據上述分析，筆者對 1980 年代以來漢語新詩的聲音傳播方式聊作總結。

詩與樂的分離，更突出漢語語言文字層面的創造力。與誦本和歌詞這類用於口頭傳播的詩歌相比，徒詩在語言文字層面要求更高。就技藝表現而言，徒詩不是以傳播爲主要目的，它更強調的是語言文字層面的提升，也就是說聲音與情感、氣韻的融合是徒詩的主要追求方向；而誦讀和唱詩則更突出唱技、樂技和媒體技術，是一種綜合性的藝術，因此對語言文字的要求相對較低。從創作主體而言，創作以誦和唱爲功能的文本，往往重視易讀易誦、便於記憶，因此詩歌的韻律和節奏，是其首要的考量因素；但徒詩需建立在詩人自我的情感、直覺、想像、理性、靈感、語言等一系列因素的互動關係之上，在某種意義上，甚至是「去節奏」的。從接受層面而言，誦本和歌詞需要與接受群體相互動，需要考慮到受眾的接受動機、期待視野、審美能力和接受心境等；而徒詩則強調個人化、私人化的空間，是相對獨立的創作過程，詩歌作品一經完成，可以通過印刷的方式進行傳播，也可以借助入樂或者誦讀傳播，但這並不是詩人創作的主要目的。

詩與樂的分離，也推動了唱、吟、誦、讀和念等口頭傳播方式。如高友工的論述：「在這種文字化的詩歌出現後，詩歌的聲音表層還是不會被放棄的，但很可能慢慢地被視爲文字的表層，也可以說是意義的表層。入樂的詩

歌，音樂爲其表層，但也是其內容；朗誦的詩歌則是由其代表內容的字來代表其表層。試想口語詩歌時代或由講唱歌頌詩篇，或由演唱者邊歌邊舞，音樂與詩歌體現爲一種動力、一種節奏，也是時間中的經驗。」〔註40〕具體而言，由於誦讀和唱詩又有賴於新媒體技術，短信、微信、微博等網絡平臺對於新詩的傳播也起到了一定的推動作用，較具代表性的是「爲您讀詩」和「讀首詩再睡覺」這兩個微信公眾號的開設，比如「爲您讀詩」由尙客私享家聯合 20 餘名社會各界知名人士推出，每晚 10 點朗讀一首詩，配音樂、圖畫以及詩評，在詩歌的選擇標準上頗爲寬泛，既有經典的中外詩作，也有不知名詩人的作品，迄今爲止，已做 544 期，粉絲多達 60 多萬，瀏覽量甚至過億。另外，再有就是由深圳大學在校學生朱增光發起的「詩歌之聲」，主要借助微信這一平臺，以國內外的詩歌文本爲核心，通過音頻發佈由詩歌愛好者、音樂人和詩人進行的誦詩和唱詩活動。

　　更有特點的是，經過唱和誦的詩歌，可以在現場的互動過程中改變文本的主題和表現方式，如沈亞丹所說：「但是音樂具有獨立的可能，並不意味著詩歌和音樂的不相容，即使在詩歌和音樂完全獨立以後，語言和音樂的共同產物——聲樂還是有它存在的理由。只不過，詩樂各自成爲一種獨立的藝術形式以後，音樂與語言的不斷分分合合，都是以音樂和語言形式各自做出相應改變爲前提的。」〔註41〕比如顧頡剛對比歌謠與樂歌後，發現《詩經》中包括襯字、疊字和複沓在內的語言形式，並不在原來的徒歌中，而是在入樂後才改編的〔註42〕。同樣，周雲蓬改編的海子詩歌《九月》，就是在演出現場與觀眾經過互動，對原作進行多次修改的結果。同時，1980 年代以來，詩人更是借用西方音樂類型（包括 Rock、Blue、Rap、Jazz 等）或者傳統民樂（笛、簫、古箏、古琴等）所產生的節奏感或者音調，融合音樂演繹方式（交響、獨奏、快板、慢板、行板等），以提升語言文字的聲音美感。楊煉的組詩《敘事詩》就是在音樂節奏的變幻中不斷推演而完成的，從快到慢，再至極快，完整地呈現了一場詩歌演奏會。「不太快的快板」爲詩集開篇的節奏韻律，以

〔註40〕〔美〕高友工：《美典：中國文學研究論集》，北京：生活・讀書・新知三聯書店，2008 年版，第 203 頁。

〔註41〕沈亞丹：《通向寂靜之途——論漢語詩歌音樂性的變遷》，《南京師大學報》（社會科學版），2002 年第 3 期，第 141 頁。

〔註42〕顧頡剛：《顧頡剛民俗學論集》，上海：上海文藝出版社，1998 年版，第 252 頁。

時間線索展開，勾勒出 1955 年 2 月 22 日至 1976 年 1 月 17 日的夢境體驗。時間跨度從腹中的胎兒，第一天，第十天，滿月，五十天，七十天以及童年，1974 年，1976 年，遵循著快板的律動不斷地推動敘事進程。然而，在這快速的生命演進中，幾個重要的生長點，還原了作者的原初記憶，也正是因為敘事的停頓，才延緩了整體的速度。「無時間性的變奏」關涉了五個主題，即現實、愛情、歷史、故鄉和詩歌。「極慢的慢板」延宕的是現實、愛情、歷史，亦或是故鄉，已綿延進詩人的個體命運，詩人用現實中漫長的時間去體驗這四者的存在，延緩的敘事時間，正呼應了哀歌的情緒特徵。邁入「小快板」的音樂律動，通過「有時間的夢」以及「無時間的現實」推進了第三部的敘事時間，也呈現出詩人思維的不斷成熟，並最終抽象化為哲人之需，從而構成共時的無夢狀態。〔註 43〕

　　總之，從誦本與誦讀、歌詞與詩的關係能夠看出二者的分化與融合，在這一過程中，1980 年代以來漢語新詩創作的主要方向不再是易讀易誦、朗朗上口，新的傳播方式通過媒介技術和現場互動，使漢語新詩的語言文字重視活力，甚至改變詩歌文本的創作方式。

〔註 43〕翟月琴：《音樂的空書：文化尋根深處開放的個體生命之花——評楊煉的〈敘事詩〉》，《星星》（理論版），2012 年第 4 期。

結　語

　　自五四運動蓬勃開展以來，古典詩歌聲音外形的脫落，爲漢語新詩的合法性帶來巨大的挑戰。詩與散文的界限是什麼？如何判斷一首詩的優劣？這種肇端於 20 世紀早期的質疑聲和危機感，表露出漢語新詩既無法擺脫古典詩歌的審視標準，又寄望於新的創作和批評標準。長達一百年的探索，究竟漢語新詩是否還需要聲音，如果需要其內部又發生了怎樣的變化？一系列問題，一直伴隨著漢語新詩的成長過程。1980 年代以來漢語新詩的重要美學轉向就是對聲音的重新發現，總體而言，在創作實踐方面，表現爲從集體的聲音過渡到個人化的聲音、從意象中心轉向聲音中心的實驗，聲詩從運動轉向活動；在相關理論探索方面，表現爲返歸漢語新詩的節奏、韻律和返回到歌與口頭聲音。針對此，本文選取了四個基點對這一問題展開研究，即聲音的表現形式、聲音的主題類型、聲音的意象顯現和聲音的傳播方式，並通過這四者爲反思和重構漢語新詩的聲音問題提供一些線索。

　　第一，漢語新詩蘊藏著豐富的聲音表現形式。與古典詩歌相比，漢語新詩看似更強調「內在韻律」，但「內在」如何外化仍然是當下詩學研究的重要命題。自由詩不再依賴於平仄、對仗、押韻和字數，但聲音卻隨著語言變化而有所突破，關於此，筆者不得不借用艾略特的詩學理念，「形式必須被突破，然後再重新建立：但是我相信任何一種語言——只要它還是原來的那種語言——都有它自己的規則和限制，有它自身允許變化的範圍，並且對語言的節奏和聲音的格式有它自身的要求。而語言總在變化著，它在詞彙、句法、發音和音調上的發展——甚至，從長遠來看，它的退化——都必須爲詩人所接

受並加以充分的利用」〔註1〕。正因爲此，對聲音表現形式的運用，充分體現出詩人的語言自覺，並提升了漢語新詩的節奏、韻律美感。本文通過細讀1980年代以來的漢語新詩，不再拘泥於傳統的研究方式，而是提出四種典型的聲音表現形式，即迴環：往復的韻律美、跨行：空間的音樂美、長短句：氣韻的流動美和標點符號：獨特的節奏美，旨在分析分析這一階段漢語新詩的節奏、韻律美，並由此探討蘊藉於形式中的情感、心理特徵。

第二，漢語新詩是集聲音、意象、主題等爲一體的高能結構。詩人應該按照呼吸的長短節奏去安排詩行的抑揚頓挫，最後使得詩歌的音節、詩行、詞義、意象和音響等形成一套完整的高能結構。循此思路，本文從聲音的主題類型、聲音的意象顯現兩個層面解讀1980年代以來的漢語新詩。探討聲音的主題類型時，借鑒俄羅斯學者加斯帕羅夫的《俄國詩史概述·格律、節奏、韻腳、詩節》對聲音與主題關係的研究模式，歸納出反傳統的抗聲、女性詩歌的音域、互文性的借音，旨在分析1980年代以來漢語新詩通過重組語音、語調、辭章結構和語法所呈現出的聲音特點；對聲音的意象顯現分析時，考慮到漢語本身音、形、義的密不可分和中西象徵主義詩派的創作實踐，從1980年代以來的漢語新詩歸納出四種聲音的意象顯現，即「太陽」意象中同聲相求的句式、「鳥」及其衍生意象中升騰的語調、「大海」意象中變奏的曲式和「城」及其標誌意象中「破碎無序的辭章」，通過文本分析聲音透過意象表現出的特徵。由此看出，筆者不是單從語義或者形式分析1980年代以來的漢語新詩，而是將漢語新詩的聲音視爲一種高能結構，從多側面開啓進入聲音的研究路徑，同時激活漢語新詩的語言活力。

第三，1980年代以來，誦詩和唱詩是兩種重要的聲音傳播方式。一方面漢語新詩不再依賴於音樂伴奏和口頭形式，而在語言文字方面具有獨立的聲音特點；另一方面，也刺激了漢語新詩的音樂伴奏和口頭形式，充分調動出誦和唱這兩種傳播方式。據此，本文主要分析了誦本與誦讀、歌詞與詩的差異和融合，重點討論了個人化的誦詩和方言誦詩，搖滾的變聲和民謠的改編問題。從誦和唱的角度分析1980年代以來漢語新詩的聲音傳播方式，其目的在於，理性看待語言文字與音樂伴奏、口頭聲音的不同，並爲詩與誦、唱的統一尋找可能性，從傳播的角度挖掘漢語新詩的聲音特點。

〔註1〕〔美〕T·S·艾略特：《艾略特詩學文集》，王恩衷編譯，北京：國際文化出版公司，1989年版，第186頁。

　　1980 年代只是一個起點，預示了漢語新詩史的重要轉折，同時也指向了
未來漢語新詩發展的一種可能。當然，推進這種可能，既要回歸到傳統，又
不能忽略個人的作用。首先，就傳統而言，作為自由詩的漢語新詩，需要傳
承漢語語音、語調、辭章結構和語法的形式特點；同時作為高能結構的漢語
新詩，還需要考量主題、意象的變遷所引起的聲音變化。換言之，漢語新詩
的斷裂、發生與轉折，都是在傳統文化的框架下完成的，在某種意義上，儘
管善於創新的詩人們試圖從語言、主題、意象等多維度突破傳統詩學，但歸
根結底，漢語新詩都必然會退回到傳統的脈絡。1980 年代以來的漢語新詩，
無論是在反傳統主題、女性詩歌主題和互文性主題方面的戾轉，還是在「太
陽」意象、「鳥」及其衍生意象、「大海」意象和「城」及其標誌性意象方面
的傳承，透過聲音特質都印證了漢語新詩所承續的詩學文化傳統。其次，就
個人而言，每一個詩人都在尋找屬於自己的聲音，即通過語音、語調、辭章
結構和語法共同作用而成的個人化詩學。因為找到了一個音調，從根本上而
言，就意味著將自己的感情訴諸於自己的語言，在自然的音節中聽到理想的
聲音，這也是希尼所強調的個人化聲音的精髓所在。儘管文中涉及到的詩人
數量有限，但至少通過他們的代表作可以窺見其創作特色，比如陳東東升騰
的語調、張棗疾馳的哀鳴，臧棣的知性思辨、藍藍震顫的低音等等，都堪稱
這一時期獨特的個人化聲音。

　　1980 年代以來，漢語新詩紛繁蕪雜、良莠不齊，透過圈子化的詩壇亂象
和部分內容貧乏空洞的作品就可見一斑。有相當一部分詩人誤以為詩就是分
行排列的語言遊戲。筆者並不反對這種語言遊戲，它在某種意義上，甚至體
現出先鋒詩歌的創造力，但前衛的藝術又是一體兩面的，經過文學史的淘洗
和篩選後，不得不檢驗其是否只是一種語言的遊戲，如布羅茨基所云，「人類
情感的聲音正在讓位於語言的需要——但顯然是無效的」〔註2〕。詩人必須處
理好語言與情感、氣韻之間的關係，處理不當，極容易造成詩歌真摯性的流
失，而陷入詩歌技巧化的藩籬。語言是手段，但並不是目的，以語言為遊戲
的漢語新詩，在走向創新之路時，也不可避免地會遭遇語義空洞、乏力的書
寫屏障，這也提醒當下漢語詩人決意探險時，必須提防真摯性的流失。漢語
新詩的聲音魅力就在於它是人類情感精神的外化，是情感心理與藝術創造的

〔註2〕　〔美〕布羅茨基：《文明的孩子：布羅茨基論詩和詩人》，劉文飛、唐烈英譯，
　　　　北京：中央編譯出版社，1999 年版，第 77 頁。

融合。就這點而言，聲音借助或者隱藏於語音、語調、辭章結構和語法等語言形式中，但聲音又與情感、氣韻互為表裏，換言之，徒有語言而缺乏情感、氣韻的聲音，也只能是提燈尋影、燈到影滅。

　　需要說明的是，筆者只是針對 1980 年代以來漢語新詩的聲音嘗試性地提出一些看法。由於這一研究從理論到創作實踐都是動態的，所以，對詩歌創作的持續關注，也有益於打開研究視野。漢語新詩的聲音研究還有相當大的拓展空間，儘管筆者搜集了一些材料，並開始著手分析，但還是留下一些遺憾：首先，隨著詩歌翻譯的繁榮，如何通過聲音抵達真正的詩韻，也是英詩漢譯工作難度最大的環節。通過翻譯美國詩人畢肖普（Bishop）的部分作品，筆者對照丁麗英的《伊麗莎白・畢肖普詩選》、姜濤在《希尼詩文集》中的翻譯，嘗試摸索畢肖普聲音的秘密，通過漢語語言把握詩人哀痛的童年生活和無根的漂泊意識。另外，本文的研究範圍尚停留在 1980 年代以來的大陸詩歌，對臺灣詩歌的研究還不夠。然而，臺灣詩歌文本滲透出濃鬱的傳統韻味，為漢語新詩提供了豐富的聲音養料。目前筆者已開始細讀臺灣詩人楊牧、瘂弦、商禽、鴻鴻、零雨、陳克華、鯨向海、楊佳嫻等的詩歌文本，同時，對臺灣民謠歌手胡德夫、巴奈等也多有關注。

　　總之，雖然本文暫告一段落，但這是結局，更是開始。筆者希求在日後的研究中能夠繼續完善和深入探索，並盡早將上述未能涉獵的內容也納入到「1980 年代以來漢語新詩的聲音研究」這一課題中，通過發現多樣化的聲音表現形態以推進漢語新詩的聲音研究。

參考文獻

一、作品集

1. 朱自清編：《中國新文學大系 1917～1927・詩集》，上海：上海良友圖書印刷公司，1935 年版。

2. 〔三國魏〕曹操著，夏傳才注：《曹操集》上冊，北京：中華書局，1974年版。

3. 艾青著：《歸來的歌》，成都：四川人民出版社，1980 年版。

4. 王佐良著：《英國詩文選譯集》，北京：外語教學與研究出版社，1980 年版。

5. 〔三國魏〕曹植著，趙幼文校注：《曹植集校注》，北京：人民出版社，1984 年版。

6. 上海文藝出版社編：《中國新文學大系 1927～1937・詩集》，上海：上海文藝出版社，1985 年版。

7. 楊煉、顧城等著：《五人詩選》，北京：作家出版社，1986 年版。

8. 翟永明著：《女人》，桂林：灕江出版社，1986 年版。

9. 北島著：《北島詩選》，廣州：新世紀出版社，1986 年版。

10. 〔三國魏〕阮籍著，陳伯君校注：《阮籍集校注》，北京：中華書局，1987年版。

11. 覃子豪著：《覃子豪詩選》，香港：文藝風出版社，1987 年版。

12. 〔美〕羅伯特・洛威爾等著，趙瓊、島子譯：《美國自白派詩選》，桂林：灕江出版社，1987 年版。

13. 江河著：《太陽和他的反光》，北京：人民文學出版社，1987 年版。

14. 宋琳、張小波等著：《城市人》，上海：學林出版社，1987 年版。

15. 徐敬亞、孟浪等編：《中國現代主義詩群大觀 1986～1988》，上海：同濟大學出版社，1988 年版。

16. 溪萍編：《第三代詩人探索詩選》，北京：中國文聯出版公司，1988 年版。

17. 〔俄〕安年斯基等著，荀紅軍譯：《跨世紀抒情——俄蘇先鋒派詩選》，北京：工人出版社，1989 年版。

18. 鄒進、霍用靈編：《情緒與感覺——新生代詩選》，北京：人民文學出版社，1989 年版。

19. 王家新、沈睿編：《當代歐美詩選》，瀋陽：春風文藝出版社，1989 年版。

20. 孫黨伯編：《中國新文學大系 1937～1949·詩卷》，上海：上海文藝出版社，1990 年版。

21. 李麗中、張雷等選評：《朦朧詩後：中國先鋒詩選》，天津：南開大學出版社，1990 年版。

22. 楊愛群、陳力編選：《新中國朗誦詩選》，瀋陽：春風文藝出版社，1990 年版。

23. 楊煉、宇峰著：《太陽與人》，長沙：湖南文藝出版社，1991 年版。

24. 韓東著：《白色的石頭》，上海：上海文藝出版社，1992 年版。

25. 翟永明著：《在一切玫瑰之上》，遼寧：瀋陽出版社，1992 年版。

26. 謝冕、唐曉渡主編，崔衛平選編：《蘋果上的豹——女性詩卷》，北京：北京師範大學出版社，1993 年版。

27. 萬夏、瀟瀟主編：《後朦朧詩全集》，成都：四川教育出版社，1993 年版。

28. 謝冕、唐曉渡主編，陳超編選：《以夢爲馬——新生代詩卷》，北京：北京師範大學出版社，1993 年版。

29. 于堅著：《于堅詩集·對一隻烏鴉的命名》，北京：國際文化出版公司，1993 年版。

30. 顧城著：《顧城散文選集》，天津：百花文藝出版社，1993 年版。

31. 閻月君、周宏坤選編：《後朦朧詩選》，瀋陽：春風文藝出版社，1994 年版。

32. 舒婷著：《舒婷的詩》，北京：人民文學出版社，1994 年版。

33. 伊沙著：《餓死詩人》，北京：中國華僑出版社，1994 年版。

34. 翟永明著：《翟永明詩集》，成都：成都出版社，1994 年版。

35. 陳先發著：《春天的死亡之書》，合肥：安徽文藝出版社，1994 年版。

36. 楊煉、友友著：《人景·鬼話：楊煉、友友海外漂泊手記》，北京：中央

編譯出版社，1994 年版。

37. 楊克著：《陌生的十字路口》，北京：人民文學出版社，1994 年版。

38. 海男著：《虛構的玫瑰》，昆明：雲南人民出版社，1995 年版。

39. 嚴力著：《嚴力詩選》，上海：上海文藝出版社，1995 年版。

40. 顧城著，顧工編：《顧城詩全編》，上海：上海三聯書店，1995 年版。

41. 陳夢家著：《陳夢家詩全編》，杭州：杭州文藝出版社，1995 年版。

42. 伊蕾著：《獨身女人的臥室》，長春：時代文藝出版社，1996 年版。

43. 胡寬著，牛漢、徐放主編：《胡寬詩集》，桂林：灘江出版社，1996 年版。

44. 陳東東編選：《行板如歌──音樂與人生》，北京：東方出版社，1996 年版。

45. 耿占春編，藍藍著：《內心生活》，瀋陽：春風文藝出版社，1997 年版。

46. 翟永明著：《黑夜裏的素歌》，北京：改革出版社，1997 年版。

47. 翟永明著：《稱之爲一切》，瀋陽：春風文藝出版社，1997 年版。

48. 陳東東著：《海神的一夜》，北京：改革出版社，1997 年版。

49. 陳東東著：《詞的變奏》，上海：東方出版中心，1997 年版。

50. 陳東東著：《明淨的部分》，長沙：湖南文藝出版社，1997 年版。

51. 駱一禾著，張玞編：《駱一禾詩全編》，上海：上海三聯書店，1997 年版。

52. 王小妮著：《我的紙裏包著我的火》，瀋陽：春風文藝出版社，1997 年版。

53. 王家新著：《遊動懸崖》，長沙：湖南文藝出版社，1997 年版。

54. 王家新著：《夜鶯在它自己的時代》，上海：東方出版中心，1997 年版。

55. 歐陽江河著：《透過詞語的玻璃》，北京：改革出版社，1997 年版。

56. 歐陽江河著：《誰去誰留》，長沙：湖南文藝出版社，1997 年版。

57. 西川著：《大意如此》，長沙：湖南文藝出版社，1997 年版。

58. 西川著：《隱秘的匯合》，北京：改革出版社，1997 年版。

59. 于堅著：《棕皮手記》上海：東方出版中心，1997 年版。

60. 鄒荻帆、謝冕編：《中國新文學大系 1949～1976・詩卷》，上海：上海文藝出版社，1997 年版。

61. 西渡著：《雪景中的柏拉圖》，北京：文化藝術出版社，1998 年版。

62. 程光煒編選：《歲月的遺照》，北京：社會科學文獻出版社，1998 年版。

63. 臧棣著，《燕園紀事》，北京：文化藝術出版社，1998 年版。

64. 鐘鳴著：《旁觀者》共三冊，海口：海南人民出版社，1998 年版。

65. 張曙光著：《小丑的花格外衣》，北京：文化藝術出版公司，1998 年版。

66. 楊煉著：《大海停止之處：楊煉作品 1982～1987 詩歌卷》，上海：上海文藝出版社，1998 年版。

67. 張棗著：《春秋來信》，北京：文化藝術出版社，1998 年版。

68. 唐曉渡編選：《先鋒詩歌》，北京：北京師範大學出版社，1999 年版。

69. 戈麥著，西渡編：《戈麥詩全編》，上海：上海三聯書店，1999 年版。

70. 西川著：《西川的詩》，北京：人民文學出版社，1999 年版。

71. 楊克主編：《90 年代實力詩人詩選》，桂林：灕江出版社，1999 年版。

72. 臧棣選編：《1998 中國最佳詩歌》，瀋陽：遼寧人民出版社，1999 年版。

73. 柏樺著：《望氣的人》，臺北：唐山出版社，1999 年版。

74. 上海市作家協會詩歌委員會編：《世紀心聲——朗誦詩選》，上海：上海文藝出版社，1999 年版。

75. 陳樹才選編：《1999 中國最佳詩歌》，瀋陽：遼寧人民出版社，2000 年版。

76. 楊克著：《笨拙的手指》，太原：北嶽文藝出版社，2000 年版。

77. 〔俄〕普希金著，查良錚譯：《普希金詩選》，南京：譯林出版社，2000 年版。

78. 宋琳著：《門廳》，太原：北嶽文藝出版社，2000 年版。

79. 陳東東著：《短篇・流水》，北京：解放軍文藝出版社，2000 年版。

80. 陳東東著：《即景與雜說》，北京：中國工人出版社，2000 年版。

81. 臧棣著：《風吹草動》，北京：中國工人出版社，2000 年版。

82. 于堅著：《于堅的詩》，北京：人民文學出版社，2000 年版。

83. 楊克主編：《1999 中國新詩年鑒》，廣州：廣州出版社，2000 年版。

84. 陳樹才選編：《2000 中國最佳詩歌》，瀋陽：遼寧人民出版社，2001 年版。

85. 孫文波著：《孫文波的詩》，北京：人民文學出版社，2001 年版。

86. 王家新著：《王家新的詩》，北京：人民文學出版社，2001 年版。

87. 于堅著：《于堅詩歌・便條集》，昆明：雲南人民出版社，2001 年版。

88. 韓作榮主編：《情人花朵：〈人民文學〉新詩歌》，北京：華文出版社，2001 年版。

89. 楊克主編：《2000 中國新詩年鑒》，廣州：廣州出版社，2001 年版。

90. 黃燦然著：《必要的角度》，瀋陽：遼寧教育出版社，2001 年版。

91. 虹影著：《魚教會魚歌唱》，桂林：灕江出版社，2001 年版。

92. 歐陽江河著:《站在虛構這邊》,北京:生活・讀書・新知三聯書店,2001年版。

93. 〔瑞典〕托馬斯・特朗斯特羅姆著,李笠譯:《特朗斯特羅姆全集》,海口:南海出版公司,2001年版。

94. 〔法〕彼埃爾・勒韋爾迪著,樹才譯:《勒韋爾迪詩選》,太原:北嶽文藝出版社,2002年版。

95. 〔法〕勒內・夏爾著,樹才譯:《勒內・夏爾詩選》,太原:北嶽文藝出版社,2002年版。

96. 〔希臘〕卡瓦菲斯著,黃燦然譯:《卡瓦菲斯詩集》,石家莊:河北教育出版社,2002年版。

97. 〔波蘭〕切・米沃什著,張曙光譯:《切・米沃什詩選》,石家莊:河北教育出版社,2002年版。

98. 〔德〕保羅・策蘭著,王家新、芮虎譯:《保羅・策蘭詩文選》,石家莊:河北教育出版社,2002年版。

99. 王家新著:《沒有英雄的詩》,北京:中國社會科學出版社,2002年版。

100. 張清華主編:《2001年中國最佳詩歌》,瀋陽:春風文藝出版社,2002年版。

101. 王蒙主編,宗仁發選編:《2001中國最佳詩歌》,瀋陽:遼寧人民出版社,2002年版。

102. 楊克主編:《2001中國新詩年鑒》,福州:海風出版社,2002年版。

103. 韓東著:《爸爸在天上看我》,石家莊:河北教育出版社,2002年版。

104. 翟永明著:《終於使我周轉不靈》,石家莊:河北教育出版社,2002年版。

105. 柏樺著:《往事》,石家莊:河北教育出版社,2002年版。

106. 臧棣著:《新鮮的荊棘》,北京:新世界出版社,2002年版。

107. 丁當著:《房子》,石家莊:河北教育出版社,2002年版。

108. 伊沙著:《伊沙詩選》,西寧:青海人民出版社,2003年版。

109. 伊沙著:《我的英雄》,石家莊:河北教育出版社,2003年版。

110. 鐘鳴著:《中國雜技:硬椅子》,北京:作家出版社,2003年版。

111. 北島著:《北島詩歌集》,海口:南海出版公司,2003年版。

112. 劉希全主編:《先鋒詩歌2002》,北京:光明日報出版社,2003年版。

113. 王蒙主編,宗仁發選編:《2002中國最佳詩歌》,瀋陽:遼寧人民出版社,2003年版。

114. 藍藍著:《睡夢 睡夢》,石家莊:河北教育出版社,2003年版。

115. 〔美〕菲利普‧拉金著，桑克譯：《菲利普‧拉金詩選》，石家庄：河北教育出版社，2003 年版。

116. 〔美〕R‧P‧沃倫著，周偉馳譯：《沃倫詩選》，石家庄：河北教育出版社，2003 年版。

117. 〔英〕雪萊著，江楓譯：《雪萊詩選》，北京：中央編譯出版社，2004 年版。

118. 王蒙主編，宗仁發選編：《2003 中國最佳詩歌》，瀋陽：遼寧人民出版社，2004 年版。

119. 王光明主編：《2002～2003 中國詩歌年選》，廣州：花城出版社，2004 年版。

120. 梁曉明、南野等主編：《中國先鋒詩歌檔案》，杭州：浙江文藝出版社，2004 年版。

121. 安琪、遠村、黃禮孩編：《中間代詩全集》上、下卷，福州：海峽文藝出版社，2004 年版。

122. 于堅著：《〇檔案》，昆明：雲南人民出版社，2004 年版。

123. 蕭開愚著：《蕭開愚的詩》，北京：人民文學出版社，2004 年版。

124. 西渡、郭驊編：《先鋒詩歌檔案》，重慶：重慶出版社，2004 年。

125. 安琪著：《像杜拉斯一樣生活》，北京：作家出版社，2004 年版。

126. 楊克著：《廣西當代作家叢書‧楊克卷》，桂林：灘江出版社，2004 年版。

127. 王小妮著：《王小妮的詩：半個我正在疼痛》，北京：華藝出版社，2005 年版。

128. 多多著：《多多詩選》，廣州：花城出版社，2005 年版。

129. 王寅著：《王寅詩選》，廣州：花城出版社，2005 年版。

130. 王寅著：《刺破夢境》，蘇州：古吳軒出版社，2005 年版。

131. 〔法〕伊夫‧博納富瓦著，郭宏安、樹才譯：《博納富瓦詩選》，太原：北嶽文藝出版社，2005 年版。

132. 王光明編選：《2004 中國詩歌年選》，廣州：花城出版社，2005 年版。

133. 王蒙主編，宗仁發選編：《2004 中國最佳詩歌》，瀋陽：遼寧人民出版社，2005 年版。

134. 楊黎著：《燦爛》，西寧：青海人民出版社，2005 年版。

135. 陳先發著：《前世》，上海：復旦大學出版社，2005 年版。

136. 西川著：《深淺：西川詩文錄》，北京：中國和平出版社，2006 年版。

137. 王蒙主編，宗仁發選編：《2005 中國最佳詩歌》，瀋陽：遼寧人民出版社，2006 年版。

138. 李少君主編：《21 世紀詩歌精選》第一輯，武漢：長江文藝出版社，2006 年版。

139. 王光明編選：《2005 中國詩歌年選》，廣州：花城出版社，2006 年版。

140. 王光明編選：《2006 中國詩歌年選》，廣州：花城出版社，2006 年版。

141. 柏樺著：《今天的激情：柏樺十年文選》，上海：上海人民出版社，2006 年版。

142. 藍藍著：《詩篇》，北京：長征出版社，2006 年版。

143. 黑大春著：《黑大春歌詩集》，北京：長征出版社，2006 年版。

144. 周倫祐著：《周倫祐詩選》，廣州：花城出版社，2006 年版。

145. 于堅著：《只有大海蒼茫如幕》，北京：長征出版社，2006 年版。

146. 程光煒、洪子誠編選：《第三代詩新編》，武漢：長江文藝出版社，2006 年版。

147. 楊克主編：《2004～2005 中國新詩年鑒》，福州：海風文藝出版社，2006 年版。

148. 李亞偉著：《豪豬的詩篇》，廣州：花城出版社，2006 年版。

149. 王蒙主編，宗仁發選編：《2006 中國最佳詩歌》，瀋陽：遼寧人民出版社，2007 年版。

150. 李少君主編：《21 世紀詩歌精選》第二輯，武漢：長江文藝出版社，2007 年版。

151. 柏樺主編：《夜航船：江南七家詩選》，上海：上海文藝出版社，2007 年版。

152. 胡續冬著：《日曆之力》，北京：作家出版社，2007 年版。

153. 王光明編選：《2007 中國詩歌年選》，廣州：花城出版社，2008 年版。

154. 歐陽江河著：《事物的眼淚》，北京：作家出版社，2008 年版。

155. 王家新著：《未完成的詩》，北京：作家出版社，2008 年版。

156. 西川著：《個人好惡》，北京：作家出版社，2008 年版。

157. 王小妮著：《有什麼在我心裏一過》，北京：作家出版社，2008 年版。

158. 臧棣著：《宇宙是扁的》，北京：作家出版社，2008 年版。

159. 于堅著：《在漫長的旅途中》，北京：作家出版社，2008 年版。

160. 翟永明著：《最委婉的詞》，北京：東方出版社，2008 年版。

161. 柏樺著：《水繪仙侶——1642～1651：冒辟疆與董小宛》，北京：東方出版社，2008 年版。

162. 孫方傑、王夫剛選編：《到詩篇中朗誦》，北京：中國文史出版社，2008 年版。

163. 王家新著：《為鳳凰找尋棲所：現代詩歌論集》，北京：北京大學出版社，2008 年版。

164. 大衛著：《內心劇場》，北京：中國文聯出版社，2008 年版。

165. 鄭小瓊著：《暗夜》，北京：大眾文藝出版社，2008 年版。

166. 潘維著：《潘維詩選》，杭州：浙江文藝出版社，2008 年版。

167. 侯馬著：《他手記》，南京：江蘇文藝出版社，2008 年版。

168. 北島著：《時間的玫瑰》，南京：江蘇文藝出版社，2009 年版。

169. 王光明編選：《2008 中國詩歌年選》，廣州：花城出版社，2009 年版。

170. 楊克主編：《2008 中國新詩年鑒》，廣州：花城出版社，2009 年版。

171. 楊克主編：《60 年中國青春詩歌經典》，北京：中國青年出版社，2009 年版。

172. 王蒙主編，宗仁發選編：《2003 中國最佳詩歌》，瀋陽：遼寧人民出版社，2009 年版。

173. 謝冕主編，劉福春副主編：《中國新文學大系 1976～2000・詩卷》，上海：上海文藝出版社，2009 年版。

174. 柏樺著：《演春與種梨》，西寧：青海人民出版社，2009 年版。

175. 柏樺著：《左邊：毛澤東時代的抒情詩人》，南京：江蘇文藝出版社，2009 年版。

176. 海子著，西川編：《海子詩全集》，北京：作家出版社，2009 年版。

177. 張清華主編：《2008 年詩歌》，瀋陽：春風文藝出版社，2009 年版。

178. 鄭小瓊著：《散落在機臺上的詩》，北京：中國社會出版社，2009 年版。

179. 〔美〕華萊士・史蒂文斯著，陳東颷、張棗等譯：《最高虛構筆記：史蒂文斯詩文集》，上海：華東師範大學出版社，2009 年版。

180. 舒丹丹譯著：《別處的意義——歐美當代詩人十二家》，重慶：重慶大學出版社，2010 年版。

181. 謝冕主編：《中國新詩總系》全 10 卷，北京：人民文學出版社，2010 年版。

182. 王光明編選：《2009 中國詩歌年選》，廣州：花城出版社，2010 年版。

183. 王蒙主編，宗仁發選編：《2009 中國最佳詩歌》，瀋陽：遼寧人民出版社，2010 年版。

184. 楊牧著：《楊牧詩集 III》，臺北：洪範書店，2010 年版。

185. 伊蕾著：《伊蕾詩選》，天津：百花文藝出版社，2010 年版。

186. 王家新著：《雪的款待》，北京：北京大學出版社，2010 年版。

187. 張棗著：《張棗的詩》，北京：人民文學出版社，2010 年版。

188. 昌耀著:《昌耀詩文總集》,北京:作家出版社,2010 年版。

189. 沈浩波著:《蝴蝶》,上海:上海文藝出版社,上海錦繡文章出版社,2010 年版。

190. 于堅著:《于堅詩學隨筆》,西安:陝西師範大學出版社,2010 年版。

191. 藍藍著:《從這裡,到這裡》,鄭州:河南文藝出版社,2010 年版。

192. 陳先發著:《寫碑之心》,武漢:長江文藝出版社,2011 年版。

193. 〔俄〕茨維塔耶娃著,汪劍釗譯:《茨維塔耶娃詩集》,北京:東方出版社,2011 年版。

194. 楊煉著:《敘事詩》,北京:華夏出版社,2011 年版。

195. 柏樺著:《山水手記》,重慶:重慶大學出版社,2011 年版。

196. 翟永明著:《十四首素歌》,南京:南京大學出版社,2011 年版。

197. 北島著:《北島作品精選》,武漢:長江文藝出版社,2011 年版。

198. 臧棣著:《慧根叢書》,重慶:重慶大學出版社,2011 年版。

199. 桑克著:《轉臺遊戲》,重慶:重慶大學出版社,2011 年版。

200. 孫文波著:《與無關有關》,重慶:重慶大學出版社,2011 年版。

201. 呂德安著:《適得其所》,重慶:重慶大學出版社,2011 年版。

202. 張曙光著:《午後的降雪》,重慶:重慶大學出版社,2011 年版。

203. 陳東東著:《夏之書·解禁書》,重慶:重慶大學出版社,2011 年版。

204. 蕭開愚著:《聯動的風景》,重慶:重慶大學出版社,2011 年版。

205. 王蒙主編,宗仁發選編:《2010 中國最佳詩歌》,瀋陽:遼寧人民出版社,2011 年版。

206. 王光明編選:《2010 中國詩歌年選》,廣州:花城出版社,2011 年版。

207. 張廣天著:《板歌》,北京:作家出版社,2011 年版。

208. 黃燦然著:《我的靈魂》,重慶:重慶大學出版社,2011 年版。

209. 臧棣著:《慧根叢書》,重慶:重慶大學出版社,2011 年版。

210. 王光明編選:《2011 中國詩歌年選》,廣州:花城出版社,2012 年版。

211. 宇向著:《宇向詩選》,武漢:長江文藝出版社,2012 年版。

212. 蕭水著:《中文課》,臺北:釀出版,2012 年版。

213. 黃燦然著:《奇迹集》,廣州:廣東人民出版社,2012 年版。

214. 王蒙主編,宗仁發選編:《2012 中國最佳詩歌》,瀋陽:遼寧人民出版社,2013 年版。

215. 王家新著:《在你的晚臉前》,北京:商務印書館,2013 年版。

216. 楊黎著:《一起吃飯的人》,重慶:重慶大學出版社,2013 年版。

217. 王敖著：《王道士的孤獨之心俱樂部》，南京：南京大學出版社，2013 年版。

218. 臧棣、蕭開愚等編：《中國詩歌評論——詩在上游》，上海：上海文藝出版社，2013 年版。

219. 俞心樵著：《俞心樵詩選》，武漢：長江文藝出版社，2013 年版。

　　此外，參考的詩歌刊物主要有《今天》、《現代漢詩》、《當代國際詩壇》、《詩歌與人》、《詩江湖》、《下半身》、《南京評論》、《詩東西》、《獨立》、《當代詩》、《讀詩》等。

二、國外理論著作（含外文著作）

1. 〔匈〕李斯特著，張洪島、張洪模等譯：《李斯特論柏遼茲與舒曼》，北京：音樂出版社，1962 年版。

2. 〔蘇〕車爾尼雪夫斯基著，辛未艾譯：《車爾尼雪夫斯基論文集》中卷，上海：上海譯文出版社，1979 年版。

3. 〔德〕黑格爾著，朱光潛譯：《美學》第三卷，北京：商務印書館，1979 年版。

4. 〔奧〕愛德華·漢斯立克著，楊業治譯：《論音樂的美：音樂美學的修改芻議》，北京：人民音樂出版社，1980 年版。

5. 〔蘇〕彼得洛夫斯基：《普通心理學》，北京：人民教育出版社，1981 年版。

6. 〔美〕蘇珊·朗格著，滕守堯、朱疆源譯：《藝術問題》，北京：中國社會科學出版社，1983 年版。

7. 〔美〕雷納·威萊克著，林驤華譯：《西方四大批評家》，上海：復旦大學出版社，1983 年版。

8. 〔德〕費爾巴哈著：《費爾巴哈選集》上卷，北京：商務印書館，1984 年版。

9. 〔美〕雷·韋勒克，奧·沃倫著，劉象愚、邢培明等譯：《文學理論》，《文學理論》，北京：生活·讀書·新知三聯書店，1984 年版。

10. 〔美〕愛德華·薩丕爾著，陸卓元譯：《語言論——言語研究導論》，北京：商務印書館，1985 年版。

11. 〔美〕蘇珊·朗格著，劉大基、傅志強等譯：《情感與形式》，北京：中國社會科學出版社，1986 年版。

12. 〔美〕林毓生著，穆善培譯：《中國意識的危機——「五四」時期激烈的反傳統主義》，貴陽：貴州人民出版社，1986 年版。

13. 〔美〕波德萊爾著，郭宏安譯：《波德萊爾美學論文選》，北京：人民文

學出版社，1987 年版。

14. 〔美〕林毓生著：《中國傳統的創造性轉化》，北京：生活・讀書・新知三聯書店，1988 年版。

15. 〔美〕羅伯特・司格勒斯著，譚大立、龔見明譯：《符號學與文學》，瀋陽：春風文藝出版社，1988 年版。

16. 〔英〕托馬斯・斯特恩斯・艾略特著，王恩衷編譯：《艾略特詩學文集》，北京：國際文化出版公司，1989 年版。

17. 〔美〕高友工、梅祖麟著，李世耀譯：《唐詩的魅力——詩語的結構主義批評》，上海：上海古籍出版社，1989 年版。

18. 〔法〕茨維坦・托多洛夫編，蔡鴻濱譯：《俄蘇形式主義文論選》，北京：中國社會科學出版社，1989 年版。

19. 〔俄〕維克托・什克洛夫斯基等著，方珊等譯：《俄國形式主義文論選》，北京：生活・讀書・新知三聯書店，1989 年版。

20. 〔美〕M・H・艾布拉姆斯著，酈稚牛，張照進等譯：《鏡與燈：浪漫主義文論及批評傳統》，北京：北京大學出版社，1989 年版。

21. 〔美〕T・S・艾略特著，王恩衷譯：《艾略特詩學文集》，北京：國際文化出版公司，1989 年版。

22. 〔德〕G・齊美爾著，涯鴻、宇聲譯：《橋與門——齊美爾隨筆集》，上海：上海三聯書店，1991 年版。

23. 〔英〕愛德華・泰勒著，連樹聲譯：《原始文化》，上海：上海文藝出版社，1992 年版。

24. 〔捷克〕米蘭・昆德拉著，莫雅平譯：《笑忘錄》，北京：中國社會科學出版社，1992 年版。

25. 〔捷克〕米蘭・昆德拉著，孟湄譯：《小說的藝術》，北京：生活・讀書・新知三聯書店，1992 年版。

26. 〔瑞士〕埃米爾・施塔格爾著，胡其鼎譯：《詩學的基本概念》，北京：中國社會科學出版社，1992 年版。

27. 〔美〕唐納德・巴塞爾姆著，周榮勝等譯：《白雪公主》，哈爾濱：哈爾濱出版社，1994 年版。

28. 〔墨西哥〕奧克塔維奧・帕斯著，趙振江譯：《批評的激情》，昆明：雲南人民出版社，1995 年版。

29. 〔法〕瓦雷里著，葛雷、梁棟譯：《瓦萊里詩歌全集》，北京：中國文學出版社，1996 年版。

30. 〔法〕加斯東・巴什拉著，劉自強譯：《夢想的詩學》，北京：生活・讀書・新知三聯書店，1996 年版。

31. 〔美〕魯道夫‧阿恩海姆著，騰守堯、朱疆源譯：《藝術與視知覺》，成都：四川人民出版社，1998 年版。

32. 〔英〕安東尼‧吉登斯著，趙旭東，方文等譯：《現代性與自我認同：現代晚期的自我與社會》，北京：生活‧讀書‧新知三聯書店，1998 年版。

33. 〔英〕錫德尼著，錢學熙譯：《爲詩辯護》，北京：人民文學出版社，1998 年版。

34. 〔俄〕巴赫金著，李輝凡、張捷等譯：《周邊集》，石家莊：河北教育出版社，1998 年版。

35. 〔美〕漢娜‧阿倫特著，竺乾威等譯：《人的條件》，上海：上海人民出版社，1999 年版。

36. 〔美〕布羅茨基著，黃燦然譯：《見證與愉悦》，天津：百花文藝出版社，1999 年版。

37. 〔美〕布羅茨基著，劉文飛、唐烈英譯：《文明的孩子：布羅茨基論詩和詩人》，北京：中央編譯出版社，1999 年版。

38. 〔美〕奚密著：《從邊緣出發：現代漢詩的另類傳統》，廣州：廣東人民出版社，2000 年版。

39. 〔美〕約翰‧邁爾斯著，朝戈金譯：《口頭詩學：帕里－洛德理論》，北京：社會科學文獻出版社，2000 年版。

40. 〔英〕安東尼‧吉登斯著，田禾譯：《現代性的後果》，南京：譯林出版社，2000 年版。

41. 〔英〕邁克‧費瑟斯通著，劉精明譯：《消費文化與後現代主義》，南京：譯林出版社，2000 年版。

42. 〔美〕阿瑟‧阿薩‧伯傑著，姚媛譯：《通俗文化、媒介和日常生活中的敘事》，南京：南京大學出版社，2000 年版。

43. 〔美〕愛德華‧羅特斯坦著，李曉東譯：《心靈的標符：音樂與數學的內在生命》，長春：吉林人民出版社，2001 年版。

44. 〔美〕約翰‧費斯克著，王曉珏、宋偉傑譯：《理解大眾文化》，北京：中央編譯出版社，2001 年版。

45. 〔加〕馬歇爾‧麥克盧漢著，何道寬譯：《理解媒介：論人的延伸》，北京：商務印書館，2001 年版。

46. 〔法〕皮埃爾‧布迪厄著，劉暉譯：《藝術的法則：文學場的生成和結構》，北京：中央編譯出版社，2001 年版。

47. 〔加〕查爾斯‧泰勒著，韓震等譯：《自我的根源：現代認同的形成》，南京：譯林出版社，2001 年版。

48. 〔愛爾蘭〕西默斯‧希尼著，吳德安等譯：《希尼詩文集》，北京：作家

出版社，2001 年版。

49. 〔美〕薩義德著，單德興譯：《知識分子論》，北京：生活·讀書·新知三聯書店，2002 年版。

50. 〔法〕羅蘭·巴特著，屠友祥譯：《文之悦》，上海：上海人民出版社，2002 年版。

51. 〔新加坡〕蕭馳著：《抒情傳統與中國思想——王夫之詩學發微》，上海：上海古籍出版社，2003 年版。

52. 〔法〕阿蘭·科爾班著，王斌譯：《大地的鐘聲：19 世紀法國鄉村的音響狀況和感官文化》，桂林：廣西師範大學出版社，2003 年版。

53. 〔德〕威廉·狄爾泰著，胡其鼎譯：《體驗與詩：萊辛·歌德·諾瓦利斯·荷爾德林》，北京：生活·讀書·新知三聯書店，2003 年版。

54. 〔法〕蒂菲納·薩莫瓦約著，邵煒譯：《互文性研究》，天津：天津人民出版社，2003 年版。

55. 〔美〕蘇珊·桑塔格著，程巍譯：《反對闡釋》，上海：上海譯文出版社，2003 年版。

56. 〔日〕柄谷行人著，趙京華譯，《日本現代文學的起源》，北京：生活·讀書·新知三聯書店，2003 年版。

57. 〔德〕海德格爾著，孫周興譯：《荷爾德林詩的闡釋》，北京：商務印書館，2004 年版。

58. 〔愛沙尼亞〕札娜·明茨，伊·切爾諾夫編，王薇生譯：《俄國形式主義文論選》，鄭州：鄭州大學出版社，2005 年版。

59. 〔美〕林順夫著，張宏生譯：《中國抒情傳統的轉變：姜夔與南宋詞》，上海：上海古籍出版社，2005 年版。

60. 〔德〕弗里德里希·尼采著，陳濤、周輝榮譯：《歷史的用途與濫用》，上海：上海人民出版社，2005 年版。

61. 〔美〕埃德蒙·威爾遜著，黃念欣譯：《阿克瑟爾的城堡：1870 年至 1930 年的想像文學研究》，南京：江蘇教育出版社，2006 年版。

62. 〔俄〕瓦·葉·哈里澤夫著，周啓超等譯：《文學學導論》，北京：北京大學出版社，2006 年版。

63. 〔加〕諾思羅普·弗萊著，陳慧、袁憲軍等譯：《批評的解剖》，天津：百花文藝出版社，2006 年版。

64. 〔美〕孫康宜著，鍾振振譯：《抒情與描寫：六朝詩歌概論》，上海：上海三聯書店，2006 年版。

65. 〔墨西哥〕奧克塔維奧·帕斯著，趙振江等編譯：《帕斯選集》上、下卷，北京：作家出版社，2006 年版。

66. 〔古希臘〕柏拉圖著，楊絳譯：《斐多：柏拉圖對話錄》，北京：中國國際廣播出版社，2006 年版。

67. 〔美〕宇文所安著，陳引馳、陳磊譯：《中國「中世紀的終結」——中唐文學文化論集》，北京：生活‧讀書‧新知三聯書店，2006 年版。

68. 〔英〕安德魯‧本尼特、尼古拉‧羅伊爾著，汪正龍、李永新譯：《關鍵詞：文學、批評與理論導論》，桂林：廣西師範大學出版社，2007 年版。

69. 〔法〕茨維坦‧托多洛夫、羅貝爾‧勒格羅等著，魯京明譯：《個體在藝術中的誕生》，北京：中國人民大學出版社，2007 年版。

70. 〔美〕克林斯‧布魯克斯著，郭乙瑤、王楠等譯：《精緻的甕：詩歌結構研究》，上海：上海人民出版社，2008 年版。

71. 〔法〕馬塞爾‧雷蒙著，鄧麗丹譯：《從波德萊爾到超現實主義》，開封：河南大學出版社，2008 年版。

72. 〔美〕高友工著：《美典：中國文學研究論集》，北京：生活‧讀書‧新知三聯書店，2008 年版。

73. 〔美〕奚密著：《現代漢詩：一九一七年以來的理論與實踐》，上海：上海三聯書店，2008 年版。

74. 〔美〕奚密著：《臺灣現代詩論》，香港：天地圖書有限公司，2009 年版。

75. 〔美〕田曉菲著：《留白：寫在〈秋水堂論金瓶梅〉之後》，天津：天津人民出版社，2009 年版。

76. 〔德〕胡戈‧弗里德里希著，李雙志譯：《現代詩歌的結構：19 世紀中期至 20 世紀中期的抒情詩》，南京：譯林出版社，2010 年版。

77. 〔美〕M‧H‧艾布拉姆斯著，趙毅衡、周勁松等譯：《以文行事：艾布拉姆斯精選集》，南京：譯林出版社，2010 年版。

78. 〔俄〕奧斯普‧曼德爾施塔姆著，黃燦然等譯：《曼德爾施塔姆隨筆選》，廣州：花城出版社，2010 年版。

79. 〔捷克〕亞羅斯拉夫‧普實克編，郭建玲譯：《抒情與史詩：中國現代文學論集》，上海：上海三聯書店，2010 年版。

80. 〔美〕王德威著：《抒情傳統與中國現代性：在北大的八堂課》，北京：生活‧讀書‧新知三聯書店，2010 年版。

81. 〔美〕哈羅德‧布魯姆等著，王敖譯：《讀詩的藝術》，南京：南京大學出版社，2010 年版。

82. 〔美〕斯維特蘭娜‧博伊姆著，楊德友譯：《懷舊的未來》，南京：譯林出版社，2010 年版。

83. 〔挪威〕諾伯舒茲著，施植明譯：《場所精神——邁向建築現象學》，武漢：華中科技大學出版社，2010 年版。

84. 〔英〕雷蒙・威廉斯著，高曉玲譯：《文化與社會：1780～1950》，長春：吉林出版集團有限責任公司，2011 年版。

85. 〔美〕宇文所安著，賈晉華、錢彥譯：《晚唐：九世紀中葉的中國詩歌（827～860）》，北京：生活・讀書・新知三聯書店，2011 年版。

86. 〔美〕哈羅德・布魯姆著，黃燦然譯：《如何讀，爲什麼讀》，南京：譯林出版社，2011 年版。

87. 〔美〕愛德華・T・科恩著，何弦譯：《作曲家的人格聲音》，上海：華東師範大學出版社，2011 年版。

88. 〔德〕W・希爾德斯海姆著，余匡復、余未來譯：《莫扎特論》，上海：華東師範大學出版社，2011 年版。

89. 〔波蘭〕切斯瓦夫・米沃什著，黃燦然譯：《詩的見證》，桂林：廣西師範大學出版社，2011 年版。

90. 〔法〕吉爾・德勒茲著，劉雲虹、曹丹紅譯：《批評與臨床》，南京：南京大學出版社，2012 年版。

91. 〔德〕阿斯特莉特・埃爾主編，余傳玲等譯：《文化記憶理論讀本》，北京：北京大學出版社，2012 年版。

92. 〔美〕孫康宜、宇文所安著，劉倩等譯：《劍橋中國文學史》上卷，北京：生活・讀書・新知三聯書店，2013 年版。

93. Alan B Galt: Sound and Sense in the poetry of Theodor Storm, Bern: H.Lang, 1973.

94. Joseph. Frank, Twentieth Century Criticism. William J. Handy and Max Westbrook（eds）, New York: The Fress Press, 1974.

95. Hollander, John, Vision and resonance: two senses of poetic form, New York: Oxford University Press, 1975.

96. Ong. Walter J, Orality and literacy: The technologizing of the word, New York: Routledge, 1988.

97. D. W. Winnicott: Playing and Reality, New York: Tavistock, 1989.

98. Attridge, Derek, Poetic & Rhythm: An Introduction, New York: Cambridge University Press, 1995.

99. Gross, Harvey & Mcdwell, Robert, Sound and Form in Modern Poetry, Ann Arbor: The University of Michigan Press, 1996.

100. Cooper, G. Burns, Myterious Music: Rhythm and Free Verse, Redwood City: Stanford University Press, 1998.

101. Charles Bernstein: Close Listening, New York: Oxford University, 1998.

102. Albin J. Zak: The Poetics of Rock: Cutting Tracks, Making Records, Berkeley: University of California Press, 2001.

103. Carper, Thomas Arrridge, Derek, Meter and Meaning: An Introduction to

Rhythm in Poetry, New York: Routledge, 2003.

104. Krystyna Mazur, Poetry and Repetition: Walt Whitman, Wallace Stevens, ohn Ashbery, New York: Routledge, 2005.

105. Christopher Lupke: New Perspectives on Contemporary Chinese Poetry, New York: Palgrave Macmillan, 2008.

106. Maghiel van Crevel, Tian Yuan Tan and Michel Hockx: Text, Performance, and Gender in Chinese Literature and Music, Leiden. Boston: Brill, 2009.

107. Voices in Revolution Poetry and Auditory Imagination in Modern China, University of Hawai'i Press, 2009.

三、國內理論著作

1. 章太炎演講，曹聚仁編：《國學概論》，上海：泰東圖書局，1922 年版。

2. 胡懷琛編纂：《嘗試集批評與討論》，上海：泰東圖書局，1923 年版。

3. 胡懷琛編纂：《新詩概說》，上海：商務印書館，1923 年版。

4. 胡懷琛著：《小詩研究》，上海：商務印書館，1924 年版。

5. 劉大白著：《舊詩新話》，上海：開明書店，1928 年版。

6. 劉半農編，劉復輯：《初期白話詩稿》，北平：星雲堂書店，1933 年版。

7. 王哲甫著：《中國新文學運動史》，北平：傑成印書局，1933 年版。

8. 胡懷琛著：《詩學討論集》，上海：上海新文化書社，1934 年版。

9. 胡適編：《中國新文學大系・建設理論集》（1917～1927），上海：上海良友圖書印刷公司，1935 年版。

10. 胡適著：《白話文學史》，上海：新月書店，1939 年版。

11. 李廣田著：《詩的藝術》，上海：開明書店，1943 年版。

12. 錫金著：《標點符號怎樣使用》，北京：生活・讀書・新知三聯書店，1949 年版。

13. 何其芳著：《關於寫詩與讀詩》，北京：作家出版社，1956 年版。

14. 〔宋〕沈括著，胡道靜校證：《夢溪筆談校證》，上海：古典文學出版社，1957 年版。

15. 《詩刊》編輯部編：《新詩歌的發展問題》1～4，北京：作家出版社，1959 ～1961 年版。

16. 〔東漢〕許慎著：《說文解字》，北京：中華書局，1963 年版。

17. 吉聯抗譯注：《嵇康・聲無哀樂論》，北京：人民音樂出版社，1964 年版。

18. 余光中著：《掌上雨》，臺灣：大林出版社，1970 年版。

19. 陳寅恪著：《元白詩箋證稿》，上海：上海古籍出版社，1978 年版。

20. 朱光潛著：《西方美學史》上、下，北京：人民文學出版社，1979 年版。

21. 周殿福著：《藝術語言發音基礎》，北京：中國社科文獻出版社，1980 年版。

22. 王力著：《龍蟲並雕齋文集》第一冊，北京：中華書局，1980 年版。

23. 艾青著：《詩論》，北京：人民文學出版社，1980 年版。

24. 唐圭璋著：《元人小令格律》，上海：上海古籍出版社，1981 年版。

25. 陸志韋著：《中國詩五講》，北京：外語教學與研究出版社，1982 年版。

26. 劉堯民著：《詞與音樂》，昆明：雲南人民出版社，1982 年版。

27. 任半塘著：《唐聲詩》上、下編，上海：上海古籍出版社，1982 年版。

28. 王永生主編：《中國現代文論選》，貴陽：貴州人民出版社，1982 年版。

29. 梁宗岱著：《詩與真·詩與真二集》，北京：外國文學出版社，1984 年版。

30. 馮文炳著：《談新詩》，北京：人民文學出版社，1984 年版。

31. 聞一多著：《聞一多論新詩》，武漢：武漢大學出版社，1985 年版。

32. 楊匡漢，劉福春編：《中國現代詩論》上、下編，廣州：花城出版社，1985 年版。

33. 章太炎著：《章太炎全集》第四冊，上海：上海人民出版社，1985 年版。

34. 伍蠡甫，胡經之主編：《西方文藝理論名著選編》上、中、下，北京：北京大學出版社，1987 年版。

35. 文振庭編：《文藝大眾化問題討論資料》，上海：上海文藝出版社，1987 年版。

36. 林庚著：《唐詩綜論》，北京：人民文學出版社，1987 年版。

37. 高蘭編：《詩的朗誦與朗誦的詩》，濟南：山東大學出版社，1987 年版。

38. 陸志韋著：《陸志韋近代漢語音韻論集》，北京：商務印書館，1988 年版。

39. 袁可嘉著：《論新詩現代化》，北京：生活·讀書·新知三聯書店，1988 年版。

40. 裘錫圭著：《文字學概要》，北京：商務印書館，1988 年版。

41. 殷國明著：《藝術形式不僅僅是形式》，杭州：浙江文藝出版社，1988 年版。

42. 姚家華編：《朦朧詩論爭集》，北京：學苑出版社，1989 年版。

43. 郭沫若著：《郭沫若全集》（文學編）第十五卷，北京：人民文學出版社，1990 年版。

44. 王靖獻著，謝謙譯：《鐘與鼓——〈詩經〉的套語及其創作方式》，成都：

四川人民出版社，1990 年版。

45. 王佐良著：《論詩的翻譯》，南昌：江西教育出版社，1992 年版。

46. 吳翔林著：《英詩格律及自由詩》，北京：商務印書館，1993 年版。

47. 謝冕，唐曉渡主編，吳思敬編選：《磁場與魔方·新潮詩論卷》，北京：北京師範大學出版社，1993 年版。

48. 陳本益著：《漢語詩歌的節奏》，臺北：文津出版社，1994 年版。

49. 陳旭光編選：《快餐館裏的冷風景：詩歌詩論選》，北京：北京大學出版社，1994 年版。

50. 陳仲義著：《詩的嘩變》，廈門：鷺江出版社，1994 年版。

51. 趙元任著：《趙元任音樂論文集》，北京：中國文聯出版公司，1994 年版。

52. 呂同六著：《20 世紀世界小說理論經典》上、下，北京：華夏出版社，1995 年版。

53. 陳少松著：《古詩詞文吟誦研究》，北京：社會科學文獻出版社，1997 年版。

54. 饒孟侃著，王錦厚、陳麗莉編：《饒孟侃詩文集》，成都：四川大學出版社，1997 年版。

55. 章太炎著，曹聚仁整理：《國學概論》，上海：上海古籍出版社，1997 年版。

56. 傅浩著：《英國運動派詩學》，南京：譯林出版社，1998 年版。

57. 廢名著，陳子善編：《論新詩及其他》，瀋陽：遼寧教育出版社，1998 年版。

58. 葉公超著，陳子善編：《葉公超批評文集》，珠海：珠海出版社，1998 年版。

59. 梁實秋著，徐靜波編：《梁實秋批評文集》，珠海：珠海出版社，1998 年版。

60. 李健吾著，郭宏安編：《李健吾批評文集》，珠海：珠海出版社，1998 年版。

61. 顧頡剛著，錢小柏編：《顧頡剛民俗學論集》，上海：上海文藝出版社，1998 年版。

62. 徐道翔編：《中國新文藝大系·理論史料集》（1937～1949），北京：中國文聯出版公司，1998 年版。

63. 陳平原著：《中國現代學術的建立──以章太炎，胡適之爲中心》，北京：北京大學出版社，1998 年版。

64. 滕守堯著：《審美心理描述》，成都：四川人民出版社，1998 年版。

65. 洪子誠著：《中國當代文學史》，北京：北京大學出版社，1999 年版。

66. 鄭敏著：《詩歌與哲學是近鄰：結構——解構詩論》，北京：北京大學出版社，1999 年版。

67. 〔漢〕鄭玄注，〔唐〕孔穎達疏：《十三經注疏・禮記正義》，北京：北京大學出版社，1999 年版。

68. 陳超著：《20 世紀中國探索詩鑒賞》，石家莊：河北人民出版社，1999 年版。

69. 馮至著：《馮至全集》第四卷，石家莊：河北教育出版社，1999 年版。

70. 張曙光、孫文波、西渡編：《語言：形式的命名》，北京：人民文學出版社，1999 年版。

71. 廖亦武編：《沉淪的聖殿：中國 20 世紀 70 年代地下詩歌遺照》，烏魯木齊：新疆青少年出版社，1999 年版。

72. 羅志田著：《權勢轉移：近代中國的思想、社會和學術》，武漢：湖北人民出版社，1999 年版。

73. 西渡著：《守望與傾聽》，北京：中央編譯出版社，2000 年版。

74. 朱光燦著：《中國現代詩歌史》，濟南：山東大學出版社，2000 年版。

75. 王力著：《詩詞格律》，北京：中華書局，2000 年版。

76. 余恕誠著：《唐詩風貌》，合肥：安徽大學出版社，2000 年版。

77. 王家新、孫文波編：《中國詩歌：九十年代備忘錄》，北京：人民文學出版社，2000 年版。

78. 陳子展撰，徐志嘯導讀：《中國近代文學之變遷；最近三十年中國文學史》，上海：上海古籍出版社，2000 年版。

79. 林庚著：《新詩格律與語言的詩化》，北京：經濟日報出版社，2000 年版。

80. 吳潔敏、朱宏達著：《漢語節律學》，北京：語文出版社，2001 年版。

81. 陳寅恪著：《金明館叢稿初編》，北京：生活・讀書・新知三聯書店，2001 年版。

82. 劉小楓著：《拯救與逍遙》，上海：上海三聯書店，2001 年版。

83. 駱寒超著：《20 世紀新詩綜論》，上海：學林出版社，2001 年版。

84. 陳思和、楊揚編：《九十年代批評文選》，上海：漢語大詞典出版社，2001 年版。

85. 潘頌德著：《中國現代新詩理論批評史》，上海：學林出版社，2002 年版。

86. 張遠山著：《漢語的奇迹》，昆明：雲南人民出版社，2002 年版。

87. 卞之琳著：《卞之琳文集》，合肥：安徽教育出版社，2002 年版。

88. 陳旭光著：《中西詩學的會通——20 世紀中國現代主義詩學研究》，北京：北京大學出版社，2002 年版。

89. 〔宋〕張邦基撰，孔凡禮點校：《墨莊漫錄》卷四，北京：中華書局，2002年版。

90. 梁宗岱著：《宗岱的世界》，廣州：廣東人民出版社，2003 年版。

91. 王光明著：《現代漢詩的百年演變》，石家莊：河北人民出版社，2003 年版。

92. 藍棣之著：《現代詩的情感與形式》，北京：人民文學出版社，2002 年版。

93. 程光煒著：《程光煒詩歌時評》，鄭州：河南大學出版社，2002 年版。

94. 于堅、謝有順著：《于堅謝有順對話錄》，蘇州：蘇州大學出版社，2003年版。

95. 江弱水著：《中西同步與位移：現代詩人叢論》，合肥：安徽教育出版社，2003 年版。

96. 陳超編：《最新先鋒詩論選》，石家莊：河北教育出版社，2003 年版。

97. 王力著：《王力詞律學》，太原：山西古籍出版社，2003 年版。

98. 朱光潛著：《談美》，桂林：廣西師範大學出版社，2004 年版。

99. 〔漢〕班固：《漢書》下卷，鄭州：中州古籍出版社，2004 年版。

100. 鄧程著：《論新詩的出路：新詩詩論對傳統的態度述析》，北京：中國社會科學出版社，2004 年版。

101. 朱自清著：《新詩雜話》，桂林：廣西師範大學出版社，2004 年版。

102. 常文昌著：《中國現代詩歌理論批評史》，北京：人民文學出版社，2004年版。

103. 余英時著：《文史傳統與文化重建》，北京：生活·讀書·新知三聯書店，2004 年版。

104. 簡政珍著：《臺灣現代詩美學》，臺北：揚智文化事業股份有限公司，2004 年版。

105. 沈從文著：《抽象的抒情》，上海：復旦大學出版社，2004 年版。

106. 王力著：《現代詩律學》，北京：中國人民大學出版社，2004 年版。

107. 歐陽友權著：《網絡文學本體論》，北京：中國文聯出版社，2004 年版。

108. 沈葦、武紅編：《中國作家訪談錄》，烏魯木齊：新疆青少年出版社，2005 年版。

109. 宗白華著：《美學散步》，上海：上海人民出版社，2005 年版。

110. 朱光潛著：《詩論》，上海：上海古籍出版社，2005 年版。

111. 黃玫著：《韻律與意義：20 世紀俄羅斯詩學理論研究》，北京：人民出版社，2005 年版。

112. 姜濤著：《「新詩集」與中國新詩的發生》，北京：北京大學出版社，2005 年版。

113. 朱自清著：《中國歌謠》，北京：金城出版社，2005 年版。

114. 王力著：《漢語詩律學》，上海：上海教育出版社，2005 年版。

115. 朱立元著：《當代西方文藝理論》，上海：華東師範大學出版社，2005 年版。

116. 羅振亞著：《朦朧詩後先鋒詩歌研究》，北京：中國社會科學出版社，2005 年版。

117. 吳爲善著：《漢語韻律句法結構探索》，北京：學林出版社，2006 年版。

118. 梁宗岱著：《詩與眞》，北京：中央編譯出版社，2006 年版。

119. 汪民安著：《身體、空間與後現代性》，南京：江蘇人民出版社，2006 年版。

120. 查建英著：《八十年代：訪談錄》，北京：生活・讀書・新知三聯書店，2006 年版。

121. 葉維廉著：《中國詩學》，北京：人民文學出版社，2006 年版。

122. 戴偉華著：《地域文化與唐代詩歌》，北京：中華書局，2006 年版。

123. 廖炳惠著：《關鍵詞 200：文學與批評的研究的通用詞彙編》，南京：江蘇教育出版社，2006 年版。

124. 中國社會科學院文學研究所編：《古典文藝理論譯叢》，北京：知識產權出版社，2006 年版。

125. 敬文東著：《抒情的盆地》，長沙：湖南文藝出版社，2006 年版。

126. 梁宗岱著，衛建民校注：《詩與眞》，北京：中央編譯出版社，2006 年版。

127. 海岸選編：《中西詩歌翻譯百年論集》，上海：上海外語教育出版社，2007 年版。

128. 周作人著：《中國新文學的源流》，南京：江蘇文藝出版社，2007 年版。

129. 一行著：《詞學倫理》，上海：上海書店出版社，2007 年版。

130. 耿占春著：《觀察者的幻象》，上海：上海文藝出版社，2007 年版。

131. 陳超著：《中國先鋒詩歌論》，北京：人民文學出版社，2007 年版。

132. 沈亞丹著：《寂靜之音——漢語詩歌的音樂形式及其歷史變遷》，上海：上海人民出版社，2007 年版。

133. 北京大學中國詩歌研究所、首都師範大學中國詩歌研究中心：《新詩研究的問題與方法研討會論文集》（會議論文），2007 年版。

134. 錢基博著：《現代中國文學史》，上海：上海書店出版社，2007 年版。

135. 陸正蘭著：《歌詞學》，北京：中國社會科學出版社，2007 年版。

136. 劉現強著：《漢語詩歌的節奏研究》，北京：北京語言大學出版社，2007 年版。

137. 王佐良著：《王佐良隨筆：心智文采》，北京：北京大學出版社，2007 年版。

138. 王書婷著：《新詩節奏和意象的理論與實踐（1917～1937）》，武漢：華中科技大學出版社，2007 年版。

139. 周瓚著：《透過詩歌寫作的潛望鏡》，北京：社會科學文學出版社，2007 年版。

140. 柏樺著：《外國詩歌在中國》，成都：巴蜀書社，2008 年版。

141. 路文彬著：《視覺文化與中國文學的現代性失聰》，合肥：安徽教育出版社，2008 年版。

142. 廢名，朱英誕著：《新詩講稿》，北京：北京大學出版社，2008 年版。

143. 錢谷融著：《錢谷融論文學》，上海：華東師範大學出版社，2008 年版。

144. 王佐良著：《英國詩史》，南京：譯林出版社，2008 年版。

145. 張曉紅著：《互文視野中的女性詩歌》，桂林：廣西師範大學出版社，2008 年版。

146. 李怡著：《中國現代新詩與古典詩歌傳統》，北京：北京大學出版社，2008 年版。

147. 黎志敏著：《詩學構建：形式與意象》，北京：人民出版社，2008 年版。

148. 李振聲著：《季節輪換：「第三代」詩敘論》，上海：復旦大學出版社，2008 年版。

149. 劉春著：《朦朧詩以後》，北京：崑崙出版社，2008 年版。

150. 楊曉靄著：《宋代聲詩研究》，北京：中華書局，2008 年版。

151. 劉方喜著：《聲情說：詩學思想之中國表述》，北京：知識產權出版社，2008 年版。

152. 顏同林著：《方言與中國現代新詩》，北京：中國社會科學出版社，2008 年版。

153. 梁啟超撰，朱維錚導讀：《清代學術概論》，上海：上海古籍出版社，2009 年版。

154. 羅志田著：《裂變中的傳承——20 世紀前期的中國文化與學術》，北京：中華書局，2009 年版。

155. 龍榆生著：《龍榆生詞學論文集》，上海：上海古籍出版社，2009 年版。

156. 陳均著：《中國新詩批評觀念之建構》，北京：北京大學出版社，2009 年版。

157. 劉方喜著:《「漢語文化共享體」與中國新詩論爭》,濟南:山東教育出版社,2009 年版。

158. 王幹著:《廢墟之花——朦朧詩的前世今生》,南京:江蘇文藝出版社,2009 年版。

159. 陳大爲著:《中國當代詩史的典律生成與裂變》,臺北:萬卷樓圖書股份有限公司,2009 年版。

160. 洪子誠著:《學習對詩說話》,北京:北京大學出版社,2010 年版。

161. 于堅著:《于堅詩學隨筆》,西安:陝西師範大學出版總社有限公司,2010 年版。

162. 張新穎、阪井洋史著:《現代困境中的文學語言和文化形式》,濟南:山東教育出版社,2010 年版。

163. 〔南朝梁〕劉勰著,王運熙、周鋒譯注:《文心雕龍》,上海:上海古籍出版社,2010 年版。

164. 龍榆生著:《中國韻文史》,上海:上海古籍出版社,2010 年版。

165. 龍榆生著:《唐宋詞格律》,上海:上海古籍出版社,2010 年版。

166. 丁魯著:《中國新詩格律問題》,北京:崑崙出版社,2010 年版。

167. 吳梅著,郭英德編:《吳梅詞曲論著四種》,北京:商務印書館,2010 年版。

168. 邊建松著:《海子詩傳:麥田上的光芒》,南京:江蘇文藝出版社,2010 年版。

169. 劉春著:《一個人的詩歌史》,桂林:廣西師範大學出版社,2010 年版。

170. 羅志田著:《變動時代的文化履迹》,上海:復旦大學出版社,2010 年版。

171. 江弱水著:《古典詩的現代性》,北京:生活·讀書·新知三聯書店,2010 年版。

172. 江弱水著:《抽思織錦:詩學觀念與文體論集》,北京:北京大學出版社,2010 年版。

173. 帕米爾文化藝術研究院編修:《觸摸·旁通·分享:中日當代詩歌對話》,北京:作家出版社,2010 年版。

174. 孫玉石著:《中國現代解詩學的理論與實踐》,北京:北京大學出版社,2010 年版。

175. 孫玉石著:《中國現代詩學叢論》,北京:北京大學出版社,2010 年版。

176. 敬文東著:《中國當代詩歌的精神分析》,北京:中國社會出版社,2010 年版。

177. 孫玉石著:《中國初期象徵派詩歌研究》,北京:北京大學出版社,2010 年版。

178. 洪子誠、劉登翰著：《中國當代新詩史》，北京：北京大學出版社，2010年版。

179. 唐曉渡，西川主編：《當代國際詩壇》第4輯，北京：作家出版社，2010年版。

180. 燎原著：《海子評傳》，北京：中國戲劇出版社，2011年版。

181. 吳盛青、高嘉謙主編：《抒情傳統與維新時代》，上海：上海文藝出版社，2012年版。

182. 劉波著：《「第三代」詩歌研究》，保定：河北大學出版社，2012年版。

183. 江依靜著：《現代圖象詩中的音樂性》，臺北：秀威信息科技股份有限公司，2012年版。

184. 張桃洲、孫曉婭主編：《內外之間：新詩研究的問題與方法》，北京：社會科學文獻出版社，2012年版。

185. 陳仲義著：《現代詩：語言張力論》，武漢：長江文藝出版社，2012年版。

186. 劉濤著：《百年漢詩形式的理論探求——20世紀現代格律詩學研究》，北京：人民文學出版社，2013年版。

187. 劉福春著：《中國新詩編年史》上、下卷，北京：人民文學出版社，2013年版。

四、論文文獻

1. 錫金：《朗誦的詩和詩的朗誦》，《戰地》，1938年6月1日。

2. 卞之琳：《哼唱型節奏（吟調）和說話型節奏（誦調）》，《作家通訊》，1954年第9期。

3. 孫大雨：《詩歌底格律》（續），《復旦學報》（人文科學版），1957年第2期。

4. 王力：《中國格律詩的傳統和現代格律詩的問題》，《文學評論》，1959年第3期。

5. 朱光潛：《談新詩格律》，《文學評論》，1959年第3期。

6. 趙毅衡：《漢語詩歌的節奏不是由頓構成的》，《社會科學輯刊》，1979年第1期。

7. 鄧仁：《頓和它的活動——詩歌狹義節奏論》，《社會科學輯刊》，1979年第2期。

8. 劉再復，樓肇明：《關於新詩藝術形式問題的質疑》，《社會科學戰線》，1979年第3期。

9. 孫紹振：《我國古典詩歌節奏的歷史發展及其它》，《詩探索》，1980年第1期。

10. 公木：《在民歌和古典詩歌基礎上發展新詩》，《社會科學戰線》，1980 年第 2 期。

11. 鄧仁：《迴環——詩歌廣義節奏論》，《貴州社會科學》，1982 年第 5 期。

12. 金盾：《從詩朗誦的活躍談起》，《詩刊》，1982 年第 9 期。

13. 羅念生：《格律詩談》，《北京社會科學》，1987 年第 4 期。

14. 王幹：《輝煌的生命空間——論楊煉的組詩》，《文學評論》，1987 年第 5 期。

15. 周佩紅：《城市詩發展走向漫議》，《文學自由談》，1987 年第 6 期。

16. 丁瑞根：《陸志韋〈渡河〉與新詩形式運動》，《中國現代文學研究叢刊》，1988 年第 1 期。

17. 朱大可：《懶慵的自由——宋琳及其詩論》，《當代作家評論》，1988 年第 3 期。

18. 王光明：《詩歌的題材與形式》，《山花》，1988 年第 5 期。

19. 胡興：《聲音的發現——論一種新的詩歌傾向》，《山花》，1989 年第 5 期。

20. 黃悅：《中國傳統詩歌格律的美學價值》，《中國社會科學院研究生院學報》，1989 年第 5 期。

21. 廖亦武：《朗誦》，民刊《現代漢詩》，1994 年春夏合卷。

22. 翟永明：《再談「黑夜意識」和「女性詩歌」》，《詩探索》，1995 年第 1 輯。

23. 臧棣：《後朦朧詩人：作爲一種寫作的詩歌》，《文藝爭鳴》，1996 年第 1 期。

24. 鐘鳴：《旁觀與見證》，《詩探索》，1996 年第 1 期。

25. 徐盛桓：《論詩的纖體》，《上海外國語大學學報》，1996 年第 2 期。

26. 孫基林：《論「第三代詩」的本體意識》，《文史哲》，1996 年第 6 期。

27. 〔美〕奚密：《詩與戲劇的互動——于堅〈〇檔案〉的探微》，《詩探索》，1998 年第 3 期。

28. 〔美〕奚密：《中國式的後現代——現代漢詩的文化政治》，《中國研究》，1998 年 9 月第 37 期。

29. 黃燦然：《譯詩中的現代敏感》，《讀書》，1998 年第 5 期。

30. 楊煉：《中文之內》，《天涯》，1999 年第 2 期。

31. 于堅，陶乃侃：《「抱著一塊石頭沈到底」》，《當代作家評論》，1999 年第 3 期。

32. 鐘鳴：《籠子裏的鳥兒和外面的俄爾甫斯》，《當代作家評論》，1999 年第 3 期。

33. 西渡：《詩歌中的聲音問題》，《淮北煤炭師範學院學報》（哲學社會科學版），2000 年第 1 期。

34. 張棗：《朝向語言風景的危險旅行——當代中國詩歌的元詩結構和寫者姿態》，《上海文學》，2001 年第 1 期。

35. 劉淑玲：《〈大公報・戰線〉與抗戰時期的朗誦詩》，《河北學刊》，2001 年第 6 期。

36. 沈亞丹：《通向寂靜之途——論漢語詩歌音樂性的變遷》，《南京師大學報》（社會科學版），2002 年第 3 期。

37. 臧棣：《記憶的詩歌敘事學——細讀西渡的〈一個鐘錶匠的記憶〉》，《詩探索》，2002 年第 1～2 輯。

38. 〔英〕布萊恩・霍爾頓著，蔣登科譯：《楊煉詩集譯事》，《詩探索》，2002 年第 3～4 輯。

39. 高小康：《在「詩」與「歌」之間的振蕩》，《文學評論》，2002 年第 2 期。

40. 朝戈金：《關於口頭傳唱詩歌的研究——口頭詩學問題》，《文藝研究》，2002 年第 4 期。

41. 劉繼業：《朗誦詩理論探索與中國現代詩學》，《中國社會科學》，2003 年第 5 期。

42. 陳東東、木朵：《陳東東訪談　詩跟內心生活的水平同等高》，《詩選刊》，2003 年第 10 期。

43. 王小妮、木朵：《詩是現實中的意外》，《詩潮》，2004 年第 1 期。

44. 羅振亞：《「個人化寫作」：通往『此在』的詩學》，《中國文學研究》，2004 年第 1 期。

45. 吳思敬：《新媒體與當代詩歌創作》，《河南社會科學》，2004 年第 1 期。

46. 黃丹納：《新聲詩初探》，《文學評論》，2004 年第 3 期。

47. 李榮啓：《文學語言節奏論》，《文藝理論與批評》，2004 年第 4 期。

48. 金燕、賀中：《把詩歌帶回到聲音裏去》，《藝術評論》，2004 年第 4 期。

49. 唐文吉：《聲音與中國詩歌》，《文藝理論與批評》，2005 年第 4 期。

50. 鄭慧如：《新詩的音樂性——臺灣詩例》，楊宗翰：《當代詩學》，臺北：國立臺北師範學院臺灣文學研究所，2005 年第 1 期。

51. 林少陽：《未竟的白話文——圍繞著「音」展開的漢語新詩史》，《新詩評論》，2006 年第 2 輯。

52. 冷霜：《分叉的想像——重讀林庚 1930 年代的新詩格律思想》，《新詩評論》，2006 年第 2 輯。

53. 楊志學：《論詩歌的傳播特質》，《延安文學》，2006 年第 2 期。

54. 張桃洲：《詩歌的非朗誦時代》，《詩選刊》，2006 年第 6 期。

55. 周峰：《現代詩歌的音樂性研究》，《嘉興學院學報》，2007 年第 4 期。

56. 趙心憲：《「朗誦詩」的文體形式及詩學闡釋——抗戰詩歌朗誦運動的詩學反思之二》，《河北學刊》，2007 年第 6 期。

57. 張清華：《持續狂歡·倫理震盪·中產趣味——對新世紀詩歌狀況的一個簡略考察》，《文藝爭鳴》，2007 年第 6 期。

58. 楊揚：《海派文學與地緣文化》，《社會科學》，2007 年第 7 期。

59. 《詩歌的聲音與形象——「傳媒與中國新詩」暨「央視新年新詩會」學術研討會綜述》，《中國詩歌研究動態》第三輯，北京：學苑出版社，2007 年版。

60. 于堅：《在漢語中思考詩》，《文學報》，2008 年 4 月 3 日。

61. 陳東東：《雜誌八十年代》，《詩林》，2008 年第 2 期。

62. 張桃洲：《論西渡與中國當代詩歌的聲音問題》，《藝術廣角》，2008 年第 2 期。

63. 王書婷：《尋找「富於暗示的音義湊拍的詩」——論現代派的「純詩」藝術探索》，《中國現代文學研究叢刊》，2008 年第 3 期。

64. 楊揚：《城市空間與文學類型——論作爲文學類型的海派文學》，《學術月刊》，2008 年第 4 期。

65. 于堅：《玻璃盒、自我、詩歌的音樂性——與德國青年詩人巴斯·波特舍對談》，《青年文學》，2008 年第 6 期。

66. 〔美〕奚密：《論現代漢詩的環形結構》，《當代作家評論》，2008 年第 3 期。

67. 胡續冬：《詩歌：自我的騰挪》，《文藝爭鳴》，2008 年第 6 期。

68. 柏樺：《旁觀與親歷：王寅的詩歌》，《江漢大學學報》（社會科學版），2008 年第 6 期。

69. 張閎：《麗娃河畔的納喀索斯——宋琳詩歌的抒情品質及其焦慮》，《江漢大學學報》（人文科學版），2008 年第 6 期。

70. 余夏雲：《出夏之梅：陸憶敏的詩》，《江漢大學學報》（人文科學版），2008 年第 6 期。

71. 楊揚：《南移與北歸——從文學視角看城市文化的變遷》，《中文自學指導》，2009 年第 1 期。

72. 王蒞：《歌謠：新詩的另一種開端——略論新詩初創期擬歌謠體新詩創作》，《清華學報》，2009 年增 2 期。

73. 羅文軍：《成都內外——對四川第三代詩歌傳播的社會學考察》，《海南師範大學學報》（社會科學版），2009 年第 2 期。

74. 郜元寶：《漢語之命運——百年未完的爭辯》，《南方文壇》，2009 年第 2 期。

75. 蔡宗齊著，李冠蘭譯：《節奏 句式 詩境——古典詩歌傳統的新解讀》，《中山大學學報》（社會科學版），2009 年第 2 期。

76. 楊雄：《唱詩論——關於今詩形式、傳播的思考》，《山花》，2009 年第 14 期。

77. 王雪松：《聞一多的詩歌節奏理論與實踐》，《人文雜誌》，2010 年第 2 期。

78. 陳丹：《尋找城市的精神——以成都爲例探討中國當代文學中城市書寫的得與失》，《當代文壇》，2010 年第 3 期。

79. 〔美〕奚密：《楊牧：臺灣現代詩的 Game-Changer》，《臺灣文學學報》，2010 年 12 月，第 17 期

80. 〔德〕貝恩著，賀驥譯：《詩應當改善人生嗎？》，《當代國際詩壇》第 4 輯，北京：作家出版社，2010 年版。

81. 陳衛、陳茜：《音樂性與中國當代詩歌》，《江漢論壇》，2010 年第 7 期。

82. 張棗，顏煉軍：《「甜」——與詩人張棗一席談》，《名作欣賞》，2010 年第 10 期。

83. 張清華：《當代詩歌中的地方美學與地域意識形態——從文化地理視角的觀察》，《文藝研究》，2010 年第 10 期。

84. 西川：《這十年來》，《詩刊》，2011 年 9 月號（上半月刊）。

85. 燎原：《詩歌寫作中的「普通話」與「方言」》，《大崑崙》創刊號，2011 年。

86. 王德威：《史詩時代的抒情聲音——江文也的音樂與詩歌》，《杭州師範大學學報（社會科學版)》，2011 年第 1 期。

87. 沈亞丹：《聲音的秩序——漢語詩律作爲國人宇宙意識的形式化呈現》，《文藝理論研究》，2011 年第 1 期。

88. 錢志熙：《歌謠、樂章、徒詩——論詩歌史的三大分野》，《中山大學學報》（社會科學版），2011 年第 1 期。

89. 王東東：《護身符、練習曲與哀歌：語言的靈魂——張棗論》，《新詩評論》，北京大學出版社，2011 年第 1 輯。

90. 曹成竹：《從「民族的詩」到「民族志詩學」——從歌謠運動的兩處細節談起》，《文藝理論研究》，2011 年第 2 期。

91. 王澤龍、王雪松：《中國現代詩歌節奏內涵論析》，《文學評論》，2011 年第 2 期。

92. 趙黎明：《「音律中心」論與詩「從朗誦入手」——朱光潛的解詩理論》，《文藝爭鳴》，2011 年第 2 期。

93. 梅家玲：《有聲的文學史——「聲音」與中國文學的現代性追求》，《漢學研究》，2011 年第 29 卷第 2 期。

94. 楊煉、阿萊士：《楊煉與阿萊士對話：方言寫作，大象和老鼠的交流》，《詩東西》，2011 年第 3 期。

95. 黃丹納：《論新聲詩的現代性》，《中州學刊》，2011 年第 3 期。

96. 于曉磊：《上世紀 20 至 40 年代新詩朗誦與新詩語言的關係》，《瀋陽師範大學學報》（社會科學版），2011 年第 3 期。

97. 李章斌：《多多詩歌的音樂結構》，《當代作家評論》，2011 年第 3 期。

98. 西渡：《卞之琳的新詩格律理論》，《現代中文學刊》，2011 年第 4 期。

99. 趙黎明：《格調詩學傳統與朱光潛現代「聲律批評」觀的建立》，《中山大學學報》（社會科學版），2011 年第 4 期。

100. 傅宗洪：《延安時期民歌改造的詩學闡釋》，《文學評論》，2011 年第 5 期。

101. 李怡：《「新詩現代化」及其中國意義——重溫袁可嘉的「新詩現代化」思想》，《文學評論》，2011 年第 5 期。

102. 方長安：《1920 年代初中國新詩中的「西方」》，《河北學刊》，2011 年第 6 期。

103. 文學武：《朱光潛、梁宗岱詩學理論比較論》，《文學評論》，2011 年第 6 期。

104. 鄭成志：《初期白話詩的另一種形式構想——以劉半農、趙元任和陸志韋等人爲例》，《中國現代文學研究叢刊》，2011 年第 7 期。

105. 傅宗洪：《「音樂的」還是「文學的」？——歌謠運動與現代史學傳統的再認識》，《中國現代文學研究叢刊》，2011 年第 9 期。

106. 李振聲：《晚期桐城「文」觀念的「舊」中之「新」——中國新文學「前史」研究之一》，《文藝爭鳴》，2011 年第 10 期。

107. 王家新：《翻譯與中國新詩的語言問題》，《文藝研究》，2011 年第 10 期。

108. 陳大衛：《論于堅詩歌邁向「微物敘事」的口語寫作》，《臺灣詩學學刊》，2012 年 7 月第 19 號。

109. 李章斌：《瘸腿的詩學——關於當代新詩批評音樂維度的一些思考》，《江蘇社會科學》，2012 年第 1 期。

110. 范榮：《杜拉斯的寫作：句子、場景、敘事——米萊伊·卡勒—格呂貝爾教授訪談錄》，《法國研究》，2012 年第 3 期。

111. 翟月琴：《輪迴與上昇：陳東東詩歌的聲音抒情傳統》，《江漢大學學報》（人文科學版），2012 年第 3 期。

112. 鍾潤生、黃燦然：《「以前是我在寫詩，現在是詩在寫我」》，《深圳特區報》，2012 年 9 月 25 日。

113. 《「2011 年中克詩人互訪交流項目」圓滿結束》，《中國詩歌研究動態》第十輯，北京：學苑出版社，2012 年版。

114. 顏煉軍：《「天鵝」在當代漢語新詩中的詩意漂移》，《中國現代文學研究叢刊》，2012 年第 11 期。

115. 于堅：《如果不是工匠式寫作，你會被淘汰》，《南方周末》，2013 年 11 月 7 日。

116. 張桃洲：《內在旋律：20 世紀自由體新詩格律的實質》，《文學評論》，2013 年第 3 期。

117. 李章斌：《韻律如何由「內」而「外」──談「內在韻律」的限度與出路問題》，《文學評論》，2013 年第 6 期。

118. 陳仲義：《重啟：語音變奏及純音演出──現代詩語修辭研究之四》，《長沙理工大學學報》（社會科學版），2013 年第 4 期。

119. 陳仲義：《現代詩語與文言詩語的分野──兩種不同「制式」的詩歌》，《中國現代文學研究叢刊》，2013 年第 6 期。

120. 趙黎明：《「聲詩」傳統與現代解釋學的「聲解」理論建構》，《浙江大學學報》（人文社會科學版），2013 年第 6 期。

121. 趙飛：《剔清那不潔的千層音──論詩歌語言的聲音配置》，《長沙理工大學學報》，2014 年第 1 期。

122. 鄭毓瑜：《聲音與意義──「自然音節」與現代漢詩學》，《清華學報》，2014 年第 44 卷第 1 期。

五、碩博士學位論文

1. 楊志學：《詩歌傳播研究》，首都師範大學，2005 年。

2. 李力：《百年歌詞創作繁榮及其對新詩創作的啓示》，四川大學，2006 年。

3. 張入雲：《問題史：中國新詩的音樂性（1917～1949）》，復旦大學，2011 年。

4. 雷斯予：《詩歌裏的「聲音」：現代漢語詩歌的音樂性》，雲南大學，2012 年。

六、詩歌網站

1. 詩生活：http://www.poemlife.com/

2. 今天：http://www.jintian.net/today/

3. 中國詩歌網：http://www.poetry-cn.com/

4. 中國詩歌庫：http://www.shigeku.org/

5. 靈石島：http://www.lingshidao.cn/

6. flash 超文學網站：http://home.educities.edu.tw/purism/aa01.htm

附錄一：訪　談

訪談一　「文字是我們的信仰」：詩人楊牧訪談[*]

楊牧　翟月琴

翟月琴（以下簡稱翟）：首先恭喜您今年獲得了紐曼華語文學獎。據我所知，從 20 世紀 70 年代起，就不斷地有文學獎項垂青於您，比如詩宗獎（1971）、時報文學獎（1979、1987）、吳三連文藝獎（1990）、國家文藝獎（2000），花蹤世界華文文學獎（2007）等。我想，這也是對您作品的一種肯定方式。那麼，您又是如何來評價自己作品的呢？

楊牧（以下簡稱楊）：前年 70 歲的時候，臺灣開了一個會。我被要求將自己的詩歌分一階段。我想了一下，年輕時候的創作是一階段，中年是一個階段，現在又是老年的階段。回頭看來，每個階段對我而言，應該都是一樣重要的。只是總覺得那時候怎麼會這樣想，好像看別人的詩一樣，無中生有地創造一個寫法表現出來。每個階段的表現方式不同，現在跟當初最早期是不太一樣的。

翟：1956 年，您開始創作，並在《現代詩》、《藍星詩刊》、《創世紀》、《野風》等詩刊上投稿，還記得當初是什麼觸動您寫詩嗎？

楊：從一個階段到另一個階段的刺激，對別人來說會在其他方面找到反應的方式，而我剛好挑了文學。也不懂什麼是文學，只是感興趣而已。大概是在念初中時（12～15 歲），就拿起筆來模仿，也不見得是模仿哪一個人，而

---

* 該文刊於《揚子江評論》，2013 年第 1 期。

是模仿幾種文字，可以產生一種美的令人驚訝的效果。大概如此，再深入的，我也講不出。我寫過一本書叫《山風海雨》，後來收入《奇萊前書》，大致談到小學時候的感受，其中對自己做過一些分析。

翟：詩歌《學院之樹》（1983）中，您回憶起小姑娘捕捉蝴蝶夾在書頁中的場景，寫道，「這時我們都是老人了——／失去了乾燥的彩衣，只有蘇醒的靈魂／在書頁裏擁抱，緊靠著文字並且／活在我們所追求的同情和智慧裏。」這種對藝術永恒的追求，是否能夠概括您對詩歌意義的理解？

楊：這樣解釋，相當接近了。我在多處，尤其是在詩集後記中，總是提到時間。這代表了我的一個寫作方向，我滿意的作品在哪裏，沒有寫好的又在哪裏。時間是過去了，可文學還是留下來了。所以我對文字是有一個相當充分的信仰。

翟：談及記憶，童年又是彌足珍貴的。正如您所說的，「兒童的習性決定了成年的容止，行爲，塑造自己的現在和未來，也影響外在環境，甚至於有意無意識間賦他人以矩矱分寸的思考。」現在回憶起那些童年往事，您最願意分享的是什麼？這些記憶爲您以後的創作帶來了什麼？

楊：大家對童年的感覺都是一樣的，只是他也許生長在大都市裏，與我生長在鄉下不同。我 1940 年出生，花蓮是一個小地方，擡頭看得見高山。山之高，讓我感覺奇萊山、玉山和秀姑巒山，其高度，中國東半部沒有一個山可以比得上。那時我覺得很好玩，因爲夏天很熱，眞得擡頭可以看到山上的積雪，住在山下，感覺很近，會感到 imposing（壯觀的）的威嚴。另外一邊，街道遠處是太平洋，向左或者向右看去，會看到驚人的風景，感受到自然環境的威力。當然有些幻想，對於舊中國、廣大的中國和人情等，都會有很深的感受。所以很多都是幻想，又鼓勵自己用文字記下來。在西方文藝理論中，叫做 imagination（想像），文學創作以想像力爲發展的動力。

翟：楊照將您的記憶稱爲「重新活過的時光」〔註1〕，鮮活的過往經歷，會與您現在的參悟、未來的設想鑲嵌在一起，這種喚醒的記憶畫面在您的意識中又是如何重新疊加、組合的？

楊：一方面來自於大自然和對文字的信仰。另一方面，自己以爲經歷過了，但其實我根本沒有經歷過。到了某一個年紀，又眞得讀了一些好的

〔註1〕 楊照：《重新活過的時光——論楊牧的〈奇萊前書〉》，陳芳明主編：《練習曲的演奏與變奏：詩人楊牧》，臺北：聯經出版社，2012 年版，第 281 頁。

作品。

翟：其實，您的詩歌，語調平靜、緩和，偶有波瀾，也不會大起大落。這也許與您沉靜的性情有關。在《死後書》中，您寫過這樣的詩句，「記憶是碑石，在沉默裏立起／流浪的雲久久不去／久久不去，像有些哀戚，啊！／記憶是碑石，在沉默裏立起」。大概對您而言，沉默總是一劑抵抗時間的良藥，它讓記憶凝固在片刻的安寧中。您認爲呢？

楊：我不太相信聲音要提高幾度，才能夠有力。只要你的語言文字清楚，和你的文法相一致，儘管不誇張，照樣很有力量，甚至在你的控制下更爲準確。剛才你提到的那首詩，是我 15、16 歲寫的，你一講，我才想起來了，我想現在我也不會否認還會有這麼一首詩。我這樣寫，是想讓讀者感受到其中的聲音。

翟：談到這個問題，饒有趣味的是，您詩歌中數字和感歎詞出現的頻率會比較高。比如《教堂的黃昏》中「十二使徒的血是來自十二個方位的夕陽」，比如《水仙花》中「哎！這許是荒山野渡／而我們共楫一舟　而時間的長流悠悠滑下／不覺已過七洋／千載一夢，水波浩瀚／回首看你已是兩鬢星華的了」，再比如《消息》中「一百零七次，用雲做話題，嗨！她依然愛笑，依然美麗，／路上的鳥屍依然許多／執槍的人依然擦汗，在茶肆裏／看風景……」您在選擇數字和歎詞的時候，是出於什麼考慮？也有人評價，這是您在有意製造音樂性。

楊：讀到 40 年代，或者 20、30 年代的文學，會有很多感歎詞，覺得這是白話文創作與文言創作最大的不同，爲了讓白話的面貌展現出來，也並不躲避感歎詞。伴隨著年齡的增長，看多了，慢慢擺脫了五四時代詩歌的表現方法，現在幾乎不用。希望讓讀者來安置感歎詞，擺在不同的地方。我相信讀者常常會跟我不一樣，那我覺得這應該就是你的發現，這也是我們兩個的合作方式。就好像聽音樂，聽眾聽貝多芬，會跟指揮在語氣或者聲勢上有一點小差別。我也希望我用文字創作出來的東西，可以提供不同的方式讓讀者 approach（接近）。關於數字，有時候是眞的、有時候是幻想的。比如「十二使徒」就是《聖經》裏面眞實存在的，「七洋」是通常大家都會用來形容海洋的廣闊，「一百零七次」就是猜的。有時沒有效果，有時也會有音樂性的考慮。

翟：既然已經談到音樂性，讀您的詩歌，讓我印象最深的，也是這種語

音、語彙、語法和語調上的音樂感。大概與詩歌聯繫最為緊密的藝術形式便是音樂了，您在《一首詩的完成》中也提起過音樂對於詩歌的重要性。能談談您是怎麼為詩意的語言插上音樂的翅膀的嗎？

楊：不曉得什麼時候自己才恍然大悟，其實用白話文做自由新詩，對創作人是很大的自我挑戰。本來作詩應該蠻容易的，尤其是六朝以後到唐朝，可以說相當容易。只要按照平仄、押韻，你做的對，人家就不會說你這樣不像詩。即使毫無新意，也會覺得這是一首詩，因為聲韻都對。可是，現代一百多年來，突然大家下了決心不要照那種方式做。祖宗這麼多年想到的辦法，現在要放棄，那麼就要我們自己想出個別的辦法來。我想到的就是不要平仄，同時還要保證某種音樂性。這樣一來，你的音樂性，就跟我的音樂性不一樣，比如大陸北方跟臺灣的音樂性就不一樣。我們要寫的讓大家都能感覺到這種音樂性，就是很大的挑戰，還非常有意義，而且人生藝術的追求也能夠在這裡有所體現。就好像交響樂，管樂、弦樂，把它們湊起來寫在一起，那些人也許做夢都沒有想到會變得這麼好聽。所謂現代詩的創作人應該有這樣的嚮往，把這種功夫練出來，又不止是家鄉的口音那麼美而已。我有些朋友會講到，家鄉話有多麼好笑，多麼有意思，你們通通都聽不懂。這樣說，就帶有某種限制了。別人都聽不懂，只有他自己，或者他那代人能夠聽得懂。這種限制，應該設法打開它，使大家都接受，這樣文學才會普遍。

翟：您剛提到 1940 年出生在臺灣花蓮，您總是不惜筆墨地提及這片土地。我揣測，這令您魂牽夢繞的花蓮，就像奇萊山一樣，或許它是母體、是寄託，也是想像和象徵；它是政治的、美學的，也是語言的？

楊：其實花蓮，就是一種象徵。寫花蓮有很多原因。其中一個原因，我認為應該是抓住了一個鄉土，渲染它的特異性，從中不斷地擴大，變成不只是寫這個鄉土而已。可是我並不是在做報告文學，也不是在研究花蓮，這點我希望你能瞭解。我是在寫一個土地跟人、跟 individual（個人）的關係。

翟：在您的腦海中，故鄉花蓮與葉慈的愛爾蘭總有某種相關性。詩篇《愛爾蘭》和《航向愛爾蘭》，也暗示著一種指向性。這切實生活過的故鄉花蓮，與您虛構、憧憬而神往的愛爾蘭之間的關聯又是什麼？

楊：這點我在寫作中常常提到，在臺灣跟我有相同想法的朋友也越來越多了。因為愛爾蘭文學，儘管是用英文寫作，但沒有一個人說他們是從英國過來的，而是說他們從愛爾蘭過來，而且其不同已經超過一千年了。愛爾

蘭人雖然有他們的本土文化，但每一個人都用英文寫作，這裡就有一個比較敏感的部分。我寫作的文字叫做 Chinese language（中文），現在奚密老師都已經開始稱它為漢語新詩。事實上，我不會創造另外一種文字來表達臺灣文學，而是在臺灣文學的架構裏面去追求一種能夠代表臺灣文學的文字。我怎麼樣使用 Chinese language 讓大家認識臺灣文學，這也是我心裏一個很大的抱負。

翟：1963 年，您的詩作中出現了雅致清韻的江南風景。那首《江南風的雙眉》，您在木橋、飛瀑中，帶著酒意，在尋找著「江南的雙眉」。您是否曾經下過江南？您對江南的想像源自於何處？

楊：這是想像的，我從來沒有去過。1980 年的時候，我才第一次到了中國大陸。當時從美國，到香港，轉機上海，然後到北京下飛機。坐火車再到西安、重慶、成都、南京。在那之前，都是想像。其實很多地方都是想像，比如阿拉伯、聖保羅、阿富汗，還有西班牙，我並沒有去過。當然我不好意思說我自己，但年輕人給我寫信時，我總是會對他們說，能夠描寫沒去過的地方，比描寫去過的地方還要了不起。因為你去京都日本遊歷一個禮拜，寫了一篇文章叫做《京都遊記》，我覺得這個很容易。可是，我沒有去過非洲，沒有去過月球、水星，只要我能寫的引人入勝，這個文筆可能比《京都遊記》還要好。文學作品常常處理的就是這種地方。我有個朋友跟我講「你對奇萊山這麼多想像，不斷在重複突出奇萊山，你要表現的是一種詩意」。我很感謝他能夠看出來。可是他認為奇萊山並不是很難到達，但我覺得不見得吧，其實蠻難到達的，有人爬奇萊山，後來就不見了。可是我不要去，我就是要遠遠地看它。

翟：就您去過大陸的那些城市中，有沒有給您留下什麼印象？

楊：因為是 1980 年，我有些記不清了。那時候正是「文革」結束，我碰到的朋友，只要談的稍微有些深入時，就會提到那段很不幸的經歷。客觀的說，很多地方，讓我覺得很美。尤其不可思議的是，我們在杭州住在西湖旁邊，早上起來，窗子打開看時，就好像在看圖畫一樣，會覺得怎麼有這麼美的地方。當時，也沒有什麼人，因為那時候還沒有很開放。大家覺得遊湖，可能也太奢侈了。在上海時見了巴金，我們也會談一談，但心裏都很沉重，因為那時「文革」才過去兩三年。從初中到二三十歲，我曾經不斷幻想著去寫的地方，那時候都通通看到了，自己心裏也覺得很感激，但後來我幾乎一

篇文章都沒有寫。我只寫過一篇文章紀念陳世驤老師。陳先生是河北人，北京大學畢業，後來在美國 Berkeley（柏克萊）去世。我寫的《北方》就是紀念他的，把我到中國北方時候的感受結合了起來。另外一篇叫做《南方》，紀念我在東海大學的徐復觀老師，他是湖北人。所以，我只泛泛談過北方和南方。我就好像回到了小時候做夢的世界，有很多感受。

翟：「浪人」、「異鄉客」、「離人」、「旅人」、「流亡」，這樣的語詞在您的詩歌中，顯得很醒目。你在詩篇《歷霜》中，寫道「咀嚼生命的流亡／如同咀嚼一株老枇杷的秋收」，這不覺讓人好奇浪子一般的經歷到底帶給您怎樣的生命體驗？

楊：我想很多都是想像出來的，甚至是聽來的。這首詩，是我在東海大學畢業以後，在金門寫的。因為在臺灣，大學畢業後，要有一年時間服兵役，我當時抽籤抽到了金門。我們只是預備軍官，那時候就接觸到了真正的老兵、士官，跟他們交朋友，談話。因為當時很多年沒有打仗，金門也沒有什麼事件，就聽他們講故事。

翟：您先後在愛荷華和柏克萊獲得了碩士和博士學位，之後，又分別在麻薩諸塞州和西雅圖教書。您為三藩、洛杉磯、波士頓、密歇根、普林斯頓等地寫過詩歌，也數度遊歷歐洲、日本、韓國。有時是長居，有時又是旅行，這種地域變化，最讓您觸動的是什麼？

楊：其實倒沒有，好像讀書的生涯就是這樣的。從愛荷華到柏克萊，我就下定決心讀 PhD（博士）了。當時就知道走進了學術之路。在美國讀完後要不然就在這邊教幾年書，然後回臺灣，要不然就直接回臺灣。剛好人家來請我，我就去了麻薩諸塞州，只是那裡太遠，雪太大，感覺有點吃不消。這時候華盛頓請我，我就過來了。來的時候，我給自己一個理由，就是這裡離臺灣比較近。有很多年，我去臺大、東華大學，以及香港科技大學教書，但還是以西雅圖為本營。其實我很多朋友在臺灣，他們會問我，「既然你在臺灣這麼高興，會不會很懷念在這裡中文很好的學生？」我說，那也不見得，我在華盛頓大學，就可以挑你們教過的學生來這裡念碩士班、博士班。果然，這二三十年，總是在每年秋天就從臺灣、香港、和大陸收一些非常好的學生，來這裡進一步深造。

翟：既然地域沒有什麼影響，那麼不同的語言環境呢，會給您的漢語書寫帶來什麼？您是否用外語寫詩？

楊：我從來不用英文寫詩。我曾經很清楚的說過，我是用中文創作臺灣文學。

翟：您提到常常會有孤獨的感覺，就好像 1976 年，您的詩作《孤獨》中寫道的，「孤獨是一匹衰老的獸／潛伏在我亂石磊磊的心裏／背上有一種善變的花紋」。這種孤獨感源自於哪裏？

楊：一部分從性格，一部分從經驗，一部分從讀書的環境中而來。你提到的這首詩歌，我也記得很清楚。那時是 1976 年，有一天黃昏的時候，自己喝杯啤酒，坐在那裡發現天已經慢慢黑了，又一個人在家，那時也還沒結婚，偶而會有這種感覺。當然，孤獨也是對獨立人格的保存，自古很多思考著的藝術家、詩人、哲學家都常常會感覺到孤獨。

翟：您在柏克萊攻讀博士學位期間，跟隨前輩陳世驤學習古典文學。這期間，曾寫下了《續韓愈七言古詩〈山石〉》、《延陵季子掛劍》、《武宿夜組曲》、《將進酒四首》等極富古典主義情懷的詩篇。能談談陳先生對您的啓發是什麼嗎？這種古典文學的學習生涯，對您日後的創作產生了什麼影響？

楊：影響還是蠻大的。我喜歡讀書，可是從沒下定決心去做一個學者。後來陳先生給我講一講，我也很快就搞通了，也就選擇了我自己要做的古典文學。當時有一些從臺灣來的同學，他們幾乎都在做現代文學，沒有人做古典文學。我當時就下定決心要做古典文學，一個重要的原因就是我不喜歡現代文學，不喜歡那個階段的詩歌，甚至小說。剛好陳先生 1936 年，與英國人阿克頓合作，編了《中國現代詩選》，那本書是中國新詩有史以來第一本用英文翻譯過來的作品選。他和何其芳、卞之琳是好朋友，都是北大的學生。可是他自己卻很少做，只是朋友做的時候，他幫忙把這個圈子弄得更大。我跟他講，我不想在博士論文裏面研究他們，陳先生就建議我研究古典文學。其實之前我就跟徐復觀老師學古代思想史。像你剛才提到的創作，我有時候是寫古人的遭遇，有時候是寫自己的故事，把它們連在一起，做一個定位。假如我要做現代文學，又實在不願意跟新詩人學。我寧願跟屈原、建安七子學，所以把功夫都下在這裡了。

翟：您曾經說過，「當茲另外一個時代即將開始的時候，我要建議我們徹徹底底把『橫的移植』忘記，把『縱的繼承』拾起；停止製作貌合神離的中國現代詩，積極創造一種現代的中國詩。」〔註2〕在您的詩歌精神中，一直葆

〔註 2〕 楊牧：《現代的中國詩》，《文學知識》，臺北：洪範書店，1979 年版，第 7 頁。

有對傳統的深刻理解。您是否願意談談漢語新詩所缺乏的傳統是什麼？

楊：我抱著一個希望，大家一起來做這個事情。我那樣的一種 statement（陳述），也是在嚴重地提醒我自己。其實並不是都應該走同樣的思路，而是不要看不起傳統的中國文學所達到的位置。之所以這樣想，是因為我有朋友或者長輩言談之間公開非常看不起中國文學，包括詩歌、詞賦，認為中國文學一無是處。他們只是覺得小說還可以，其他簡直不像樣子，而小說又遠遠不如西方。但我沒有那種感覺，我所謂的「橫的移植」，其實「移植」本身就不太準確。我們受影響，也並不一定就是「移植」。伏爾泰、歌德也同樣受中國的影響，中日文學也互相影響。一百年來，又都發展出了自己不同的傳統，完全獨立，完全驕傲的新傳統。所以，並不是「移植」。「橫的移植」也太狹窄了。

翟：或許反叛和顛覆，也是一種對於傳統的繼承方式？

楊：可以這樣說。顛覆、反叛或者修改，再去檢查，把它修改到某一個文學時代所需要的層次。

翟：1965 年，您閱讀了《葉慈全集》，對這位愛爾蘭詩人所投注的情感，幾乎為您的浪漫主義創作奠定了書寫基礎。您在散文集當中，曾梳理過對浪漫主義的理解，「第一層意義無非是撲捉中世紀氣氛和情調；第二層是華茲華斯以質樸文明的擁抱代替古代世界的探索；第三層是山海浪跡上下求索的抒情精神，以拜倫為典範，為人類創造一種好奇冒險的典型；第四層是雪萊向權威挑戰，反抗苛政和暴力的精神。」〔註3〕這些觀念，是否同樣滲透到了您的寫作中？

楊：應該有。這也是我在提醒自己，這才是浪漫主義。有一次奚密老師跟我提起浪漫主義最可憐，一天到晚被人誤解，以為浪漫主義就應該像徐志摩、像郁達夫一樣。因為奚密老師也是外文系出身，所以她很清楚，浪漫主義並不像在書上通常講的那樣。我整理出來的結論就是，浪漫主義是有社會榮譽感和責任感的，對淳樸的、原始的社會有尊重。即使是現代化，也有理想在裏面。

翟：自然和愛，是浪漫主義不可迴避的兩個主題。您在《一首詩的完成》中也提及，「我們有時面對大自然會感到恐懼，或許正因為我們太依賴著它的愛，像孩童沉溺著父母親的保護和扶持，並因為自覺那愛存在，而憂心忡忡，

〔註 3〕 楊牧：《葉珊散文集》，臺北：洪範書店，1977 年，第 6〜8 頁。

深怕有一天將失去那愛，因為我們犯了它所不能原宥過失而失去那愛。」如何理解這種自然和愛的關係？

　　楊：有時候是在讀書時候想到的。讀中文的好奇心，天快黑時你走進一片樹林，也會有這種感覺。其實華茲華斯的一首詩中也寫到，天黑時放船進湖心，看到山突然感覺害怕，趕快回來躲避那種恐懼。所以，自然美有時會保護你，但又會使你覺得犯了錯。我覺得愛跟美的討論，從另外一個方向來看，會有很多值得我們思考的地方。我寫了一首《近端午讀 Eisenstein》的詩，就提到太多的愛，太多的美，還可能是有害的。我在詩裏舉了一個例子，《白蛇傳》中，許仙讓白娘娘喝雄黃酒，但喝了就會現出原形。白娘娘太愛許仙，所以就喝了，最後變回了蛇。所以，即使是美，也還是危險的。

　　翟：您一直將濟慈的「美即是真，真即是美」奉為格言，這是否也可以理解為您的一種詩歌信仰？

　　楊：應該接近。濟慈的這句話出現在他一首詩的結尾地方。整首詩歌寫他看到了一個古希臘的瓶子，這瓶子上的雕刻，讓他想到了一些哲學理念，我讀後很感動。濟慈總有一些道理，是別人意想不到的。這其中有一張圖樣，是一個男孩子在追一個女孩子，所差一點就要抓到她的衣角了，但仍然沒有抓住。他就說，幸虧沒有抓住，所以他兩千年以來一直還是處在一種追求狀態裏，對美和愛的追求。另外轉過一張圖樣，是有一個人在吹笛子，不知道他在吹什麼曲子，這時濟慈就在想幸虧不知道，這樣就可以想像，無論吹什麼都可以。他總是從另外一個方面來思考，世界也就應該允許我們有這麼多思考的方式。

　　翟：20 世紀 50、60 年代，由於政治語境的影響，再加上臺灣對五四文化傳統的選擇性繼承，可以說，徐志摩是當時極少數能夠公開出版作品的五四詩人之一。您怎麼評價這位浪漫主義詩人？

　　楊：我覺得他相當不錯。他在大概僅僅 10 年的工作時間裏，還做了這麼多東西。他也很勇敢，會講一些與眾不同、打破禁忌的話。他連政治的禁忌也會觸碰，對北京政府的抗議也用詩寫了出來了，那個時候可以有細縫去發表一些獨立的思考。他無所畏懼，用詩來表達自己的情感，下了很大的功夫，也使用了很多不同的意象把愛情、友誼表達出來。我編過一本選集，他在處理材料的時候用了很多西方典故，有些不對，我也幫他修改了過來。他的散文也很有想像，記載外國留學的情況和對西方文學的評價，有些不是很深

刻。但我想到他死的時候也才 30 幾歲，就辦詩刊、搞政治、寫文章，已經很不容易了。

翟：剛才談到徐志摩對政治的勇敢，其實您在柏克萊讀書期間，正是越南戰爭如火如荼之際，柏克萊大學又是 60 年代反戰運動的領導者，積極抗議美國政府介入越戰。爲此您也曾寫下了一組詩篇，比如《十二星象練習曲》。您置身其中，是否還能回憶起當時的情形？

楊：當時美國學生的激動和深思熟慮，對政府的反應講得頭頭是道，對我衝擊很大，因爲在這之前我還沒有經歷過這樣的政治運動。當時規定外國學生是不能參加的。因爲外國學生是來念書的，不是搞政治的。我也只能在那裡看，每天中午都在聽他們輪流演講，聽多了也實在覺得這個戰爭太不應該了。一直到後來，在華盛頓教書時，也對政治保持著一種心理浮動，對政治很敏感。很多事情我都記得。我剛到柏克萊那年，是 1966 年，那時文化大革命剛剛開始，我天天看報紙，與大家一起交換信息。當時就很奇怪，這些人一邊對政治關心到那種地步，還能一邊讀書。我有一個同學，他晚上讀馬克思的《資本論》，白天學希臘文。晚上睡覺時，總是會夢到馬克思和希臘文。那個經驗，也讓我在擡頭看這個世界在做什麼，中國在文化大革命，法國薩特他們在政治運動，日本又有赤軍聯示威。所以，我們在創作時會受到影響。

翟：我極爲贊同您的觀點，「詩是追求：詩可以干氣象，而詩本身也是一種氣象。」的確，詩是手段，「藉著它追求一個更合理更完美的文化社會」，但它又不僅僅只是「干氣象的工具」；詩也是目的，「是我們追求的對象」，「它還是一個獨立的存在，一個令我們汲汲追求創造的藝術品。」（《北斗行》後記）儘管您在詩歌中涉及到一些政治事件，但我是否可以理解爲，您更傾向於追求一種獨立的詩歌美學價值？

楊：對的，你找的句子也很具有代表性。

翟：在您的詩歌中總會出現中西文化相互交錯的場景。就好像《教堂的黃昏》、《異鄉》中那異教的僧侶、岩石和山寨似的耶和華、教堂裏、黃昏下的鐘聲，古琴、棋座、浮雲、念珠。這一系列的場景參差交錯，將佛廟的景致與教堂的聲韻切換地那樣自如。能談談您爲什麼會有這樣的處理嗎？

楊：與看書和想像力有關。有些詩是詩人經歷過的，比如岑參的邊塞詩歌。但更佩服的是那些並沒有親身經歷的對天外、雲端等的描寫，比如詩

人李白的世界。我們根本沒有辦法跟上古代偉大的詩人、思想家，但我們也會受那些形象、觀念的影響。你剛才提到基督教、佛教形象，我想也就是看到了，並沒有深入去研究，可是總覺得碰到這樣的情形，就會有一種感受。

翟：1957 年您開始使用筆名葉珊，1972 年您將筆名由「葉珊」更換爲「楊牧」。這種筆名的更改，對您意味著什麼，您想要獲得的是一種怎樣的轉折？

楊：大概是另外一個階段吧，後來還有人做研究說，應該在哪年改比較合適。我 1970 年離開柏克萊，1971 年開始教書，做助理教授，自己創作的東西也不太一樣了。還寫了一些散文，結集爲《年輪》，也不同於我的《葉珊散文集》。有些朋友甚至覺得沒有必要修改。不過，等到 36 歲的時候，我跟一些朋友合辦了一個出版社，叫洪範書店。當時要重新印《葉珊散文集》，後來還是決定上面寫《葉珊散文集》，下面寫我的名字楊牧。也沒有很特別的意思。

翟：1976 年，我知道您與老同學葉步榮一同創辦了洪範書店，目前這家書店已經是臺灣最具影響力的文學出版社之一了。還記得當時是怎麼會涉足出版界的嗎？

楊：當時我在臺灣，有的書店就問我能不能幫他們設計幾套文學的書，然後讓我來做主編。我大概 35 歲，哪裏有這種時間。但他們反覆講了幾次後，我就跟葉步榮提了這個事情，他說既然要做，那我們就自己做好了。「洪範」是我在書裏找來的兩個字，作爲出版社的名字，下定決心只出文學類書籍。本來只出創作類，後來又加上了翻譯類。

翟：長期以來，您總是被冠之以學院詩人的稱號。事實上，除了創作詩歌外，您還涉獵散文、文學評論和翻譯。對您而言，它們之間最大的關聯性是什麼？學院的生活，對您創作產生的影響是什麼？

楊：學院是我比較喜歡的行業，做研究我也蠻喜歡的。有一個老學生前幾天發 email 給我，問我《詩經》的問題。當時 32 歲左右，我剛到華盛頓大學不久，寫了關於《詩經》的論文。那時候的思考，現在仍然有興趣。所以，學院裏面的生活，雖然有時候比較瑣碎，但大概比別的很多事情要稍微好一點吧。評論常跟學院的生活摻在一起，尤其是對古典文學的評論。對當代文學的評論和參加意見，我覺得是創作者、研究者、讀書人都應該做的事情，

有義務去參與討論。老了以後這一些年，我在可能的情形下，覺得有話還是要講。可是常常我也會覺得無話可講，那時我就設法把它推掉，這樣有些人能夠理解，有些人大概就沒辦法理解了。同樣，翻譯也是一種責任感。翻譯不見得人人都要做，但只要懂得一些外國文字的人，如果不做翻譯，那別人就都看不到這些文學作品了。我們自己做翻譯的過程也是相當大的挑戰。可以有一個再創作的經驗，別人以他的思路創作出一個好像是你的，又好像不是你的作品，是很有意思的，有機會我還想再翻譯一點東西。

翟：此外，您曾在《隱喻與實現》的序言中提到，「文學思考的核心，或甚至在它的邊緣，以及外延縱橫分割各個象限裏，為我們最密切關注，追蹤的對象是隱喻（metaphor），一種生長原象，一種結構，無窮的想像。」您追求一種抽象而內涵豐富的文字想像空間。這不覺讓我聯想到您詩篇中的幾個隱喻，比如蛇、苔蘚等，這些隱喻是怎麼在您的腦海中生長的呢，它們意味著什麼？

楊：蛇，是我經常提到的。蛇在文學、思想史中總是充滿不同的解釋。我們從小就覺得它又可愛，又可怕。臺灣甚至有很多毒蛇，但西雅圖這邊沒有碰到過毒蛇。《聖經》裏面也有蛇的故事，我們學西洋文學都知道蛇本身具有象徵意義。苔蘚，也是因為我看到的，是用來形容它的氣象沉靜。我對古代洪荒有很多想像，不知道經過幾萬年、幾億年為什麼它都沒有長大，也沒有進化。恐龍都死了，但這些東西還在。最近還寫了一首詩，就是關於苔蘚的。我常常幻想一些古代的生物，聽說魚爬到陸地上來，就變成了小蟲或者大蟲。我並沒有一套完整的理論來說明一個意象到底代表什麼，可是我對眼睛沒有注意去看的東西，就會坐下來去想像它到底應該代表什麼。

翟：您說，「我的詩嘗試將人世間一切抽象的和具象的加以抽象化」，並且認為「惟我們自己經營，認可的抽象結構是無窮盡的給出體；在這結構裏，所有的訊息不受限制，運作相生，綿綿互互。此之謂抽象超越。」（《完整的寓言》後記）抽象的超越，在您 1986 年以後的寫作中表現得尤為明顯，這是不是您所追求的詩性的正義和公理？「凡具象圓滿／即抽象虧損之機」（《佐倉：薝孤肋》），是否能夠解釋為您對具象與抽象關係的理解？

楊：文學當中眼睛看到的東西都是具象的，處理的東西也都是具象的，傳統小說當中一個人物所遭遇的光榮與侮辱也都是具象的。但是哲學的思

考，要把它講出來，而不是總在重複情節，唯一的辦法就是抽象化。把這種波瀾用抽象的方式表現出來，成為一種思維的體系。我一直認為抽象是比較長遠、普遍的。

翟：所以，讀您晚近的詩歌，抽象的世界裏，常縈繞著輪迴、虛空、無限的精神結構？

楊：我不必寫 100 個短篇小說來寫 3 年的經歷，而我可以用 1 首詩來講的清清楚楚。我是這樣嚮往的。

翟：您說過，「變不是一件容易的事，然而不變即是死亡，變是一種痛苦的經驗，但痛苦也是生命的真實。」（《年輪》後記）您的詩歌，會讓讀者時常有一種閱讀的期待。這種變化，是您執著於藝術技藝的一種方式，也是您在無限地去撲捉宇宙生命的瞬息萬變。這種自覺的意識，是怎麼逐漸形成的？或者說，是什麼在激發您不斷地變？或許這也是您在限制中所追求的詩歌自由。

楊：只要不變的話，就無從寫起，因為不想再重複自己。我講這句話的時候，大概 20 幾歲。《葉珊散文集》出版的時候，我 25 歲，剛到美國留學。我實在不想再寫同樣的散文，詩歌也一樣，想追求一種另外的風格。如果我不斷地重複自己，那倒不如換一個行業，來做別的事情了。

翟：我想，這也是您 1976 年創作《禁忌的遊戲》的初衷吧？就是說您想突破一些限制？

楊：對。那時候很奇怪，總是聽到西班牙吉他的聲音，讀到一些西班牙的哲學和文學經驗，然後把另外一個聲音加進去，製造出其他的聲音。旋律、故事也不一樣了。西班牙詩人洛爾迦，他三四十歲不到，有一天在路上走，就被謀殺了。我覺得很恐怖，加上西班牙的音樂背景，所以，在那種觸動很大的故事結構後面，有了一個音樂性在裏面。先寫了第一首，後來每隔一兩個月又寫了第二、三首，一共完成了四首。

翟：也許詩歌創作者常常會受到前輩的影響，有時在面對同一題材時，總會感覺到焦灼不安。但您採用「看」的視角，源源不斷為自己的詩歌創作提供了不竭的源泉。從不同的視點，看歷史、看現在、看自然，看人生。您「用理性的心靈去觀察體會」（《出發》），相信主體的可控性。能否談談您認為詩歌創作主體到底在整個寫作過程中處於什麼位置？

楊：大概每個人都會這樣。導演也會看，然後用鏡頭表現出來，讓觀眾

瞭解。我也都是自己的看法，我在幫自己看，而不是幫別人看。這也是我跟別人可能合不攏的地方，因爲大家看法不同。

翟：但您也說過，「詩的主題意旨人人看得見。」(《有人》後記)那麼，除了看之外，您在詩歌寫作中最看重的是什麼？

楊：其實，這句話本是歌德講的。他在講主題、愛、恨或者家庭不自由，比如我們看巴金的小說，都清楚他在講什麼。但是怎麼表現出來，不是每個人能夠做到的。巴金和曹禺的表現方式就不一樣，所以，一個創作者需要鍛鍊自己，表現一般人都能看見的主題，包括愛、恨、寂寞、孤獨。這樣大家讀下來，不會搞錯，你寫的是孤獨而不是快樂。明朝、清朝到現在都有不同的寫法，美國、德國和日本小說家寫法也不同，但是主題又都是那些主題。有時政治會把大家衝擊到另外一個環境，那時候這句話也須重新考慮。

翟：在您的詩歌作品中，不乏口語的實踐。詩集《海岸七疊》，以最爲日常化的語言寫下了樸實無華、清新自然的口語化詩句。大陸 20 世紀 90 年代以後，也出現了大量的口語詩歌，您認爲口語入詩的可能性何在？

楊：我最近讀到有人寫散文，完全不修飾，想寫什麼就寫什麼。我在想，這簡直就是天才。口語並不是要排斥，創作不可能永遠文雅，而是要考慮放在什麼地方比較合適。英文就是 organic（有機的），要配合你的場域、情景；配合作品有機組成的力量，配合那個勢，剛好讓你只能用它來寫。

翟：1980 年以來，以方言入詩的寫作，在大陸相對較少。不知道臺灣人寫詩會經常使用方言嗎？

楊：我有幾個朋友，是眞正用臺語寫作，用臺灣話發展出來的語調、趣味等等。有時候還故意犯錯，製造出一種特殊腔調出來。有人反對這種做法。我不反對，也希望能夠把它做成功。我結婚的時候，寫了一句，「你是最有美麗的新娘」。當時，朋友都在笑，說這是在講臺語，把「有」這個字放在形容詞前面。可是《詩經》裏面，古代也會這樣，在形容詞前面加個「有」。我是覺得形勢讓我做的時候，我會去做，甚至還會把注音符號 b、p、m、f 放進去。有人還因爲對國語的看法不同，捲進了一場官司。我覺得都是對藝術的判斷，不見得一定要分的那麼清楚，能夠做到多少就做多少，大家一起努力就好。

翟：在我看來，您 1974 年創作的《林沖夜奔》，是一首極爲獨特的詩篇。

因為它身上凝聚了您太多的詩學觀念。它所傳達的古典意蘊、急促的音樂感，以及敘事與抒情的夾雜糅合，會帶給讀者悲壯卻暢快的閱讀體驗。能談談您對這首詩歌的構思嗎？

楊：1974 年發表。我想 1973 年就在寫了。《林沖夜奔》是舊戲，京戲裏面就有了，我想把它改過來寫，讓山神、小鬼、風雪都參與進來講話，使用另外一種形式，不是普通戲劇的表現方法。可以講出人的性格、人的環境遭遇，以及戲劇結束時候要產生的結果、指標等。我自己喜歡這樣的詩歌，後來就發展出來一個人物，後面跟著一個動作，比如《延陵季子掛帥》、《鄭玄寤夢》、《平達耳作誦》、《以撒斥堠》等。寫一個個人的故事，可以發揮我年輕時代就喜歡的戲劇情節，還可以使用自己的聲音，完成一種戲劇獨白體。

翟：您的詩歌作品，在臺灣、香港以及其他華語地區影響深遠，甚至年輕的詩人還會模仿您的寫作。您曾經將 18 篇寫給青年詩人的信結集為《一首詩的完成》，現在看來，對於青年的詩人，您想說點什麼嗎？

楊：曾經的那些青年詩人，現在也都 60 歲了。當時他們二三十歲，我常常收到他們的信，有的我單獨回信，都成了很好的朋友。也有人問我是不是只有那 18 篇，還有沒有想加進去什麼。我提到過要讀一些外國文學，即使讀翻譯作品也沒有關係。但我現在覺得還應該加上多學一門外語，例如意大利、法語、日語等挑一個，這對寫文章的筆路會有很大的好處。其他我要講的也就在那裡面了，只是當時不必第一篇就談「抱負」，大概現在人都覺得沒必要那麼緊張了。

翟：最後，您已年過 70，但我知道，您仍會說，「老去的日子裏我還為你寧馨／彈琴，送你航向拜占庭／在將盡未盡的地方中斷，靜／這裡是一切的峰頂」（《時光命題》）。生命不息，寫作不止。那麼，現在您是否仍然在紀錄著那些易逝的記憶，是否還在尋求著詩性的自由？就像您 1977 年寫下的詩篇《風雨渡》中提到的「我聽到時間的哭啼如棄嬰小小／即使沒有嚮導的星，這時也須巍巍向前」。

楊：會的。在可能的時間裏，我還是會繼續創作。

楊牧簡介

楊牧（1940～），本名王靖獻，曾用筆名葉珊。臺灣花蓮縣人，臺灣著名詩人、散文家、翻譯家和學者。詩作被譯爲英文、德文、法文、日文、瑞典文、荷蘭文。曾任麻州大學及華盛頓大學助理教授、副教授、教授、國立臺灣大學客座教授、香港科技大學講座教授、國立政治大學講座教授、國立東華大學文學院院長、中央研究院文哲所特聘研究員兼所長。現任國立東華大學榮譽教授。曾獲吳三連文藝獎、國家文藝獎、花蹤世界華文文學獎、紐曼華語文學獎等重要詩歌獎項。

訪談二　「節奏邀請我的想像力去活用語言」：詩人樹才訪談

樹才　翟月琴

翟月琴（以下簡稱翟）：是否可以認為，《夢囈》（1985）是您創作的第一首詩？

樹才（以下簡稱樹）：《夢囈》不是我的第一首詩。像大多數詩人，我也記不起第一首詩是什麼時候寫的。模仿性的寫詩，中學時期就開始了，那時模仿古體詩；大學時，我參與組織文學社，跟著「朦朧詩人」那一批老大哥寫自由體詩。只是，在寫出《夢囈》之後才感覺到，我挨近詩歌的門檻了，似乎看到了門裏的什麼。這首詩有預言，寫得狠，挺準。那時我已明白，寫詩對我是一件毫不留情面的事情。它不只是讓人宣洩，或者滿足幻想。我一直想把自己內心隱秘的聲音發出來，《夢囈》找對了句式。我樂意認領：就讓它是我的第一首詩吧。這之前，我大約寫了上百首詩，後來都放棄了。權當是做了詩句練習吧。

翟：也就是說，《夢囈》這首詩，打開了您以詩歌的方式發出個人聲音的可能？

樹：《夢囈》之後，我才認定自己會寫詩。這首詩適合朗讀，當年我能背下來。在那個年紀，我已經敢寫自己的一生，想像自己的一生。寫得有點「悲」。當時我並不知道以後的生活會怎樣展開，但有些東西還是被這首詩不幸言中。這首詩有悲劇意味，我喜歡詩中的音調。當時跟我往來的那些詩友，也說這首詩好。別人的反應，有時會影響你的態度。別人說它好，我心裏也喜悅，讓我更加看重它了。

翟：您剛才提到預言，讓我想到布魯姆說的「詩歌是想像性文學的桂冠，因為它是一種預言性的形式」〔註4〕。如果說《夢囈》是一場預言，我想這其中的「悲」也在您的詩歌中延續了很長時間。比如您曾經寫下《1990年1月》、《母親》等，紀念您早逝的母親。能談談母親對您到底意味著什麼？

樹：母親病故時，才 27 歲。我那年 4 虛歲。我童年的記性不好，沒記住她長什麼模樣。家裏只有一張母親的照片（照相館拍的那種黑白照片），一

〔註 4〕　〔美〕哈羅德・布魯姆：《如何讀，為什麼讀》，黃燦然譯，南京：譯林出版社，2011 年版，第 59 頁。

位農村姑娘，眼睛給我特別的親切感。聽我父親說，我眼睛長得像我母親。她紮著兩條粗辮子，健康壯實，蠻耐看的。母親的形象其實是我上大學後一點一點建構起來的。剛才你說到母親的時候，我頭腦裏馬上掠過去好幾張面孔，似乎是溫暖過我內心的那些美好女性形象，有時就在夢中變成了我的母親。母親死後，我被送到二姨媽家寄養了一年，然後回村，跟哥哥一起上學。

　　童年和少年時期，我每天都不知愁地瘋玩，根本不想母親。後來大概是心理上的需要吧，我慢慢把母親的形象建構起來。我記得高中畢業那一年，有一次讀高爾基的《童年》，突然就理解了自己的身世。那天我一人在家，淚流不止。我第一次眞切地感到，我是一個失去了母親的人。失去母親那麼久，自己已經長這麼大了，卻渾然不覺！我爲自己的愚鈍而羞愧。那是一次特別深的內心震動，以前從來沒有過。顯然高爾基的自我奮鬥精神感染了我。也許是在那一天，「自我奮鬥」這粒芥菜籽就播在了我的心裏。後來我高考失敗，又去復讀，並且一再復讀。我想正是基於對自己身世的覺悟，心裏有一種一定要考上大學的決心，這也是一種求生存的動力吧。可以說，母親在我的生活中，是不在的，又是在的。

　　母親死後，父親一直沒再娶。父親性格中有一種男性的溫柔，讓我感覺到母親的存在。對我，父親也是母親吧。悲，也許是一種生命的底色，它是慢慢滲透進來的。從失去母親那一天起，它就開始滲進我幼小的心靈。從小我就覺得，生活是悲的。悲是一種灰色吧，儘管總想掙扎著發出些光亮來。

　　翟：您的詩歌常給人強烈的灰色基調，這種基調源起於您母親去世，又不斷地疊加。我認爲，用「瘦」和「苦」兩個字，能夠概括出您詩歌的特質。在您的生活中，是否還存在著其他的經歷，附著在這種色調上？

　　樹：悲這種色調，與苦混到一起，是慢慢滲進來的。我從小身體瘦弱，必須表現得乖巧，討人喜歡，才能自我保護。我寫作的態度是完全自省的，只想通過寫作挖掘內心，更多地瞭解自己。我把寫作看作是一種對自我內心的探測。從一開始，寫詩就是我與自己的內心對話。我渴望瞭解自己，把瞭解外界也作爲瞭解自己的條件。後來學太極拳，我才知道外部世界並不外在於你。儘管身子瘦弱，我骨頭卻是沉甸甸的，怒極時，我會湧上捨命一搏的衝動。這種沉甸甸的感覺，在去非洲之前，簡直可以壓垮我。白天與別人在

一起，相當樂觀；夜間一人獨處，卻郁郁寡歡，二者之間的張力太大了！這種沉浸於自我的努力從來沒有停止過。在《1990年1月》中，我寫到：「在筆下，哭。在山坡上／左右環顧。看看前，看看後／不能用沉默奪回親娘／不能把幸福許給情愛」。內心太寒冷，才渴望溫暖。我渴望把內心深處的聲音寫成詩句，以此來取暖。

翟：您有一首詩《單獨者》，是什麼讓您有這種隔離於萬物而又單獨的心境呢？

樹：1997年我出版的第一本詩集也叫《單獨者》。我把詩集命名爲《單獨者》，當然是因爲偏愛這首詩。它接近一種自我認知：「因爲什麼，我成了單獨者」。單獨與孤獨不同，孤獨是一種情緒，它感傷，容易被聲音帶走，對自己的疏離感不夠，我不想去強調這種情感質的東西。而單獨，它像曠野上孤零零的一棵樹，暴露了獨自生長的困境。這首詩譯成法文時，我不贊同譯成「Solitaire」，那就是「孤獨的」意思，我主張譯爲「Seul」，它才是「單獨的、唯一的、僅有的」意思。這首詩寫於1994年，當時我在塞內加爾做外交官。那時我與詩界幾乎斷了聯繫，只同幾個好友保持通信。

翟：我想到您的另外幾首詩，比如《喊月亮》、《拆拆拆》等，有一些負荷很重的語詞被獨立出來，好像「一個詞卡在喉嚨裏／這是你反覆難受的原因」。從《一個詞卡在喉嚨裏》這首詩，能夠看出您對語詞的特殊情感，能談談詞對您意味著什麼嗎？

樹：詩歌是語言的藝術。漢字特別適合寫詩，我想像倉頡造字的時候，一個字就是一個世界，每一個字都頂天立地。寫出《單獨者》後，我體會到，形容詞對詩無益，不如名詞更結實。從此我喜歡乾淨簡潔地去寫一首詩。非洲四年，讓我變得輕盈，主要是非洲人的舞蹈和音樂，還有他們的樂天精神。他們特別能窮歡樂，苦中作樂。也許，歡樂總是窮人的，富人更想著享樂，而享樂是不自由的，它取決於外在條件。非洲孩子們光著腳，就可以在沙地上快樂地踢足球。他們跳舞的時候，真是一種極致的快樂，每一根汗毛都跟著舞動。我寫過一首《達姆達姆》，就是對舞蹈和節奏的模仿。在非洲，我身上那種沉重的東西漸漸化開了。2004年，我與車前子約定，互相給對方「扔」一個詞，然後做同題詩。這是從詞語自由聯想來生發詩句的一種詩歌實驗，爲了激發語言的潛意識，讓詞語在聯想鏈上自己滾動，讓詩句呈現出某種自發性。《拆拆拆》、《指甲刀》就是那個時期寫的。

翟：這是一種先鋒性的實驗嗎？

樹：對車前子，大概不先鋒了，但對我是先鋒的。「先鋒」說到底，是一種對變化的渴望吧。每一個詩人的生活都在變，見識在變，表達也跟著變。詩人的先鋒探索，永遠離不開對語言的敏感。我以前寫作，總被意義壓迫著，渴望把心血直接灌進詩句。後來發現，語言本身具有符號性，而符號本身是物質的，詩句也許滲滿心血，但本身不是「心血」。所以說，「心血」必須被「寫」出來！怎麼才能寫出來？那得問語言的神明。我想，必須妙用語言，必須找到一首詩它自己的聲音和節奏。

《拆拆拆》這首詩中，聲音很突出，可以唱快板一樣來讀。我從小生活在農村環境中，卻對聲音非常敏感，喜歡聽二胡、笛子、簫等民樂。一吹，內心就被撼動。年輕時我寫的詩，幾乎都能背出來，因為我的詩裏有一根看不見的聲音的線，我自己很清楚。與意象相比，我更在意詩歌的聲音。有一段時間，我就是通過能否默憶起一首詩並把它背誦出來，作為刪改詩歌的方法的。那個方法對我很管用，因為能夠回憶起的，一定是讓我印象深刻的聲音，符合我情感的節奏。以前我的聲音是抒情的、憂傷的、悲苦的、甚至絕望的，還帶點智者的口吻。寫詩也是一種認知的努力。後來我對這些聲音厭倦了。我現在相信，單純的聲音就足以成詩。

翟：您剛才談到對語言的敏感，我覺得您對日常生活的細節也同樣葆有敏感。本是平常的生活，卻讓您收穫到日常生活之外的東西。

樹：我對細節的關注，得益於我的兩個生活特點：

第一，我特別喜歡看，我對街景、招牌、行人、車輛等等，總有一種無法窮盡的好奇感。我強調看，但不在乎看見什麼。光是看的動作本身，就讓我很著迷。比如去旅遊，目的地對我其實沒有吸引力，卻對沿途的看非常感興趣。比如那首《拆拆拆》，因為我坐車去任何地方，都能看見紅色或黑色的「拆」字，有時還看到有人正在寫，寫完了，再給它畫一個圓圈。有時就是因為看，看久了，凝神了，彷彿看見了什麼，我會馬上寫起詩來。我有一首詩叫《刀削麵》，整首詩只寫我看別人削刀削麵的情景。我用白描的方式，把所看寫出來。還有一首詩，題目就叫《看》，但不叫「看見」。「看」就是那首詩的主題。

第二，所有的細節，就是我記憶裏最難忘的情景。眼神可以透露很多東西，你不看，你就無法察覺。別人的眼神、表情，常常讓我感同身受。這種

看是現象學意義上的，胡塞爾提示的「回到事物本身」，我把它奉爲最高的詩學。年輕的時候，我喜歡憑空想像。一用「花」這個詞，好像就概括了千姿百態的眾花，其實當你寫「花」時，你寫不到百合、迎春或薔薇，是因爲你的生活不夠，你的直接感受不夠，只能泛泛而寫，只是被情緒性的東西推動。要把親身經歷的眾多場景寫進一首詩裏，詩人必須妙用細節。

翟：剛才您反覆強調聲音或者節奏。2012 年第 1 期《詩歌月刊》刊載了您的十幾首詩，分別是《打開你的心》、《按一下》、《風起兮》、《符號》等，你稱這些詩爲「節奏練習」，並且提到，「節奏邀請我的想像力去活用語言」，節奏在您的詩歌中到底發揮了怎樣的潛在可能性？

樹：我的全部詩歌，都是圍繞「節奏」、「想像力」、「活用語言」這幾個核心詞展開的。當代詩人的語言，其實是言語，是每一個詩人獨特的言語方式，因爲我們既生活在「語言」的大氛圍中，又只能憑我們各自的「言語」去生存。一個人使用語言的時候，總是在個人生命的體驗基礎上展開的，而體驗是通過「言語」的方式向詩歌敞開的，它有著私秘性和個人性。悖論的是，在詩歌中，越是個人的深切體驗，就越是能喚起人們內心的普遍情感。所以我又說，詩歌不是私人語言。

我相信，現代自由體詩的聲音特質就是「節奏」。每一首詩都有它特定的節奏，但不能重複濫用，而且別人也學不到。現代詩的自由，就在於每一首詩都可以獲得它的獨有節奏的自由。一首詩完全可以打開它自由節奏的秘密之門。節奏，說到底就是個人的呼吸，因爲每一個個體生命，他的心跳、脈搏、氣息，他的嗓音、口吻、調子，還有他的整個心理結構，都在爲節奏的發生提供條件。

詩人的天職就是活用語言，豐富母語的表現力。我們每個人都用語言，但大多數人只是在信息交流的層面上使用語言，詩人寫詩，則是在隱喻的意義上動用語言，所以必須鮮活、生動。意象、隱喻等等，所有修辭都是爲了滿足最樸素的詩學條件，那就是形象生動。詩人憑著對詞語的特殊敏感才有可能抵達詩性，關鍵就是要把語言用活。

詩歌更是想像力的遊戲，把靈魂也卷了進去。很顯然，一首詩的質料是語言，但語言質料之所以能「飛升爲」一首詩的詩性，我認爲秘密就是節奏。節奏，是現代自由體詩歌的要害。

翟：其實，除了詩歌創作，翻譯也是您涉及的一個重要領域。您曾經提

到過，「形式感是可以把握的，如果從字、詞、句、段、篇的組合來考察的話。但假如涉及聲音、節奏、象徵等等，就只可意會不可言傳了。詩的音樂效果是無從翻譯的，一首詩的音樂性愈好，就愈難翻譯。」當面對這種翻譯困境時，您又是怎麼處理的？

樹：詩歌最難翻譯的就是聲音（這「聲音」又大於通常所說的「音樂性」）。聲音像細胞一樣，散佈在一首詩的字裏行間，你沒有辦法指定：聲音就在這裡或者就在那裡，因為聲音有它的發生及演變過程，它是動態的，跌宕起伏的。如果看得見的話，它有點像身體裏的血液；如果看不見的話，有點像靈魂呼出的氣息。一首詩一旦做成，它在被做成的語言裏就是一次性「生成」的，而且它有一種永不損耗性。它就是生命的一，以致它不再有可能轉移到另外一種語言中，它有一種「抗翻譯性」。這種抗翻譯性的根源，就是聲音。辯證地看，翻譯中這最令人絕望的地方，卻又是翻譯最能生出新希望的地方。我放棄任何一種以模仿原詩為目的的翻譯（我斥之為「同一性的虛妄」）。我更願意把聲音視為一首詩中最微妙的部分，它必須被整體地感知。把一首詩從法語譯成漢語，就是在用漢語重寫這首詩，我會重新考慮全部的聲音系統，盡可能使整首譯詩在漢語裏抵達「與原詩相呼應」的節奏品質。

翻譯，與我的寫作平行。我是兩條腿走路。寫詩是為了譯詩，反過來，譯詩也是為了寫詩。對我來說，寫和譯沒有高低之分，只是方式之別。有人認為，創作比翻譯更難，實際上，如果仔細考察翻譯過程的話，你就會發現，翻譯一首詩其實比寫一首詩更難。因為翻譯動用語言的方式是跨語言的，同時動用兩種或兩種以上的語言。說到底，所有譯者都是「雙作者」。譯者與作者看似不在一起，實際上，作者始終以不在場（卻又始終纏繞）的方式同譯者在一起。譯作是譯者和作者一起「再生」出來的文本。悖論是，譯作既離不開原作，卻又必須「再生」新的東西。這裡的決定性角色是誰？不再是作者，而是譯者。翻譯考驗的是譯者的耐心，因為需要克服理解過程和再寫過程中的全部困難，這些困難既是「語言物質層面上的」，更是「靈魂聲音氛圍中的」。譯者也許很好地掌握了一門外語，但對一首詩來說，又永遠不可能掌握得足夠好。

翟：您在翻譯詩歌的時候，一直強調譯者的主體地位，還說過，「一首法文詩作為原文，優秀也好，拙劣也好，只同原作者有關，被譯成漢語後已經

是一首漢語詩了。譯得優秀也好，拙劣也好，也只同譯者有關。」這一思路，顯然為譯者帶來了一種使命感。那麼，您認為怎樣才能把握到譯者的主體性呢？

樹：我這樣強調，就是為了刺激譯者意識到一種使命感。譯者不應該只是模仿者，虛妄地追求「等值」或「同一」。應該看到，一首詩是一個生命。通過翻譯，這個生命必須被「再生」，即化身為另一個詩性生命。這個詩性生命在原作那裡已經完成，在譯者這裡卻剛剛開始。對譯者主體性的思考，我現在開始傾向於「雙主體」，但譯者處於顯性位置，原作者處於隱性位置。

我感覺，翻譯一首詩的時候，我從來沒有離開過作者。作者總是幽靈似地跟我在一起，還時常與我展開沉默的爭論。有時半夜醒來，感覺某個詞用得不對，就改過來，第二天醒來，又覺得不對，又改了回去，因為感覺這個改動後的「聲音」不是作者的。但是說到底，正因為原作者是缺席的，能對譯文負責任的，也就不再是作者，而是譯者。就是說，對一首譯詩來說，關鍵不再是誰寫的，而是誰譯的。我這麼說其實並不是否認原作者的存在，因為翻譯是「有根可依」，而不是「空穴來風」。

翻譯的基礎就是已經有一個語言文本在那裡了。什麼都沒有，你又能從何翻譯起？所謂創作，就是把一個人內心的東西翻譯出來，這是一種隱喻的說法。所謂翻譯，就是指在你翻譯之前已經有一首叫原詩的文本存在。所以，原文有時間上的優先性。譯者在時間上不得不回應它，但這種「回應」不是把原文原封不動地移植到另一種語言裏。這種情況從來就不存在，何況詩這樣薄胎瓷瓶似的東西。瓷瓶碎掉，可以再黏，但那還是原瓷瓶嗎？我認為，一個譯者應該重新造出一個薄胎瓷瓶，與原來的瓷瓶在品質上相匹配。譯文從來都受到原文的制約，但它們不再是「同一個」，而是成為彼此的「另一個」，因為語言的物質體變化了，但詩性的精神體卻是相呼應的。

當然，譯詩的「再生」的理由和邊界，並不是在譯者那裡，而是在原詩那裡。所謂翻譯的創造性，必須從原文中去找到被允許的理由和邊界。以前研究翻譯，都是靜態的方法，把原作與譯作進行比較。我發現，人們是那樣無視「譯者」的存在！而我認定，翻譯的秘密既不是原作，也不是譯作，而是譯者。必須把翻譯放到「原文－譯者－譯文」這樣的三角關係中，對翻譯過程展開研究，否則無法揭示翻譯的複雜性。

翟：談到翻譯，法語是您的第二個語言生命，能談談您對法語詩歌的特殊感情嗎？

樹：我讀了大海量的漢語詩歌，也讀了水庫量的法語詩歌。我喜歡閱讀，我甚至認爲，負責任的批評，都是把自己放下，以閱讀爲基礎來生發。批評家應該放下評判的權力棒，老老實實地回到閱讀中去。我從 1983 年開始學法語，到現在已經三十年了。這三十年裏，極端地說，我沒有一天不想起法語，有時夢中還說法語。記得有一次，跟車前子、莫非在一個詩會上，我們同居一室，我就用法語說夢話。車前子聽到了，隨口就把那句夢話翻了出來。他的翻譯是絕妙的。那是夏爾的一句詩，我不知怎麼就在夢裏說了。法語是「Tu étais si belle que nul ne s'aperçut de ta mort」，意思是「你太美了，沒有人意識到你會死。」車前子根本不懂法語，但他是捕捉聲音的天才，他隨口就譯：「你露出了屁股，我感覺有點兒涼。」這是翻譯的一個極端的例子。

其實，老車瞬間抓住的，不是什麼意思，而恰恰是聲音，所以脫口而出。老車是用漢語聲音「隨口翻譯」法語聲音。還有一次，在首都師範大學，有個法國詩人現場朗誦詩歌，他又拍桌子又跺腳，念一首詩。我也用節奏又拍桌子又跺腳，現場用漢語立馬把詩「譯」出來。學生們聽了，覺得我很神，翻譯得「神速」啊！其實並沒有貼近原文，只是通過聲音的把握在漢語中即時「再生」了另一首詩。

翟：您是從什麼時候開始翻譯法語詩歌的？

樹：從大學三年級（1986 年）起，我開始翻譯勒韋爾迪的詩。那年我在圖書館裏借到了他的詩集《La Plupart du Temps》（《大部分時光》）。那本詩集，我能讀懂，句子非常簡單。憑我寫詩的經驗，我隱約覺出，作者內心有著隱隱的不安和悲情，與我生命的底色相合，那是一種「月光下的悲涼吧」。勒韋爾迪的詩歌就有這種寒意。他在詩中寫了很多細節、場景。他寫「窗口吐出的菱形」，你就明白：這是在寫光和影的關係。他對細節的捕捉真是太直接太生動了。勒韋爾迪肯定是所有外國詩人中與我個人生命瓜葛最深的，有一次我竟然夢見他與我促膝談詩。對他的翻譯將會伴著我的生命，一直持續下去。

翟：您提到，勒韋爾迪與您創作的共鳴之感。我知道，你還翻譯夏爾、博納富瓦、雅姆等法語詩人的詩歌。

樹：他們的詩，其實沒有像勒韋爾迪那樣擊中我的心臟。譯他們時，我積累了一些經驗，有了自己的眼界和見識。他們是被辨認出來的，不是最初渴望的。他們都與勒韋爾迪有關，是勒韋爾迪引出了夏爾，說到博納富瓦和雅各泰，那是法國大使毛磊先生介紹給我的。我和博納富瓦至今保持著通信聯繫，老詩人九十多歲了，還在寫作。

翻譯雅姆，又比較特殊，是比我還熱愛、還懂雅姆的散文作家葦岸引出來的。我每次見葦岸，他必跟我談雅姆。他反覆說，世間他最愛的詩人就是雅姆。1999 年葦岸查出患了肝癌，治病期間，我特別想為他做一點事情。當時我發現，雅姆十四首祈禱詩，從頭到尾就是在祈禱，從生到死，再到靈魂上天堂，其實是為一個生命的十四個階段而祈禱。葦岸生命垂危，我希望這樣的祈禱能產生奇迹。於是我著手翻譯，戴望舒譯過這十四首詩中的兩首。也許是當時特別想給病重的葦岸帶去慰藉，我一下子就聽懂了雅姆詩歌中的獨特音調。雅姆的詩是押韻的，但譯成漢語的時候，押韻沒辦法保留。那麼細節的東西，他都能找到優美的韻腳，這讓馬拉美驚歎。那是個先鋒的年代，雅姆身上先鋒的東西，是一個詩人的真實：情感的真實，聲音的真實，理解世界萬物時領悟力和想像力的真實。這是他活命的方式，也是他的全部活命經驗帶給他的東西。激發雅姆想像力的，是他的整個身心。

我和葦岸本想合作翻譯一本雅姆的散文，但沒能如願。我最後一次見葦岸，是在他家，單獨見的，他已經腹水了，但他執意要與我一起品一杯龍井新茶，他知道我喜歡龍井。我實在拗不過他，只好端起杯子，但我的心在流淚，為這樣一份友情。那天他把死後的種種安排都跟我講了，最後叮囑：「你譯一本雅姆的書吧，散文也好，詩也好，就當是為我翻譯吧！」所以我譯雅姆，就是為了完成葦岸的這個遺託。

翟：您一直從事法語翻譯，卻堅定地不用法語寫詩，這又是出於什麼考慮？

樹：很簡單，我沒能力用法語寫詩。我目前對法語的掌握水平，只夠譯詩，遇到困難，還得請教法國朋友或朋友師長。這不是謙虛。能把法語詩譯過來，當然是因為我懂法語，但更重要的是，我先用漢語把自己寫成了一個詩人。這是「詩人譯詩」的前提。我在漢語裏是一個詩人，碰巧又懂法語，就想把法語也用到「詩」上。開始時，我譯詩純屬自發，只是想給幾個好朋友看。後來《世界文學》陸續刊發我的譯作，我才慢慢自覺起來。2000 年調

入外文所，翻譯同我的本職工作發生了關係；2008 年完成博士論文，它更成了我的研究對象。當初確實沒有想到過，我會成爲一個翻譯和研究法語詩歌的專業人士。我沒用法語寫詩，確實是能力不及，因爲我的長處是漢語。我得揚長避短吧。

翟：剛才談到翻譯、創作，您還參與到了詩歌選本的編選中。最近，您和潘洗塵、宋琳、莫非又一起主編《讀詩》刊物，能談談你們辦這個刊物的初衷是什麼嗎？

樹：當代詩人的生涯有兩部分：一是創作詩歌，二是詩歌活動。2010 年我們創辦《讀詩》，第二年又創辦了《譯詩》。說到起因，眞是複雜得單純。一天洗塵突然問：「樹才，你一生中最想了而未了的心願是什麼？」我就想到，當年曾同莫非、張小波謀劃著想創辦一本叫《詞語》的詩歌刊物，後來不了了之。但我一直覺得，漢語詩歌就缺這樣一本純詩歌刊物。我設想過，它應該在北京創辦，由詩人編詩，對所有漢語詩人敞開，刊發那些勇於探索的作品。經濟時代，交換原則把當代生活徹底實用化了，詩歌的崇高性、精神性，不斷受到嘲諷，這是俗文化對詩歌的擠迫，因爲它不願比自己更純粹的東西存在。《讀詩》是季刊，有稿酬。創刊號，北島、多多、楊煉這些老大哥都貢獻了新作。我們希望創建一個詩歌平臺，激勵那些對自己的創作仍不滿足、并想拓寬和加深自己的詩人，寫出有份量的新作品。

翟：您認爲民刊在當代詩歌語境中處於什麼位置？

樹：第一，它的自由性，擺脫了編輯的權力。《今天》就是民刊，它對當代漢語詩歌的進展功不可沒。第二，民刊能給創辦者打造一艘快艇，把自己的作品載上去，引起關注。它是一種反抗的方式，詩人自己謀生存的方式。民刊也有它天然的弱點，因爲勢孤力單，缺乏經濟後盾，常常自生自滅。這符合詩歌原理，因爲詩歌也是自生自滅。不需要他人的認可，寫詩就是自己的事。

《今天》以來，民刊一直沒斷過。我對民刊的認可程度，超過官刊。民刊是一個發射平臺吧，火箭頭一樣把自己發射出去。有時候成功了，有時候很快摔了下來。民刊在 80 年代提供了保留火種的地方，爲詩的個性贏得了反抗力量。但現在，官刊與民刊一樣，都面臨生存危機。它們互相的對立減弱了，因爲反抗者和反抗對象都已離席。

翟：剛才談到選本，我認爲這是對詩歌評價標準的一種確立。您目前擔

任好幾個詩歌獎項的評委，比如金藏羚羊國際詩歌獎、中坤詩歌獎、柔剛詩歌獎等。就個人而言，您認為自己的評詩標準是什麼？

　　樹：洗塵「諷刺」過我，說我都變成詩歌獎的職業評委了。我覺得，有一天我應該做一個書面聲明：就是我樹才再不做任何評委了。我的評詩標準，無非是我個人的詩學，但我的詩學觀念總在變。我不認為有一個固定不變的評詩標準。即便那些看得見的要素性的東西，也不能上昇到標準，因為那些要素總是受制於個人的感受力和趣味。對一首詩，不同的人完全可以形成不同的見解。評委的工作，坦率說是一個權力的工作。各類詩歌獎，為詩歌找到了進入大眾傳媒的一種理由，可以引起社會關注，這就是詩歌獎的社會功用吧。說穿了，一個獎，無論它多麼了不起，比如諾貝爾文學獎，畢竟是由評委會的多數所決定的獎，有很大的人為性。所有詩歌獎都標榜自己公正、公平和透明，但所有詩歌獎又必然避不開它的偏愛、偏袒和偏心眼。你想，評委會只是有限的幾個人，票選也只是一個民主的形式。

　　優秀的詩人都有他們獲獎的理由，但真正獲獎的詩人很少。由此我相信，詩歌獎也有它的壞處，因為它把寫詩的超脫本質與獲獎的實際獲利聯繫起來了，它必然庸俗化，對詩心有腐蝕。實際上，真正的詩人不可能為獲獎而寫作。只要與錢發生關係，詩歌就會產生副作用。從社會角度，人們需要詩歌評獎；但對詩歌本體，評獎不會起到什麼好作用。我告誡自己，不要去惦記任何獎。

　　翟：與民刊、選本、網絡媒體不同，當下還出現了一些詩歌活動，比如朗誦、唱詩等，它們與音樂、舞蹈、表演等舞臺形式相結合，也構成了詩歌的傳播途徑。您怎麼看這些活動？

　　樹：我認為，詩歌真正的聲音仍然是沉默的，不發聲的。詩歌不與音樂結合，也能夠自己發聲。問題始終是如何讓一首詩發出聲音。聲音已經內含在文本裏了，但它仍然是沉默的。朗誦是比較好的方式，有現場的感染力，既與傳統有關，又有擴散性。朗誦是讓詩歌發出聲音的一種可貴的努力。但我相信，只有沉默的聲音才是永不飄逝的聲音，它永遠有待「被發生」。一個人朗誦，是在時間裏尋找一種發聲的方式，但「那一次朗誦」既不構成那一首詩「發聲」的標準，也不具有惟一性，相反，它具有「現場消費」的特性。說到底，一首詩需要在不同的時間地點，由不同的朗誦者多次發出聲音，但我們應該明白：誰也沒有那首沉默的詩自己朗誦得更好。

樹才簡介

　　樹才（1965～），原名陳樹才，浙江奉化人。詩人，翻譯家，文學博士。1987 年畢業於北京外國語大學法語系。1990～1994 年在中國駐塞內加爾使館任外交官。現就職於中國社會科學院外國文學研究所。2005 年獲首屆「徐志摩詩歌獎」。2008 年獲法國政府授予的「教育騎士勳章」。2011 年獲首屆「中國桂冠詩歌翻譯獎」。著有作品：詩集《單獨者》、《樹才短詩選》、《樹才詩選》，隨筆集《窺》，譯詩集《勒韋爾迪詩選》、《夏爾詩選》、《博納富瓦詩選》（與郭宏安合譯）、《希臘詩選》（與馬高明合譯）、《法國九人詩選》等。

訪談三　「詩是詩，歌是歌」：奚密訪談

奚密　翟月琴

翟月琴（以下簡稱翟）：您選擇現代漢詩作為學術研究對象的初衷是什麼？

奚密（以下簡稱奚）：在美國念比較文學研究所期間，我的博士論文寫的是《隱喻和轉喻：中西方詩學比較研究》，完全不涉及現代漢詩。我最早接觸現代漢詩是在高中的時候，只是當時讀起來感覺有點「隔」，沒有繼續讀下去的興趣。一直到博士學位拿到後，偶然再接觸到現代漢詩，才產生了共鳴。就開始像補課一樣，從五四一直讀到當代，然後寫了英文專著 *Modern Chinese Poetry: Theory and Practice since 1917*（《現代漢詩：一九一七年以來的理論與實踐》）〔註 5〕。對現代漢詩的研究和翻譯，到現在我都認為當初的選擇是對的。其實，將古典與現代割裂開來，是一種偽二元對立。中國詩歌是一個悠久偉大的傳統，現代漢詩還不到一百年的歷史，只能說是它的一個支流，但這個支流已經有了可喜的成就。我們應該肯定現代漢詩，承認它的成就。這與喜歡古典詩歌並不衝突。

翟：您提到最初讀現代漢詩時，會覺得「隔」。在朦朧詩以後，讀者確實普遍反映「看不懂」現代漢詩。以您的閱讀經驗而言，到底應該以什麼心態去嘗試接受現代詩？

奚：在《20 世紀臺灣現代詩選》的《導論》裏，我提到現代漢詩「隔」的一個重要原因是美學典範的轉移所造成的「陌生化」結果。簡單的說就是，我們太熟悉古典詩歌傳統了。（我不是指專業的詩歌研究者，而是一般讀者，一般民眾。）從我們的日常用語到書面語，其中都融入了大量的古典詩詞的詞句和典故。經過長期的積澱，它們已經成為現代漢語不可分割的一部分，我們不可能在使用現代漢語時完全避免古典。但這樣的歷史積澱還沒有在現代漢詩身上發生，雖然我相信隨著現代詩的發展它會發生的。

詩歌影響的一個深刻的表現就在於它改變語言的程度。詩歌的原創性和感染力可以改變並豐富語言。我們說話和寫作都多少使用了古典文學。這就好像現代英語裏的很多成語和比喻都來自文學經典，最明顯的例子就是莎士

〔註 5〕奚密著，宋炳輝譯：《現代漢詩：一九一七年以來的理論與實踐》，上海：三聯出版社，2008 年版。

比亞。當有一天中國人不自覺地在日常語言中使用現代漢詩作品中的詞語和句子時,那就表示現代詩已經融入並改變了漢語。

中國讀者對現代漢詩感到陌生的一個主因是,他們對古典詩歌熟悉多了。基於這份熟悉,他們難免對現代詩有一種預設和預期。當讀者在現代詩裏看不到他們所預期的美感時,他們就會質疑:「這是詩嗎?為什麼跟我所熟悉的詩有那麼大的落差呢?」從五四到現在,這種疑問一直存在。隨著現代詩在學校課程中的比重漸漸的增加,這種預期會慢慢地改變,對新的詩歌典範也會慢慢地接受。

翟:我想一般讀者對現代漢詩的預期還停留在古典詩歌時代,一個主要的考量標準就在於聲音,或者說音樂性。紀弦在《詩是詩,歌是歌,我們不說詩歌》中重新釋義過現代詩的音樂性。詩與歌分離後,詩的音樂性到底如何體現?

奚:紀弦在《現代詩季刊》上發表的這篇文章,我認為是很關鍵的。為什麼說詩與歌要分家?因為押韻是古典詩歌的一個要素。通常情況下,不押韻的歌詞唱起來不好聽,有些當代流行歌不押韻,唱起來比較拗口,聽起來也不順耳。

現代漢詩要發展的音樂性絕對不是回到押韻,而是朝向更自然的節奏,更靈活的韻律。口語或者散文中本來就有節奏,甚至音樂性,只是不容易規律化公式化。就好像有些人講話特別好聽,來自一種自然的抑揚頓挫,那就是音樂性。詩歌不是一般的口語,需要詩人的刻意經營,例如透過語法——聲音的排列組合——來創造一種韻律。

翟:是這樣的,儘管現代漢詩擺脫了平仄、押韻、字數和對仗等規定性的限制,但卻反而呈現出更為多元的音樂性。希尼曾經說過,「找到了一個音調的意思是你可以把自己的感情訴諸自己的語言,而且你的語言具有你對它們的感覺」〔註6〕,您認為優秀的詩人或者詩歌應該具備怎樣的聲音特質?

奚:音樂有很多種,現代音樂不像古典音樂那種重旋律的美。音樂發展到現代,旋律不再是最重要的因素。對現代漢詩,我們也不再追求朗朗上口的效果,而是某種內在的音樂性。所謂內在的音樂性,就是有機的音樂性。文字節奏與詩的內容有機結合,相輔相成。在沒有外在格律的束縛下,現代

〔註6〕〔愛爾蘭〕西默斯·希尼:《希尼詩文集》,吳德安等譯,北京:作家出版社,第 255 頁。

詩是完全開放的，它的音樂性取決於詩的內容。這並不是說在古典詩歌中形式和內容的有機結合完全不存在，只是程度的問題。現代詩的開放形式使它的音樂性更抽象，更靈活，更多樣。所以我們不需要狹隘地要求現代詩的音樂性。比如說商禽，一般讀者認爲他的詩很口語、很散文化，不像「詩」。其實，他擅長用綿延的句型和低調的敘述口氣寫散文詩，其節奏與他想表達的內容緊密契合，震撼力很強。如果把商禽的詩與古典詩相比，可能大部分的人會說古典詩好聽、優美。但這就誤解了現代詩的音樂性。

翟：您平時喜歡聽哪些歌，從中是否也能夠產生對詩的聯想？

奚：從高一開始到大學畢業，每星期天我在臺北的某個電臺主持一個西洋音樂節目，做了七年的 DJ。初中時代我就迷上西洋音樂，而且發現聽流行歌是學習外語的很好途徑。尤其是抒情歌，旋律慢，每一個字每一句話都聽得很清楚，容易跟著學。最近碰到一件有趣的事。我的一個新同事跟我說，她想通過聽周傑倫的歌來學中文。我告訴他，「這樣就糟了！周傑倫的很多歌節奏快，咬字也不清楚，連中國人都不見得聽得懂，更不要說外國人了。」

大抵來說，聽流行歌能讓你學到日常口語，活的語言。至於歌與詩有什麼關係？其實好的音樂本身就是詩了。一些西洋歌手也是詩人，比如加拿大的藍納・科恩（Leonard Cohen），美國的鮑勃・迪倫（Bob Dylan）。聽眾普遍認爲他們寫的歌詞就是詩。詩與歌不需要嚴格的區分，兩者有重疊，也有差異。有些讀者對詩的理解仍限於風花雪月的浪漫抒情，優美文字的堆砌，或「詩意」的營造。也許歌曲可以這樣，但是詩並不是這樣的。音樂有旋律，即使歌詞公式化，只要配上好的音樂就有感染力。但是現代詩與歌已經分家了，它不再依賴旋律，而是要求形式與內容的完美結合，包括詩的結構、語言的質地、修辭手法、內在音樂性等等。

翟：大陸詩人通常不會有意識地寫歌詞。對於這點，您怎麼看？

奚：這無可厚非。不過臺灣有幾位詩人也寫歌詞，包括夏宇、陳克華、路寒袖等。夏宇過去嚴格地將她的詩與歌詞分開，包括用不同的筆名。2011年她出版了《這隻斑馬》＋《那隻斑馬》，收集了多首歌詞，李格第／夏宇之間的區分好像沒那麼重要了。陳克華的歌詞通常與他的詩很不一樣。路寒袖本身就寫臺語歌，詩與歌算是合一的。

詩當然可以與歌詞重疊。但一般來說，我並不建議詩人有意識地將詩寫

成歌詞，或者把詩譜成歌曲，因爲這樣會給自己一些不必要的局限。回顧五四時期，是有些譜曲後很成功，例如劉半農的《教我如何不想她》和徐志摩的《偶然》。那是因爲這些詩押韻，並且有整齊的形式，比較容易譜成歌。但很多現代詩不適合譜成歌，這並不是缺點，只是如紀弦所說的，詩與歌已經分家了，沒有必要再拉回到一起。

翟：在《爲現代詩一辯》〔註7〕這篇訪談中，您提到評價好詩的標準。去年（2012）臺灣詩人楊牧獲得了紐曼文學獎，作爲評委之一，您認爲，「如果非要說誰是當今最偉大的華語詩人，我會說，楊牧」。是楊牧先生詩歌的哪些特質，爲他博得了如此讚譽？

奚：在《島嶼寫作：朝向一首詩的完成》這部紀錄片中，我也提到過，當代現代漢詩的寫作者中，楊牧是最偉大的。當然我也預料到這個評價會產生爭議。但是根據我個人的研究，我認爲楊牧語言上的高度是其他詩人很難企及的。即使在整個現代漢詩史上，他也是佼佼者。

經過半個多世紀的錘鍊，楊牧創造了屬於自己的，獨一無二的語言，一個集密度、深度和廣度於一身的「楊牧體」。他對世界文學文化有深入的領會；他的文字跨度大，從口語到古典，運用自然純熟；他的語法既靈活又繁複，語調有戲擬、有激情、也有絕望。楊牧從十五六歲開始創作，對詩本質的思考，從未間斷。他近期的作品可能更傾向於濃鬱的抒情風格，但總體上來說，他不斷尋求突破，不管是質還是量，都非常可觀。

翟：口語入詩仍然是大陸詩壇最受爭議的語言問題，您對口語寫作持什麼態度？

奚：新詩肇始就以追求口語爲標的；甚至可以說，它有口語而沒有詩。1920 年代以後，詩人開始有意識地追求詩而不僅僅是白話詩。歸根結底，我們只要求好詩，不管它是用什麼類型的語言寫的。口語與否，和藝術性沒有任何直接關係。大陸對口語詩的標榜，自有其歷史語境，但我不認爲口語是放諸四海而皆準的。

翟：如果從專業角度而言，您認爲目前最缺乏的是怎樣的詩學理論研究？而政治意識形態和西方理論話語的研究方式仍然是當下詩學研究的主流，關於此，您怎麼看？

奚：其實我的回答很簡單，就是我們需要更多的學者參與到現代漢詩研

〔註7〕 奚密、崔衛平：《爲現代詩一辯》，《讀書》，1999 年第 5 期。

究中。不管是海外還是內地，與小說、電影、文化研究相比，從事現代漢詩研究的學者還是比較少的。至於使用什麼樣的理論或分析角度，完全看個人選擇。我不認爲有所謂最好的或唯一的方法和角度。

翟：關於 20 世紀 90 年代以來出現的下半身和垃圾詩歌，您又怎麼看？

奚：當代詩歌的數量龐大，尤其是在推崇詩歌的中國。這也是我爲什麼提到需要更多專業的研究者去分析、詮釋、評價現代詩。當代最受歡迎的詩人未必是後代評價最高的詩人。畢竟能夠留下來的詩作，其比例是很小的。我們可以秉持不同的詩歌立場，也可以欣賞詩人不同的執著。我們不需要標榜一種風格而排斥其他的風格。最終，詩歌必須經過時間的考驗和歷史的審視。

翟：在《劍橋文學史》中，您撰寫了中國現當代文學部分，能談談您的文學史書寫立場是什麼嗎？關於詩歌部分的文本，您又是如何將其納入文學史視野的？

奚：《劍橋文學史》雖然是斷代史，但並不將文類一一分開論述。因爲對詩歌的鍾愛，我相對地加大了詩歌在文學史書寫裏的比重。

關於《劍橋文學史》的寫作，我個人認爲有三個比較特別的地方：第一，中國 1960～70 年代的地下詩歌史（不僅僅是我們熟悉的那一段）。此前以英文寫作的中國現代文學史裏很少涉及這個主題。借用多多的說法，我有意將那些「被埋葬的詩人」回歸歷史。當然，由於篇幅所限，許多地下詩歌的資料不得不割捨。第二，大陸、臺灣和香港文學三足鼎立。與中國大陸、臺灣相比，很少文學史會給香港那麼多篇幅。這是我對香港文學的肯定和尊重。第三，文類之間的比較視角。熔多種文類於一爐讓我們看到一些文學潮流的發生和演變的相通或迥異之處。

翟：您通常將大陸與臺灣、香港詩統一納入到現代漢詩的研究框架中，它們之間的關聯或者區別是什麼？

奚：兩岸三地之間的差異是必然的。1949 年以後，文化、歷史語境和政治環境不同，詩歌的路線的發展也不一樣。戰後臺灣是現代漢詩史上的一個黃金時代，即使在國民黨的白色恐怖統治下，詩人還是爭取到自己的空間，維持某種程度的創作自由。又因爲臺灣與美國的密切關係，詩人得到很多歐美文學的咨詢，對現代詩的發展有很大的推動力。香港比戰後臺灣更爲開放，因爲不論哪個政治立場、哪種意識形態，都可以在香港找到活動的空間。又

由於它是英國殖民地，對歐美文學的接受也非常全面。戰後臺灣和香港都創造了蓬勃的現代主義詩歌。當時的臺灣和香港之間有很多互動，例如兩地的文學雜誌會互相刊登作品。相對而言，1949 年以後的中國大陸，自由寫作的空間迅速縮小。這點從絕大部分 1949 年以前的詩人輟筆改而從事文學翻譯或者文學研究就可見一斑。

港臺選擇性地延續了五四新詩的傳統，又結合了本土的歷史語境和文化環境，產生了頗有特色的作品。新時期的大陸詩歌與官方意識形態之間仍然存在某種內在聯繫，這也影響了其創作取向。在某種意義上，港臺的現代主義文學思潮在 1978 年以後的大陸又以另外一種面貌嶄現。歷史是不斷重複的，但每一次的再現又帶著新的時代意義。

翟：包括江蘇文藝，廣西師大等在內的大陸出版社，都將興趣轉向出版臺灣詩集。江蘇文藝出版社推出了《洛夫詩全集》（上、下）。臺灣詩人楊牧的三本詩集也將會由廣西師範大學出版社的「理想國」出版。您是否願意談談在出版臺灣詩歌方面的一些建議？

奚：撇開市場因素不談，我個人寄望大陸能進一步拓展出版面。大陸普遍關注的是最年長的一代的臺灣詩人。當然他們各有其優秀之處，但到目前為止臺灣詩壇已是「五代同堂」的局面，各個世代都有原創性很高的詩人。我希望大陸出版界能更全面更深入地介紹臺灣詩人，加強對中年和年輕世代詩人的關注。

翟：多年從事英譯現代漢詩的編選和翻譯工作，您認為翻譯最大的難度是什麼？

奚：這包括兩個方面：第一，編輯要有宏觀的角度和清楚的原則。艾略特說過，每一個時代都應該有自己的譯本。現代漢詩已經有很多英文譯本，但隨著文學的歷史發展和現代漢詩研究的積累，我們需要不斷地重新篩選所謂的經典。這是份艱難的工作，因為沒有一個譯本能讓每一個讀者都滿意，也沒有必要讓每一個讀者都滿意。它只是代表了編者獨特的眼光。第二，譯者需要面對翻譯的技術難度和文本的文化屬性的雙重挑戰。理想的譯者應該精通中英文，對詩本身有深入的理解，並具備世界文學的素養。

奚密（Michelle Yeh）簡介

奚密，美國加州大學戴維斯分校東亞語言文化系教授，系主任。任美國雜誌《Chinese Literature: Essays Articles Reviews》（CLEAR）主編，《Modern Chinese Literature and Culture》、《World Literature Today》編委。專長為現代漢詩及東西方比較詩學研究。出版詩學理論著作包括《現代漢詩——一九一七年以來的理論與實踐》、《現當代詩文錄》、《從邊緣出發：現代漢詩的另類傳統》、《臺灣現代詩論》等。另有英譯作品集《現代漢詩選》、《二十世紀臺灣詩選》、《楊牧詩選》等，中譯作品《海的聖像學：沃克特詩選》。

附錄二：個案研究

靜佇、永在與浮升
——楊牧詩歌中聲音與意象的三種關係*

一、引言

　　楊牧，本名王靖獻，臺灣花蓮縣人。自 1956 年創作起，長達半個多世紀以來，他憑藉優秀的詩作，被譽爲臺灣、香港乃至整個華語地區最具影響力的詩人之一。〔註1〕其中，楊牧對漢語詩歌聲音（語音、語調、辭章結構和語法等所產生的音樂性）不遺餘力的追求，使得他在整個現代詩歌史中佔有重要的地位。這種執著爲楊牧的詩歌增添了無窮的潛力，「形式問題，一向是我創作經驗裏最感困擾，而又最捨不得不認眞思考的問題。所謂形式問題，最簡單的一點，就是我對格律的執著，和短期執著以後，所竭力要求的突破。」〔註2〕同時，也得到評論界的普遍認可，比如奚密認爲在楊牧的詩歌中，「音樂把時間化爲一齣表達情緒起伏和感情力度的戲劇：或快或慢，鋪陳或濃縮，飄逸或沉重，喜悅或悲傷」，〔註3〕又如張依蘋認爲楊牧善於「在特定思維之

---

* 該文刊於臺灣《清華學報》，2014 年第 44 卷第 4 期。

〔註 1〕楊牧十五歲開始，以筆名葉珊投稿《現代詩》、《藍星詩刊》和《創世紀》等刊物，1972 年將筆名更改爲楊牧。他出版的詩集包括《水之湄》、《花季》、《登船》、《傳說》、《瓶中稿》、《北斗行》、《禁忌的遊戲》、《海岸七疊》、《有人》、《完整的寓言》、《時光命題》、《涉世》、《介殼蟲》等，還先後獲得吳三連文藝獎、國家文藝獎、花蹤世界華文文學獎、紐曼華語文學獎等重要詩歌獎項。

〔註 2〕楊牧，《楊牧詩集 II：1974～1985》，〈《禁忌的遊戲》後記：詩的自由與限制〉（臺北：洪範書店，1995 年），第 510 頁。

〔註 3〕奚密，《臺灣現代詩論》（香港：天地圖書，2009 年），第 174 頁。

中運籌的文字、詞語、象徵、節奏、韻律等的力之開展迴圈有關的那一切。」〔註4〕但總體而言，對於楊牧詩歌聲音的評論，大抵在聲音與意義二元對立的框架中來談，一種是將聲音從意義中割裂出來，進行語言技術層面的分析，比如蔡明諺在〈論葉珊的詩〉中重點討論楊牧早期詩作中對跨行、二字組、感歎詞和數字入詩等詩歌形式的創造和應用；〔註5〕另一種則是過於注重意義，而忽略了聲音的獨立價值，比如陳義芝在〈住在一千個世界上——楊牧詩與中國古典〉中，以〈武宿夜組曲〉等詩為例，詳析詩人借古典人物史實或文本角色做自我內省的形象。〔註6〕儘管這些為楊牧詩歌研究提供了一定的基礎，然而，聲音從來就不是一個孤立的存在，而是與意義如影隨形，密切相關，如巴赫金（Mikhail Bakhtin, 1895～1975）所說：「對詩歌來說，音與意義整個地結合」。〔註7〕

但是，目前聲音與意義的研究尚屬空缺，韋勒克（René Wellek, 1903～1995）、沃倫（Austin Warren, 1899～1986）早在《文學理論》中就特別指出「『聲音與意義』這樣的總的語言學的問題，還有在文學作品中它的應用於結構之類的問題。特別是後一個問題，我們研究的還不夠。」〔註8〕直到新世紀，學者劉方喜仍提到：「對有關圍繞聲韻問題的分析基本上還只處在『形式』層，沒有提升到形式的『功能』層，即聲韻形式在詩歌意義表達中究竟起到什麼樣的作用——這樣的問題還沒有進入到他們的理論視野。」〔註9〕因此，本文對於楊牧詩歌的研究力圖破除聲音與意義的二元對立關係，而是從二者的結合體中著手研究。事實上，提及聲音與意義的關係，除了在微觀上考量具體詞語的意義外，在宏觀層面上則主要著力於研究聲音與主題、意象兩個方面的關係。就這點而言，針對楊牧詩歌中出現的大量的意象和意象群，關注聲

〔註4〕 張依蘋，〈一首詩如何完成——楊牧文學的三一律〉，收入陳芳明主編，《練習曲的演奏與變奏：詩人楊牧》（臺北：聯經出版，2012 年），第 219 頁。

〔註5〕 蔡明諺，〈論葉珊的詩〉，收入陳芳明主編，《練習曲的演奏與變奏：詩人楊牧》，第 163～188 頁。

〔註6〕 陳義芝，〈住在一千個世界上——楊牧詩與中國古典〉，收入陳芳明主編，《練習曲的演奏與變奏：詩人楊牧》，第 297～335 頁。

〔註7〕 巴赫金著，李輝凡、張捷等譯，《周邊集》（石家莊：河北教育出版社，1998年），《文藝學中的形式主義方法》，第 241 頁。

〔註8〕 雷·韋勒克、奧·沃倫著，劉象愚、邢培明等譯，《文學理論》（北京：三聯書店，1984 年），第 172 頁。

〔註9〕 劉方喜，《「漢語文化共享體」與中國新詩論爭》（濟南：山東教育出版社，2009 年），第 324 頁。

音與意象的關係，無疑爲研究楊牧詩歌中的音樂性，提供了更爲有效的路徑。所謂的聲音與意象，日本學者松浦友久在《中國詩歌原理》中提到：「『韻律』與『意象』相融合的『語言表現本身的音樂性』，亦可稱作詩歌的『語言音樂性』。」〔註 10〕那麼，詩人楊牧何以透過文本實現聲音與意象的互動？進言之，聲音與意象的融合何以體現出語言音樂性？概言之，一方面，正如楊牧所提到的聲音與主題的關係一樣，「一篇作品裏節奏和聲韻的協調，合乎邏輯地流動升降，適度的音量和快慢，而這些都端賴作品主題趨指來控制。」〔註 11〕聲音與意象的互動，也具有協調控制的作用。另一方面，意象憑藉著聯想機制，投射出聲音形式，從而凝結成一種空間結構，「意象不是圖象的再現，而是將不同觀念、感情統一成爲一個複雜的綜合體，在某一個瞬間，以空間的形態出現。」〔註 12〕

鑒於楊牧對時間和空間的雙重敏感，結合考察其詩歌中典型的意象，從中能夠概括出詩人開啓的三種音樂性自覺，第一，靜佇：沉默的時間。詩人楊牧以「蝴蝶」、「花」、「雲」、「雨」、「水」等意象隱喻記憶的停駐與變幻，同時又以「星」爲中心的意象群，包括「星子」、「星河」、「星圖」、「流星」、「隕星」、「啓明星」、「黃昏星」、「北斗星」等等，突出時間的逝去與靜止。楊牧所追求的沉默之永恆精神，由意象造成的畫面感疏散或者凝聚聲音，以促節短句加強時間的流動感，又讓語詞逐漸消失，迎合意象本身的畫面恆久性。詩人張弛有序地將對花蓮的記憶延伸爲一種時間意識，產生出靜佇的美學特徵。第二，永在：歸去的迴環。詩人借助於意象（「霧」、「花」、「蛇」）的朦朧虛幻性、生命的短暫或者性情的缺失感，打開寫作思路。然而，如何去彌補缺失才是詩人不斷在追問中想要抵達的境界。筆者發現，楊牧的詩歌中存在著大量的迴環結構，也就是在首句和尾句中使用同樣的句子，在重複中保護韻律的完整性，從而實現從虛無通向實在，從短暫通向恆久，從空缺通向完滿的永在之追求。第三，浮升：抽象的螺旋。此處，筆者將研究重點集中於楊牧詩歌中的動物意象研究，包括「兔」、「蜻蜓」、「蝌蚪」、「蟬」、「雉」、

〔註 10〕 松浦友久著，孫昌武等譯，《中國詩歌原理》（瀋陽：遼寧教育出版社，1990 年），第 268 頁。

〔註 11〕 楊牧，《一首詩的完成》（臺北：洪範書店，1989 年），第 145 頁。

〔註 12〕 Joseph Frank, "Spatial Form in Mordern Literature", in William J. Handy and Max Westbrook（eds.）, *Twentieth Century Criticism: The Major Statements*,（New York: The Free Press）, 1974, p. 85.

「鷹」、「狼」、「介殼蟲」等等。詩人通過觀察動物的性情，在感性與理性的交融中發現了一種螺旋上昇的快感，可以通向抽象的空間結構。以此爲基礎，詩人在停頓、分行、斷句等方面也多有變化，以推進聲音與意象同步上昇，完成思辨的藝術探求。綜上，筆者希望借助具體的文本分析，既開啓楊牧詩歌的另一種解讀方式，亦能夠爲聲音與意象關係的研究提供可借鑒的實例和有效的方法。

二、靜佇：沉默的時間

　　1940 年，楊牧出生於臺灣花蓮，其童年時光在花蓮度過，這片土地賦予了他對自然無限的期許和想像。「擡頭看得見高山。山之高，讓我感覺奇萊山、玉山和秀姑巒山，其高度，中國東半部沒有一座山可以比得上。那時我覺得很好玩，因爲夏天很熱，眞的擡頭可以看到山上的積雪，住在山下，感覺很近，會感到 imposing（壯觀的）的威嚴。另外一邊，街道遠處是太平洋，向左或者向右看去，會看到驚人的風景，感受到自然環境的威力。當然有些幻想，對於舊中國、廣大的中國和人情等，都會有很深的感受。所以很多都是幻想，又鼓勵自己用文字記下來。在西方文藝理論中，叫做 imagination（想像），文學創作以想像力爲發展的動力。」〔註 13〕從最初的創作中能夠看出，詩人試圖憑藉文字的想像保留花蓮的外在自然景象，正如《奇萊後書》中所敘述的，在一個陰寒的冬天，「飄過一陣小雨猶彌漫著青煙的山中，太陽又從谷外以不變的角度射到，那微弱的光穿裂層次分明的地勢，正足以撕裂千尺以下無限羞澀的水流與磐石，以及環諸太虛無限遙遠，靠近的幻象，累積多少歲月的慾念和酖美。我傾身向前，久久，久久俯視那水與石，動盪，飄搖，掩飾，透明。」〔註 14〕於如此景象，對詩人而言，「這是我第一次對長存心臆的自然形象發聲，突破。」〔註 15〕而 1964 年東海大學外文系畢業後，他赴美國愛荷華大學英文系攻讀藝術碩士學位，隨後又在柏克萊加州大學比較文學系攻讀博士學位。花蓮，在漂泊中漸漸發生遷移，但卻蘊藏了詩人最珍視的童年記憶。提及花蓮，包括陳錦標、陳義芝、陳克華、陳黎等在內的臺灣詩人都有涉及，他們較多集中於自然景觀、日常生活和歷史遭遇等層面

〔註 13〕翟月琴、楊牧，〈「文字是我們的信仰」：訪談詩人楊牧〉，《揚子江評論》第 38 卷第 1 期（南京：2013 年），第 26 頁。

〔註 14〕楊牧，《奇萊後書》（臺北：洪範書店，2009 年），第 374 頁。

〔註 15〕同前引，第 375 頁。

的詩歌創作，以呈現懷舊的花蓮記憶。〔註16〕當然，在《奇萊前書》和《奇萊後書》中，詩人同樣用大量的筆墨描述了花蓮的風土人情和自然景觀。但與之不同的是，花蓮所象徵的記憶，生發出的不僅是詩人楊牧對於自然的敏感，更是一種結構——延緩意象產生的靜止畫面以抑制促節短句的速度——標示出對於時間命題的深入思考，可以說，這種思考幾乎滲透於他的大部分詩作。

在詩人楊牧早期的創作中，就能夠發現他對於時間的敏感。他最早就曾化用鄭愁予的詩句，如「但我去了，那是錯誤，雲散得太快，／復沒有江河長流」，〔註17〕「我不是過客，／那的達是美麗的墜落」，〔註18〕書寫瞬間與永恆的體悟。隨著時間的停止與流動，詩歌中聲音的物質形式也跟隨著時間發生變化，與之相對的是，意象在聲音中成為被凝注著的時間。二者相互抑制、相互促進的關係，使得楊牧詩歌的節奏不再單一，而在複雜性中更值得玩味。詩人以「蝴蝶」、「花」、「雲」、「雨」、「水」等意象隱喻記憶的停駐與變幻，比如「在鈴聲中追趕著一隻斑斕的蝴蝶／我憂鬱地躺下，化為岸上的一堆新墳」，〔註19〕「你的眼睛也將灰白／像那籬外悲哀的晚雲／而假如是雲／也將離開那陽光的海岸」，〔註20〕「梧桐葉落光的時候，秋來的時候／一片彩雲散開的時候／蘆花靜靜地搖著」，〔註21〕其中詩人使用動詞「為」（「化為」）、「開」（「散開」）作補語表示動作變化的過程，使用動態助詞「著」（「追趕著」、「搖著」）表示動作的持續，使用副詞「將」把動作指向將來，都突出了意象存在的時間性；同時，詩人還以「星」為中心的意象群，包括「星子」、「星河」、「星圖」、「流星」、「隕星」、「啓明星」、「黃昏星」、「北斗星」等等，較為醒目地提煉出時間的逝去與靜止，比如「背著手回憶那甜蜜的五月雨／雨中樓廊，雨中撐傘的右手／每個手指上都亮著／亮著昨日以前的黃昏星／

〔註16〕 參奚密，《臺灣現代詩論》，第187～204頁。其中以四位陳姓詩人的花蓮書寫為題，即「陳錦標：濤聲的花蓮、垂柳的花蓮」、「陳義芝：童年的花蓮、永恆的花蓮」、「陳克華：風塵的花蓮、夢魘的花蓮」和「陳黎：瑣碎的花蓮、瑰麗的花蓮」，深入探討了鄉土花蓮與詩歌想像之間的關係。

〔註17〕 楊牧，《楊牧詩集Ⅰ：1956～1974》（臺北：洪範書店，1978年），〈大的針葉林〉，第12頁。

〔註18〕 同前引，〈在旋轉旋轉之中〉，第108頁。

〔註19〕 同前引，〈逝水〉，第197頁。

〔註20〕 同前引，〈淡水海岸〉，第149頁。

〔註21〕 同前引，〈夢寐梧桐〉，第218頁。

而我走上這英格蘭式的河岸」，〔註22〕詩句重複表示空間性的「雨中」和表示時間性的「亮著」，與閃爍的「黃昏星」在畫面感上契合相應；再如「月亮見證我滂沱的心境／風雨忽然停止／蘆花默默俯了首／溪水翻過亂石／向界外橫流／一顆星曳尾朝姑蘇飛墜。劫數……／靜，靜，眼前是無垠的曠野／緊似一陣急似一陣對我馳來的／是一撥又一撥血腥污穢的馬隊／踢翻十年惺惺寂寞」，〔註23〕詩句以省略號形象地勾畫出星「曳尾」的姿態，同時又拖長了墜落的時間，「靜」的重複和間隔都烘染出空間的無涯，而「一陣」和「一撥」更是通過時間的重複將短暫幻化出無限。

這其中，楊牧一如既往地嚮往刹那的永恆，試圖讓畫面安靜地佇立在文字之中。因此，儘管他的詩歌在整體上是以加速度前進的，促節短句與時間的速轉契合統一，但詩句中卻不乏靜止的圖象，使得畫面附著在語詞上，為整首詩歌的主題表達在靜止的畫面感中獲得了減速的可能。他寫道，「而一切靜止／你像一扇釘著獅頭銅環的紅門／堅持你輝煌的沉寂」，〔註24〕「諾拉，諾拉，水波和微風的名子／如此精美，如此冰涼／我看它掛在九月的松枝上／忍受著時間無比的壓力／諾拉，諾拉，永恆的，無懼／超越碑石和銅像的名字。」〔註25〕詩句短促精煉，而又以「紅門」、「碑石」和「銅像」這種帶有歷史質地的靜物作為意象，因為在詩人看來，永恆的期許終將是沉默的，沉默可以抵消時間的壓力，沉默便意味著靜止、停息。於是，片刻的凝固使得物被賦予了物自身的意蘊。與急速的短句相比較，詩人又常常減少字數，讓語詞逐漸疏散。以零速度的方式，拉開詩行的空間，挽留住時間，如「我曾單騎如曩昔／蕭索在水涯。酒後／在蒲公英懇求許願的／風聲中／放馬／馳騁」，〔註26〕「我無言坐下，沉思瞬息之變／乃見虛無錯落的樹影下／壯麗的，婉約的，立著／一匹雪白的狼」，〔註27〕「雨止，風緊，稀薄的陽光／向東南方傾斜，我聽到／輕巧的聲音在屋角穿梭／想像那無非是往昔錯過的用心／在一定的冷漠之後／化為季節雲煙，回歸／驚醒」，〔註28〕「再擡頭，屋

〔註22〕同前引，〈山火流水〉，第 132 頁。
〔註23〕楊牧，《楊牧詩集 II：1974～1985》，〈妙玉坐禪　五　劫數〉，第 496～497 頁。
〔註24〕楊牧，《楊牧詩集 I：1956～1974》，〈尾聲〉，第 118 頁。
〔註25〕同前引，〈秋霜〉，第 210 頁。
〔註26〕楊牧，《楊牧詩集 II：1974～1985》，〈九辯 5 意識森森〉，第 250 頁。
〔註27〕同前引，〈狼〉，第 397 頁。
〔註28〕楊牧，《楊牧詩集 III：1986～2006》（臺北：洪範書店，2010 年），〈風鈴〉，第 86 頁。

頂上飄浮著／濃烈的水蒸氣／淡淡的煙」〔註29〕如《修辭通鑒》所示：「停頓是顯現節奏單位的明顯標誌。語言總是通過借助停頓來劃分節奏單位，體現節奏感，增強音樂美的。」〔註30〕二字、三字單獨成行或者句內用逗號隔開，在停延處稀疏的文字能夠獨立出自足的節奏，從而減緩長句的速度，盡量趨於沉默，以無聲的方式保留畫面。正如他在〈論詩詩〉中提到的，在永恆的瞬間把握住音步與意象，「應該還是你體會心得的／詩學原理，生物榮枯如何／藉適宜的音步和意象表達？／當然，蜉蝣寄生浩瀚，相對的／你設想撲捉永恆於一瞬。」〔註31〕語詞停歇意味著空白，詩人抽離出疾馳的速度，而最終歸於平靜，將時間的流動抑制於靜佇的畫面，於沉默裏獲得恆久的意義。

　　創作於 1962 年的〈星問〉，儘管採用了大量的意象，但仍是楊牧筆下較爲淺近直白的一首作品。這其中，「『星』，我曾指出，是現代漢詩裏的一個雙重象徵，它既代表不爲世俗理解的詩人，也是詩人所追求的永恆的詩。因此，它是孤獨與崇高，疏離與希望的結合。」〔註32〕楊牧秉承浪漫主義的抒情傳統，不僅使用「星」意象，還旁涉「花」、「雨」、「雲」等自然意象，透過意識的流動，詮釋出沉默裏時間的永恆。他寫道：

> 我沉沒塵土，簪花的大地
> 一齣無謂的悲劇就此完成了
> 完成了，星子在西天輝煌地合唱
> 雨水飄打過我的墓誌銘
> 春天悄悄地逝去
>
> 我張開兩臂擁抱你，星子們
> 我是黑夜——無邊的空虛
>
> 精神如何飛昇？
> 永恒如雲朵出岫，默坐著
> 對著悲哀微笑，我高聲追問

〔註29〕楊牧，《楊牧詩集 II：1974～1985》，〈子午協奏曲〉，第 316 頁。
〔註30〕成偉鈞、唐仲揚、向宏業主編，《修辭通鑒》（北京：中國青年出版社，1991年），第 31 頁。
〔註31〕楊牧，《楊牧詩集 II：1974～1985》，〈論詩詩〉，第 215 頁。
〔註32〕奚密，《臺灣現代詩論》，第 160 頁。

是誰，是誰輕叩著這沉淪的大地？
晚風來時，小徑無人
樹葉窸窣的低語
陽光的愛
如今已幡然變爲一夜夢魘了

你是誰呢？輝煌的歌者
子夜入眠，合著大森林的遺忘
你驚擾著自己，咬嚙著自己
而自己是誰呢？大江在天外奔流

去夏匆匆，小船的積苔仍厚
時間把白髮，皺紋和蹊蹺
覆在你燦爛的顏面上
帷幕揭開，你在蘋果林前
撫弄著美麗的裙裾
而我呢？五月的星子啊
我沉沒簪花的大地⋯⋯
我在雨中渡河〔註33〕

　　詩人將抒情主體置身其中，「簪花」、「星子」、「雨水」作爲意象密集出現，在天與地的縱向空間中，意象連續排列，構成了一組急速流轉的畫面。這畫面在「我沉沒塵土」中，「我的墓誌銘」上浮出。另外，詩句「春天悄悄地逝去」並未放在第一節的首句，反而擱置在末句，正與最後一節「去夏匆匆，小船的積苔仍厚」相對稱，形成時間上的比照。朱光潛認爲，「韻的最大功用在把渙散的聲音團聚起來，成爲一種完整的曲調。」〔註34〕詩人使用疊詞既是雙聲又是疊韻，例如「悄悄」、「匆匆」，爲詩句增添了韻律感，惟妙惟肖地表示時間的痕跡，在琅琅上口的韻律感之外還保留了畫面的想像空間。同時，開篇處又透過「沉沒塵土」壓低語調以緩和情緒、使得詩篇的速度也被控制在沉默的框架中，凸顯出主體「我」的願景，「而我呢？五月的星子啊／我沉沒簪花的大地⋯⋯／我在雨中渡河」。詩歌的中間三節，詩人任由詩句自由的

〔註33〕楊牧：《楊牧詩集 I：1956～1974》，〈星問〉，第 191 頁。
〔註34〕朱光潛，《詩論》（上海：上海古籍出版社，2005 年），第 148 頁。

躍動，從主體「我」轉向對他者的追問，在反覆的問句中，「是誰，是誰輕叩著這沉淪的大地？」，「你是誰呢？輝煌的歌者」，「而自己是誰呢？大江在天外奔流」，直到最後「而我呢？五月的星子啊」，在人稱代詞「我」、「自己」和疑問代詞「誰」之間急促轉換，讓詩人在流動與變遷中，始終守護著恆定的「星子」，它懸空、駐足、停留，抵消著「時間把白髮，皺紋和蹊蹺／覆在你燦爛的顏面上」。畫面定格在「五月的星子」、「簪花的大地」、「雨中渡河」中，詩人在結尾處採用語氣詞「啊」和省略號「……」，拖長尾音，正延緩了這種畫面的流動，如自然物站立在流水中，為讀者提供了可感的縫隙，賦予整首詩歌以靜佇的美學特徵。

同樣，創作於 1970 年的〈十二星象練習曲〉，是楊牧較為重要的組詩系列之一。在柏克萊讀書期間，正值越南戰爭如火如荼之際，柏克萊加州大學作為六〇年代反戰運動的領導者，也積極抗議美國政府介入越戰。楊牧借助一名參戰男子的訴說口吻，以時間的線索將十二天干的時辰連綴而成，又以空間的線索轉換挪移十二星象，推動詩節中戰爭與死亡、性愛交織的節奏，「我的變化是，啊露意莎，不可思議的／衣上刺滿原野的斑紋／吞噬女嬰如夜色／我屠殺，嘔吐，哭泣，睡眠／Versatile」，〔註35〕同時又保留恆久不變的星象（對女子露意莎的思念），作為精神的皈依，「露意莎——請注視后土／崇拜它，如我崇拜你健康的肩胛」，〔註36〕「東南東偏西，露意莎／你是我定位的／螞蟥座裏／流血最多／最宛轉／最苦的一顆二等星」，〔註37〕整組詩歌在掙扎與苦痛中顯得張弛有序，而又不失重心，這裡以〈午〉為例：

> 露意莎，風的馬匹
> 在岸上馳走
> 　　食糧曾經是糜爛的貝類
> 　　我是沒有名姓的水獸
> 　　長年仰臥。正午的天鈇宮在
> 　　西半球那一面，如果我在海外……
> 　　在床上，棉花搖曳於四野
> 　　天鈇宮垂直在失卻尊嚴的浮屍河

〔註35〕楊牧，《楊牧詩集Ⅰ：1956～1974》，〈十二星象練習曲　卯〉，第 436 頁。
〔註36〕同前引，〈十二星象練習曲　子〉，第 434 頁。
〔註37〕同前引，〈十二星象練習曲　辰〉，第 437 頁。

　　　　　　　以我的鼠蹊支持扭曲的

　　　　　　　風景。新星升起正南

　　　　　　　我的髮鬚能不能比

　　　　　　　一枚貝殼沉重呢，露意莎？

　　　　　　　我喜愛你屈膝跪向正南的氣味

　　　　　　　如葵花因時序遞轉

　　　　　　　嚮往著奇怪的弧度啊露意莎〔註38〕

　　〈午〉在十二首詩歌中，頗具張力。將欲念與死亡並置，對露意莎反覆的呼喚，表露出主人公「我」敘述的強烈願望和急切心境。短句的停頓顯得極為緊促，詩人將「我」欲要訴說的心情投射於詩行，抑制不住語詞的迸出，讓它們交融在加速度的表述中。但畫面的出現，恰恰成為詩人阻止詩行加速乃至脫軌的重要方式。「西半球那一面，如果我在海外……／在床上，棉花搖曳於四野／天鈄宮垂直在失卻尊嚴的浮屍河」，詩句中「在海外」和「在床上」並列出現，儘管是不同空間的並置，但為了延緩地理空間的陡轉，詩人加入了省略號和分行，這就為意象「棉花」的「搖曳」和「天鈄宮」的「垂直」留出了空白。以標點符號將意象群分割，也打開了畫面想像的可能，延長了閱讀時間。同樣，「我喜愛你屈膝跪向正南的氣味／如葵花因時序遞轉／嚮往著奇怪的弧度啊露意莎」，「我喜愛」或者「嚮往著」表現了情緒的迸發，顯得激烈而熱切，詩句同樣以加速度的方式鋪展開抒情的心境。但「我喜愛你」與「啊露意莎」本是完整的抒情句，詩人卻拆解了句子本身，加入了修飾語和比喻句，將「我」和「你」同在的兩種畫面揉入了句子中，為意象「葵花」贏得了隱喻空間，從而以凝固的畫面集聚著沉默的力量。值得一提的是，整組詩歌以「發現我凱旋暴亡／僵冷在你赤裸的屍體」〔註39〕結尾，畫面依然定格於停止的呼吸，生命與死亡，冰冷與熱烈，比對參照，使得「赤裸的屍體」顯得沉靜而淒美。

三、永在：歸去的迴環

　　迴環結構，即在詩歌中反覆出現同樣的句子、語詞或者句型，構成局部或者整體封閉式的環繞形態。「詩歌組織的實質在於周期性的重現」，〔註40〕

〔註38〕同前引，〈十二星象練習曲　午〉，第438～439頁。

〔註39〕同前引，〈十二星象練習曲　亥〉，第442頁。

〔註40〕瓦·葉·哈里澤夫（Valentin Evgenevich Khalizev）著，周啟超等譯，《文學學

「重複爲我們所讀到的東西建立結構。圖景、詞語、概念、形象的重複可以造成時間和空間上的節奏，這種節奏構成了鞏固我們的認知的那些瞬間的基礎：我們通過一次次重複之跳動（並且把他們當作感覺的搏動）來認識文本的意義。」〔註41〕復現既提供語義條件，又造成語音節奏的反覆，而「節奏是在一定時間間隔裏的某種形式的反覆。」〔註42〕楊牧詩歌復現出的迴環結構主要出現在詩篇的首尾處，阿恩海姆（Rudolf Arnheim, 1904～2007）認爲，「視覺對圓形形狀的優先把握，依照的是同一個原則，即簡化原則。一個以中心爲對稱的圓形，決不突出任何一個方向，可說是一種最簡單的視覺式樣。我們知道，當刺激物比較模糊時，視覺總是自動地把它看成是一個圓形。此外，圓形的完滿性特別引人注意。」〔註43〕這裡提到簡單的圓形構造所蘊含的完滿性，對稱的視覺效果借助於韻律的重複，隔離出詩人封閉的心理空間。這種簡單的表達模式，一旦與語義結合，「第一，回到詩的開始有意地拒絕了終結感，至少在理論上，它從頭啓動了該詩的流程。第二，環形結構將一首詩扭曲成一個字面意義上的『圓圈』，因爲詩（除了二十世紀有意識模擬對空間藝術的實驗詩之外）如同音樂，本質上是一種時間性或直線性的藝術。詩作爲一個線性進程，被迴旋到開頭的結構大幅度地修改。」〔註44〕同樣的句式往返出現於詩篇，起到一種平衡的作用，這是對詩人內心缺失感的一種補充形式，在虛無與缺失中獲得永在之精神追求。

> 說我流浪的往事，哎！
> 我從霧中歸來……
> 沒有晚雲悻悻然的離去，沒有叮嚀；
> 說星星湧現的日子，
> 霧更深，更重。

導論》（北京：北京大學出版社，2006 年），第 326 頁。

〔註41〕 Krystyna Mazur, *Poetry and Repetition: Walt Whitman, Wallace Stevens, John Ashbery* (New York / London: Routledge, 2005), p. xi。譯文參看李章斌，〈有名無實的「音步」與並非格律的韻律——新詩韻律理論的重審與再出發〉，《清華學報》第 42 卷第 2 期（臺北：2012 年），第 109 頁。

〔註42〕 陳本益，《漢語詩歌的節奏》（臺北：文津出版社，1994 年），第 4 頁。

〔註43〕 魯道夫・阿恩海姆著，騰宋堯、朱疆源譯，《藝術與視知覺》（成都：四川人民出版社，1998 年），第 223 頁。

〔註44〕 奚密，〈論現代漢詩的環形結構〉，《當代作家評論》第 147 卷第 3 期（瀋陽：2008 年），第 137 頁。

> 記取噴泉剎那的撒落，而且泛起笑意，
>
> 不會有萎謝的戀情，不會有愁。
>
> 說我殘缺的星移，哎！
>
> 我從霧中歸來……〔註45〕

　　1956 年，楊牧創作了詩篇〈歸來〉。詩歌重複「我從霧中歸來……」，一方面，突出了「霧」的隱喻功能，迷濛、環繞的意境烘染而出；另一方面，加劇了「歸來」的迴環空間感。在詩歌中，同樣出現了其他意象，從不同側面鉤織歸來的願望。這其中，「晚雲」與「霧」形成來與去的對比、「星星」與「霧」相互加深印象、「噴泉」的「撒落」又與「星移」的「殘缺」映襯「霧」中的主人公形象。〔註 46〕可以看出，詩人楊牧在早期的創作中就存在著明顯的歸來情結，而同在 1956 年創作的〈秋的離去〉中，也體現出離去的空間意識：

> 笑意自眉尖，揚起，隱去，
>
> 自十一月故里蘆葦的清幽，
>
> 自薄暮鷺鷥緩緩的踟躕。
>
> 哎！就從一扇我們對飲的窗前，
>
> 　　　談笑的舟影下，
>
> 秋已離去。
>
> 秋已離去，哦！是如此深邃，
>
> 一如紫色的耳語失蹤；
>
> 秋已離去，是的，留不住的，
>
> 小黃花的夢幻涼涼的〔註47〕

　　詩人所難忘的「笑意」，「揚起」又「隱去」，構成詩歌的意旨。詩篇中以三次對「秋已離去」的反覆，造成迴環效果。「蘆葦」、「鷺鷥」、「小黃花」鑲

〔註45〕 楊牧，《楊牧詩集 I：1956～1974》，〈歸來〉，第 3 頁。

〔註46〕 楊牧善於在朦朧的意象中，突出主人公的影像，正如他創作於 1978 年的詩歌〈九辯 2 迂迴行過〉中提到的，「春天，我迂迴行過／鷓鴣低呼的森林／搜尋預言裏／多湖泊的草原，多魚／多微風，多繁殖的夢／多神話。我在搜尋……我知道我已經留下她／夢是鷓鴣的言語／風是湖泊的姿態／魚是神話的起源／臨水的荷芰搖曳／青青是倒影」，與「霧」意象相仿，這其中，主人公同樣也以夢、影的方式，迂迴搜尋。楊牧，《楊牧詩集 II：1974～1985》，〈九辯 2 迂迴行過〉，第 243～244 頁。

〔註47〕 楊牧，《楊牧詩集 I：1956～1974》，〈秋的離去〉，第 4 頁。

嵌在詩句中，與「秋的離去」形成張弛關係，正如「緩緩的踱蹀」與「紫色的耳語失蹤」之間的比照。詩人楊牧保留的畫面，在離去的重複中，煙消雲散。其中，頗具聲音效果的是兩個歎詞的使用，「哎」表示惋惜，放在句首，語音短促簡潔，呼應了「秋已離去」的匆忙；而「哦」表示挽留，放在句中，語音被拉長，顯得低淺深沉，拖延了難捨的心境。

歸來與離去的迴環空間結構，潛藏著關於有與無的深度探索，又由此生發出楊牧對於生與死的理解，「帶向最後一條河流的涉渡，歌漫向／審判的祭壇，伶人向西方逸去／當小麥收成，他們歸來，對著炬火祈禱／你躡足通過甬道，煉獄的黑巾，啊死亡！」〔註 48〕一方面，如死亡般恐怖的深淵，是不斷復現的黑暗意識，「深淵上下一片黑暗，空虛，他貫注超越的／創造力，一種精確的表達方式」，〔註 49〕而「虛無的陳述在我們傾聽之際音貝／拔高，現在它喧嘩齊下注入黑暗」，〔註 50〕另一方面，他又是反對虛無的，認為真正的空虛和虛無是不存在的，在空洞的黑暗世界中恰恰能夠獲得永生的力量。1970 年，對於詩人而言是特殊的一年。在那一年，他離開柏克萊，前往馬薩諸薩州教書，之後數年，楊牧的生活頗為動盪。他三次返臺，一次遊歐，其他大部分時間又待在西雅圖。在漂泊的生命歷程中，詩人寄文字為永恆的信念，似「瓶中稿」，「航海的人有一種傳達消息的方式，據說是把要緊的話寫在紙上，密封在乾燥的瓶子裏，擲之大洋，任其飄流，冀茫茫天地之間有人拾取，碎其瓶，得其字，有所反應。」〔註 51〕將文字漂流出去，有人拾取並作出反應，成為詩人對文字所期許的信念。對於「花」、「草」、「樹」意象的處理，在楊牧的筆下，常常與文字一樣，也被賦予生命的靈性，讓它們在生命與死亡的掙扎與幻滅中永生。1970 年，詩人的作品〈猝不及防的花〉，將死亡的氣息鋪展開來：

> 一朵猝不及防的花
> 如歌地淒苦地
> 生長在黑暗的滂沱：
> 而歲月的葬禮也終於結束了

〔註 48〕同前引，〈給死亡〉，第 318 頁。
〔註 49〕楊牧，《楊牧詩集 III：1986～2006》，〈蠹蝕——預言九九之變奏〉，第 335 頁。
〔註 50〕同前引，〈沙婆礑〉，第 462 頁。
〔註 51〕楊牧，《楊牧詩集 I：1956～1974》，〈瓶中稿自序〉，第 616 頁。

以蝙蝠的翼，輪迴一般
遮蓋了秋林最後一場火災

弔亡的行列
自霜
和汽笛中消滅
一顆垂亡的星
在南天臨海處嘶叫

而終於也有些骨灰
這一捧送給寺院給他給佛給井給菩提
眼淚永生等等抽象的，給黃昏的鼓
其餘的猶疑用來榮養一朵猝不及防的花〔註52〕

「花」在傳統詩歌中象徵著美豔而短暫的生命，詩歌中同樣出現了「蝙蝠」和「星」意象，以映襯「猝不及防的花」，它們或消散、退卻，徒留骨灰。而楊牧以「一朵猝不及防的花」開篇，又以「其餘的猶疑用來榮養一朵猝不及防的花」結尾，意象停駐於「花」中。重複這悽楚的畫面，通過迴環的結構，伴以「汽車笛」、「嘶叫」聲和「黃昏的鼓」，為「花」的生

命獻上宗教的輓歌，它綻放、又湮滅，淒美的欲要「榮養」。詩人通過修飾性的定語，延長聲音的表達效果，「這一捧送給寺院給他給佛給井給菩提／眼淚永生等等抽象的，給黃昏的鼓」，以悲憫的情懷透過死亡理解生命，從而為死去的「花」贏得永生的意義。

事實上，楊牧關注虛，也是渴望從虛返回到實。在這個過程中追問無、發現無，最終回歸到永在，讓永在的力量佔據整個時空。關於此，詩人寫道，「月亮如何以自己迴圈的軌跡，全蝕／暗示人間一些離合的定律。而我們／在逆旅告別前夕還為彼此的方向／爭辯，為了加深昨夜激越黑暗中」，「別枝，合翅，純一的形象從有到無」。〔註53〕與「月亮」的盈虧相似，「蛇」意象因為它自身性情的缺失，也被賦予了存在感。「蛇，是我經常提到的。蛇在文學、思想史中總是充滿不同的解釋。我們從小就覺得它又可愛，又可怕。臺灣甚至有很多毒蛇，但西雅圖這邊沒有碰到過毒蛇。《聖經》裏面也有蛇的

〔註52〕楊牧，《楊牧詩集Ⅰ：1956～1974》，〈猝不及防的花〉，第 539～540 頁。
〔註53〕楊牧，《楊牧詩集Ⅲ：1986～2006》，〈隕蘀〉，第 364 頁。

故事，我們學西洋文學都知道蛇本身具有象徵意義。」〔註54〕可見，在楊牧看來，「蛇」的變化性、毒性以及其在文化歷史中的內蘊，都成為吸引他不斷提及的核心要素。1988年，在詩人創作的〈蛇的練習三種〉中，集中突出了他所要表達的「蛇」意象，從詩歌外形的圖象效果來看，三組詩歌迂迴曲折，恰如遊動的「蛇」。詩人反覆強調蛇孤寂、冰涼和蛻皮的脾性，然而，因為「蛇」本身並沒有熱度，生命的缺失，以追問的方式發現「蛇」內裏的缺失，「心境裏看見自己曾經怎樣／穿過晨煙和白鳥相呼的聲音／看見一片神魔飄逐的濕地／虛與實交錯拍擊」：〔註55〕

> 她可能有一顆心（芒草搖搖頭
> 不置可否），若有，無非也是冷的
> 我追蹤她逸去的方向猜測
> 崖下，藤花，泉水
> 正午的陽光偶而照滿卵石成堆
> 她便磊落盤坐，憂憤而灰心
>
> 在無人知曉的地方她默默自責
> 這樣坐著，冰涼的軀體層層重疊
> 兀自不能激起死去的熱情，反而
> 覺悟頭下第若干節處，當知性與感性
> 衝突，似乎產生某種痙攣的現象——
> 天外適時飄到的春雨溫暖如前生未乾的淚
>
> 她必然有一顆心，必然曾經
> 有過，緊緊裹在斑斕的彩衣內跳動過
> 等待輪迴劫數，於可預知的世代
> 消融在苦膽左邊，彷彿不存在了
> 便盤坐卵石上憂憤自責。為什麼？
> 芒草搖搖頭不置可否〔註56〕

詩歌圍繞「蛇」意象展開，以「芒草」意象的迴環，探討「蛇」與熱情的距離，一方面在肯定中拉近，另一方面又在否定中推遠，反覆掙扎著探看

〔註54〕翟月琴、楊牧，〈「文字是我們的信仰」：訪談詩人楊牧〉，第31頁。
〔註55〕楊牧，《楊牧詩集III：1986～2006》，〈濕地〉，第478頁。
〔註56〕同前引，〈蛇的練習曲三種　蛇二〉，第63頁。

「蛇」的知性與感性。詩人將「她可能有一顆心」、「芒草搖搖頭不置可否」分別在開篇和結尾處被拆解成兩種表達方式，〔註 57〕環繞構成詩歌的結構，從而深化了詩人對「蛇」處境的困惑，也表達了「蛇」自身的矛盾。「她便磊落盤坐，憂憤而灰心」、「這樣坐著，冰涼的軀體層層重疊」，「便盤坐卵石上憂憤自責。為什麼？」一方面，從女性的心理體驗出發，多次使用人稱代詞「她」，感性與熱情本該是女人的天性，但在楊牧筆下，反而是化身「蛇」的「她」所缺失的，這種悖論所帶來的痛苦可謂呼之欲出；〔註 58〕另一方面，三句中，又分別提到「盤坐」或者「坐著」，強化了蛇幽閉孤居，暗自憂憤的心理缺失。詩人通過環形結構，以嫻熟的筆觸，將蛇黯然的神態以及苦楚的內心描摹了出來，「或許是心動也未可知，苔蘚／從石階背面領先憂鬱／而繁殖，蛇莓盤行穿過廢井／輇轆的地基，聚生在曩昔濕熱擁抱的／杜梨樹蔭裏」，〔註 59〕以此對抗著「冰涼的軀體」、「死去的熱情」，並在其中發現「一顆心」，一顆永在的心。

四、浮升：抽象的螺旋

　　儘管楊牧的作品裏，總是不乏樹葉（〈不知名的落葉喬木〉）、花瓣的隕落（〈零落〉），這似乎意味著生命的下沉才是其創作的常態。但顯然，詩人在〈禁忌的遊戲〉中也曾提到，「允許我又在思索時間的問題了。『音樂』／你的左手按在五線譜上說：『本來也只是／時間的藝術。還有空間的藝術呢／還有時間和空間結合的？還有……』／還有時間和空間，和精神結合的／飛揚上昇的快樂。有時／我不能不面對一條／因新雨而充沛的河水／在楓林和晚煙之後／在寧靜之前」，〔註 60〕詩人開始思考詩歌中的空間藝術，它是一種「飛揚上昇的快樂」。1986 年以後，楊牧步入後期創作階段。他不再局限於對自然界

〔註 57〕 這種通過拆解句式和語詞的方式，在詩人楊牧的作品中，也極為普遍。比如他的詩歌〈霧與另我〉，第一節的首句「霧在樹林裏更衣，背對我」，在第二節的首句又變換為「那時，霧正在樹林裏更衣」；楊牧，《楊牧詩集 III：1986～2006》，〈霧與另我，第 432 頁。再比如〈以撒斥候〉中，「有機思考敲打無妄的鍵盤／如散彈槍答答答答響徹街底，叮／噹，天黑以前謄清。『小城……』，詩人常借用語言結構的變化性，打開音樂的空間。楊牧，《楊牧詩集 III：1986～2006》，〈以撒斥候〉，第 448 頁。
〔註 58〕 感謝審稿人提醒筆者對人稱代詞「她」的分析。
〔註 59〕 楊牧，《楊牧詩集 III：1986～2006》，〈心動〉，第 398 頁。
〔註 60〕 楊牧，《楊牧詩集 II：1974～1985》，〈禁忌的遊戲 2〉，第 156 頁。

的觀照，而試圖獲取更爲互遠的文字追求；他深入到思維內部的構造，而從語詞的豐富性中想像詩歌的複雜抽象性。後期的作品，無論是在聲音，還是在意象上，都越來越趨向於一種複雜的抽象，他試圖「打破韻律限制，試驗將那些可用的因素搬一個方向，少用質詞，進一步要放棄對偶。以便造成錯落呼應的節奏；我們必須爲自由詩體創造新的可靠的音樂。」〔註61〕楊牧詩歌中的意象之複雜，將感性與抽象，自然與存在交融在了一起。思維的密度，造成了詩質的密度，二者螺旋性的互動，成爲詩人沉默中不斷結構性、抽象化的語詞結晶。正如他所提到的，「我的詩嘗試將人世間一切抽象的和具象的加以抽象化」，並且認爲，「惟我們自己經營，認可的抽象結構是無窮盡的給出體；在這結構裏，所有的訊息不受限制，運作相生，綿綿互互。此之謂抽象超越。」〔註62〕這是一種從時間轉向空間的思考，自時間的快慢緩急中足見空間感。在此基礎上，空間結構是思維運動的抽象形式，通常情況下，詩人在創造和重複空間結構的過程中獲得了一種思維模式，換言之，「聲音是交流的媒介，可以隨意地創造和重複，而情感卻不能。這樣一種情況就決定了音調結構可以勝任符號的職能。」〔註63〕

除卻「蛇」意象之外，詩人還涉及到大量的動物意象，其中包括「兔」、「蜻蜓」、「蝌蚪」、「蟬」、「雉」、「鷹」、「狼」、「介殼蟲」等等。詩人觀察它們的性情，賦予它們感知和理性的雙重體驗，最後將複雜的意緒和情感提升爲一種抽象結構，「抽象的表現，既能運用於繪畫，也能運用於詩。因爲，事物本身便有一種抽象的特質。只是我們的觀念會認爲：以抽象的語言表現抽象的感覺，其效果將遜於抽象的旋律之於音樂，抽象的線條之於繪畫。事實上，抽象也具有形象的性質，只是這種形象我們不能給它以確切的名稱。表現這種抽象的形象，是由外形的抽象性到內形的具象性；復由內在的具象還原於外在的抽象。從無物之中去發現其存在，然後將其發現物化於無。」〔註64〕顯然，透過語言文字產生的音樂感能夠組合爲抽象結構，而意象本身就是詩人思維的凝結，聲音與意象的融合充分體現出詩人思維的流動。楊牧創造出螺旋式的浮升體驗，正如詩篇〈介殼蟲〉中，詩人緩緩挪步，又停駐

〔註61〕 楊牧，《一首詩的完成》，第155頁。
〔註62〕 楊牧，《楊牧詩集 III：1986～2006》，〈《完整的寓言》後記〉，第495頁。
〔註63〕 蘇珊・朗格（Susanne Katherina Langer）著，劉大基、付志強譯，《情感與形式》（北京：中國社會科學出版社，1986年），第37頁。
〔註64〕 覃子豪，《覃子豪詩選》（香港：文藝風出版社，1987年），第122頁。

洞悉著「小灰蛾」與頭頂的鐘聲，顯現出生命的掙扎與渴望：「小灰蛾還在土壤上下強持 / 忍耐前生最後一階段，蛻變前 / 殘存的流言：街衢盡頭 / 突兀三兩座病黃的山巒—— / 我駐足，聽到鐘聲成排越過 / 頭頂飛去又被一一震回」，〔註 65〕又將視線凝聚於圓形狀貌環繞著以貼近與對象之間的距離：「我把腳步放慢，聽餘韻穿過 / 三角旗搖動的顏彩。他們左右 / 奔跑，前方是將熄未熄的日照 / 一個忽然止步，彎腰看地上 / 其他男孩都跟著，相繼蹲下 / 圍成一圈，屏息」，〔註 66〕一方面「穿過」、「搖動」屬於橫向運動，另一方面「彎腰」、「蹲下」又屬於縱向運動，詩篇在「圍成圓圈」處停頓，清晰地呈現出螺旋的空間結構。同時，「屏息」一詞的出現，則是調整呼吸，渴望從左往右、再從向下往向上推進思維過程。可以說，在〈介殼蟲〉中，螺旋狀的浮升結構根植於詩人楊牧的思維空間中，以至於分行或者停歇處都精準地對焦補充式結構的趨向動詞（「蹲下」、「震回」）或者方位名詞（「左右」），以展現思維結構的生成。在 2004 年創作的〈蜻蜓〉中，這一抽象結構表現得尤為典型：

> 那是前生一再錯過的信號，確定
> 且看她在無聲的靜脈管裏流轉
> 惟有情的守望者解識
> 於秋葉扶桑，網狀的纖維：
> 如英雄冒險的行跡，歸來的路線
> 在同一層次的神經系統裏重疊
> 分屬古代與現在。綿密的
> 矩矱空間讓我們以時間計量
> 緊貼著記憶，通過明暗的刻度
> 發現你屏息在水上閃閃發光
>
> 亢奮的血色彷彿是腥臊，豐腴
> 而透明，滿天星斗凝聚俄頃的
> 冷焰將她照亮，掃描：
> 點綴雁蹼和蠶足的假象，且逆風
> 抵制一閃即逝的鵝黃鸚鵡綠

〔註 65〕楊牧，《介殼蟲》（臺北：洪範書店，2006 年），〈介殼蟲〉，第 77 頁。
〔註 66〕同前引，第 78～79 頁。

在我視線反射的對角
遙遠的夢魂一晌棲遲
陡削不可鳌降，失而
復得，我的眼睛透過瞬息
變化的光譜看見她肖屬正紅

還有比你更深不可測的
是那淺淺細且纖薄的翼，何均勻
一至於此已接近虛無
想像那翻飛之姿怎樣屢次以本能
將它對準風向調整，左右
平舉：在靉靆雲影間導致一己
空有感性的條狀軀猶不勝其力
忘情互動，將單一
於盤旋反覆之際繁殖成功為多數
並且，全自動滑翔高過新犁的耕地

比蜉蝣更親，比孑孓更短暫，屈伸
自如且溫柔無比，
水光浮動，斜視我前足緊抓
她張開的翅，口器咬噬後頸寒戰
不已：尾椎延伸下垂至極限
遂前勾如一彎新月，凌空比對
精準且深入，直到無上的
均衡確定獲取於密閉的大氣——
靜止，如失速的行星二度撞擊
有彩虹照亮遠山前景的小雨〔註67〕

詩歌從「蜻蜓」的不同飛翔姿勢打開了書寫視角，整首詩歌的節奏在思辨中顯得穩健、平緩、綿密和緊湊。第一節抓住了「蜻蜓」在水上屏息的瞬間，「發現你屏息在水上閃閃發光」，一方面詩人以觀者的姿態，頗有距離地觀照天地之間的生物；另一方面，詩人在「我」與「她」的人稱變換中，通

〔註67〕楊牧，《楊牧詩集 III：1986～2006》，〈蜻蜓〉，第 470 頁。

過物的投射達成對自我的反思。詩人視其爲一種信號，它傳達出的空間意識，融貫詩人後期的創作追求中，而「矩矱空間讓我們以時間計量」，於是，那種浮滄海於一瞬的記憶永恆再次光臨，它暗示了詩人想要抽象出的實體。語句的停頓多集中在詩行的中間部分，顯得相對平整、勻稱。第二節，「變化的光譜看見她肖屬正紅」，在這一節中，物我交相呼應，通過描摹天地間與我對視中的「蜻蜓」，置「蜻蜓」於靜止處，由此延緩了詩歌的速度。此處，詩人表達了一種意圖，即變化。這也是楊牧一如既往所追求的創作態度，文字只有在變化中才能繼續存在，「變不是一件容易的事，然而不變即是死亡，變是一種痛苦的經驗，但痛苦也是生命的眞實。」〔註68〕詩人通過變化尋找著不同的視點，以創作主體的變化豐富生命的眞實。詩歌中多次錯開位置，採用變化的句式，拆解了「豐腴／而透明」、「失而／復得」，通過轉折詞「而」，使得停頓先後置、再前移，通過語義轉折提升語言的空隙感，詩體也顯得曲折螺旋。第三節，「平舉：在蠶蠶雲影間導致一己」，變換「蜻蜓」的姿勢，將上昇的過程凸顯了出來。而除了上文中所談到的虛無外，楊牧還渴望在平衡中獲得盤旋的上昇。第四節「比蜉蝣更親，比子丂更短暫，屈伸」，將詩歌推向極限化的表達，從虛無走向了無限。「逐前勾如一彎新月，凌空比對／精準且深入，直到無上的／均衡確定獲取於密閉的大氣──」，詩人將動詞「屈伸」、「緊抓」、「寒戰」、「深入」、「靜止」、「撞擊」隔離而出。在濃密的詩行中，使得動詞懸浮、凝固。而從天空深入到大氣的追求，「靜止，如失速的行星二度撞擊／有彩虹照亮遠山前景的小雨」，靜止的畫面與思辨的意識，在音樂性上達成了統一，也可以說，透過幾個動詞的停頓、分行，構成動態與靜態的交融，使得聲音與意象形成契合、補充乃至彌合。「蜻蜓」作爲一種意象，隱喻了楊牧後期創作的空間意識轉換。詩人楊牧渴望著螺旋式的抽象，以抵達思維在上昇中的快感。這種抽象性與詩人早期的創作不同，也就是說，詩歌的速度不再是通過抑制以抵消加速度，詩人也不再選擇迴環的複沓模式，而是以緊湊的語句，在形式上完成思辨性，以獲得一種更爲恆久的哲學思考，「但是哲學的思考，要把它講出來，而不是總在重複情節，唯一的辦法就是抽象化。把這種波瀾用抽象的方式表現出來，成爲一種思維的體系。我一直認爲抽象是比較長遠、普遍的。」〔註69〕

〔註68〕楊牧，《年輪》（臺北：洪範書店，1982 年），第 177 頁。
〔註69〕翟月琴、楊牧，〈「文字是我們的信仰」：訪談詩人楊牧〉，第 31 頁。

五、結語

　　詩人楊牧將其詩作分爲三個不同的創作階段，分別是早期（1956～1974）、中期（1974～1985）和後期（1986～2006），儘管三個階段的聲音從清麗、閒淡到思辨，從疾速、平緩到艱澀，可謂變化多端。但對楊牧的詩歌做一整體的概說並非本文的目的，筆者更致力於探索他在聲音與意象關係的推進和思考。一方面通過大量的文本印證了上述三個層面在楊牧詩作中具有相當的普遍性；另一方面，又發現早中期與後期創作所存在的顯著差異——在早中期階段，詩人多使用韻、頓以挽留意象的畫面感實現永在的精神追求，並深化出迴環的音樂結構獲得生命和性情的完滿；在後期創作階段，詩人廣涉「兔」、「蜻蜓」、「蝌蚪」、「蟬」、「雉」、「鷹」、「狼」、「介殼蟲」等動物意象，由此發展出螺旋上昇的結構模式，以抵達思維的抽象豐富性。關於後期的創作傾向，是楊牧在聲音與意象關係方面作出的更爲深層次的空間結構探索，他曾在《隱喻與實現》詩集的序言中提到，「文學思考的核心，或甚至在它的邊緣，以及外延縱橫分割各個象限裏，爲我們最密切關注，追蹤的對象是隱喻（metaphor），一種生長原象，一種結構，無窮的想像。」〔註70〕詩人在結構中尋找著隱喻的實現可能。這種結構，在某種意義上，就是節奏。「詩人以堅實的想像力召喚形象於無形，以文字，音律，語調，姿態，鐫刻心物描摹的刹那。對此過程，楊牧的嫻熟把握，是不容置疑的。」〔註71〕在不同的創作階段，臺灣詩人楊牧都始終堅持實踐著對於詩歌聲音的追求，這種實踐，無疑將其創作獻給了無限的少數人。正如希尼（Seamus Heaney）所云，「找到了一個音調的意思是你可以把自己的感情訴諸自己的語言，而且你的語言具有你對它們的感覺；我認爲它甚至也可以不是一個比喻，因爲一個詩的音調也許與詩人的自然音調有著極其密切的關係，這自然音調即他所聽到的他正在寫著的詩行中的理想發言者的聲音。」〔註72〕就這點而言，楊牧準確地抓住每一個音調，塡補了個人生命體驗與詩歌形式思考的縫隙，從躍動到緊湊、從具象到抽象、從單一到複雜，都爲聲音與意象關係的探討提供了個案性的典範。

〔註70〕　楊牧，《隱喻與實現》（臺北：洪範書店，2001年），第1頁。

〔註71〕　奚密，〈抒情的雙簧管：讀楊牧近作《涉事》〉，《中外文學》第31卷第8期（臺北：2003年），第215頁。

〔註72〕　西默斯・希尼著，吳德安等譯，《希尼詩文集》（北京：作家出版社，2001年），第255頁。

文中從押韻、跨行、停頓、空白、斷句、選詞、語調等語言特質著手，探討了楊牧詩歌中的音樂的自覺和自律，即「所謂自律詩，指的是形式自律，即每首詩的形式，都被這首詩自身的特定內容和特定的表達所規定。」〔註73〕儘管這並不足以詳盡楊牧詩歌中聲音的複雜和多變性，但本文的著力點仍然集中於詩人楊牧在處理不同的意象時所呈現的聲音形式。正如論文引言中所述，研究詩歌的聲音形式，常常將聲音從意義中割裂出來，進行語言學上的解析，這種忽略語義功能的研究方式無疑是偏頗的。但同樣，過分地強調附加於聲音形式之上的意義，而忽略了聲音物質形式的獨立價值，也會造成研究盲點。基於此，需要指出的是，聲音形式從來就不是與意義相對立而靜止、孤立的存在著，聲音形式就是意義，而意義也是永動的聲音形式。「詩是聲音和意義的合作，是兩者之間的妥協」〔註74〕，聲音總是帶著生命的體溫，綿延運動在詩歌發展的歷史中，不斷地被賦予新的歷史和美學意義，又反向推動聲音形式的演進。

事實上，最初某種韻律模式的生成並非與意象的聯想構成關係，但經過一段時間的廣泛傳播，這種與意象相互勾連的韻律形式便固定了下來，逐漸形成一種聲音習慣。〔註75〕就此角度而言，詩歌形式的發生，並不完全依賴於詩人，它還接續了原型所蘊含的集體無意識，原型在詩歌中主要就是「典型的即反覆出現的意象」，它「把一首詩同別的詩聯繫起來從而有助於我們把文學的經驗統一為一個整體。」〔註76〕詩歌意象即具備這樣的感召力，能夠挖掘出形式生成的傳統依據。但筆者一方面不認為聲音受意象的嚴格規定，因為隨著時代的變遷，意象被賦予新的內涵，而節奏韻律的複雜多變性也遠遠超出可預計的範疇，正因為此，才更彰顯出詩人的語言創造力；另一方面

〔註73〕張遠山，《漢語的奇跡》（昆明：雲南人民出版社，2002年），第128頁。

〔註74〕瓦萊里（Paul Valery）著，葛雷、梁棟譯，《瓦萊里全集》，（北京：中國文學出版社，2002年），〈論純詩（之一）〉，第306頁。

〔註75〕關於語義聯想所形成的聲音習慣研究，俄羅斯學者加斯帕羅夫曾在專著《俄國詩史概述·格律、節奏、韻腳、詩節》（1984）中，採用統計學方法，分析了俄國六個歷史階段運用的格律、節奏、押韻和詩節等形式，探討了每一個時期佔據主導地位的韻律形式及其與之相關的主題。此研究的相關介紹可看黃玫，《韻律與意義：20世紀俄羅斯詩學理論研究》（北京：人民出版社，2005年），第99頁。

〔註76〕諾思羅普·弗萊（Northrop Frye）著，陳慧、袁憲軍等譯，《批評的解剖》（天津：百花文藝出版社，2006年），第98頁。

也不認為二者在對應關係上一定和諧統一，有時聲音甚至是反意象的。但反意象也是聲音的另外一種存在方式，正如詩人顧城所言，「不斷有這種聲音到一個畫面裏去，這個畫面就被破壞了，然後產生出一個新的活潑的生命。」〔註 77〕但二者無論是促進或者抑制，在反觀聲音的語義層面上都具有宏觀的研究價值。基於此，「所有的形式環境，無論是穩定的還是遊移不定的，都會產生出它們自己的不同類型的社會結構：生活方式、語彙和意識形態。」〔註 78〕對於頻繁出現於漢語新詩中意象所蘊含的相對穩固的語義功能，與語音、語法、辭章結構、語調等變化多端的聲音特徵之間存在著不可忽視的關係，而就目前的研究而言，仍然是較為欠缺的一環。但顯然，對於二者關係的分析，已經成為當下漢語新詩必須面對的重要詩學問題，關於此，筆者也將另撰文做詳盡的分析。〔註 79〕

〔註 77〕顧城，《顧城文選　卷一：別有天地》，〈「等待這個聲音……」——1992 年 6月 5 日在倫敦大學「中國現代詩歌討論會」上的發言〉，（哈爾濱：北方文藝出版社，2005 年），第 56 頁。

〔註 78〕福永西（Henri Focillon）著，陳平譯，《形式的生命》（北京：北京大學出版社，2011 年），第 62 頁。

〔註 79〕筆者博士論文《1980 年代以來漢語新詩的聲音研究》的第四章〈聲音的意象顯現〉，選取 1980 年代以來漢語新詩常見的四個意象，包括「太陽」、「鳥」、「大海」和「城」，著重分析與意象互動關係中的聲音（語音、語調、辭章結構和語法等所產生的音樂性）特徵。通過大量的文本細讀，將聲音在意象中的顯現總結為「同聲相求的句式——以太陽意象為中心」、「升騰的語調——以鳥及其衍生意象為中心」、「變奏的曲式——以大海意象為中心」和「破碎無序的辭章——以城及其標誌意象為中心」，力求呈現四個意象中的聲音特點。參翟月琴，《1980 年代以來漢語新詩的聲音研究》（上海：華東師範大學博士論文，2014 年）。

附錄三：引用搖滾、民謠歌詞

1.崔健：《快讓我在雪地上撒點野》

　　我光著膀子　　我迎著風雪

　　跑在那逃出醫院的道路上

　　別攔著我　　我也不要衣裳

　　因爲我的病就是沒有感覺

　　給我點兒肉　　給我點兒血

　　換掉我的志如鋼和毅如鐵

　　快讓我哭　　快讓我笑

　　快讓我在這雪地上撒點兒雪

　　ＹｉＹｅ──ＹｉＹｅ

　　因爲我的病就是沒有感覺

　　ＹｉＹｅ──ＹｉＹｅ

　　快讓我在這雪地上撒點兒野

　　我沒穿著衣裳也沒穿著鞋

　　卻感覺不到西北風的強和烈

　　我不知道我是走著還是跑著

　　因爲我的病就是沒有感覺

　　給我點兒刺激　　大夫老爺

　　給我點兒愛情　　我的護士小姐

　　快讓我哭要麼快讓我笑

快讓我在這雪地上撒點兒野
ＹｉＹｅ——ＹｉＹｅ
因爲我的病就是沒有感覺
ＹｉＹｅ——ＹｉＹｅ
快讓我在這雪地上撒點兒野

2.張楚：《姐姐》

這個冬天雪還不下
站在路上眼睛不眨
我的心跳還很溫柔
你該表揚我說今天還很聽話
我的衣服有些大了
你說我看起來挺嘎
我知道我站在人群裏
挺傻
我的爹他總在喝酒是個混球
在死之前他不會再傷心不再動拳頭
他坐在樓梯上也已經蒼老
已不是對手
感到要被欺騙之前
自己總是做不偉大
聽不到他們說什麼
只是想忍要孤單容易尷尬
面對前面的人群
我得穿過而且瀟灑
我知道你在旁邊看著
挺假
姐姐我看見你眼裏的淚水
你想忘掉那侮辱你的男人到底是誰
他們告訴我女人很溫柔很愛流淚
說這很美

噢姐姐

　我想回家

　牽著我的手

我有些困了

噢姐姐

帶我回家

牽著我的手

你不要害怕

我的爹他總在喝酒是個混球

在死之前他不會再傷心不再動拳頭

他坐在樓梯上也已經蒼老

已不是對手

噢姐姐

我想回家

牽著我的手

我有些困了

噢姐姐

我想回家

牽著我的手

你不要害怕

噢姐姐

帶我回家

牽著我的手

你不要害怕

噢姐姐

我想回家

牽著我的手

我有些困

3.汪峰：《青春》

我打算在黃昏的時候出發

搭一輛車去遠方
今晚那有我友人的盛宴
我急忙穿好衣服推門而出
迎面撲來的是街上
悶熱的欲望
我輕輕一躍跳入人海裏
外面下起了小雨
雨滴輕飄飄地像我年輕歲月
我臉上蒙著雨水
就像蒙著幸福
我心裏什麼都沒有
就像沒有痛苦
這個世界什麼都有
就像每個人都擁有
繼續走　繼續失去
在我沒有意識到的青春
我打算在黃昏的時候出發
搭一輛車去遠方
今晚那有我友人的盛宴
我急忙穿好衣服推門而出
迎面撲來的是街上悶熱的欲望
我輕輕一躍跳入人海裏
外面下起了小雨
雨滴輕飄飄地像我年輕歲月
我臉上蒙著雨水
就像蒙著幸福
我心裏什麼都沒有
就像沒有痛苦
這個世界什麼都有
就像每個人都擁有
繼續走　繼續失去

在我沒有意識到的青春
繼續走　繼續失去
在我沒有意識到的青春
外面下起了小雨
雨滴輕飄飄地像我年輕歲月
我臉上蒙著雨水
就像蒙著幸福
我心裏什麼都沒有
就像沒有痛苦
這個世界什麼都有
就像每個人都擁有

4. 張佺：《遠行》

有人坐在河邊，總是說，回來吧，回來。
可是北風抽打在身上和心上啊，遠行吧，遠行。
有一天我走出了人群，不知道要去哪裏
擡頭看見了遠飛的大雁，它一去不回頭
有一天我丟失了糧食，都說不能這樣過下去
回頭找不到走過的腳印，誰還能跟我走
有人坐在河邊總是說，回來吧，回來
可是北風抽打在身體和心上，遠行吧，遠行

5. 張佺：《黃河謠》

黃河的水不停地流
流過了家流過了蘭州
遠方的親人哪
聽我唱支黃河謠

日頭總是不歇地走
走過了家走過了蘭州
月亮照在鐵橋上
我就對著黃河唱

每一次醒來的時候
想起了家想起了蘭州
想起路邊槐花兒香
想起我的好姑娘
黃河的水不停地流
流過了家流過了蘭州
流浪的人不停地唱
唱著我的黃河謠

6.周雲蓬：《九月》與《山鬼》

	《九月》（海子）	《山鬼》（屈原）
原　作	目擊眾神死亡的草原上野花一片 遠在遠方的風比遠方更遠 我的琴聲嗚咽淚水全無 我把這遠方的遠歸還草原 一個叫木頭一個叫馬尾 我的琴聲嗚咽淚水全無 遠方只有在死亡中凝聚野花一片 明月如鏡高懸草原映照千年歲月 我的琴聲嗚咽淚水全無 隻身打馬過草原	若有人兮山之阿，被薜荔兮帶女蘿；既含睇兮又宜笑，子慕予兮善窈窕； 乘赤豹兮從文狸，辛夷車兮結桂旗；被石蘭兮帶杜衡，折芳馨兮遺所思； 餘處幽篁兮終不見天，路險難兮獨後來； 表獨立兮山之上，雲容容兮而在下；杳冥冥兮羌晝晦，東風飄兮神靈雨； 留靈修兮憺忘歸，歲既晏兮孰華予； 採三秀兮於山間，石磊磊兮葛蔓蔓；怨公子兮悵忘歸，君思我兮不得閒； 山中人兮芳杜若，飲石泉兮蔭松柏；君思我兮然疑作； 雷填填兮雨冥冥，猿啾啾兮狖夜鳴；風颯颯兮木蕭蕭，思公子兮徒離憂。
改編 （周雲蓬）	目擊眾神死亡的草原上野花一片 遠在遠方的風比遠方更遠 我的琴聲嗚咽　我的淚水全無 我把遠方的遠歸還草原 一個叫木頭　一個叫馬尾 一個叫木頭　一個叫馬尾 目擊眾神死亡的草原上野花一片 遠在遠方的風比遠方更遠 我的琴聲嗚咽　我的淚水全無 我把遠方的遠歸還草原 一個叫木頭　一個叫馬尾	有一個無人居住的老屋， 孤單的臥在荒野上。 它還保留著古老的門和窗， 卻已沒有炊煙和燈光。 春草在它的身旁長啊長， 那時我還沒離開故鄉。 蟋蟀在它的身旁唱啊唱， 那時我剛準備著去遠方。 有一個無人祭奠的靈魂， 獨自在荒山間游蕩，

一個叫木頭　一個叫馬尾 　　一個叫木頭　一個叫馬尾 一個叫木頭　一個叫馬尾 「亡我祁連山，使我牛羊不蕃息 失我胭脂山，令我婦女無顏色」 遠方只有在死亡中凝聚野花一片 明月如鏡　高懸在草原　映照千 年的歲月 　我的琴聲嗚咽　我的淚水全無 　隻身打馬過草原 一個叫木頭　一個叫馬尾 一個叫木頭　一個叫馬尾 一個叫木頭　一個叫馬尾 一個叫木頭　一個叫馬尾 　一個叫木頭　一個叫馬尾 　一個叫木頭　一個叫馬尾 　一個叫木頭　一個叫馬尾 　一個叫木頭　一個叫馬尾	月光是她潔白的衣裳， 卻沒人為她點一柱香。 夜露是她瑩瑩的淚光， 那時愛情正棲息在我心上， 辰星是她憔悴的夢想， 那時愛人已長眠在他鄉。 上帝坐在空蕩蕩的天堂， 詩人走在寂寞的世上， 時間慢慢的在水底凝固， 太陽疲倦的在極地駐足。 這時冰山醒來呼喚著生長， 這時巨樹展翅渴望著飛翔， 這時我們離家去流浪， 長髮宛若戰旗在飄揚， 俯瞰逝去的悲歡和滄桑， 扛著自己的墓碑走遍四方。

7. 小河：《老劉》

	《北京晚報》新聞	小河改編
《老劉》	昨天下午三點三十分，家住朝陽區甘露園南里的劉老漢，從自家5樓的陽臺上跳下，搶救無效，當場死亡。老劉七十多歲，平時一個人住，很少下樓，也就是去買買菜。有個女兒，偶而來看看他。老劉在跳樓的時候，用一塊布裹住了腦袋，這樣鮮血就不會濺到地上。	老劉七十多歲 平時一個人住 很少下樓 也就是去買買菜 老劉七十多歲 平時一個人住 很少下樓 也就是去買買菜 他有個女兒 偶而來看看他 他有個女兒 偶而來看看他 昨天下午三點半

| | | 家住朝陽區甘露園南里的劉老漢
從自家五樓的陽臺上

昨天下午三點半
家住朝陽區甘露園南里的劉老漢
從自家五樓的陽臺上突然跳下
搶救無效，搶救無效，
當場死亡，當場死亡
搶救無效，當場死亡

老劉在跳樓的時候
用一塊布裏住了腦袋
老劉在跳樓的時候
用一塊布裏住了腦袋
這樣鮮血就不會濺到地上
搶救無效，死亡
這樣別人就看不見流出的腦漿
這樣別人就很容易當場嗅覺
這樣鮮血就不會濺到地上

有個女兒
偶而來看看他 |

8.小娟：《小村莊》

	（顧城）原作	（小娟和山谷裏的居民）改編
《小村莊》	就在那個小村裏 穿著銀杏樹的服裝 有一個人是我　是我 眯起早晨的眼睛 白晃晃的沙地 更爲細小的硬殼　沒有損壞 周圍潛伏著透明的山嶺 泉水一樣的風 你眼裏的湖水中　沒有海草 一個沒有油漆的村子 在深綠的水底　觀看太陽 我們喜歡太陽的村莊 在你的愛戀中　活著	就在那個小村裏 穿著銀杏樹的服裝 有一個人是我　是我 眯起早晨的眼睛 白晃晃的沙地 更爲細小的硬殼　沒有損壞 周圍潛伏著透明的山嶺 泉水一樣的風 你眼裏的湖水中　沒有海草 一個沒有油漆的村子 在深綠的水底　觀看太陽 我們喜歡太陽的村莊 在你的愛戀中　活著

	很久　才呼吸一次 遠遠的叢林　閃著水流 村子裏有樹葉飛舞 我們有一塊空地 不去問　命運知道的事情 就在那個小村裏 穿著銀杏樹的服裝 有一個人是我　是我	很久　才呼吸一次 遠遠的叢林　閃著水流 村子裏有樹葉飛舞 我們有一塊空地 不去問　命運知道的事情 就在那個小村裏 穿著銀杏樹的服裝 有一個人是我　是我
《和一個女孩結婚吧》	頌歌世界（四十八首） （1983.10～1985.11） 顧城 是樹木游泳的力量 是樹木游泳的力量 使鳥保持它的航程 使它想起潮水的聲音 鳥在空中說話 　　它說：中午 　　它說：樹冠的年齡 芳香覆蓋我們全身 長長清涼的手臂越過內心 我們在風中游泳 寂靜成型 我們看不見最初的日子 最初，只有愛情 提　示 顧城 和一個女孩子結婚 在琴箱中生活 聽風吹出她心中的聲音 看她從床邊走到窗前 海水在輕輕移動 巨石還沒有離去 你的名字叫約翰 你的道路叫安妮	是樹木游泳的力量 是樹木游泳的力量 使鳥保持它的航程 使它想起潮水的聲音 鳥在空中說話 它說：中午 它說：樹冠的年齡 芳香覆蓋我們全身 長長清涼的手臂越過內心 我們在風中游泳 寂靜成型 我們看不見最初的日子 最初，只有愛情 和一個女孩子結婚 在琴箱中生活 聽風吹出她心中的聲音 看她從床邊走到窗前 海水在輕輕移動 巨石還沒有離去 你的名字叫約翰 你的道路叫安妮

後 記

　　畢業剛滿一年，博士論文就能夠順利出版，是我不曾預料的一份幸運。得到李怡老師的垂青，正值我學術生涯的低谷期。懷疑壓抑，瀕臨窒息的探索，似經歷著 20 世紀初漢語新詩所遭遇的痛苦和掙扎。看似微不足道的一句鼓勵，對於我，卻有如「在黑暗的盡頭，太陽扶著我站起來」的欣慰。

　　回望那些與詩相戀的時光，如今竟已是第 10 個年頭了。還記得在大學課堂上，劉階耳老師細讀新詩的場景，有時候只是一個句式，它可以成為三個小時的閱讀焦點。此後，播種在我記憶中的不僅僅是那些迷人的詩行，還保留了一點寂寞的情緒，「我今不復到園中，／寂寞已如我一般高」（戴望舒：《寂寞》），一絲對時間、空間的敏感，「如今他死了三小時，／夜明表還不曾休止」（卞之琳：《寂寞》），一泓靈動的幻想之泉，「空靈的白螺殼／孔眼裏不留纖塵，／漏到了我的手裏／卻有一千種感情」（卞之琳：《白螺殼》）。這枚白螺殼，一直住在我的心裏，它清透明淨、一塵不染，「請看這一湖煙雨／水一樣把我浸透，／像浸透一片鳥羽。／我彷彿一所小樓／風穿過，柳絮穿過，／燕子穿過像穿梭，／樓中也許有珍本，／書頁給銀魚穿織，／……」（卞之琳：《白螺殼》）然而，詩歌的象牙塔不是空中樓閣，從文字走向詩，能夠綜合感知、情感和理性，都需要堅實的積澱。

　　目前，大陸的新詩研究尚不成熟，大多數高校也缺乏新詩研究的課程設置。於我而言，從本科論文《黑色空間——翟永明女性詩歌的情感世界》，到碩士論文《朦朧詩人漂泊海外後的自我認同》，再到博士論文《1980 年代以來漢語新詩的聲音研究》，可以說，從事新詩研究之路是艱難的，有時甚至會躑躅不前、懷疑退縮。但幸運的是，我的博士導師楊揚教授，不僅時常鼓勵我，還為這片狹小的詩意空間擦拭浮塵、補充養分，讓它更加滋潤、豐滿而健碩。

跟隨楊老師學習期間，他孜孜不倦地教導、嚴謹認真的治學態度，讓我不斷地朝向兩個維度：一為視野，二為專業。還記得 2010 年剛入學之際，楊老師就遞給我一疊書，是一套 8 卷本的《近代文學批評史》。翻開扉頁，每本除了簽有「楊揚」二字外，還寫著購買的時間和地點。8 本翻下來，才得知這些書是楊老師從上世紀 80 年代開始慢慢搜集起來的，已經伴隨他 30 個春夏秋冬了。從那時起，我便開始懂得，一位老師對學生的期許是多麼地沉甸甸。楊老師常常教導我們，讀書一定要讀好書，不然既開闊不了眼界，又壞品味。在楊老師的課堂上，他列出了大量的閱讀書目，慢慢地，它們一本、一本地爬上我的書架，層層疊疊地記錄著我的閱讀史。從胡適、周作人、陳子展、傅雷、宗白華、朱光潛到林毓生、余英時的著作，包括思想史、藝術史和文學史，每本都是精挑細選、閃動著學術思想的火花。

博士論文的選題，是在楊揚老師的啟發下確定的。得知我想要出國學習的願望，楊老師立刻推薦我與加州大學戴維斯分校（UC Davis）的奚密教授取得聯繫。從 2012 年 9 月到 2013 年 9 月，開始了為期一年的海外訪學。早在南京師範大學攻讀碩士學位期間，我就開始閱讀奚密教授的詩學論著，無論是通透的中西比較詩學理念，還是獨到的文本鑒別力，都是我日後堅持新詩研究的一盞燈塔。在訪學期間，通過每周與奚密教授交流博士論文的進展情況，一方面夯實了新詩觀念，另一方面也更重視詩歌文本細讀。同時，開始涉獵臺灣詩歌，並選修英語系的幾門詩學課程，包括「欲望與詩歌研究」、「詩學研究」和「彌爾頓專題研究」等，還閱讀了包括艾米麗・狄金森（Emily Dickinson）、畢肖普（Bishop）、瑪麗安・摩爾（Marrianne Moore）、希爾達・杜立特爾（H.D.）、威廉・卡洛斯・威廉姆斯（William Carlos Williams）等一系列詩人的作品。2012 年 12 月，接到《揚子江評論》的約稿，經奚密老師推薦，在西雅圖對臺灣詩人楊牧進行採訪。長達 21 個小時的火車，穿越整個西海岸，沿途的美景載我來到翡翠雨城──西雅圖。與楊牧老師的訪談是在他的寓所完成的，先生已是 72 歲高齡，長達半個世紀的創作為他在華語詩壇博得了不少讚譽，但他仍溫文爾雅、氣宇軒昂、思維嚴密，又極具親和力。返回戴維斯後多次通信，先生都親筆撰稿，並對訪談文稿字字斟酌，讓我切實感受到了「楊牧體」形成過程之不易。

在博士論文撰寫的過程中，我要特別感謝我的母親。母親從事現代漢語教學與研究，上世紀 80 年代師從著名語言學家廖序東先生學習現代漢語。我

的博士論文中涉及到大量的語言學分析，倘若僅以個人的感性體悟並不足以言之成理，但如果能夠借用語言學知識，通篇就會顯得清晰、曉暢。論文的主體部分，包括第三章、第四章，是我在美國留學期間完成的。那個時候，我幾乎每完成一首詩的細讀，都會跟母親通電話，讀給她聽。一方面有些感覺無法用語言表述，另一方面想通過語言學的知識確認個人感覺的正誤。每次通話，我的母親都放下手頭繁忙的工作，跟我細細道來，有時一聊就是一個多鐘頭。雖然不過是語音、語彙、語法等普通的應用語言學知識點，可一旦跟我讀詩的感覺一結合，十足讓人傷透了腦筋。就這樣堅持了幾乎兩個月，才讓母親略微放鬆了精神。我深知自己讀詩和表達的困境，也學著從零走向一，在這個過程中，謝謝母親能陪我一起緊張，一起堅持。也感謝我的父親和先生陳麗軍。每當心情焦躁時，第一時間給予安慰和鼓勵的總是他們。除了是生活的後盾外，每篇文章一新鮮出爐就讀給他們聽已成習慣。儘管有時我都覺得自己太過於苛求和焦慮，但他們卻從無怨言，在聽的同時還能提出一些文字上的建議。

當然，對那些願意通過文字走進我的老師、詩人朋友，同樣心懷感激。首先，感謝華東師範大學的老師們。殷國明老師才思敏捷，是一位始終懷揣著詩心的學者。他深探著人性的多棱面，又對社會現實保持著敏感。從他的言說中，總能捕捉到一種暗藏在生活表層之下的深邃，牽引你在現實與理想的邊境滑行。還要感謝朱志榮、朱國華、劉曉麗、文貴良等老師，他們幾年來對學生的關心、照顧，為這座陌生的城帶來幾分溫暖和自在。其次，對於我接觸過的大陸和臺灣學者、詩人朋友，包括王德威、鄭毓瑜、唐捐（劉正忠）、郜元寶、王紀人、陳克華、陳東東、樹才、田原、馬鈴薯兄弟（于奎潮）、藍藍、周瓚、易彬、李章斌等老師，也感激不盡，多篇文章都經過諸位老師的指點，在詩的感悟和語言組織方面給予了相當大的啓發。也感謝花木蘭出版社，感謝各大刊物的審稿和編輯老師，比如《揚子江評論》、臺灣《清華學報》、《臺灣詩學學刊》等，都針對文章本身提出了寶貴的建議，有益於鍛鍊綿密的思維能力。再次，還需謝謝給我鼓勵幫助的同門師兄徐從輝和朱軍、師姐張惠苑，對我倍加關懷的華姐和高姐，不厭其煩地聽我訴說的張雨師兄和曹剛哥。論文最後定稿時，同樣熱衷於漢詩的捷克人金莎磊姐姐、出版社好友祁黎、師弟周文波、乾妹妹矗矗在核實注釋和檢查錯別字方面，都頗費功夫，也在此表示感謝。

　　詩歌如謎一般，令人神往又望而卻步。驀然回首博士論文寫作和不斷修改的過程，想起那些焦慮緊張、堅持不懈的歲月，仿似又回到了西雅圖，眼前再次浮現出參觀三文魚溯河生殖洄游的場景。三文魚經過萬里之行才能抵達產卵區，這艱難的路途中，有的做了其他海洋生物的食物，有的將近終點時卻耗盡體能而亡，只有小部分的三文魚能夠在陽光充足、水面開闊和水流平緩的產卵區完成繁殖。它們在孕育出新生命後也很快會死去，但卻總是不辭辛勞地延續著新生。如三文魚所蘊含的深意，生命的每一個階段也都孕育著苦澀、艱辛，或者甜蜜、幸福，留下的只是回憶，一如被時間吞噬的夢，讓人回味無窮：

> In the Nocturnes of Chopin
> I did hope that the protagonist was me
> However, the tears
> with affection and flare
> seemed like a hint,
> Which expelled me to quit
> the mellifluous sonata
>
> at last, I buried the turbulent coastline
> with the drift sand;
> cut the growing pain
> with the blood red sickle,
> and stroked the scar
> with the black handkerchief
>
> Now, your lied-down body looks
> warm, limpid and holy as usual
> I try to retain the scent,and
> wipe the sorrow in your eyes
> But the night is witnessing, swallowing
> and destroying those unforgettable dreams

翟月琴

2014 年 12 月 13 日於滬上